KUPFERVENUS

Lindsey Davis

Kupfervenus

Ein Falco-Roman

Aus dem Englischen
von Christa E. Seibicke

Eichborn.

Danksagung

An die Lebensmittelabteilung von Selfridges', Lieferanten des Steinbutts

Die Deutsche Bibliothek – CIP-Einheitsaufnahme

Davis, Lindsey:
Kupfervenus : Roman / Lindsey Davis. Aus dem Engl. von Christa Seibicke. – Frankfurt am Main : Eichborn, 1993
ISBN 3-8218-0207-3

Titel der Originalausgabe: VENUS IN COPPER

Lektorat: Doris Engelke.
Umschlaggestaltung: Rüdiger Morgenweck.
Satz: Fuldaer Verlagsanstalt GmbH, Fulda.
Druck & Bindung: Wiener Verlag, Himberg.
ISBN 3-8218-0207-3
Verlagsverzeichnis schickt gern:
Eichborn Verlag, Kaiserstraße 66, D-60329 Frankfurt

Meinen Eltern – Willkommen in Kent!

Das Imperium

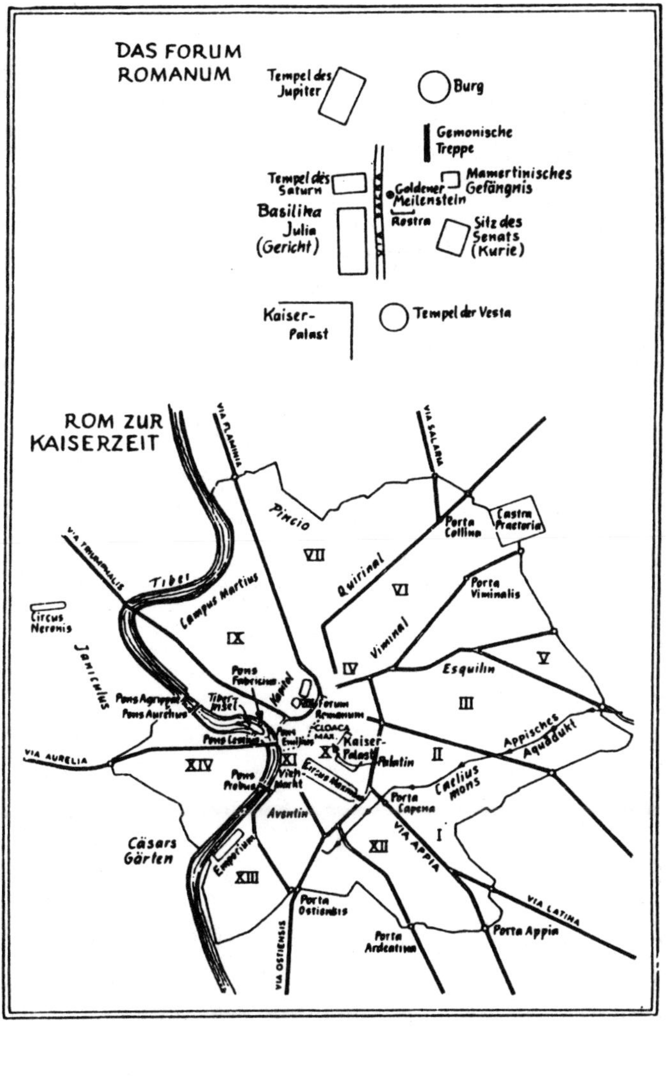

DAS FORUM ROMANUM
Tempel des Jupiter
Burg
Gemonische Treppe
Tempel des Saturn
Mamertinisches Gefängnis
Goldener Meilenstein
Basilika Julia (Gericht)
Rostra
Sitz des Senats (Kurie)
Kaiser-Palast
Tempel der Vesta
ROM ZUR KAISERZEIT
VIA FLAMINIA
VIA SALARIA
Pincio
Porta Collina
Castra Praetoria
VII
Quirinal
VI
Porta Viminalis
VIA TRIUMPHALIS
Tiber
Campus Martius
IX
Circus Neronis
Janiculus
Viminal
IV
V
Esquilin
Pons Fabricius
Kapitol
Forum Romanum
III
Pons Agrippae
Pons Aurelius
Tiberinsel
CLOACA MAX.
Kaiser-Palast
Appisches Aquädukt
Pons Cestius
VIA AURELIA
XIV
XI
X
Palatin
II
Pons Probus
Vieh-Markt
Circus Maximus
Caelius mons
Aventin
Porta Capena
I
VIA APPIA
Cäsars Gärten
Emporium
XII
XIII
Porta Ostiensis
VIA LATINA
Porta Appia
Porta Ardeatina
VIA OSTIENSIS

Rom

DRAMATIS PERSONAE

FREUNDE, FEINDE & FAMILIE

M. Didius Falco	Ein Privatermittler, der versucht, in einem ausgesprochen lausigen Job einen ehrbaren Denar zu verdienen
Helena Justina	Seine haushoch über ihm stehende Freundin
Falcos Mutter	(kein Wort mehr über sie!)
Maia & Junia	Zwei von Falcos Schwestern (die Spinnerte & die Überkandidelte)
Famia & Gaius Baebius	Seine Schwager, über die man am besten schweigt (weil sich nichts Gutes über sie sagen läßt)
D. Camillus Verus & Julia Justa	Helenas patrizische Eltern, die Falco an so manchem die Schuld geben . . .
L. Petronius Longus	Falcos treuer Freund; Hauptmann der Aventinischen Wache
Smaractus	Der Vermieter, den Falco gar zu gern los wäre
Lenia	Inhaberin der Wäscherei Adler und scharf auf Falcos Vermieter (oder auf dessen Geld)
Rodan & Asiacus	Zwei Schlägertypen in Smaractus' Diensten; als Gladiatoren die größten Flaschen von Rom
Titus Caesar	ältester Sohn und Mitkaiser Vespasians; Falcos Gönner, sofern ihm das gestattet wird von:
Anacrites	Oberspion im Palast, kein Freund unseres jungen Helden
Quadratlatsche, Knirps & der Mann auf dem Faß	Unterlinge von Anacrites
Eine Gefängnisratte	vermutlich dito

VERDÄCHTIGE UND ZEUGEN

Severina Zotica	Eine berufsmäßige Braut (posiert für Idylle am häuslichen Herd)
Severus Moscus	(Der Perlenhändler) Severinas erster Mann (verstorben)
Eprius	(Der Apotheker) ihr zweiter Mann (verstorben)
Grittius Fronto	(Der Importeur wilder Tiere) ihr dritter Mann (verstorben)
Chloe	Ihr feministischer Papagei
Hortensius Novus	Ein Freigelassener, jetzt Geschäftsmann im großen Stil; Severinas Verlobter (wird er's überleben?)
Hortensius Felix & Hortensius Crepito	Geschäftspartner von Novus (natürlich allesamt dicke Freunde)
Sabina Pollia & Hortensia Atilia	Ihre Gattinnen, die finden, Hortensius Novus habe Grund, sich zu ängstigen (eine Fürsorge, die so manchem beängstigend scheinen mag)
Hyacinthus	Ein Laufbursche der Hortensii
Viridovix	Ein gallischer Küchenchef, angeblich ein verkrachter Fürst
Anthea	Eine Dienstmagd
Cossus	Ein Makler, Bekannter von Hyacinthus
Minnius	Lieferant verdächtig leckerer Kuchen
Lusius	Sekretär eines Prätors (ein gerissener Typ, der jeden verdächtigt)
Tyche	Eine mit allen Wassern gewaschene Wahrsagerin
Thalia	eine Tänzerin, die kuriose Dinge mit Riesenschlangen veranstaltet
Eine vorwitzige Schlange	
Scaurus	Ein Steinmetz – Spezialität Grabsteine – mit vollen Auftragsbüchern
Appius Priscillus	Ein Immobilienmagnat (noch eine Ratte)
Caius Cerinthus	Jemand, den der Papagei kennt; glänzt verdächtig durch Abwesenheit

»Nun, riesige Butten und Schüsseln
Bringen dir außer dem Schaden noch Schande . . . «

HORAZ, Satiren II/2

»Ich will das Meine nutzen für mich, statt
mit Steinbutt als Großhans Schmarotzer zu atzen . . . «

PERSIUS, 6. Satire

»Ich habe keine Zeit, mich mit Gedanken an Butten
zu verlustieren: Ein Papagei zerschnäbelt mein Haus . . . «

FALCO, Satiren I/1

ROM

August – September 71 n.Chr.

I

Sie glauben gar nicht, wie groß so eine Ratte ist.

Zuerst hörte ich sie bloß: das gruselige Rascheln eines ungebetenen Gastes, alles andere als angenehm in einer engen Gefängniszelle. Ich hob den Kopf.

Meine Augen hatten sich an das Fast-Dunkel gewöhnt, und als das Tier sich wieder bewegte, konnte ich es sehen: ein aschgraues Männchen, dessen rosa Pfoten bestürzende Ähnlichkeit mit Kinderhändchen hatten. Der Ratz war so groß wie ein Karnickelbock. Ich kenne genug Billiglokale in Rom, wo der Koch es nicht so genau nehmen und diesen fetten Aasfresser ohne große Skrupel in den Suppentopf stecken würde. Ordentlich Knoblauch dazu, und keiner würde was merken. Die Kesselheizer aus den Slums hinterm Circus Maximus wären froh, wenn ihnen in ihrer Stammkneipe überhaupt mal ein Knochen mit echtem Fleisch dran die Suppe würzte . . .

Mir knurrte vor lauter Elend der Magen, aber alles, was ich runterschlucken konnte, war meine Wut darüber, hier festzusitzen. Die Ratte durchstöberte angelegentlich den Abfall in einer Ecke, monatealter Müll von früheren Häftlingen, den anzurühren es *mich* zu sehr geekelt hatte. Das Tier bemerkte mich wohl, als ich mich aufrichtete, nahm aber weiter keine Notiz von mir. Wenn ich ganz still liegenblieb, würde es mich vielleicht für einen Haufen alter Lumpen halten und zur späteren Untersuchung vormerken. Zog ich dagegen schützend die Beine an, würde die Bewegung es garantiert aufscheuchen.

Egal, was ich tat, über die Füße laufen würde das Vieh mir so oder so.

Ich saß in den Lautumiae, zwischen lauter kleinen Gaunern, die sich keinen Anwalt leisten konnten, und harmlosen Taschendieben vom Forum, die ein Weilchen Ruhe haben wollten vor ihren Frauen. Es hätte mich schlimmer treffen können, wenn ich nämlich im Mamertin gelandet wäre, der Durchgangsschleuse für politische Gefangene, wo die Kerker zwölf Fuß tief unter der Erde liegen und einem armen Schlucker ohne Beziehungen nur der direkte Ausgang in den Hades bleibt. Hier bei uns war wenigstens immer was los: Alte Knastbrüder sorgten mit scharfen Subura-Flüchen für Stimmung, Sturzbetrunkene führten Veitstänze auf. Im Mamertin dagegen herrscht ununterbrochene Monotonie, bis der Henker kommt und Maß nimmt.

Bestimmt gibt es im Mamertin auch keine Ratten. Kein Kerkermeister verwöhnt einen zum Tode Verurteilten noch mit Speis und Trank, also können dort kaum Reste für das Nagervolk abfallen. Ratten kriegen sowas schnell spitz. Außerdem muß der Mamertin streng auf Sauberkeit achten, denn man weiß nie, wann ein aufstrebender Senator hereinschaut, um seinen Freunden, die so töricht waren, den Kaiser zu beleidigen, das Neueste vom Forum zu berichten. Darum also boten sich einem Häftling nur hier in den Lautumiae, diesem Sammelbecken für den Abschaum der Gesellschaft, so spannende Abenteuer wie das, abzuwarten, wann sein schnurrbärtiger Zellengenosse ihm die Zähne ins Schienbein schlagen würde . . .

Die Lautumiae sind ein Riesenbau, groß genug für ganze Schwadronen von Häftlingen. Die Stammgäste hier sind durch die Bank Ausländer, arme Teufel aus aufsässigen Provinzen. Aber auch ein Römer, der dem falschen Beamten auf die Füße trat, konnte jederzeit hier landen – so wie ich jetzt – und bitteren Gedanken über das Establishment nachhängen, während er seinen Zehennägeln beim Wachsen zusah. Bestes Beispiel dafür war die Klage gegen mich – oder vielmehr, was der Mistkerl, der mich hinter Gitter brachte, dafür ausgab: Ich hatte den folgenschweren Fehler begangen, den Oberspion des Kaisers zu blamieren. Dieser Anacrites, ein rachsüchtiger Drahtzieher, war im Frühsommer mit einer Mission in der Campania betraut worden; als er die Sache verbockte, gab Kaiser Vespasian mir den Auftrag, sie wieder ins reine zu bringen, was ich denn auch mit Bravour erledigte. Anacrites reagierte wie jede zweitklassige Amtsperson, wenn der Nachwuchs sich profiliert: In der Öffentlichkeit gratulierte er mir, aber bei nächster Gelegenheit würgte er mir eine rein.

Ein harmloser Buchungsfehler hatte mich zu Fall gebracht: Anacrites behauptete, ich hätte Bleibarren aus kaiserlichem Besitz gestohlen – dabei hatte ich mir das Zeug bloß für eine Tarnaktion in Staatsdiensten ausgeborgt. Das Geld, das ich im Tausch gegen das Blei einnahm, hätte ich ohne weiteres zurückerstattet, falls ich jemals dazu aufgefordert worden wäre. Aber Anacrites gab mir keine Chance; ich landete in den Lautumiae, und bislang hatte sich noch keiner die Mühe gemacht, einen Anwalt zu engagieren, der meine Rechte hätte vertreten können. Dabei nahte mit Riesenschritten der September, in dem die meisten Richter Urlaub zu nehmen und zuvor alle neuen Fälle bis auf Neujahr zu vertagen pflegen . . .

Im Grunde war ich selbst schuld. Früher wäre ich gescheiter gewesen und hätte mich gar nicht erst aufs schlüpfrige Parkett der Politik locken lassen. Eigentlich bin ich nämlich Privatermittler. Fünf Jahre lang hatte ich mich auf nichts Gefährlicheres eingelassen als Ehebruch und Unterschlagungen. Eine schöne Zeit war das: viel frische Luft und Bewegung, und obendrein half ich noch manch kleinem Geschäftsmann aus der

Klemme. Ab und zu hatte ich auch weibliche Klienten (manche davon nicht unansehnlich). Überdies bezahlen Privatkunden ihre Rechnungen (im Gegensatz zum Palast, mit dem man um jeden läppischen Spesenposten feilschen muß). Sollte ich je wieder freikommen, dann würde ich mich von niemandem mehr einspannen lassen, sondern nur noch selbständig arbeiten.

Meine Frohnatur hatte unter diesen drei Tagen Haft sehr gelitten. Ich langweilte mich und ließ die Flügel hängen. Außerdem laborierte ich an den Folgen einer Verletzung: Ich hatte einen Schwerthieb in die Seite bekommen, eine jener leichten Fleischwunden, die aber bekanntlich gern eitern. Meine Mutter schickte mir zur Kräftigung warme Mahlzeiten ins Gefängnis, aber der Wärter fischte sich, ehe er sie ablieferte, immer zuerst die Fleischstücke aus der Schüssel. Bisher hatten zwei Personen versucht, mich freizubekommen; beide vergeblich. Zuerst ein wohlmeinender Senator, der bei Vespasian um Verständnis für meine Misere werben wollte; unter dem Einfluß des heimtückischen Anacrites verwehrte der Kaiser die Audienz. Dann mein Freund Petronius Longus. Petro, ein Hauptmann der Aventinischen Wache, war mit einem Weinkrug unterm Arm ins Gefängnis gekommen und hatte es beim Aufseher mit der alten Masche von Kameradschaft und Zusammenhalt probiert. Man warf ihn, samt seiner Amphore, in hohem Bogen wieder raus: Selbst unsere grundlegendsten Loyalitäten hatte Anacrites vergiftet! Womöglich würde dieser Neidhammel von einem Oberspion verhindern, daß ich je wieder auf freien Fuß kam . . .

Die Tür ging auf. Eine Stimme krächzte: »Didius Falco, irgendwo hat doch einer ein Herz für dich! Stemm deinen Hintern hoch und scher dich raus hier!«

Als ich mich taumelnd hochrappelte, huschte die Ratte über meinen Fuß.

II

Mein Elend war ausgestanden – zum Teil jedenfalls.

Als ich in die Rezeption (oder das, was hier dafür herhalten mußte) hinausgestolpert kam, zurrte der Wärter gerade eine schwere Geldkatze zu und feixte dabei, als hätte er Geburtstag. Sogar seine schmutzigen Handlanger schienen von einer Bestechungssumme in dieser Höhe beeindruckt. Ich blinzelte ins ungewohnte Tageslicht und erblickte eine kleine, verhärmte, aber kerzengerade Gestalt, die mir naserümpfend entgegensah.

Wir hier in Rom sind eine faire Gesellschaft. Es gibt ja jede Menge rückständiger Provinzen, wo der Präfekt seine Verbrecher angekettet als Folteropfer in petto hält, für den Fall, daß anderweitige Zerstreuungen einmal ihren Reiz verlieren. Nicht so in Rom. Hier darf jeder Verdächtige, sofern er nicht etwas ganz Furchtbares angestellt hat – oder so dumm ist und gesteht –, einen Gönner beibringen, der für ihn bürgt.

»Tag, Mutter!« Es wäre undankbar gewesen, mich in meine Zelle mit der Ratte zurückzuwünschen.

Ich konnte es ihr am Gesicht ablesen: sie hielt mich für einen ebensolchen Filou wie meinen Vater – obwohl nicht einmal Papa (der mit einer Rothaarigen durchbrannte und die arme Mama mit sieben Kindern sitzenließ) je im Kittchen gelandet war ... Zum Glück hatte meine Mutter zu viel Familiensinn, als daß sie diesen Vergleich vor Fremden angestellt hätte. Also begnügte sie sich damit, dem Wärter für die Betreuung ihres Sohnes zu danken.

»Anacrites hat dich anscheinend vergessen, Falco!« Der Aufseher grinste mich an.

»Vermutlich mit Absicht.«

»Er hat übrigens nichts von einer Kaution vor dem Prozeß gesagt ... «

»Er hat auch nichts von einem Prozeß gesagt«, knurrte ich wütend. »Mich ohne richterliche Anhörung in Haft zu behalten verstößt ebenso gegen das Gesetz wie eine Kautionsverweigerung!«

»Also, wenn er klagen sollte ... «

»Brauchen Sie nur zu pfeifen!« beruhigte ich ihn. »Und so geschwind, wie eine Bacchantin zweimal das Tamburin schlägt, sitze ich wieder ganz harmlos in meiner Zelle.«

»Kann ich mich darauf verlassen, Falco?«

»Aber *sicher*«, log ich vergnügt.

Draußen tankte ich einen tiefen Atemzug Freiheit und bereute es augenblicklich. Es war August. Wir standen am Rand des Forums. Rings ums Rostrum war die Luft fast so stickig wie in den Tiefen der Lautumiae. Der Großteil des Adels hatte sich in seine luftigen Sommervillen zurückgezogen, aber arme Schlucker wie unsereins schleppten sich weiter träge und matt durch den römischen Alltag. Diese Hitze machte jede Bewegung unerträglich.

Meine Mutter musterte ganz ungerührt ihren Galgenstrick.

»Bloß ein Mißverständnis, Mama ... « Ich versuchte, mir nicht anmerken zu lassen, wie unverzeihlich demütigend es für einen Ermittler mit markigem Ruf war, von seiner *Mutter* gerettet zu werden. »Wer hat denn das hübsche Lösegeldsümmchen aufgebracht? Helena vielleicht?« Meine Frage bezog sich auf die unerhört vornehme Freundin, bei der ich vor einem halben Jahr hatte landen können; ich, der bis dahin nur mit Zirkuskünstlerinnen voller Flohbisse und mit Blumenmädchen gegangen war.

»Nein, die Kaution habe ich gestellt; Helena hat sich dafür um deine Miete gekümmert ...« Angesichts dieser plötzlichen Beistandsorgie der Frauen in meinem Leben sank mir der Mut. Ich wußte, dafür würde ich bezahlen müssen, wenn auch vielleicht nicht in barer Münze. »Mach dir nur keine Sorgen wegen des Geldes.« Der Tonfall meiner Mutter verriet, daß sie – bei einem Sohn wie mir – ihre Ersparnisse stets in Bereitschaft hielt. »Komm mit nach Hause, und ich koch dir was Gutes ...«

Sie hatte offenbar vor, mich unter ihre Fuchtel zu nehmen; *ich* dagegen hatte vor, mein gewohntes, ungebundenes Leben wieder aufzunehmen.

»Mama, ich muß zu Helena ...«

Normalerweise sollte ein Junggeselle, den sein altes Mütterchen eben erst freigekauft hat, lieber nicht gleich wieder den Weibern nachsteigen. Aber meine Mutter nickte. Zum einen war Helena Justina die Tochter eines Senators, und der Besuch bei einer so hochgestellten jungen Dame gereichte einem Stoffel wie mir zur besonderen Ehre; kein Vergleich also mit den üblichen Lasterhaftigkeiten, über die Mütter sich ereifern. Außerdem hatte Helena eben erst unser Kind verloren. Ein unglücklicher Treppensturz war mit für diese Fehlgeburt verantwortlich gewesen, aber eben nur zum Teil. Meine gesamte weibliche Verwandtschaft sah in mir den unverbesserlichen Bruder Leichtfuß. Trotzdem hätten die meisten, um Helenas willen, eingeräumt, daß es gegenwärtig meine Pflicht war, sie so oft wie möglich zu besuchen.

»Komm doch mit, Mutter!«

»Sei nicht albern! Helena will schließlich dich sehen!«

Ich war da leider nicht so zuversichtlich.

Mama wohnte hinter dem Emporium, nicht weit vom Fluß. Langsam (um zu unterstreichen, wie sehr die

Sorgen um mich sie niederdrückten) überquerten wir das Forum. Bei meinem Lieblingsbad, gleich hinter dem Castortempel, ließ sie mich dann von der Leine. Ich spülte mir in den Thermen den Kerkergestank vom Leib, streifte eine Reservetunika über, die ich für Notfälle im Gymnasium hinterlegt hatte, und ging zu einem Barbier, dem es gelang, mich wieder halbwegs gesellschaftsfähig zu machen (trotz des Bluts, das er dabei vergoß).

Hinterher hatte ich zwar immer noch einen ungesunden sträflingsgrauen Teint, fühlte mich aber schon merklich wohler. Auf dem Weg zum Aventin kämmte ich mir mit den Fingern die noch feuchten Locken und versuchte, mich auf den Typ Charmeur zu trimmen, der Helenas Herz erweichen würde. In dem Augenblick ereilte mich das Unheil. Zu spät bemerkte ich die beiden Schläger, die sich so an einem Portikus aufgebaut hatten, daß sie vor jedem, der auf ihrer Straßenseite vorbei mußte, die Muskeln spielen lassen konnten. Mit Lendenschurz und Lederriemen um Knie, Hand- und Fußgelenke machten sie ganz auf harte Jungs. Ihre arrogantes Getue kam mir unheimlich bekannt vor.

»Oh, guck mal – das ist ja Falco!«

»Nein so was – Rodan und Asiacus!«

Im nächsten Augenblick hatte einer der beiden meine Oberarme nach hinten gebogen und zwischen seine Ellbogen geklemmt – eine Prozedur, bei der er so heftig an meinem Handgelenk zerrte, daß mir der Arm bis rauf zur Schulterpfanne schlingerte wie die Pispotten auf einer Galeere im Orkan. Der Geruch der Kerle, eine Mischung aus abgestandenem Schweiß und frischem Knoblauch, trieb mir die Tränen in die Augen. »Schluß jetzt, Rodan, meine Arme sind schon lang genug . . . «

Diese beiden »Gladiatoren« zu nennen, wäre selbst für jene abgehalfterten Kolosse eine Beleidigung gewesen, die normalerweise in diesem Gewerbe auftreten. Rodan und Asiacus trainierten in einer Gladiatorenschule, die von meinem Vermieter Smaractus geführt wurde, und wenn sie sich nicht gegenseitig mit Übungsschwertern die Birne weichschlugen, schickte er sie los, die Straßen noch unsicherer zu machen, als diese ohnehin schon sind. In der Arena kamen sie kaum zum Einsatz; ihre Rolle in der Öffentlichkeit bestand darin, die Pechvögel einzuschüchtern, die von Smaractus eine Wohnung gemietet hatten. Den einen Vorteil hatte das Gefängnis immerhin gehabt: Ich war dort sicher gewesen vor meinem Hausherrn und seinen beiden Lieblingsschlägern.

Asiacus stemmte mich in die Luft und schüttelte mich kräftig durch. Ich ließ ihn meine Eingeweide provisorisch umschichten und wartete ab, bis ihm das zu langweilig wurde und er mich wieder aufs Pflaster stellte – dann duckte ich mich, rammte ihm den Kopf in die Kniekehlen, daß er den Halt verlor, und schleuderte ihn Rodan vor die Füße.

»Olympus! Erzählt Smaractus euch beiden denn *gar* nichts?« Ich brachte mich flink außer Reichweite. »Ihr hinkt mächtig nach. Meine Miete ist bezahlt!«

»Dann ist das Gerücht also wahr!« Rodan grinste hämisch. »Wir haben schon gehört, daß du dich neuerdings aushalten läßt!«

»Der Neid macht dich ganz schieläugig, Rodan! Deine Mutter hätte dich warnen sollen, so was wirkt abstoßend auf die Mädchen!« Angeblich haben Gladiatoren ja immer ganze Scharen liebestoller Frauen im Schlepptau. Rodan und Asiacus waren vermutlich in Rom die einzigen, die vor lauter Schäbigkeit keine einzige Verehrerin fanden. Asiacus rappelte sich hoch und wischte sich die Nase. Ich schüttelte den Kopf. »Tut mir leid, ich vergaß: Ihr beide könntet ja nicht mal bei einem alten Fischweib landen, selbst wenn sie auf beiden Augen blind wäre und keinen Funken Schamgefühl hätte . . . «

Da stürzte Asiacus sich auf mich. Und nun strengten sich beide gewaltig an, mir ins Gedächtnis zu rufen, warum ich Smaractus so inbrünstig haßte.

»Das ist fürs *letzte* Mal, als du mit der Miete im Rückstand warst!« knurrte Rodan, der ein gutes Gedächtnis hatte.

»Und *das* ist fürs *nächste* Mal!« fügte Asiacus hinzu – ein Realist mit erstaunlichem Weitblick.

Wir hatten diesen schmerzlichen Tanz schon so oft geprobt, daß ich wußte, wie ich den beiden entwischen konnte. Eilig machte ich mich aus dem Staub, nicht ohne über die Schulter noch ein, zwei Beleidigungen abzulassen. Die beiden waren entschieden zu faul, mich zu verfolgen.

Seit einer Stunde erst war ich auf freiem Fuß, und schon hatte man mich übel zugerichtet; direkt entmutigend. In einer Stadt der Hausbesitzer ist die Freiheit kein ungetrübtes Vergnügen.

III

Helena Justinas Vater, der Senator Camillus Verus, hatte ein Haus nahe der Porta Capena. Eine sehr schöne Wohngegend, gleich hinter der Via Appia, beim Abzweig von der republikanischen Stadtmauer. Auf dem Weg dorthin machte ich abermals in einem Badehaus halt und ließ mir die neuen Blessuren verarzten. Zum Glück zielten Rodan und Asiacus immer auf den Brustkorb ihrer Opfer, und so war mein Gesicht unverletzt geblieben; wenn ich mir das Stöhnen verbeißen konnte, brauchte Helena nichts von dem Zwischenfall zu erfahren. Ein blasser syrischer Apotheker verkaufte mir für die Schwertwunde in der Leiste eine Salbe. Leider schlug die als bläulicher Fettfleck auf die Tunika durch. Wie Schimmel an einem Mauerverputz sah das aus; nichts, womit man bei den feinen Herrschaften von der Porta Capena würde Eindruck schinden können.

Der Pförtner des Senators kannte mich zwar, verweigerte mir jedoch den Zutritt. Nun, ich hielt mich gar nicht lange mit diesem Windbeutel auf, sondern borgte mir an der nächsten Ecke den Hut eines Straßenarbeiters, flitzte zurück und klopfte, die Krempe tief in die Stirn gezogen, abermals. Als der Pförtner auf den Trick hereinfiel und dem vermeintlichen Lumpenhändler aufsperrte, drängte ich mich blitzschnell an dem Tölpel vorbei und verpaßte ihm dabei als Denkzettel einen saftigen Tritt gegen den Knöchel.

»Dich würde ich für einen *Quadrans* aussperren! Ich bin *Falco*, du Schafskopf! Wenn du mich jetzt nicht unverzüglich bei Helena Justina meldest, werden deine Erben sich eher als du denkst darüber streiten, wer deine besten Sandalen kriegt!«

Nachdem ich erst einmal drin war, behandelte er mich mit mürrischem Respekt – will sagen, er schlurfte zurück in seine Nische und aß einen Apfel zu Ende, indes ich mich auf eigene Faust nach meiner Prinzessin umsah.

Ich fand sie in einem Gesellschaftszimmer. Helena war blaß, schwang aber schon wieder fleißig die Feder. Sie war drei-, inzwischen vielleicht auch schon vierundzwanzig; ich wußte nämlich nicht, wann sie Geburtstag hatte. Ja, selbst nachdem ich mit ihrem Liebling im Bett gewesen war, luden der Senator und seine Frau mich noch immer nicht zu ihren Familienfesten ein. Daß sie mich überhaupt zu Helena ließen, lag an deren Eigensinn, vor dem sogar ihre Eltern kapitulierten. Als ich Helena kennenlernte, hatte sie bereits eine Ehe hinter sich, die auf ihr Betreiben geschieden worden war; als Grund hatte sie damals – wie exzentrisch! – angegeben, daß ihr Mann nie mit ihr reden wolle. Ihre Eltern wußten also aus Erfahrung, was für ein Quälgeist ihre älteste Tochter war.

Helena Justina war eine hochgewachsene, vornehme Erscheinung, deren glattes, dunkles Haar man mit der Lockenschere gemartert hatte, wogegen es sich jedoch gut behauptete. Sie hatte hübsche braune Augen, für die Kosmetik eigentlich überflüssig war, aber Helenas Zofen schminkten sie grundsätzlich. Schmuck trug sie daheim kaum, aber das kam ihrer Ausstrahlung eher zugute. In Gesellschaft war sie schüchtern; sogar zu zweit mit einem so engen Freund, wie ich es war, hätte man sie für scheu halten können – bis sie den Mund aufmachte und ihre Meinung kundtat. Dann allerdings stob sogar eine wilde Hundemeute auseinander und suchte mit eingezogenem Schwanz Deckung. Ich bildete mir ein, es mit ihr aufnehmen zu können – aber ich hatte es noch nie drauf ankommen lassen.

Ich blieb in der Tür stehen und setzte mein gewohntes freches Grinsen auf. Helenas liebes, natürliches Begrüßungslächeln war das Schönste, was ich seit einer Woche gesehen hatte. »Warum sitzt ein schönes Mädchen wie du allein im Zimmer und schreibt Rezepte auf?«

»Ich übersetze einen griechischen Historiker«, erklärte Helena wichtigtuerisch. Ich linste ihr über die Schulter. Es war ein Rezept für gefüllte Feigen.

Ich beugte mich vor und gab ihr einen Kuß auf die Wange. Seit dem Verlust unseres Babys, den wir beide noch nicht verwunden hatten, war unser Verhältnis quälend steif und verkrampft gewesen. Jetzt aber tastete ihre Rechte nach meiner, und unser beider Hände umklammerten sich mit einer Inbrunst, die den verknöcherten alten Juristen in der Basilica Julia womöglich für eine Anzeige gereicht hätte.

»Ich freue mich so, daß du gekommen bist!« flüsterte Helena.

»Um mich von dir zu trennen, braucht es schon mehr als Kerkermauern.« Ich hob ihre Hand an meine Wange. Helenas damenhafte Finger dufteten nach einer ausgefallenen Mischung indischer Essenzen und Gallapfeltinte – kein Vergleich mit den schweren Parfumwolken der Flittchen, die ich früher gekannt hatte. »Herzensdame, ich liebe dich«, gestand ich ihr (immer noch im Überschwang meiner neu gewonnenen Freiheit). »Und das nicht nur, weil ich rausgekriegt habe, daß du meine Miete bezahlt hast!«

Sie rutschte von ihrem Stuhl und barg den Kopf in meinem Schoß. Die Tochter eines Senators würde sich bestimmt nicht von einem Haussklaven erwischen lassen, wie sie sich bei einem Sträfling ausweint – aber ich streichelte ihr trotzdem tröstend den Hals, nur zur Sicherheit. Außerdem bot Helenas Nacken ein reizvolles Betätigungsfeld für eine müßige Hand.

»Ich weiß gar nicht, warum du dich mit mir abgibst«, sagte ich nach einer Weile. »Ich bin doch ein Versager, hause in einem elenden Loch, habe kein Geld. Sogar die Ratte in meiner Zelle hatte nur ein spöttisches Grinsen für mich übrig. Und jedesmal, wenn du mich brauchst, lasse ich dich hängen . . . «

»Hör auf zu jammern, Falco!« Als Helena aufblickte, sah ich den Abdruck meiner Gürtelschnalle auf ihrer

Wange, doch sonst hatte sie sich wieder ganz gefangen.

»Ich habe einen Beruf, der den meisten Leuten zu anrüchig wäre«, klagte ich unbeirrt weiter. »Mein eigener Auftraggeber wirft mich ins Gefängnis und vergißt mich dann einfach . . . «

»Man hat dich aber doch freigelassen . . . «

»Nicht direkt«, gestand ich.

Helena regte sich nie unnötig über etwas auf, das ich ihrer Meinung nach selbst ins reine bringen mußte. »Also, was hast du jetzt vor?«

»Ich werde wieder freiberuflich arbeiten.« Helena schwieg. Jetzt wußte sie, warum ich so niedergeschlagen war. Mein famoser Plan hatte nämlich einen großen Haken: Als Selbständiger würde ich nie soviel verdienen wie im Dienst des Kaisers – obwohl das reine Theorie war, da Vespasians Lohnbuchhalter mich monatelang auf mein Geld warten ließen. »Glaubst du, daß ich eine Dummheit mache?«

»Nein, du hast ganz recht mit deiner Entscheidung!« Helena pflichtete mir ohne Zögern bei, obwohl sie genau wußte, daß ich mir als Freischaffender die Einheirat in den Patrizierstand nie und nimmer würde leisten können.

»Du hast für den Staat dein Leben aufs Spiel gesetzt. Vespasian hat dich engagiert, weil er genau wußte, was du wert bist. Marcus, du hast es nicht nötig, dich von einem knauserigen Arbeitgeber mit Almosen abspeisen und von häßlichen Palastintrigen schikanieren zu lassen . . . «

»Aber Herzblatt, du weißt, was es bedeutet, wenn . . . «

»Ich habe dir doch gesagt, daß ich auf dich warten werde!«

»Und ich habe dir gesagt, daß ich das nicht zulasse.«

»Du weißt doch, ich tue nie, was du sagst.«

Ich grinste, und dann saßen wir noch ein paar Minuten schweigend beisammen.

Nach dem Gefängnis war dieser Raum im Hause ihres Vaters der reinste Hort der Geborgenheit. Teppiche und quastengesäumte Kissen sorgten für unsere Bequemlichkeit; dickes Mauerwerk dämpfte die Straßengeräusche, indes an der Gartenseite durch hohe Fenster das Licht hereinströmte und die imitierten Marmorwände mit dem goldenen Schimmer reifen Weizens übergoß. Es war ein kultiviertes Heim, auch wenn hier und da der Putz ein wenig bröckelte. Helenas Vater war Millionär (das hatte nicht etwa meine Spürnase rausgekriegt, nein, es war einfach die Voraussetzung für die Aufnahme in den Senat); gleichwohl mußte er sich einschränken in einer Stadt, wo Wählerstimmen nur den Multimillionären zuflogen.

Natürlich war ich noch viel schlechter dran. Ich besaß weder Geld noch Rang. Um Helena einen angemessenen Lebensstil bieten zu können, würde ich vierhunderttausend Sesterzen aufbringen und den Kaiser dazu überreden müssen, mich in die Liste von Jammerlappen aufzunehmen, die den Mittelstand bilden. Selbst wenn ich das je schaffen sollte, wäre ich für Helena immer noch eine schlechte Partie.

Helena erriet meine Gedanken. »Du, Marcus, ich habe gehört, dein Pferd hätte das Rennen im Circus Maximus gewonnen.«

O ja, das Leben sorgt hin und wieder für einen Ausgleich: Besagten Gaul, der auf den Namen Goldschatz hörte, verdankte ich einer unverhofften Erbschaft. Ich konnte mir zwar kein Pferd leisten, doch bevor ich den Goldschatz verkaufte, hatte ich ihn noch für ein einziges Rennen angemeldet – das er wider Erwarten gewann. »Das stimmt schon, Helena. Ich habe bei diesem Rennen ein schönes Stück Geld verdient. Vielleicht leiste ich mir damit eine anständige Wohnung, die besser situierte Klienten anlockt.«

Helena, den Kopf an mein Knie geschmiegt, nickte beifällig. Sie hatte das Haar mit einem Pantheon elfenbeinerner Nadeln aufgesteckt: Jeder Knauf war als streng dreinblickende Göttin geschnitzt.

Ganz vertieft in den Gedanken an meine Geldnöte, hatte ich eine Nadel herausgezogen. Die steckte ich mir wie einen Jagddolch in den Gürtel und machte dann, aus lauter Übermut, auch Jagd auf die übrigen. Helena wehrte sich leicht gereizt und hielt mich an den Handgelenken fest, womit sie schließlich nur erreichte, daß ich meine Handvoll Haarnadeln am Boden verstreute. Ich überließ es Helena, sie einzusammeln, während ich meinen Plan systematisch weiterverfolgte.

Als ich ihre Frisur ganz gelöst hatte, war Helena auch wieder im Besitz ihrer Haarnadeln – die eine, die ich in den Gürtel gesteckt hatte, ließ sie mich allerdings behalten. Ich habe sie immer noch: Flora, mit Rosen bekränzt, von denen sie offenbar Heuschnupfen kriegt; sie fällt mir manchmal in die Hände, wenn ich in meinem Pult nach verlegten Schreibfedern krame.

Fächerförmig, so wie ich es mag, breitete ich Helenas Haar aus. »Schon besser! Jetzt siehst du eher aus wie ein Mädchen, das sich vielleicht küssen läßt – ja, du siehst sogar aus wie eine, die mich womöglich wiederküßt . . . « Ich nahm ihre Arme und legte sie um meinen Hals.

Es war ein langer, sehr inniger Kuß. Und nur weil ich Helena sehr gut kannte, spürte ich, daß meine Leidenschaft bei ihr auf ungewohnten Widerstand stieß.

»Nanu? Liebst du mich etwa nicht mehr, Spatzenfuß?«

»Marcus, ich kann einfach nicht . . . «

Ich begriff. Die Fehlgeburt war ein seelischer Schock gewesen, wie sie ihn nicht noch einmal erleben wollte. Vielleicht hatte sie auch Angst davor, mich zu verlieren. Wir kannten beide mehr als einen flotten, charakterfesten Jungrömer, der eine verzweifelte Freundin in diesem Zustand glatt sitzenlassen würde.

»Verzeih ... « Es war ihr peinlich, und sie wollte sich losmachen. Aber sie war immer noch meine Helena. Sie sehnte sich ebenso sehr nach meiner Umarmung, wie ich mich danach, sie zu halten. Und sie brauchte Trost – auch wenn sie mir das ausnahmsweise einmal nicht zeigen konnte.

»Mein Liebes, das ist doch ganz natürlich.« Ich lehnte mich zurück und sah ihr in die Augen. »Es wird schon alles wieder gut ... « Ich mußte ihr Mut machen und versuchte mein Bestes, auch wenn es schwer war, die Enttäuschung wegzustecken. Im stillen fluchte ich, und Helena muß das gespürt haben.

Äußerlich gefaßt, blieben wir noch einige Zeit sitzen und sprachen über Familienangelegenheiten (von Haus aus kein gutes Thema), bis ich mich mit dringenden Geschäften entschuldigte.

Helena brachte mich zur Tür. Der Pförtner schien sich inzwischen in Luft aufgelöst zu haben, darum schob ich selbst den Riegel zurück. Plötzlich schlang sie die Arme um mich und vergrub ihr Gesicht an meinem Hals. »Jetzt wirst du wohl anderen Frauen nachlaufen!«

»Natürlich!« Den scherzhaften Ton kriegte ich ganz gut hin, aber ihre großen, schmerzgetrübten Augen schafften mich. Ich küßte ihre Lider, und dann, wie um mich selbst zu quälen, preßte ich sie an mich und hob sie in meinen Armen hoch. »Laß uns zusammenziehen!« Es war mir einfach so rausgerutscht. »Allein die Götter wissen, wie lange es noch dauert, bis ich genug verdiene, um dir ein ehrbares Leben bieten zu können.

Aber ich will dich immer bei mir haben. Und wenn ich eine größere Wohnung nehme . . . «

»Marcus, ich fürchte nur . . . «

»Vertrau mir.«

Helena lächelte und zupfte mich am Ohrläppchen, die sicherste Methode, unser Problem zum Dauerzustand zu machen. Aber sie versprach wenigstens, sich meinen Vorschlag zu überlegen.

Auf dem Heimweg zum Aventin wurde mein Schritt zusehends leichter. Auch wenn meine Herzensdame noch nicht bei mir einziehen wollte, eine schönere Wohnung mieten konnte ich mit meinem Renngewinn jedenfalls schon mal . . . Angesichts dessen, was mich daheim erwartete, war schon der Gedanke ans Umziehen eine Wohltat.

Und dann fiel es mir wieder ein. Bevor sie mich einsperrten, hatte meine dreijährige Nichte die uneingelösten Wettmarken verschluckt.

IV

Die Wäscherei Adler an der Brunnenpromenade.

Von sämtlichen trostlosen Mietskasernen in all den garstigen Hinterhöfen Roms ist gewiß keine so heruntergekommen wie die Brunnenpromenade. Sie liegt nur fünf Minuten von der Ausfallstraße nach Ostia, einer der belebtesten Verkehrsadern des Reiches, und doch scheint dieser Eiterherd in der Achselhöhle des Aventin in eine andere Welt zu gehören. Hoch oben auf dem

Zwillingsgipfel thronen die Tempel von Venus und Diana, aber wir sind zu dicht dran, um aus dem tiefen, finsteren Labyrinth bis hinauf zu diesen stolzen Bauten sehen zu können. Es ist eine preiswerte Wohngegend – jedenfalls für römische Verhältnisse. Mancher von uns hätte dem Hausherrn gern einen Aufpreis dafür gezahlt, daß er ein paar tüchtige Gerichtsvollzieher anheuern und unsere Zwangsräumung in eine bessere Gegend mit frischer Luft veranlassen würde.

Meine Wohnung lag im obersten Stock eines verwinkelten, baufälligen Hauses. Das ganze Erdgeschoß war von einer Wäscherei belegt; die abholfertigen Tuniken waren das einzig Saubere in der Nachbarschaft. Aber kaum hatte man sie angezogen, genügte oft schon ein kurzer Gang über die verdreckte, einspurige Gasse, die uns zugleich als Verkehrsweg und provisorischer Abwasserkanal diente, und ihre fleckenlose Reinheit war wieder dahin. Dafür sorgten die Rußflocken aus dem Lampenschwarzkessel, in dem der einäugige Schreibwarenlieferant seine übelriechende Tinte kochte, ebenso wie der Rauch der wabenartigen Backöfen, in denen Cassius, unser Stammbäcker, einen Laib Brot so gründlich verkohlen konnte wie kein zweiter seiner Zunft.

Das hier war ein gefährliches Pflaster: Nur ein Moment der Unachtsamkeit, und schon versank ich knöcheltief in zähem braunen Mist. Während ich mir fluchend den Schuh am Bordstein säuberte, streckte Lenia, die Besitzerin der Wäscherei, den Kopf hinter einer Leine voll Tuniken hervor. Mich sehen und spottbereit hervorstürzen war eins. Sie war eine schlecht frisierte Schlampe und kam so ungraziös angewatschelt wie ein Schwan beim Landgang: mit wirr zerzausten, schmutzigrot gefärbten Haaren, wäßrigen Augen und einer Stimme, die heiser war von zu vielen Krügen schlecht vergorenen Weins.

»Falco! Wo hast du denn die ganze Woche gesteckt?»

»Ich war auswärts.«

Merkte sie, daß ich auf die Lautumiae anspielte? Nicht, daß Lenia das etwas ausgemacht hätte. Sie war zu träge, um Neugier zu entwickeln, außer auf streng geschäftlichem Sektor. Zum Beispiel interessierte es sie brennend, ob mein mieser Vermieter Smaractus sein Geld bekam – und selbst darauf war sie erst wirklich neugierig geworden, nachdem sie sich Smaractus als Ehemann ausgeguckt hatte. Eine Entscheidung, die auf rein finanziellen Motiven beruhte (Smaractus, der jahrzehntelang die Armen auf dem Aventin geschröpft hatte, war nämlich dabei reich wie Crassus geworden). Und nun plante Lenia ihre Hochzeit kühl und besonnen wie ein Chirurg (also in der Gewißheit, daß der Patient sie reichlich für ihre Dienste entlohnen würde, wenn sie ihn erst einmal aufgeschlitzt hätte . . .).

»Wie ich höre, bin ich ausnahmsweise schuldenfrei.« Ich grinste sie an.

»Endlich hast du kapiert, worauf's bei einer Frau ankommt, und dir die richtige geangelt.«

»Stimmt. Ich verlaß mich dabei ganz auf mein Gesicht – ebenmäßig wie parischer Marmor . . . «

Lenia, eine gestrenge Kritikerin der schönen Künste, lachte spöttisch. »Aber Falco, du bist höchstens eine billige Fälschung!«

»Ich doch nicht – ich kann die Expertise einer Dame von untadeligem Ruf vorweisen! Ihr macht es Freude, mich zu verwöhnen. Was ich natürlich auch verdient habe . . . Wieviel hat sie übrigens beigesteuert?«

Als Lenia den Mund aufmachte, sah ich, daß sie drauf und dran war, mich zu beschwindeln. Doch dann fiel ihr ein, daß Helena Justina mich aufklären würde, sollte ich je den Anstand aufbringen, meine Schulden zu erwähnen. »Drei Monatsmieten, Falco.«

»Beim Jupiter!« Der Schock brachte meinen ganzen Organismus durcheinander. Das Höchste, was ich bereit war, für die Pensionskasse meines Vermieters zu spenden, waren drei Wochen (selbstverständlich rückwirkend). »Smaractus muß sich ja vorkommen wie auf einem Regenbogen im Olymp!«

Lenias Miene umwölkte sich, woraus ich schloß, daß Smaractus noch gar nichts von seinem Glück wußte. Sie wechselte hastig das Thema. »Übrigens hat dauernd einer nach dir gefragt.«

»Etwa ein Klient?« Ich überlegte fieberhaft, ob der Oberspion wohl schon entdeckt hatte, daß ich ausgeflogen war. »Hast du seinen Auftrag notiert?«

»Also, da hab wirklich Besseres zu tun, Falco! Nein, er schaut jeden Tag rein, und jedesmal sag ich ihm, daß du nicht da bist ...« Ich seufzte erleichtert. Anacrites hätte vor heute nachmittag keinen Grund gehabt, nach mir zu suchen.

»Tja, nun bin ich ja wieder da!« Ich war zu müde zum Rätselraten.

Ich stiefelte die Treppe hoch in den sechsten Stock, den billigsten im ganzen Haus. Der Weg nach oben bot reichlich Gelegenheit, mich wieder mit dem Geruch von Urin und alten Kohlstrünken vertraut zu machen; mit dem verkrusteten Taubendreck auf jeder Stufe; den Graffiti – nicht alle in Kinderhöhe – von brünstigen Wagenlenkern; mit den Flüchen gegen Buchmacher und den pornographischen Kleinanzeigen. Von meinen Nachbarn kannte ich kaum jemanden, aber ihre zänkischen Stimmen waren mir vom Vorbeigehen im Treppenhaus vertraut. Manche Türen waren dauernd geschlossen, so daß man bedrückende Geheimnisse dahinter vermutete; andere Familien hängten nur einen Vorhang vor den Eingang, so daß die Nachbarn notgedrungen an ihrem trostlosem Leben teilhatten. Eine verrückte alte Dame im dritten Stock saß immer auf ihrer Schwelle und brabbelte hinter jedem Vorbeikommenden her; ich grüßte sie ausgesucht freundlich, was sie prompt mit einem Schwall giftiger Verwünschungen quittierte.

Ich war aus der Übung; als ich endlich meinen Adlerhorst erklommen hatte, schlackerten mir die Knie. Einen Augenblick lang blieb ich stehen und lauschte: eine Berufskrankheit. Dann schob ich den einfachen Schnappriegel zurück und stieß die Tür auf.

Daheim. Die Sorte Wohnung, die man betritt, um seine Tunika zu wechseln und die Mitteilungen seiner Freunde zu lesen, bevor man sie unter dem erstbesten Vorwand wieder verläßt. Aber heute hätte ich die Schreckgespenster auf der Treppe kein zweites Mal ertragen, also blieb ich da.

Mit vier Schritten konnte ich mein ganzes Reich durchmessen: das Büro mit dem billigen Tisch und der wackligen Bank, dahinter das Schlafzimmer mit der windschiefen Konstruktion, die mir als Bett diente. In beiden Räumen herrschte jene beunruhigende Ordnung, die sich einstellte, wenn meine Mutter drei Tage lang ungestört und nach Herzenslust hatte aufräumen können. Ich blickte mich argwöhnisch um, aber es sah nicht so aus, als wäre außer ihr noch jemand hier gewesen. Dann schickte ich mich an, die Wohnung wieder gemütlich zu machen. Rasch hatte ich die spärlichen Möbel schief gerückt, die Bettwäsche zerwühlt, beim Wiederbeleben meiner Balkonpflanzen überall Wasser verschüttet und alles, was ich am Leibe trug, auf dem Fußboden verstreut.

Danach ging es mir besser. Jetzt fühlte ich mich wirklich *daheim*.

Auf dem Tisch war, so auffallend, daß selbst ich sie nicht übersehen konnte, eine griechische Keramikschale plaziert, die ich einmal für zwei Kupfermünzen und ein verwegenes Lächeln an einem Antiquitätenstand ergattert hatte. Sie war halb voll mit zerkratzten beinernen Plättchen, von denen manche eine ganz merkwürdige Färbung aufwiesen. Mir stockte der Atem. Das letzte Mal hatte ich diese Dinger bei jener gräßlichen Familienfeier gesehen, wo meine kleine Nichte Marcia sie sich als Spielzeug erkoren und zum größten Teil verschluckt hatte: meine Wettmarken.

Wenn ein Kind etwas gegessen hat, worauf man eigentlich nicht verzichten möchte, dann gibt es – vorausgesetzt, man hängt an dem Kind – nur einen Weg, das Zeug zurückzubekommen. Ich kannte diese ekelhafte Prozedur von damals, als mein Bruder Festus den Ehering unserer Mutter verschluckt hatte und ich hinterher das Vergnügen hatte, ihm suchen zu helfen. (Bis er in Judaea ums Leben kam, was meinen brüderlichen Pflichten ein Ende setzte, war es Tradition in unserer Familie, daß Festus immer wieder in irgendeine Klemme geriet, und ich mich jedesmal dazu breitschlagen ließ, ihm rauszuhelfen.) Der Verzehr von Familienpretiosen war offenbar erblich bei uns; und ich hatte gerade drei Tage im Gefängnis dafür gebetet, daß das liebe, aber beschränkte Kind meines beschränkten Bruders Durchfall kriegen möge . . .

Ich hätte mir die Mühe sparen können. Irgendeine dickköpfige Verwandte – wahrscheinlich meine Schwester Maia, die als einzige von uns Organisationstalent besaß – hatte meine Spielmarken heldenmütig gerettet. Zur Feier des Tages lüpfte ich ein Dielenbrett, unter dem ich einen halbvollen Weinkrug vor Gästen versteckt hielt, setzte mich damit auf den Balkon, legte die Füße auf die Brüstung und widmete mich in aller Ruhe dem stärkenden Trunk.

Kaum, daß ich's mir gemütlich gemacht hatte, kam Besuch.

Ich hörte ihn eintreten, denn nach dem langen Aufstieg schnaufte er vernehmlich. Obwohl ich mich nicht muckste, fand er mich. Er stieß die Flügeltür auf und sprach mich ganz frech an: »Sind Sie dieser Falco?«

»Schon möglich.«

Seine Arme waren spindeldürr und sein dreieckiges Gesicht lief spitz in einem Winzlingskinn aus. Ein schmaler schwarzer Schnurrbart reichte fast von einem Ohr bis zum anderen. Dieser Schnurrbart sprang ins Auge. Er halbierte das Gesicht, das zu alt war für den dazugehörigen Jünglingskörper und eher zu einem Flüchtling aus einer Provinz gepaßt hätte, die seit zwanzig Jahren unter Hungersnöten und Stammesfehden litt. Die Wirklichkeit war weit weniger dramatisch. Mein Besucher war ganz einfach ein Sklave.

»Wer fragt denn nach Falco?« Inzwischen hatte mich die Nachmittagssonne so wohlig aufgewärmt, daß es mir eigentlich egal war.

»Ein Bote aus dem Hause des Hortensius Novus.«

Er sprach mit leicht fremdländischem Akzent, aber beileibe nicht das Kauderwelsch, mit dem sich die Kriegsgefangenen unweigerlich auf dem Sklavenmarkt infizieren. Der hier hatte sein Latein vermutlich schon als Kind gelernt und konnte sich kaum noch an seine Muttersprache erinnern. Er hatte blaue Augen, und ich hielt ihn für einen Kelten.

»Darf ich fragen, wie du heißt?«

»Hyacinthus!«

Der ruhige, feste Blick, mit dem er seinen Namen nannte, warnte mich, ihn nur ja nicht deswegen zu verspotten. Als Sklave hatte er genug Probleme, auch ohne daß jeder sich über ihn lustig machte, bloß weil irgendein verkaterter Aufseher ihm den Namen einer griechischen Blume verpaßt hatte.

»Sehr erfreut, Hyacinthus.« Ich hatte keine Lust, mir

die Retourkutsche einzufangen, die er bestimmt schon parat hatte. »Dein Herr, dieser Hortensius, ist mir gänzlich unbekannt. Was hat er denn für Kummer?«

»Wenn Sie ihn selbst fragten, würde er sagen, keinen.«

Leute, die einen Detektiv engagieren, sprechen oft in Rätseln. Kaum ein Klient scheint Manns genug, gerade heraus zu fragen: *Was muß ich zahlen, damit Sie beweisen, daß meine Frau mit meinem Kutscher schläft?*

»Warum hat er dich dann hergeschickt?« fragte ich geduldig.

»Seine Verwandten schicken mich«, korrigierte Hyacinthus. »Hortensius Novus hat keine Ahnung, daß ich hier bin.«

Die Antwort schien dafür zu bürgen, daß bei dem Fall Denare winkten, und schon bedeutete ich Hyacinthus, sich zu mir auf die Bank zu setzen: Heimlichkeiten bedeuten ein höheres Honrorar, und das möbelt mich immer auf.

»Danke, Falco, Sie sind ein feiner Mann!« Hyacinthus bezog meine Einladung nicht nur auf einen Sitzplatz, sondern, sehr zu meinem Verdruß, auch auf meinen Weinkrug. Er trottete zurück in die Wohnung und suchte sich einen Becher. Als er sich schließlich unter meiner Rosenlaube niederließ, wollte er wissen: »Ist das in Ihren Augen ein geschmackvoller Rahmen, um Klienten zu empfangen?«

»Meine Klienten sind leicht zu beeindrucken.«

»Aber so eine Absteige! Oder ist das bloß einer der Schlupfwinkel, die Sie sich in Rom halten?«

»So was in der Art, ja.«

»Es war die einzige Adresse, die wir hatten.« Es war auch die einzige, die ich hatte. Er probierte einen Schluck Wein, spuckte ihn aber gleich wieder aus. *»Parnassus!«*

»Das Geschenk eines dankbaren Klienten.« Nicht dankbar genug.

Ich goß mir nach, ein Vorwand, um den Weinkrug aus seiner Reichweite zu manövrieren. Er musterte mich eingehend. Meine Ungezwungenheit machte ihn skeptisch. Die Welt ist wirklich voll von glatthaarigen Schnöseln, die glauben, ein Lockenkopf mit einem gewinnenden Lächeln könne kein guter Geschäftsmann sein.

»Meinen Ansprüchen genügt die Bude.« Daraus sollte er schließen, wer es in einem solchen Rattenloch aushielt, müsse ein zäher Bursche sein, auch wenn er nicht so aussah. »Die Leute, an denen mir was liegt, wissen, wo sie mich finden – während die vielen Treppen die abschrecken, denen ich lieber aus dem Weg gehe . . . Also schön, Hyacinthus, ich gehe zwar sonst nicht mit meinen Dienstleistungen hausieren, aber hier hast du mein Angebot: Ich beschaffe Informationen vornehmlich privater Natur . . . «

»Scheidungen?« übersetzte er feixend meinen Euphemismus.

»Genau! Außerdem nehme ich für besorgte Väter angehende Schwiegersöhne unter die Lupe oder kläre frischgebackene Erben darüber auf, ob man ihnen vielleicht bloß einen Berg Schulden aufhalsen will. Ich erledige Laufereien für Anwälte, die noch nicht genügend Beweise haben – auf Wunsch inklusive Auftritt vor Gericht. Ich habe Beziehungen zu Auktionshäusern und bin spezialisiert auf die Wiederbeschaffung wertvoller gestohlener Kunstwerke. Dagegen lasse ich die Finger von Deserteuren und treibe *keine* Schulden ein. Und ich arrangiere *niemals* Gladiatorenkämpfe.«

»Zimperlich?«

»Lebenserfahren.«

»Wir werden Referenzen einholen müssen.«

»Ich auch! Ich übernehme nur einwandfreie Aufträge.«

»Wie hoch sind Ihre Sätze, Falco?«

»Das hängt davon ab, wie kompliziert der Fall ist. Generell berechne ich Erfolgshonorar plus Tagesspesen. Und ich gebe keinerlei Garantie, abgesehen von dem Versprechen, mein Bestes zu tun.«

»In welcher Sache ermitteln Sie eigentlich für den Palast?« platzte Hyacinthus plötzlich heraus.

»Ich arbeite im Augenblick nicht für den Palast.« Das klang sehr nach höchster Geheimhaltungsstufe, ein vorteilhafter Effekt. »Bist du deshalb hier?«

»Meine Herrschaft meinte, ein Palastdetektiv sei von Haus aus eine gute Empfehlung.«

»Ihr Fehler! Aber wenn sie mich engagieren, werde ich anständige Arbeit leisten und diskret sein. Also, Hyacinthus, was ist – sind wir im Geschäft?«

»Ich muß Sie bitten, zu uns zu kommen. Dort wird man Ihnen den Fall erläutern.«

Ich hatte ohnehin vorgehabt, hinzugehen. Ich nehme die Leute, die mich bezahlen sollen, gern vorher unter die Lupe. »Aha, und wo wohnt deine Herrschaft?«

»In der Nähe der Via Lata. Auf dem Pincio.«

Ich stieß einen Pfiff aus. »Beneidenswert! Demnach sind Hortensius und seine Familie Leute von Stand?«

»Freigelassene.«

Ex-Sklaven! Das war Neuland für mich, aber mal was anderes als die rachsüchtigen Beamten und das scheinheilige Getue mancher Senatoren, mit denen ich mich bislang hatte herumschlagen müssen.

»Irgendwelche Einwände?« erkundigte sich Hyacinthus neugierig.

»Warum, wenn sie zahlen können?«

»Oh . . . war nur 'ne Frage«, sagte der Sklave.

Er trank seinen Becher aus, in der Annahme, ich würde ihm nachschenken, aber da hatte er sich getäuscht.

»Sie finden uns auf der Seite der Via Flaminia, Falco. Jeder im Viertel kann Ihnen das Haus zeigen.«

»Wenn Hortensius Novus nichts von meiner Mission erfahren darf – wann soll ich dann am besten kommen?

»Tagsüber. Er ist Geschäftsmann und verläßt das Haus für gewöhnlich gleich nach dem Frühstück.«

»In welcher Branche ist er denn?« Es war eine reine Routinefrage, aber die Art, wie Hyacinthus sie achselzuckend überging, machte mich stutzig. »Na schön, und nach wem soll ich fragen?«

»Sabina Pollia – oder wenn die nicht da ist, wenden Sie sich an Hortensia Atilia –, aber die Initiative geht von Pollia aus.«

»Die Gattin?«

Er lächelte verschmitzt. »Novus ist nicht verheiratet.«

»Halt, du brauchst mir nichts weiter zu erklären! Die Damen des Hauses wollen mich also engagieren, damit ich ein Frauenzimmer verscheuche, das es nur auf Novus' Geld abgesehen hat?« Hyacinthus schien beeindruckt. »Wenn ein Junggeselle schon das Haus voll gefährlicher Weiber hat – und behaupte ja nicht, daß es bei Hortensius anders wäre, denn schließlich bist du hinter seinem Rücken in ihrem Auftrag hier –, warum fällt ihm dann eigentlich nichts Besseres ein, als sein Dilemma durch eine Heirat zu lösen? Wie kann man bloß so naiv sein?«

»Soll das heißen, Sie ermitteln nicht gegen Bräute, die ihre Kavaliere ausnehmen?«

»Aber andauernd!« versicherte ich unwirsch. »Solche Brieftaschenbräute sind geradezu der goldene Boden meines Gewerbes!«

Beim Abschied sagte er noch: »Falls Sie mal daran denken sollten, sich eine anständige Wohnung zu nehmen...«

»Möglich, daß ich schon eine suche.« Ich begleitete ihn nur bis zur Balkontür.

»Dann wenden Sie sich an Cossus«, empfahl Hyacinthus hilfsbereit. »Das ist ein Makler auf dem Vicus Longus – ein bißchen schlafmützig zwar, aber dafür reell. Er hat eine Menge netter Objekte an der Hand, speziell für Geschäftsleute. Berufen Sie sich auf mich, dann wird er sich Ihrer bestimmt annehmen ... «

»Danke. Vielleicht komme ich darauf zurück.« Ich dachte mir, daß Hyacinthus für seinen Tip sicher ein Trinkgeld erwartete. Nun trage ich, eingenäht im Saum meiner Tunika, immer einen halben Golddenar bei mir, aber den hätte ich um nichts in der Welt einem Sklaven geopfert. Leider fand sich sonst nichts als einen abgegriffener Kupferas, und den hätte kein Latrinenwärter, der etwas auf sich hielt, als Trinkgeld angenommen.

»Danke, Falco, das dürfte meinen Freikauffonds gehörig aufstocken!«

»Tut mir leid, aber ich konnte die letzten Tage nicht auf die Bank!«

Ich versuchte, ihm meinen Aufenthalt in den Lautumiae als eine Art Geheimmission im Süden Partheniens unterzujubeln, damit er meinen potentiellen Klienten auch etwas Zufriedenstellendes über mich berichten konnte.

V

Der Freigelassene Hortensius Novus wohnte im Norden der Stadt, an den duftenden Hängen des Pincio. Die schlichte, schmucklose Mauer, die das Anwesen umgab, war hoch genug, um das Haus vor neugierigen Blicken zu schützen, falls denn einer der betuchten Nachbarn so nahebei gewohnt hätte. Was aber nicht der Fall war. In dieser Gegend sind nämlich die Gärten der Privatvillen noch größer als die öffentlichen Parks, denen man gnädigerweise die unbedeutenden Zwischenräume überließ. Und wenn ich Ihnen verrate, daß von *letzteren* einer der Garten des Lukull war, den Kaiserin Messalina so schön fand, daß sie seinen Besitzer zum Selbstmord zwang, als der partout nicht verkaufen wollte, dann können Sie sich ungefähr vorstellen, wie erst die privaten Herrensitze auf dem Pincio aussehen.

Ich quasselte mich am Pförtnerhaus der Hortensius-Sippe vorbei und stiefelte die breite, kiesbestreute Auffahrt hoch. Unterwegs gab's jede Menge Gartenkunst zu bestaunen. Zum Glück hatte ich vorher bei einem Zuckerbäcker haltgemacht und ein paar Erkundigungen eingeholt, so daß ich nun nicht ganz unvorbereitet auf den Luxus beim Herrn Freigelassenen war. Buchsbaum, zu geflügelten Greifen gestutzt, in Stein gehauene, lichte Göttinnen mit hehrer Denkerstirn, rosen- und weinumrankte, lauschige Pergolen, wuchtige Urnen aus rosig geädertem Alabaster, Taubenschläge, Fischteiche und Marmorbänke in verschwiegenen Laubengängen mit Blick auf sauber geschorene Rasenflächen – was für eine Augenweide!

Bronzesphinxen bewachten die Freitreppe aus weißem Marmor, über die ich in eine von mächtigen schwarzen Säulen gesäumte Empfangshalle kam. Dort tappte ich so lange mit dem Fuß auf ein weiß-graues Schachbrettmosaik, bis ein abgekämpfter Diener erschien. Er fragte nach meinem Namen und führte mich dann, vorbei an zierlichen Farnen und Springbrunnen, in einen eleganten Innenhof, den einer der drei Freigelassenen durch sein Standbild verschönt hatte. Imposant stand er da, der steinerne Hortensius, in seiner besten Toga und mit einer Schriftrolle in der Hand. Genau das fehlte dem Flur meiner Falco-Residenz: meine Wenigkeit in Carraramarmor, wie ein feiner Pinkel mit einem Haufen Geld, der mit sich und der Welt zufrieden ist. Ich nahm mir vor, so ein Standbild in Auftrag zu geben – eines schönen Tages.

Ich fand mich allein in einem Empfangssalon wieder. Auf dem Weg dorthin waren mir die vielen ausgebrannten Fackeln und Wachslichter aufgefallen. In den Gängen roch es noch schwach nach welken Blumengirlanden, und wenn ab und zu eine Tür ging, hörte ich die Mägde mit dem Geschirr vom Vorabend klappern. Sabina Pollia ließ mir ausrichten, ich möge mich noch etwas gedulden. Vermutlich war die Dame noch nicht mal angezogen. Ich beschloß, den Fall abzulehnen, wenn sie sich als reiche Schlampe entpuppen sollte, die nichts als Partys im Kopf hatte.

Nach einer halben Stunde begann ich mich zu langweilen und unternahm einen Streifzug durchs Haus. Überall hingen kostbar eingefärbte, aber leicht derangierte Vorhänge; die Möbel waren ausgesucht schön, jedoch wahllos in den Zimmern verteilt, und die Raumgestaltung schien ebenso willkürlich: Weiße Stuckdecken mit hauchzartem Dekor wölbten sich über Wandgemälden mit derb-erotischen Motiven. Es sah aus, als hätten sich die Herrschaften von jedem geschickten Handlungsreisenden etwas aufschwatzen lassen, ohne Rücksicht auf Sinn und Zweck, von Geschmack ganz zu schweigen. Der einzig gemeinsame Nenner dieses Sammelsuriums war vermutlich der horrende Preis.

Ich schätzte gerade, nur so zum Zeitvertreib, den möglichen Auktionsertrag für einen Phidias (»Aphrodite schnürt ihre Sandale«), der im Gegensatz zu fast jedem Phidias, der einem sonst in Rom unterkommt, verdächtig nach einem Original aussah, als hinter mir eine Tür aufflog und eine Frauenstimme rief: »Also *hier* finde ich Sie!«

Schuldbewußt fuhr ich herum. Bei ihrem Anblick blieb mir die Entschuldigung im Halse stecken.

Sie war zum Anbeißen. Den vierzigsten Geburtstag hatte sie zwar nicht mehr vor sich, aber falls sie mal ins Theater kam, würde sie bestimmt mehr Aufmerksamkeit erregen als das Stück. Kajal betonte ihren schmachtenden Blick, doch selbst im Naturzustand hätten Augen wie diese der Tugend eines Mannes von meiner Sensibilität arg zugesetzt. Die Augen gehörten zu einem ebenmäßigen Gesicht, und das wiederum zu einem Körper, gegen den die Phidias-Aphrodite sich ausnahm wie eine marode Eierfrau, der vom langen Stehen die Füße weh tun. Sie kannte ihre Wirkung ganz genau. Mir brach augenblicklich der Schweiß aus.

Da ich nach Sabina Pollia gefragt hatte, mußte sie das wohl sein. Zwei stämmige Burschen in leuchtend blauer Livree traten hinter ihr vor und rückten mir auf die Pelle.

»Rufen Sie Ihre Wachhunde zurück!« verlangte ich. »Die Dame des Hauses hat mich persönlich hergebeten.«

»Dann sind Sie der Schnüffler?« Ihre unverblümte Art verriet, daß diese Dame bei Bedarf auch ganz undamenhaft werden konnte.

Ich nickte. Sie bedeutete den beiden Flügelmännern, sich zurückzuziehen. Die gingen daraufhin zwar außer Hörweite, blieben aber nahe genug, um mich Mores zu lehren, falls ich Ärger machen sollte. Was ich nicht vorhatte – es sei denn, man würde mir Grund dazu geben. »Wenn Sie mich fragen«, erklärte ich dreist, »sollte eine Dame im eigenen Haus keinen Leibwächter brauchen.«

An meiner ausdruckslosen Miene konnte die Gnädige nicht ablesen, ob ihr Verdacht berechtigt war und ich sie soeben tatsächlich als ordinäre Person abgestempelt hatte. »Ich bin Didius Falco. Habe ich die Ehre mit Sabina Pollia?« Betont lässig streckte ich ihr die Flosse entgegen. Es schien ihr nicht zu gefallen, aber sie nahm die dargebotene Hand. Die ihre war schlank, mit kurzen Fingern und den hellen, ovalen Nägeln eines jungen Mädchens; sie trug einen Haufen juwelenblitzender Ringe.

Sabina Pollia besann sich und entließ die beiden Burschen in der adriatischen Uniform. Eine Dame hätte jetzt nach einem Anstandswauwau geschickt, aber das vergaß sie. Sie fläzte sich so auf einen Diwan, daß die anmutige Aphrodite wieder Punkte gewann.

»Erzählen Sie mir was über sich, Falco!« Leidiges Berufsrisiko: Sie wollte sich amüsieren, den Spieß umdrehen und mich ausfragen. »Sie sind also Privatermittler – wie lange denn schon?«

»Fünf Jahre. Seit ich als Invalide aus der Legion entlassen wurde.«

»Doch hoffentlich nichts Ernstes?«

Mein Lächeln war kühl, souverän. »Nichts, was mich nennenswert beeinträchtigen könnte.«

Unsere Blicke trafen sich, verweilten. Es würde ein hartes Stück Arbeit werden, bis ich diese Schönheit so weit hatte, daß wir sachlich über meinen Auftrag reden konnten.

Sie war eine von diesen klassischen Miezen: wohlproportioniertes Gesicht, gerade Nase genau am rechten Fleck, klarer Teint und ungewöhnlich ebenmäßige Zähne – ein vollkommenes Profil, wenn auch etwas ausdrucksschwach, da Menschen mit sehr schönen Gesichtern nie Charakter zeigen müssen, um sich durchzusetzen; außerdem könnte durch zuviel Mimik ja die Schminke brüchig werden, die Frauen wie sie nicht nötig haben, aber immer tragen. Sie war zierlich und kokettierte damit – auffallende, mit Schlangenköpfen verzierte Reifen betonten die zarten Arme, die geschürzten Lippen imitierten einen Kleinmädchenschmollmund. Alles Theater, um einen Mann zum Schmelzen zu bringen. Da ich nie krittelig bin, wenn eine Frau sich wirklich ins Zeug legt, schmolz ich gehorsam.

»Ich höre, Sie arbeiten für den Palast, Falco – aber mein Diener hat mir schon gesagt, daß Sie darüber nicht sprechen dürfen ... «

»So ist es.«

»Diese Detektivarbeit muß ja faszinierend sein!«

Sie hoffte offenbar auf ein paar skandalträchtige Enthüllungen über ehemalige Klienten.

»Manchmal«, gab ich ungefällig zurück. Meine verflossenen Klienten sind zumeist Leute, an die ich mich lieber nicht mehr erinnere.

»Man hat mir auch erzählt, daß ein Bruder von Ihnen als Held gefallen ist.«

»Didius Festus. Ihm wurde in Judaea das Palisadenkreuz verliehen.« Mein Bruder Festus hätte sich schiefgelacht bei dem Gedanken, daß die Verwandtschaft mit ihm einmal mein Prestige erhöhen würde. »Haben Sie ihn gekannt?«

»Nein – sollte ich?«

»Nun, viele Frauen kannten ihn.« Ich lächelte. »Sabina Pollia, sollte ich Ihnen nicht in einer gewissen Angelegenheit behilflich sein?«

Diese zarten Püppchen lassen sich von keinem den Schneid abkaufen. »Tja, Falco – wo liegen denn Ihre Stärken?«

Ich fand es an der Zeit, ihr die Stirn zu bieten. »In meinem Beruf, Gnädigste, da bin ich stark! Können wir also zur Sache kommen?«

»Nicht so hastig!« tadelte Sabina Pollia.

Warum bin am Ende immer ich schuld?

»Wenn ich Hyacinthus recht verstanden habe, dann handelt es sich um ein Familienproblem?« fragte ich etwas muffig.

»Nicht ganz!« Pollia lachte. Und dann kam wieder die Masche mit dem hilflosen Schmollmündchen. Aber darauf war ich von Anfang an nicht reingefallen; die Dame konnte was einstecken. »Sie sollen nämlich das Problem grade aus der Familie raushalten!«

»Dann wenden wir uns doch gleich mal dieser ›Familie‹ zu. Also, Hortensius Novus wohnt hier; und wer noch?«

»Wir wohnen *alle* hier. Ich bin mit Hortensius Felix verheiratet; Hortensia Atilia ist die Frau von Hortensius Crepito . . . « Sklaven, die untereinander heiraten: nichts Ungewöhnliches.

»Und Novus ist in diesem brüderlichen Triumvirat der letzte fidele Junggeselle?«

»Bis jetzt«, antwortete sie gepreßt. »Aber die drei sind keine Geschwister, Falco! Wie kommen Sie nur darauf?«

Jetzt war ich ein bißchen aus dem Konzept. »Nun, die ganze Situation hier, der gleiche Name, Sie selbst bezeichnen sich als eine Familie . . . «

»Wir sind nicht blutsverwandt, stammen aber aus *einer* Familie. Unser Herr hieß Hortensius Paulus, verstehen Sie?«

Als ob es nicht schon lästig genug wäre, daß man jedem Römer nebst Brüdern und Söhnen zum Zeichen der Ehrfurcht den Vatersnamen anhängt, hatte ich es hier also mit einer ganzen Bande von Ex-Sklaven zu tun, die allesamt das Patronymikum ihres früheren Herrn trugen. Sogar die Frauen! »Hortensia Atilia ist demnach eine Freigelassene aus demselben Haushalt?«

»Ja.«

»Aber *Sie* gehörten nicht dazu?«

»O doch.«

»Wieso heißen Sie dann anders?« Sabina Pollia, die zu stolzen Halbmonden gezupften Brauen leicht gehoben, amüsierte sich auf meine Kosten. »Da komme ich nicht ganz mit«, gestand ich freimütig.

»Ich habe für die Dame des Hauses gearbeitet«, erklärte sie hoheitsvoll. Fakten wie »ich habe ihr gehört« oder »sie hat mich freigelassen« blieben wohlweislich unausgesprochen. »Darum habe ich ihren Namen angenommen. Aber ist das denn wichtig, Falco?«

»Sagen wir hilfreich.« Vor allem dabei, eventuelle Fettnäpfchen zu umrunden. Ich mag meine Klientel nicht kränken – aus Angst, daß sie sonst weniger zahlen. »Fassen wir also zusammen: Sie fünf wurden zum Dank für treue Dienste in die Freiheit entlassen ...« Sicher hatte Paulus das in seinem Testament verfügt. »Seitdem wohnen und arbeiten Sie zusammen, ja haben sogar untereinander geheiratet.« Da das Mindestalter für die Freilassung eines Sklaven dreißig Jahre beträgt, mischte Pollia seit gut und gern zehn Jahren in der feinen Gesellschaft mit. Eher noch länger, dachte ich, den gebotenen Takt gegenüber einer Dame und ihrem Alter vergessend. »Sie führen ein angesehenes Haus, leben in Wohlstand. Na, und den Rest kann ich mir zusammenreimen: Da kommt plötzlich eine Fremde daher – die vielleicht ein Flittchen ist, aber darauf kommen wir gleich – und verdreht Ihrem einzigen noch ungebundenen Familienmitglied den Kopf. Und nun möchten Sie, daß ich diese Person verscheuche.«

»Sie sind auf Draht, Falco.«

»Davon lebe ich ... Wie weit ist die Romanze denn schon gediehen?«

»Hortensius Novus hat sich offiziell verlobt.«

»Wie unbesonnen! Doch bevor ich den Fall übernehme«, fuhr ich nachdenklich fort, »nennen Sie mir *einen* guten Grund dafür, warum ich glauben sollte, daß Sie und Atilia dieser klugen Spekulantin nicht einfach nur böse sind, weil sie Ihr geregeltes Leben durcheinanderbringt?«

Die Frage schien Pollia berechtigt. »Natürlich sind wir um das Glück unseres alten Freundes besorgt.«

»Natürlich«, echote ich. »Aber ich nehme doch an, daß es auch um einen schönen Batzen Geld geht?«

»Wenn Hortensius Novus eine Braut ins Haus bringt, die ehrbare Absichten hat, wollen wir sie gern willkommen heißen.« Mich wunderte schon, daß *zwei* Frauen gemeinsam wirtschaften konnten, von dreien ganz zu schweigen. Auf meinen entsprechenden Hinweis erläuterte sie mir das harmonische Arrangement der Sippe: »Felix und ich bewohnen diesen Flügel, Crepito und Atilia den gegenüber. Für Geschäftsbesprechungen und Feste teilen wir uns die Salons im Mitteltrakt . . . «

»Und wo zwängt Novus sich dazwischen?«

»Er hat eine Suite im Obergeschoß – oh, überaus geräumig, Falco.«

»Wir Junggesellen sind maßvoll. Aber wenn er heiratet, können Sie dann ein drittes Ehepaar unterbringen?« fragte ich und überlegte im stillen, ob ich hier nichts weiter zu lösen haben würde als das leidige Wohnungsproblem, das so vielen Familien in Rom das Leben vergällt.

»Nichts leichter als das.« Sabina Pollia zuckte die Achseln. »Unser Architekt würde einen neuen Flügel anbauen.«

»Aha! Damit wären wir bei der Preisfrage: Wenn Novus' Heirat den Haushalt nicht durcheinanderbringen würde, was stört Sie und Atilia dann so an seiner Freundin?«

»Wir glauben, daß sie ihn umbringen will«, sagte Sabina Pollia.

VI

Wir Ermittler sind schlichte Gemüter. Zeigt man uns eine Leiche, dann suchen wir brav nach dem Mörder – bloß haben wir die Leiche gern vorher; irgendwie ist es logischer so.

»Gnädigste, in gutrömischer Gesellschaft gilt es als unhöflich, von einem Mord zu sprechen, noch ehe er begangen wurde.«

»Sie glauben, ich hätte mir das nur ausgedacht!« Pollia verdrehte die herrlichen Augen.

»Nein, es klingt so lächerlich, daß ich Sie ernst nehme! Wenn jemand etwas erfindet, dann legt er sich normalerweise eine plausiblere Geschichte zurecht.«

»Diese ist wahr, Falco.«

»Dann beweisen Sie's mir.«

»Die Frau war schon verheiratet – und zwar dreimal!«

»Oh, wir leben in frivolen Zeiten. Heutzutage sind fünf Ehen das Minimum für eine Rufschädigung . . . «

»Keiner ihrer Ehemänner hat die Hochzeit lange überlebt . . . « Pollia gab nicht auf, und ich grinste boshaft weiter. »Und jedesmal war sie nach der Beerdigung sehr viel reicher!«

Ich hörte auf zu grinsen. »Ah! Geld gibt der Geschichte den Stempel der Echtheit . . . Übrigens, wie heißt die bewußte Dame?«

Pollia zuckte die Achseln (wobei sie lässig ihre schönen weißen Schultern zwischen den funkelnden Ärmelspangen entblößte). »Sie nennt sich Severina. Wie sie weiter heißt, weiß ich nicht.«

Mit einem Stilus, den ich immer griffbereit habe, schrieb ich in mein Notizbuch: *Vorname Severina; Familienname unbekannt* . . . »Ist sie hübsch?«

»Juno, wie soll ich das wissen? Irgend etwas muß schon dran sein an einer, die vier Männer – lauter vermögende Männer – dazu bringen kann, sie zu heiraten.«

Ich machte mir noch eine Notiz, diesmal im Kopf: *raffinierte Person*. (Das konnte schwierig werden.) *Und wahrscheinlich auch intelligent*. (Noch schlimmer!)

»Macht sie ein Geheimnis aus ihrer Vergangenheit?«

»Nein.«

»Brüstet sich damit?«

»Auch das nicht. Sie stellt es ganz einfach so hin, als sei es gang und gäbe, drei früh verstorbene Ehemänner zu beerben.«

»Gescheit.«

»Falco, ich habe Ihnen doch gesagt, sie ist gefährlich!« Der Fall begann mich zu interessieren (ich bin ein Mann, ein normal veranlagter Mann: gefährliche Frauen haben mich immer fasziniert).

»Pollia, lassen Sie uns einmal klarstellen, was Sie von mir wollen: Ich kann diese Severina beschatten und ausspionieren, in der Hoffnung, einen dunklen Fleck in ihrer Vergangenheit aufzudecken . . . «

»Das wird nichts nützen. Nach dem Tod ihres dritten Gatten hat sogar ein Prätor eine Untersuchung angeordnet. Aber«, klagte Pollia, »es ist nichts dabei herausgekommen.«

»Auch ein Prätor übersieht mal was. Vielleicht ist das unsere Chance. Selbst die gerissenste Verführerin macht irgendwann Fehler, wie jeder Mensch. Nach drei Siegen hält dieser Vamp sich wahrscheinlich bald für eine Halbgöttin; und dann tappt sie einem wie mir in die Falle. Sagen Sie, ist Hortensius Novus eigentlich über ihre Vergangenheit informiert?«

»Wir haben sogar dafür gesorgt, daß er sie danach fragte. Aber sie hatte auf alles eine Antwort.«

»Natürlich, als Profi hat sie sich nicht überrumpeln lassen. Ich will trotzdem sehen, ob ich sie verscheuchen kann. Manchmal reicht es schon, wenn diese Bräute merken, daß sie unter Beobachtung stehen – schon schwirren sie ab und suchen sich ein leichteres Opfer. Wären Sie übrigens bereit, ihr Geld anzubieten?«

»Wenn das was nützt, gern. Wir haben ja genug davon.«

Ich grinste, in Gedanken schon bei meiner Rechnung. Ich bin in meinem Leben genug reichen Leute begegnet, die ihr Vermögen dezent verschweigen, und ich kenne Männer, die ohne jedes Aufhebens von ihren riesigen Besitzungen sprechen. Sabina Pollias unverhohlene, ordinäre Prahlerei zeigte mir, daß ich Neuland betreten hatte: Das hier war die Welt der Protze. »Gut, dann werde ich ihren Preis auskundschaften ...«

»Vorausgesetzt, sie hat einen!«

»Oh, den hat sie, und bestimmt ist er niedriger, als Hortensius Novus sich das vorstellt. Wissen Sie, die Erkenntnis, wie gering die Angebetete seinen Wert ansetzt, hat schon manchem betörten Liebhaber geholfen, sie mit anderen Augen zu sehen!«

»Falco, Sie sind ja ein Zyniker!«

»Ich habe eben oft für Männer gearbeitet, die glaubten, der großen Liebe begegnet zu sein.«

Sie musterte mich hinter halb geschlossenen Lidern. Aus war's mit dem klaren, geschäftsmäßigen Kurs! »Falco, mögen Sie am Ende keine Frauen?«

»Ich liebe die Frauen!«

»Gibt's eine Auserwählte?«

»Ich bin *sehr* wählerisch!« konterte ich grob.

»Wir haben andere Informationen.« Ihre Informationen waren überholt. »Ich frage ja bloß«, flötete Pollia mit unverschämt naivem Augenaufschlag, »weil ich mir Sorgen mache, ob *Sie* vor Severinas Ränken sicher sein werden ...«

»Severina wird mich links liegenlassen, sowie sie erfährt, daß in Falcos Bankfach nichts weiter liegt als meine Geburtsurkunde, der Entlassungsschein vom Militär und ein paar erstickte Motten!«

Eisern lenkte ich das Gespräch zurück in geschäftliche Bahnen, erfragte noch ein paar Einzelheiten (eine Adresse, den Namen eines Prätors und vor allem die Höhe meines Honorars), dann verabschiedete ich mich.

Als ich die weiße Marmorfreitreppe hinunterschlitterte (die Stufen waren so schlüpfrig wie die Hausbewohner), bemerkte ich unten eine eben angekommene Sänfte.

Die sechs Träger in kobaltblauer Livree, breitschultrige, schwarzglänzende Numidier, waren Hünen, die sicher nicht mal im ärgsten Gedränge auf dem Forum Romanum, zwischen Tabularium und Haus der Vestalinnen, aus dem Tritt gekommen wären. Holzschnitzereien, mit Schildpatt eingelegt, zierten die Sänfte, die außerdem karminrote Vorhänge hatte, eine lackschimmernde Gorgo auf der Tür und Silberknäufe an den Tragstangen. Ich tat so, als hätte ich mir den Knöchel verrenkt, damit ich bleiben und sehen konnte, wer da aussteigen würde.

Und wie froh ich war, daß ich gewartet hatte!

Die Dame, die der Sänfte entstieg, mußte Atilia sein.

Sie gehörte zu den Frauen, die einen Halbschleier tragen, weil der ihre Reize erhöht; über dem bestickten Schleierrand glühten dunkle, ernste Augen von orientalischem Schnitt. Sie und Pollia hatten sehr viel Geld zur Verfügung, von dem sie offensichtlich soviel wie möglich für sich selbst ausgaben. An Atilia klimperte teurer Filigranschmuck. Daß eine einzelne Frau sich so schwer mit Gold behängte, hätte schon aus Sicherheitsgründen verboten gehört. Ihr Kleid hatte jenen satten Amethystschimmer, der glauben macht, der Stoff sei tatsächlich mit zerstoßenen Edelsteinen eingefärbt. Als sie die Freitreppe heraufkam, verneigte ich mich galant und gab den Weg frei.

Sie nahm den Schleier ab.

»Guten Morgen!« Mehr brachte ich nicht heraus; ich litt plötzlich an Atemnot.

Die Dame war so kühl wie die Eishaube auf dem Gipfel des Idagebirges. Sabina Pollia war zum Anbeißen, wie ein Pfirsich, doch diese Erscheinung glich der reifen, geheimnisumwitterten Frucht einer mir fremden, exotischen Provinz.

»Sie sind gewiß der Detektiv.« Ihre ernste Miene verriet hohe Intelligenz. Nicht, daß ich mich hätte täuschen lassen; seinerzeit, im Hause des Herrn Hortensius, war sie vermutlich einmal Küchenmagd gewesen – und doch hatte sie den hoheitsvollen Blick einer Prinzessin aus dem Morgenland. Wenn Kleopatra so einen Augenaufschlag hingekriegt hat, wundert es mich nicht mehr, warum ehrbare römische Generäle Schlange standen, um an den schlammigen Ufern des Nils ihren guten Ruf zu verschleudern.

»Ich heiße Didius Falco ... Hortensia Atilia?« Sie nickte. »Wie schön, daß ich mich Ihnen doch noch persönlich vorstellen kann ... «

Ein Schatten glitt über ihr makelloses Gesicht. Die ernste Stimmung stand ihr gut; ihr hätte jede Stimmung gut gestanden. »Es tut mir leid, daß ich bei Ihrem Vorstellungsgespräch nicht dabei war, aber ich habe meinen kleinen Sohn zur Schule gebracht.« Eine treusorgende Mutter – zauberhaft! »Glauben Sie, daß Sie uns helfen können, Falco?«

»Ich will keine voreiligen Versprechungen machen. Aber ich hoffe doch, ja.«

»Danke«, hauchte sie. »Und nun darf ich Sie wohl nicht länger aufhalten ... « Hortensia Atilia reichte mir so förmlich die Hand, daß ich mir plötzlich wie ein Klotz vorkam. »Aber besuchen Sie mich bald und lassen Sie mich wissen, wie Sie vorankommen, ja?«

Ich lächelte. Eine Frau wie sie erwartet von einem Mann, daß er lächelt; und wir Männer tun unser Möglichstes, um solche Erwartungen nicht zu enttäuschen. Sie lächelte zurück, denn sie wußte, daß ich früher oder später einen Vorwand finden würde, um sie zu besuchen. Bei einer solchen Frau werden wir Männer ungewohnt einfallsreich.

Auf dem Rückweg blieb ich auf halber Höhe stehen und bewunderte den herrlichen Blick auf Rom. Vom Pincio herab betrachtet, schwamm die Stadt im goldenen Morgenlicht. Ich lockerte den Gürtel, unter dem mir die Tunika an der Taille klebte, wartete ab, bis mein Atem wieder ruhiger ging, und zog Bilanz. Nach der Begegnung mit Pollia und Atilia hatte ich das Gefühl (und ich gestehe, daß ich es schlankweg genoß), als könne ich von Glück sagen, heil wieder aus ihrer Villa rausgekommen zu sein.

Die Vorzeichen waren vielversprechend. Zwei berückende Klientinnen, deren neureicher Lebensstil mir Amüsement versprach; eine Brieftaschenbraut mit so bewegter Vergangenheit, daß man sie bestimmt entlarven konnte, auch wenn es dem zuständigen Beamten nicht gelungen war (einen Prätor blamiere ich für mein Leben gern); plus einem fetten Honorar – und das alles mit ein bißchen Glück, ohne große Anstrengung ...

Ein idealer Fall.

VII

Bevor ich mit der Überwachung des Vamps anfing, wollte ich erst einmal die Hortensius-Sippe unter die Lupe nehmen. Durch ihre Wohnung und durch die Fragen, die sie stellen, verraten die Leute sich schon mehr als sie glauben; ihre Nachbarn sind mitunter noch auskunftsfreudiger. Jetzt, da ich mir einen ersten Eindruck verschafft hatte, lohnte sich wohl ein zweiter Besuch bei dem Zuckerbäcker, den ich zuvor nach dem Weg gefragt hatte.

Als ich an den Stand kam, pickte gerade ein Huhn mit Hang zum süßen Leben Krümel auf. Der Laden war eigentlich bloß ein Verschlag gegenüber einer Pinie. Vorn hatte er eine Theke zum Runterklappen und ein aufklappbares Sonnendach, und hinten drin stand ein Backofen. Dazwischen war so wenig Platz, daß der Konditor sich so oft wie möglich mit seinem Schemel in den Schatten der Pinie auf der anderen Straßenseite verzog und gegen sich selbst Hütchenfangen spielte. Wenn Kunden auftauchten, ließ er sie so lange warten, bis ihnen das Wasser im Munde zusammenlief; dann erst kam er herüber.

Die Anwohner des Pincio mochten eigentlich keinen Geschäftsbetrieb in ihrer Gegend; aber auf ihre kleinen Annehmlichkeiten wollten sie auch nicht verzichten. Ich verstand sehr gut, warum sie diesen Zuckerbäcker auf ihrem Hügel duldeten. Für die architektonischen Mängel seines Emporiums wurde man durch phantasievolle Köstlichkeiten reichlich entschädigt.

Das Herzstück der Vitrine bildete ein riesiges Tablett, auf dem ganze Feigen tief in ein klebriges Honigbett versenkt waren. Ringsherum hatte der Meister verlockende Leckerbissen in Schleifen und Spiralen angeordnet, zwischen denen hie und da eine Lücke klaffte (damit niemand sich genieren würde, womöglich die Auslage durcheinanderzubringen). Da gab es saftige Datteln, mal mit ganzen, elfenbeinschimmernden Mandeln gefüllt, mal mit raffinierten Cremes in Pastellfarben farciert; knuspriges Gebäck, zu Halbmonden oder Rechtecken geformt, dick mit saftigen Früchten belegt und obenauf mit Zimt bestreut; frische kandierte Damaszenerpflaumen, Quitten und geschälte Birnen; Törtchen aus Eierschaum mit Muskatnuß besprenkelt und teils aufgeschnitten, damit man die eingebackene Schicht Hagebutten oder Holunderbeeren sehen konnte. An einer Seite der Bude stand ein Regal mit Honigtöpfen, den Etiketten nach aus Hymettus und Hybla; ja für den Liebhaber ausgefallener Partygeschenke gab es sogar ganze Honigwaben. Gegenüber glänzten dicke Stücke afrikanischen Mostkuchens neben anderen Kunstwerken aus der Konfiserie des Standinhabers, etwa seine in Milch getränkten Weizenmehlküchlein: Die wurden vor den Augen der Kundschaft aufgespießt, in Honig geschwenkt und zur Krönung mit kleingehackten Haselnüssen bestreut.

Ebenfalls eine Spezialität waren die Knuspertauben: ein Gedicht aus Kuchenteig, gefüllt mit Rosinen und Nüssen und nach dem Backen glasiert. Ich drückte mir gerade davor die Nase platt, als der Konditor neben mir auftauchte.

»Ah, wieder da! Und? Haben Sie das Haus gefunden, nach dem Sie suchten?«

»Ja, ja, danke. Ach, kennen Sie übrigens die Familie Hortensius?«

»Na, und ob!« Der Konditor war ein verhutzelter Kauz mit den behutsamen Gesten eines Mannes, dessen Beruf sehr viel Fingerspitzengefühl verlangt. Der

Markisenpfahl, auf dem nicht, wie üblich, FRISCHE BACKWAREN stand, informierte die Kundschaft, daß sie hier von MINNIUS bedient wurden.

Ich wagte eine unverblümt dreiste Frage. »Und was sind das für Leute?«

»Ach, nicht übel.«

»Kennen Sie sie schon lange?«

»Seit über zwanzig Jahren! Als ich diese Brut aufgeplusterter Zwerghähne kennenlernte, waren sie noch Küchenjunge, Maultiertreiber und ein kleiner Wicht, der die Lampendochte stutzte!«

»Seitdem haben die sich aber ganz schön hochgearbeitet! Ich bin eben von den Frauen engagiert worden. Kennen Sie eigentlich auch Sabina Pollia?«

Minnius lachte. »An *die* erinnere ich mich noch aus der Zeit, als sie Friseuse war und Iris hieß!«

»Hallo! Und wie steht's mit Atilia?«

»Die Intellektuelle! Na ja, die wird Ihnen erzählen, sie war Sekretärin, aber denken Sie dabei ja nicht an einen griechischen Stubengelehrten. Atilia hat die Wäscheliste zusammengekritzelt!«

Er gluckste vor Vergnügen über seinen eigenen Witz. »Damals habe ich auf dem Emporium Pistazien vom Tablett weg verhökert. Heute verkaufe ich immer noch Konfekt – in dieser Bude hier, die übrigens dem Lampenputzer aus dem Hortensius-Stall gehört. Wenn es überhaupt einen Unterschied macht, dann habe ich mich höchstens verschlechtert; die Kunden sind unhöflicher, ich zahle dem Schuft zuviel Miete, und mir fehlt es an Bewegung...«

Er schnitt einen weingetränkten Kuchen an, der vor Honig nur so triefte, und gab mir ein Stück zum Probieren. Es gibt Leute, die werfen einen Blick auf mein freundliches Gesicht und werden schlagartig von Abneigung befallen. Glücklicherweise weiß die andere Hälfte der Gesellschaft ein offenes Lächeln zu schätzen.

»Nun fragen Sie mich, wie die das anstellen!« Das hätte ich tatsächlich getan, wäre mein Mund nicht voll der köstlichsten Krumen gewesen. »Sogar als sie noch dem alten Paulus gehörten, waren die Jungs schon fleißige Unternehmer. Jeder von ihnen hatte einen Krug unterm Bett, der sich mit heimlich verdienten Kupfermünzen füllte. Sie hatten alle das Talent, Sonderaufträge für ein Extratrinkgeld zu ergattern. Wenn Ihre Pollia . . . «

»Iris!« Ich grinste mit klebrigen Lippen.

»Also, wenn Iris was geschenkt bekam – eine Haarnadel oder den Fransenbesatz von einem Kleid –, dann tauschte sie's auf der Stelle gegen harte Denare ein.«

»Hat der alte Paulus das unterstützt?«

»Weiß nicht. Aber er hat's durchgehen lassen. War ein liebenswerter Mensch. Und ein guter Herr erlaubt seinen Dienern zu sparen, wenn sie's können.«

»Haben sie sich eigentlich selbst freigekauft?«

»Die Mühe hat Paulus ihnen abgenommen.«

»Ist er gestorben?«

Minnius nickte. »Er war Marmorschleifer von Beruf. Arbeit hatte er jede Menge, auch wenn er nicht reich damit geworden ist. Jedenfalls, als er abtrat, waren seine Leute im Testament großzügig bedacht.« Paulus konnte durch Vermächtnis einem Teil seiner Dienstboten die Freiheit schenken; meine Klienten hatten ganz den dreisten Blick von Sklaven, die rechtzeitig dafür sorgen, daß sie zu den Favoriten gehörten, die in den Genuß dieses Privilegs kamen.

»Ihre Ersparnisse hatten sie bald gut angelegt«, fuhr Minnius fort. »Gibt's eigentlich ein bestimmtes System, um mit Frachtschiffen zu verdienen?«

Ich nickte. »Prämien – für die Ausrüstung von Getreidetransporten.« Zufällig hatte ich mich vor kurzem erst näher mit Kornimporten beschäftigt und kannte daher sämtliche Tricks und Schwindeleien auf diesem Sektor. »Kaiser Claudius rief das Programm ins Leben, um die Winterfahrten zu fördern. Er setzte ein Handgeld aus, auf das jeder, der Schiffe baute und zur Verfügung stellte, Anspruch hatte und dessen Höhe sich nach der Tonnage richtete. Außerdem gab's eine Versicherung; er übernahm die Haftung für jeden gesunkenen Frachter. Dieses Gesetz ist nie aufgehoben worden. Und jeder, der davon weiß, kann bis heute davon profitieren.«

»Pollia besaß ein Schiff, das gesunken ist«, versetzte Minnius trocken. »Und sie hat's auch geschafft, ganz schnell an ein neues zu kommen . . . «

Er wollte offenbar andeuten, daß es sich dabei um ein und dasselbe Schiff handelte, nur mit geändertem Namen – ein interessanter Hinweis auf raffinierte Praktiken im Hause Hortensius. »Und sie hatte dieses Schiff selbst ausgerüstet?« fragte ich. Nach dem Erlaß des Claudius erwarb eine Frau mit einer solchen »Spende« die Ehren einer vierfachen Mutter: übersetzt in die Sprache *meiner* Mutter, das Recht, sich in der Öffentlichkeit die Haare zu raufen, weil man ständig von Quälgeistern umgeben war.

»Wer weiß? Aber bald darauf trug sie Rubinklunker in den Ohren und Sandalen mit silbernen Sohlen.«

»Und wie haben die Männer sich ihr Vermögen verdient? Was machen die so für Geschäfte?«

»Dies und das. Genauer gesagt, dies, das und so gut wie alles, was Sie sich sonst noch ausdenken können . . . «

Ich spürte, daß die Mitteilsamkeit meines Informanten versiegte – Zeit, mich zu verkrümeln. Ich kaufte zwei von seinen gefüllten Knuspertauben für Helena und noch ein paar Stücke Mostkuchen für meine Schwester Maia – zum Dank für die Selbstlosigkeit, mit der sie mir meine Wettsteine wiederbeschafft hatte.

Der Preis war so aberwitzig, wie sich das für den Pincio gehörte. Aber dafür bekam ich als Dreingabe auch ein hübsches Körbchen mit einem schmucken Nest aus Weinlaub, in dem ich meine Leckereien heimtragen konnte, ohne klebrige Finger zu kriegen. Kein Vergleich mit dem tintenbekleckstеn, aus alten philosophischen Traktaten rausgerissenen Fetzen, in die man bei mir zu Hause auf dem Aventin die Torten einwickelt.

Andererseits gibt's auf einem Rebenblatt nichts zu lesen, wenn man es erst einmal saubergeleckt hat.

VIII

Als nächstes strapazierte ich meinen Blutdruck mit dem Besuch bei einem Prätor.

In Zeiten der Republik waren jährlich zwei Magistrate gewählt worden (oder vielmehr ernannt, denn da nur Senatsmitglieder in Frage kamen, konnte man nicht gerade von einer freien Wahl sprechen). Inzwischen aber waren die Straftaten so sprunghaft angestiegen, daß nun schon achtzehn Richter nötig waren, davon allein zwei für Betrugsdelikte. Der Magistrat, der gegen die verdächtige Tripelwitwe ermittelt hatte, hieß Corvinus. Da ich jeden Tag in der *Forumspost* nachlesen konnte, was für aberwitzige Entscheidungen die heutigen Rechtsverdreher fällten, wußte ich im voraus, was von diesem Corvinus zu halten war: ein aufgeblasener Wichtigtuer, wie alle Prätoren. In der Rangliste öffentlicher Ämter stehen sie nur eine Stufe unter dem Konsul, dem höchsten Beamten des Römischen Reichs, und für einen Staatsdiener, der sich mit seiner Unbelecktheit in Sachen moderner Moral brüsten will, ist das Prätorenamt ein gefährlich reizvoller Tummelplatz. Corvinus, ein Fossil aus der Zeit vor Vespasians Kampagne zur Säuberung der Gerichte, würde seine Karriere unter dem jetzigen Kaiser vermutlich sang- und klanglos als Prätor beenden.

Zum Leidwesen meiner Klienten hatte Corvinus, bevor man ihn auf sein Gut in Latium in Pension schickte, noch Zeit gefunden, den Fall Severina abzuschließen, mit dem Ergebnis, daß die arme Kleine ein Pechvogel war, dem *rein zufällig* kurz hintereinander drei reiche Ehemänner unter den Händen weggestorben waren. Tja, nun wissen Sie, warum ich über Prätoren im Richteramt so denke, wie ich denke.

Ich hatte Corvinus nie kennengelernt und legte auch keinen Wert darauf, das nachzuholen. Trotzdem ging ich vom Pincio schnurstracks zu seinem Haus. Es war eine ruhige Villa auf dem Esquilin. Über der Tür hing eine verblaßte Trophäe zum Andenken an eine Militärparade, bei der man Anno Tobak einen seiner Ahnherren dafür ausgezeichnet hatte, daß er nicht desertiert war. In der Eingangshalle sah ich die Statuen von zwei strengen republikanischen Oratoren, eine mittelmäßige Bronzebüste des Augustus und eine ellenlange Kette für einen Wachhund (ohne den dazugehörigen Hund): der übliche angestaubte Plunder einer Familie, die nie so bedeutend gewesen war, wie sie glaubte, und nun allmählich in Vergessenheit geriet.

Meine Hoffnung, Corvinus sei zur Sommerfrische nach Cumae gereist, erfüllte sich nicht. Er gehörte zu der Sorte pflichtbewußter Toren, die wahrscheinlich sogar am eigenen Geburtstag Gericht halten; er murrte über die Last der Geschäfte – und streichelte gleichzeitig sein Ego damit, den ganzen heißen August hindurch Schriftsätze zu verhunzen. Ein gelangweilter Türsteher ließ mich ein. Im Atrium lag ein Haufen beilbewehrter Rutenbündel, und ich hörte Stimmengemurmel aus dem Nebenraum, wo die Liktoren des ehrenwerten Magistrats ihr Mittagessen verputzten. In einem Korridor waren etliche Bänke aufgestellt, auf denen Kläger und Mandanten mit Leichenbittermiene rumhängen konnten, während der Prätor sein Verdauungsschläfchen hielt. Das schräg einfallende Sonnenlicht, das durch hohe, quadratische Fenster schien, blendete mich zunächst, doch sobald meine Augen sich an das grelle Wechselspiel von Licht und Schatten gewöhnt hatten, machte ich die gewohnte Bittstellerriege aus, die überall die Amtsstuben großer Tiere verstopft. Jeder belauert den anderen, aber keiner will sich's anmerken lassen; alle versuchen, dem Besserwisser mit dem irren Blick auszuweichen, der sich so gern unterhalten möchte; jeder hat sich auf einen langen und wahrscheinlich fruchtlosen Nachmittag eingerichtet.

Ich meide überfüllte Wartezimmer, wo man sich nur die Krankheiten anderer Leute einfängt, und ging darum auch hier rasch weiter. Ein paar der Jammergestalten strafften sich, doch die meisten waren darauf geeicht, einen, der anscheinend wußte, wo's langgeht, passieren zu lassen. Und ich hatte kein schlechtes Gewissen, weil ich mich vordrängte. Die anderen waren hier, um den Prätor zu sprechen. Das letzte, was *mich* interessierte, war ein unnützes Palaver mit einem langweiligen, vertrottelten Juristen. Aber jeder Prätor hat auch einen Sekretär. Und weil der Umgang mit streitenden Parteien äußerst heikel sein kann, ist der Sekretär eines Prätors normalerweise ein heller Kopf. Ich war hier, um den Sekretär zu sprechen.

Ich fand ihn im schattigen Garten eines Innenhofs. Da es ein warmer Tag war, hatte er seinen Klappstuhl an der frischen Luft aufgeschlagen. Seine Sonnenbräune sah aus wie aufgemalt – wahrscheinlich der Nebeneffekt einer Woche fleißigen Rebverschnitts im Weinberg. Er trug einen großen Siegelring, spitze rote Schuhe und eine schneeweiße Tunika – kurz, er war rausgeputzt wie ein Kesselheizer, der zum Tanz geht.

Diesmal hatte ich mich nicht verspekuliert: Nachdem er sich den lieben langen Vormittag mit Senatorensöhnen rumärgern mußte, die man auf Voyeurstour in den Umkleideräumen eines Frauenbades geschnappt hatte, oder mit tüdeligen Omas, die erst drei Generationen Familiengeschichte runterbeteten, bevor sie erklärten, warum sie vier Enteneier stehlen mußten, war der Sekretär heilfroh, seine Pyramide von Bittschriften beiseite schieben und sich bei einem Plausch mit mir erholen zu können. Ich stellte mich vor und erfuhr im Gegenzug, daß sein Name Lusius sei.

»Lusius, ich habe da ein paar Klienten, die sich wegen einer berufsmäßigen Braut Sorgen machen. Eine gewisse Severina; Familienname ist mir unbekannt, aber . . . «

»Zotica«, unterbrach Lusius schroff. Vielleicht hielt er mich für einen zeitvergeudenden Schwätzer.

»Sie erinnern sich! Den Göttern sei Dank für die Tüchtigkeit der . . . «

»Und ob ich mich erinnere«, knurrte der Sekretär, dem diese seltene Chance, sich seinen Frust von der Seele zu reden, die Zunge löste. »Die Frau ist dreimal kurz hintereinander Witwe geworden. Die Männer stammten jeder aus einem anderen Bezirk, weshalb ich mich gleich mit einem ganzen Trio schlampiger Ädilen rumschlagen mußte, die mir mit vierwöchiger Verspätung unvollständige Personalakten schickten – nebst einem Brief aus dem Büro des Zensors, in dem alle Namen falsch geschrieben waren. Das Ende vom Lied war, daß ich selbst die Unterlagen für Corvinus zusammenstellen mußte.«

»Die leidige Routine!« Ich nickte bedauernd. »Aber was können Sie mir erzählen?«

»Was wollen Sie denn wissen?«

»Im Grunde nur eins: War sie's, oder war sie's nicht?«

»Aber natürlich war sie's!«

»Zu dem Urteil ist Ihr Herr Corvinus aber nicht gekommen.«

Lusius beschrieb seinen Chef kurz und prägnant: die übliche Einschätzung eines Prätors, wenn man sie aus dem Munde seines Sekretärs hört. »Der ehrenwerte Corvinus«, so Lusius vertraulich, »würde nicht mal ein Furunkel am eigenen Hintern erkennen.« Ich hatte auf einmal eine Menge Zeit für Lusius; er schien ein Mann von Welt – der gleichen zwielichtigen Welt, in der auch ich mich bewegte.

»Ich sag's ja, Routine! Was ist, wollen Sie mir den Fall erzählen?«

»Warum nicht?« Er streckte die Beine aus und verschränkte die Arme, als wolle er sagen: Wenn einer schon so schwer schuftet wie ich, dann darf er sich auch mal eine kleine Anarcho-Pause gönnen. »Ja, warum eigentlich nicht? Also, Severina Zotica . . . «

»Zunächst mal: Was ist sie für ein Typ?«

»Nichts Besonderes. Aber sind es nicht immer die Unscheinbaren, die das meiste Unheil stiften?« Ich nickte. »Ach ja, sie ist 'n Rotschopf«, setzte Lusius hinzu.

»Das hätte ich mir denken können.«

»Wurde als junges Ding vom großen Sklavenmarkt in Delos importiert, war aber schon vorher ganz schön rumgekommen. Gebürtig aus Thracia – daher der Feuerkopf –, dann von ihren wechselnden Herrn hin und her gereicht: Zypern, Ägypten, und, ich glaube, vor Delos war sie noch in Mauretanien.«

»Woher wissen Sie das alles?«

»Ich mußte sie mal verhören. Wirklich ein Erlebnis!« meinte er versonnen, doch ohne sich näher zu erklären, was mich stutzig machte. Ja, er schien plötzlich auf der Hut – wie einer, der ein Auge auf ein Mädchen geworfen hat, sich das aber nicht anmerken lassen will. »Kaum in Italia gelandet, wurde sie von einem Perlenhändler gekauft. Seinen Laden in der Subura gibt es übrigens noch. Dieser Severus Moscus war offenbar eine anständige Haut, denn er hat das Mädchen eines Tages zur Frau genommen.«

»Ehe Nummer eins. Von kurzer Dauer?«

»Nein, sie waren ein oder zwei Jahre verheiratet.«

»Und haben sie sich vertragen?«

»Soviel ich weiß, ja.«

»Was ist ihm denn zugestoßen?«

»Er starb an einem Hitzschlag, als er sich einen Gladiatorenkampf ansah. Ich *glaube*, er saß auf einem Platz ohne Baldachin, und sein Herz machte einfach schlapp.« Lusius war augenscheinlich ein fairer Mann (oder versuchte, fair zu sein, wenn es galt, eine Rothaarige zu beurteilen).

»Vielleicht war er zu dumm oder zu störrisch, um sich in den Schatten zu setzen.« Auch ich konnte fair sein. »Hat Severina ihm die Eintrittskarte gekauft?«

»Nein, einer seiner Sklaven.«

»Und hat Severina den Verlust tränenreich beklagt?«

»Nein ...« Lusius zögerte nachdenklich. »Aber das fiel nicht weiter auf. Sie ist kein theatralischer Typ.«

»Gut erzogen, wie? Und Moscus hatte sie so gern, daß er ihr alles hinterließ?«

»Ein alter Mann muß eine Rothaarige – die sechzehn war, als er sie zur Frau nahm – einfach gern haben.«

»Na schön: So weit scheint alles mit rechten Dingen zugegangen zu sein. Aber nach der plötzlichen Erbschaft ist sie dann auf die Idee gekommen, was aus ihrem Leben zu machen?«

»Möglich wär's. Ich konnte nie feststellen, ob sie ihren Herrn aus Verzweiflung geheiratet hat oder aus ehrlicher Dankbarkeit. Vielleicht hatte sie ihn gern – oder sie war einfach diplomatisch. Vielleicht hat der Perlenhändler sie drangsaliert – oder sie hat ihn bezirzt. Allerdings«, Lusius wog seine Argumente ab wie ein echter Sekretär, »als Severina erfuhr, in welch angenehmen Verhältnissen Severus Moscus sie zurückgelassen hatte, machte sie sich unverzüglich daran, noch größere Annehmlichkeiten zu erringen.«

»Wie vermögend war dieser Moscus denn?«

»Er importierte Achate, die er zurechtschliff und zu Ketten fädelte. Hübsche Pretiosen. Na ja, hübsch genug, daß Senatorensöhne sie für ihre Huren kauften.«

»Ein florierendes Geschäft!«

»Besonders, seit er das Sortiment erweiterte und Kameen dazunahm. Sie wissen schon – die Köpfe der kaiserlichen Familie unter irgendeinem patriotischen Motto. *Friede, Glück* und dazu ein überfließendes Füllhorn . . .«

»Alles, was einem daheim abgeht!« Ich grinste. »Kaiserliche Porträts sind bei den Kriechern am Hof immer beliebt. Moscus' Arbeiten waren also gefragt, seine einstige Sklavin hat mithin ein blühendes Unternehmen geerbt. Und weiter? Wer war der nächste?«

»Ein Apotheker. Ein gewisser Eprius.«

»Woran ist er gestorben?«

»Eine seiner eigenen Hustenpastillen ist ihm im Hals steckengeblieben.«

»Und wie lange hat er sich gehalten?«

»Nun, er brauchte fast ein Jahr, um sie vor den Priester zu kriegen. Sie spielte ihm gekonnt die Wankelmütige vor. Dann überlebte er noch weitere zehn Monate. Vielleicht mußte sie erst ihre Nerven beruhigen.«

»Vielleicht bekam der Apotheker die Gnadenfrist aber auch nur, weil Severina erst etwas über Arzneien lernen wollte ... War sie dabei, als er erstickte? Hat sie Wiederbelebungsversuche unternommen?«

»Verzweifelte!« Wir lachten beide, überzeugt, daß wir den Fall durchschaut hätten. »Für ihre Hingabe wurde sie mit drei Pillenläden und einem Familiengütchen belohnt.«

»Und wer kam dann?«

»Grittius Fronto. Er importierte wilde Tiere für Neros Arenaspiele. Diesmal war sie dreister. Sie muß Fronto schon umgarnt haben, als Eprius' Nachlaßverwalter noch das Band um die Testamentsrolle aufnestelten. Der Circus-Impresario hielt sich bloß vier Wochen ...«

»Hat ihn etwa ein Löwe gefressen?«

»Ein Panther«, korrigierte Lusius trocken. Der Mann war genauso ein Zyniker wie ich; er gefiel mir immer besser. »Spazierte hinter der Bühne von Neros Circus aus 'nem offenen Käfig und drängte den armen Grittius mit dem Rücken gegen eine Hebevorrichtung. Wie es heißt, ist schrecklich viel Blut geflossen. Das Biest zerfleischte gleich noch einen Seiltänzer, was eigentlich nicht nötig gewesen wäre, den ›Unfall‹ aber glaubwürdiger erscheinen ließ. Grittius hat sehr gut verdient – zu seinem Unternehmen gehörte noch ein Nebengeschäft mit ausgefallenen Varietévorstellungen für zweitklassige Abendgesellschaften. Sie wissen schon – wo nackte Weiber kuriose Dinge mit Riesenschlangen veranstalten ... Das Geschäft mit Orgien ist heute mindestens so lukrativ wie eine spanische Goldmine. Ich schätze mal, daß Severina nach Frontos Bestattung um eine halbe Million Golddenare reicher war. Oh, und dann erbte sie noch einen sprechenden Papagei, bei dessen Flüchen sogar ein Galeerenaufseher rot werden würde.«

»Hat man denn bei keinem der Toten eine Leichenschau angeordnet?«

»An den Herzkasper von dem alten Perlenverkäufer glaubte jeder, und das Werk des Panthers hätte kein Arzt beurteilen können – dafür hatte die Bestie nicht genug übriggelassen!« Lusius erschauerte – welch zarte Seele. »Den Apotheker hat sich allerdings irgendein Quacksalber angesehen.« Ich hob fragend die Brauen, und ohne nachschlagen zu müsen, gab er mir Name und Anschrift. »Der Doktor hatte jedoch nichts zu beanstanden.«

»Wie ist die Justiz denn auf Severina aufmerksam geworden?«

»Grittius hatte einen Großneffen in Ägypten, der für den Transport der wilden Tiere sorgte. Dieser Spediteur hatte fest damit gerechnet, einmal den Zaster vom Löwengeschäft zu erben. Er segelte in aller Eile heim und versuchte, das Testament anzufechten. Wir stellten die üblichen Nachforschungen an, aber es reichte nicht für einen Prozeß. Corvinus hat den Fall gleich nach der Voruntersuchung niedergeschlagen.«

»Mit welcher Begründung, Lusius?«

Seine Augen blitzten zornig. »Mangel an Beweisen.«

»Gab es denn überhaupt welche?«

»Nicht die Spur.«

»Warum haben Sie dann trotzdem Einwände?«

Lusius brach in hämisches Gelächter aus. »Seit wann ist ein Fall erledigt, bloß weil es an Beweisen fehlt?« Ich erriet, was geschehen war. Bestimmt hatten die Ädilen (jene jungen Beamten, denen eigentlich die Beweisaufnahme obliegt, die jedoch lieber an der eigenen politischen Karriere basteln) Lusius ihre Arbeit tun lassen. Der Fall hatte ihn gepackt, und als dann die Dummheit des Prätors all seine Anstrengungen zunichte machte, hatte er das persönlich genommen. »Sie war einfach bewundernswert clever. Ist nie zu weit gegangen. Die Kerle, die sie sich aussuchte, hatten eine Menge Geld, waren aber gesellschaftlich völlig unbedeutend, so kleine Lichter, daß sich niemand ernsthaft drum kümmerte, als sie ein böses Ende nahmen. Abgesehen von diesem Neffen, der auf das Erbe scharf war. Vielleicht hatte Grittius vergessen, ihn zu erwähnen; vielleicht vergaß er's sogar mit Absicht. Doch bis auf diesen einen Lapsus muß sie äußerst vorsichtig gewesen sein, Falco, denn es gab tatsächlich keine Spuren.«

»Nur Vermutungen!« feixte ich.

»Oder wie Corvinus es so scharfsinnig formulierte: *Die Witwe ist das tragische Opfer einer wahrhaft erstaunlichen Kette von Zufällen . . .* «

Welch ein Meister der Jurisprudenz.

Ein gewaltiger Rülpser aus einem der Innenräume kündigte das baldige Erscheinen des Prätors an. Eine Tür wurde aufgestoßen, und ein dunkelhäutiger Sklavenknabe, allem Anschein nach der Leckerbissen, den Corvinus sich zum Nachtisch gegönnt hatte, kam herausgeschlendert. Der Weinkrug unter seinem Arm kaschierte den wahren Grund für seinen Besuch. Lusius zwinkerte mir zu, während er mit der Gemütsruhe eines Sekretärs, der längst weiß, wie man Geschäftigkeit vortäuscht, seine Schriftrollen einsammelte.

Ich hatte keine Lust, zuzuschauen, wie der Prätor sich damit vergnügte, arme Bittsteller abzuweisen. Also nickte ich Lusius höflich zu und verkrümelte mich.

IX

Ich fand, es sei jetzt spät genug, um für heute Feierabend zu machen und mich meinem Privatleben zu widmen.

Helena, die meine lockere Einstellung zu Beruf und Brotverdienst mißbilligte, schien überrascht, daß ich schon so früh kam, aber dann stimmte das Gebäck vom Pincio sie doch nachsichtiger. Vielleicht freute sie sich außerdem auch über meinen Besuch – aber wenn, dann konnte sie das gut verbergen.

Wir saßen im Garten ihres Elternhauses, aßen die Knuspertauben, und dabei erzählte ich ihr von meinem neuen Fall. Ihr fiel gleich auf, daß ich es diesmal fast nur mit holder Weiblichkeit zu tun hatte.

Da sie es ja doch immer merkt, wenn ich etwas auslasse, schilderte ich ihr meinen Arbeitstag getreulich Punkt für Punkt, einschließlich der betörenden Schönheiten vom Pincio. Als ich gerade den Vergleich zwischen Hortensia Atilia und einer geheimnisvollen orientalischen Frucht anstellte, fuhr Helena grimmig dazwischen: »Eine bithynische Pflaume vielleicht!«

»Nein, nicht so schrumpelig!«

»War sie die Wortführerin?«

»Nein, das war Pollia, das erste verlockende Häppchen.«

»Wie hältst du nur all diese Dämchen auseinander?«

»Kleinigkeit – für einen Connaisseur!« Sie wurde wütend und ich schwach. »Du weißt doch, daß du mir vertrauen kannst!« beteuerte ich, aber begleitet von einem falschen Lächeln. Ich lasse meine Freundinnen gern im ungewissen, ganz besonders dann, wenn ich nichts zu verbergen habe.

»Vertrauen kann ich darauf, daß du allem nachrennst, was in einem Paar alberner Sandalen und mit billigen Perlen behängt durch die Stadt stolziert!«

Ich tippte mit einem Finger an ihre Wange. »Iß deinen klebrigen Kuchen, Schäfchen.«

Helena mißtraut Kosenamen; sie guckte mich an, als hätte irgendein Tagedieb vom Forum versucht, ihr auf den Stufen vor dem Tempel des Castor den Rock zu lüpfen. Unversehens brachte ich ein Thema zur Sprache, das ich eigentlich hatte ruhen lassen wollen. »Hast du noch mal über meinen Vorschlag nachgedacht?«

»Das habe ich, ja.«

»Und? Glaubst du, daß du eines Tages kommst?«

»Schon möglich.«

»Das klingt aber sehr nach Abfuhr.«

»Wenn *ich* was sage, dann meine ich's auch so!«

»Aha, du zweifelst also daran, ob *mein* Vorschlag ernst gemeint war?«

Plötzlich lächelte sie mich ganz liebevoll an. »Nein, Marcus!« Ich spürte, wie sich mein Gesicht zu einem dümmlich-beglückten Grinsen verzog. Wenn Helena Justina so lächelt, dann bin ich jedesmal in Gefahr, mich zum Gespött zu machen.

Zum Glück kam gerade in diesem Moment ihr Vater aus dem Haus. Der schüchterne Mensch mit dem ungebärdigen, dichten Haarschopf mochte auf den ersten Blick wie ein argloser Einfaltspinsel wirken – aber ich wußte aus Erfahrung, daß er alles andere war als das; unwillkürlich setzte ich mich aufrechter hin. Camillus warf erleichtert seine Toga ab, und ein Sklave trug sie fort. Wir schrieben die Nonen des Monats, und mithin war heute Senatssitzung gewesen. Helenas Vater streifte die Tagesordnung, schilderte den üblichen Zank um Kleinigkeiten, kurz, er machte höflich Konversation, schielte dabei aber immerfort nach unserem offenen Kuchenkorb. Ich schnitt den Mostkuchen an, den ich meiner Schwester hatte schenken wollen, und wir reichten ihn herum. Ich hatte nichts dagegen, an einem der nächsten Tage noch einmal zu Minnius' Stand zu gehen und für Maia etwas anderes zu besorgen.

Als das Körbchen leer war, überlegte Helena hin und her, was sie damit anfangen könne; sie entschied sich dafür, es mit Veilchen aus der Campania zu füllen und meiner Mutter zum Geschenk zu machen.

»Das dürfte ihr gefallen«, sagte ich. »Alles, was im Haus rumsteht, zu nichts nütze ist und Staub ansetzt, erinnert sie an meinen Vater . . .«

»Und bestimmt nicht nur an den!«

»Ich mag Mädchen, die offen sagen, was sie denken«, erklärte ich, an den Senator gewandt. »War Ihre Tochter immer schon so giftig?«

»Wir haben sie«, sagte er zwischen zwei Bissen, »zu einer sanften, häuslichen Perle erzogen. Sie sehen's ja.« Er war ein sympathischer Mann, der mit Ironie umzugehen verstand. Er hatte zwei Söhne (beide im diplomatischen Dienst), doch wenn Helena weniger dickköpfig gewesen wäre, hätte er sie wahrscheinlich zu seinem Liebling erkoren. So aber hielt er ein wachsames Auge auf sie. Trotzdem schrieb ich es der zärtlichen Verbundenheit zwischen Vater und Tochter zu, daß Camillus Verus es nicht fertigbrachte, mir die Tür zu weisen; wenn jemand so sehr an seiner Tochter hing wie ich, dann mußte der geplagte Vater diesen Klotz am Bein eben ertragen. »Woran arbeiten Sie denn zur Zeit, Falco?«

Ich schilderte ihm meinen Fall und gleich auch die Freigelassenen der Hortensius-Sippe. »Es ist die übliche Geschichte von den Reichen und Selbstherrlichen, die den kecken, fremden Eindringling hurtig in die Schranken weisen. Das Pikante an dem Fall ist nur, daß meine

Klienten selbst Neureiche sind. Ich übernehme den Auftrag, Senator, aber den Snobismus dieser Leute finde ich, ehrlich gesagt, unerträglich.«

»Das ist nun mal Rom, Marcus!« Camillus lächelte. »Bedenken Sie doch, daß schon Sklaven aus angesehenen Häusern sich für was Besseres halten als die freigeborenen Armen.«

»Zu denen auch du gehörst, Falco!« feixte Helena. Ich wußte, daß sie mir damit zu verstehen gab, Sabina Pollia und Hortensia Atilia wären sicher zu wählerisch, um sich mit einem wie mir einzulassen. Mit halb geschlossenen Lidern erwiderte ich ungerührt ihren spöttischen Blick, in der Absicht, sie zu verunsichern. Wie gewöhnlich hatte ich kein Glück damit.

»Eines ist aber doch interessant«, sagte ich zum Senator. »Diese Leute würden nämlich jederzeit zugeben, daß sie sich praktisch aus dem Nichts hochgearbeitet haben. Ihr früherer Besitzer war Marmorschleifer; ein Beruf, der einiges an Geschick und Ausdauer verlangt. Der Stücklohn wirft kaum genug ab, um einen Spatzen zu ernähren. Seine Freigelassenen dagegen treiben einen Aufwand, daß man glauben könnte, ihr Vermögen sei größer als der Nachlaß eines Konsuls. Doch auch das ist eben Rom!«

»Aber wie ist diesen Leuten bei ihrer Herkunft nur ein solcher Aufstieg gelungen?«

»Das ist bis jetzt noch ihr Geheimnis . . . «

Während des Gesprächs hatte ich ganz nebenbei den Honig von den Weinblättern im Kuchenkörbchen abgeleckt. Plötzlich kam mir der Gedanke, daß eine Senatorentochter sich vielleicht nicht so gern mit einem Flegel vom Aventin zusammentun würde, dessen leichtfertige Zunge in aller Öffentlichkeit Verpackungen abgraste. Oder daß sie so einen zumindest nicht im Garten des väterlichen Stadtpalais sehen wolle, umgeben von teuren Bronzenymphen und anmutigen Zwiebelgewächsen aus Kaukasien, schon gar nicht, wenn ihr vornehmer Papa dabeisaß ...

Meine Bedenken waren unnötig. Helena vergewisserte sich gerade, daß auch ja keine Korinthe vom Mostkuchen im Körbchen zurückgeblieben war, ja sie kriegte es sogar fertig, die Ecken einwärts zu stülpen, damit ihr selbst die Krümelchen nicht entgingen, die sich ins Rohrgeflecht geflüchtet hatten.

Der Senator fing meinen Blick auf. Wir wußten, daß Helena sich noch immer um das Kind grämte, das sie verloren hatte, aber sie schien sich allmählich wieder zu erholen.

Helena schaute unvermutet hoch. Ihr Vater schlug die Augen nieder. Aber ich wollte mich nicht in Verlegenheit bringen lassen, sondern sah sie weiter nachdenklich an, und Helena blickte genauso zurück, in friedlichem Einverständnis über wer weiß was.

Camillus Verus beäugte mich stirnrunzelnd und, wie mir schien, ziemlich neugierig.

X

Auch wenn für mich schon Feierabend war, steckten andere Leute noch tief in der Arbeit. Also flitzte ich den Vicus Longus runter, um nachzusehen, ob der Makler, den Hyacinthus mir empfohlen hatte, noch offen hatte. Er hatte.

Cossus war ein blasses, langnasiges Individuum, das

sich gern mit gespreizten Knien auf seinem Hocker zurücklehnte; zum Glück war seine grünbraun gestreifte Tunika so faltenreich, daß er das tun konnte, ohne Anstoß zu erregen. Augenscheinlich verbrachte er einen Großteil des Tages damit, sich lautstark mit seinen besten Freunden zu amüsieren, von denen gerade zwei bei ihm waren, als ich kam. Da ich etwas von ihm wollte, blieb ich bescheiden an der Tür stehen und wartete, während diese beiden Großsprecher gewisse Perverslinge durchhechelten, die für die nächste Wahl kandidierten, einen heißen Tip beim Pferderennen erörterten und sich darüber den Kopf zerbrachen, ob eine Bekannte von ihnen (auch sie ein heißer Tip) nun schwanger sei oder bloß markiere. Als mein Haar um eine halbe Fingerbreite nachgewachsen war, hüstelte ich. Die Clique löste sich auf, allerdings ohne sich bei mir für die Bummelei zu entschuldigen.

Allein mit dem Makler, nutzte ich den erstbesten Vorwand, um Hyacinthus' Namen zu erwähnen, und zwar so, als würden wir uns schon kennen, seit er sich an einem alten Sandalenriemen den ersten Zahn ausgebrochen hatte. Dann erst erklärte ich mein dringendes Interesse an Immobilienangeboten. Cossus sog pfeifend den Atem ein. »Wir haben August, Falco – da bewegt sich auf dem Markt nicht viel. Ganz Rom ist ausgeflogen . . . «

»Dafür gibt's jede Menge Todesfälle, Scheidungen und Räumungsklagen!« Da mein Vater Auktionator war, wußte ich, daß sich auf dem Wohnungsmarkt zu jeder Jahreszeit was rührt. Ja, wenn ich als Käufer gekommen wäre, hätte mein Papa mir selbst ein baufälliges Quartier zuschanzen können; aber an Mietobjekten wollte auch er sich nicht die Finger verbrennen. »Wenn *Sie* mir allerdings nicht helfen können, Cossus . . . «

Die beste Methode, einen Makler auf Trab zu bringen,

ist die Drohung, zur Konkurrenz zu gehen. »An welches Viertel hatten Sie denn gedacht?« wollte er wissen.

Alles, was ich brauchte, war massenhaft Platz zu niedriger Miete irgendwo im Zentrum. Cossus' erstes Angebot war eine Besenkammer jenseits der Stadtgrenze, gleich an der Via Flaminia, eine Wegstunde vom Zentrum entfernt.

»Vergessen Sie's! Ich brauche was in Forumnähe.«

»Wie wär's mit einer respektablen Eigentumsanlage, keine Haken, geringe Nebenkosten, sehr reizvoll gelegen, mit Blick auf den Janiculum?«

»Falsche Seite vom Fluß.«

»Aber es ist Terrassenbenutzung dabei.«

»Cossus, verstehen Sie kein Latein? Selbst wenn Julius Caesars Gärten inklusive wären – das ist nicht meine Gegend! Sie haben keinen trotteligen Zündholzvertreter vor sich, Mann. Also, was können Sie sonst noch bieten?«

»Hofseite, Pinienschatten, gegenüber der Prätorianerkaserne ... «

»Quatsch! Suchen Sie sich dafür einen Mieter, der taub ist!«

»Erdgeschoß am Pons Probus?«

»Das geben Sie jemanden, der gern in der Frühjahrsflut schwimmt ... «

Wir ackerten all die miesen Bruchbuden durch, die er bestimmt schon seit einer Ewigkeit loszuschlagen versuchte, doch endlich sah Cossus ein, daß er die für einen Naivling aus der Provinz aufheben mußte. »Aber hier habe ich genau das Richtige für Sie – ein befristeter Mietvertrag in der Piscina Publica. Dafür habe ich zwar schon einen Klienten, aber weil Sie's sind, Falco ... «

»Sparen Sie sich das Theater. Erzählen Sie mir lieber, was das Loch zu bieten hat.«

»Vier hübsche, gutgeschnittene Räume im zweiten Stock . . . «

»Zum Hof raus?«

»Straßenseite – aber es ist eine ruhige Straße. Die Nachbarschaft ist erstklassig, gehöriger Abstand zu den Lagerhäusern vom Aventin und frequentiert von einem distinguierten Publikum.« Welcher Komiker schreibt diesen Maklern eigentlich die Texte? Was Cossus meinte, war, daß die Bude zu weit von den Märkten entfernt lag und daß in der Gegend lauter versnobte Wasserbauingenieure wohnten. »Ich könnte Ihnen die Wohnung für sechs Monate anbieten. Der Vermieter ist sich noch nicht sicher, was er in Zukunft mit dem Gebäude anfangen will.« Das war mir recht, denn auch ich war mir noch nicht sicher, wie lange ich flüssig bleiben und die Miete zahlen konnte.

»Wieviel?«

»Fünftausend.«

»Pro Jahr?«

»Pro *Halbjahr*!« Cossus warf mir einen eisigen Blick zu. »Die Piscina Publica ist eine Gegend für betuchte Leute, Falco.«

»Wohl eher für Schwachköpfe.«

»Es liegt ganz bei Ihnen, aber das ist nun mal der ortsübliche Preis.« Mein Blick gab ihm zu verstehen, daß er sich sein Angebot an den Hut stecken solle. »Na schön, für einen Freund könnte ich vielleicht auf dreitausend runtergehen.« Die Hälfte vom Preis kassierte er, wenn ich ihn richtig einschätzte, als Maklergebühr – wodurch er mir nicht sympathischer wurde. »Wegen der kurzen Mietzeit«, setzte er noch hinzu – eine wenig überzeugende Erklärung.

Ich saß stumm da und blickte finster, in der Hoffnung, ihn so kleinzukriegen: nichts zu machen! Die Regio XII *ist* ein ganz passabler Bezirk. Sie liegt östlich vom Aventin, jenseits der Via Ostiensis – also praktisch bei mir um die Ecke. Die Fischteiche, denen sie ihren Namen verdankt, sind schon vor Jahren ausgetrocknet, folglich dürften die Moskitos auch abgewandert sein. Ich machte mit Cossus aus, daß ich morgen mit ihm hingehen und mir die Wohnung ansehen würde.

Als ich an diesem Abend heim zur Brunnenpromenade kam, war ich entschlossen, das Apartment in der Piscina Publica unter allen Umständen zu nehmen. Ich war es leid, daß mir vor lauter Treppensteigen dauernd irgendwo ein Blutgefäß platzte. Ich hatte die Nase voll von dem Dreck und dem Krach und davon, daß fremde Leute mich mit ihren miesen Querelen behelligten. Und darum sagte ich mir, als ich an diesem Abend in das unüberschaubare Gewirr der aventinischen Gassen zurückkehrte, die miteinander vernetzt sind wie die unterirdischen Wurzeln irgendeines ekligen Fadenpilzes, Falco, sagte ich mir, vier Zimmer mit anständigem Grundriß, egal wo, müssen einfach besser sein als das hier.

Gedankenversunken bog ich um die Ecke zu Lenias Wäscherei. Morgen würde ich den Mietvertrag unterschreiben, und fortan hätte ich keinen Grund mehr, mich zu schämen, wann immer ich einem Fremden meine Adresse geben mußte . . .

Ein Paar Füße bremsten meine glücklichen Träume aus.

Die Füße, die übrigens riesengroß waren, traten im Säulengang vor dem Korbflechterladen, etwa zehn Schritte von mir entfernt, auf der Stelle. Abgesehen von ihrem Elefantenmaß fielen sie mir auch deshalb auf, weil ich mich immer am gleichen Fleck postierte, wenn ich Grund hatte, diskret das Terrain zu sondieren, bevor ich mich in meine Wohnung wagte.

Kein Zweifel, mit diesen Füßen vertrat sich jemand nicht nur die Beine. Der Mensch, dem sie gehörten, nahm keine Notiz von den Waren des Korbflechters, obschon er sich vor einem turmhohen Stapel Allzweckkiepen lümmelte, die in jedem Haushalt Verwendung gefunden hätten, ganz zu schweigen von dem famosen Picknickkorb vor seiner Nase, den ein echter Schnäppchenjäger sich im Nu geangelt hätte . . . Ich versteckte mich hinter einem Pilaster, um den Kerl genauer unter die Lupe zu nehmen. Ein Einbrecher war das nicht: Einbrecher gehen dahin, wo es was zu stehlen gibt. Selbst die Stümper unter ihnen meiden also die Brunnenpromenade.

Ein Klient oder Gläubiger wäre reingegangen und hätte sich bei Lenia erkundigt. Diese Quadratlatschen konnte nur einer hergeschickt haben: Anacrites, der Oberspion.

Ich schlich vorsichtig im Krebsgang bis zur Ecke zurück und flitzte durch ein Seitengäßchen in den Hof. Hier, hinter der Wäscherei, sah es aus wie immer. An diesem schwülen Sommerabend stieg einem der Gestank aus der offenen Senkgrube besonders penetrant in die Nase. Zwei halbverhungerte schwarze Hunde lagen dösend im Schatten. Hinter einem geborstenen Fensterladen über meinem Kopf tobte der tägliche Ehekrieg einer Nachbarsfamilie. Neben dem Verschlag einer kränklichen Kapaunenschar stritten sich zwei Frauen beim Hühnerrupfen; oder vielleicht tratschten sie auch bloß. Und ein Mann, den ich noch nie gesehen hatte, saß auf einem Faß und hielt Maulaffen feil.

Das konnte nur ein zweiter Spion sein. Er saß ungeschützt in der prallen Sonne, und diesen schweißtreibenden Platz hätte er sich bestimmt nicht ausgesucht, wenn er seinen Hintern nur auf ein Faß gehievt hätte, um die Beine zu entlasten. Aber für jemanden, der das Kommen und Gehen auf Lenias Trockenhof überwachen wollte, war es der geeignete Ausguck. Falls dieser

Mensch nicht zufällig einem der Mädchen aus der Wäscherei nachstieg, führte er gewiß etwas im Schilde.

Ich beschloß, sicherheitshalber den Rückzug anzutreten.

Eine große Familie kann mitunter ganz nützlich sein. Ich habe eine Menge Verwandte, die sich allesamt einbilden, ich sei ihr jeweiliges Eigentum. Und die Chance, einmal kräftig über meinen Lebenswandel herziehen zu können, war es den meisten sicher wert, mir ein Bett abzutreten. Meine Schwestern würden obendrein darüber lamentieren wollen, daß unsere alte Mutter mich aus dem Gefängnis hatte auslösen müssen, also ging ich lieber gleich zu Mama. Mir war klar, daß ich dafür ihrem derzeitigen Gönner schöntun mußte, aber für dies eine Mal traute ich mir so ein höfliches Theater zu. Und wirklich gelang es mir, so lange den Dankbaren zu markieren, wie ich brauchte, um eine Schüssel von Mutters Garnelenklößchen zu leeren. Aber als mir die Anstrengung, bescheiden und unterwürfig dreinzuschauen, zuviel wurde, ging ich schließlich doch nach Hause.

Der Aufpasser im Hinterhof war anscheinend der hellere von beiden, denn er hatte für eine Ablösung gesorgt. Nun thronte sein Ersatzmann auf dem Faß und bemühte sich, unverdächtig zu wirken – erfolglos, da er ein kahlköpfiger, hakennasiger Zwerg war, dem obendrein noch das linke Augenlid schlaff herunterhing.

Vorne auf der Gasse lungerten die ungeschlachten Füße immer noch vor dem Korbgeschäft – wo sie jetzt noch verdächtiger wirkten, da der Korbflechter seine Waren hereingeholt, das Schutzgitter heruntergelassen und zugesperrt hatte. Ich schlüpfte in den Barbierladen und gab einem seiner Sprößlinge ein paar Münzen dafür, daß er den Füßen bestellte, ein Zwerg wolle sie im Hinterhof sprechen. Während Quadratlatsche losschlappte, um einen Schwatz mit dem Knirps zu halten, faßte ich den Plan, mir sechs Stockwerke höher auf meinem Balkon einen Schlaftrunk zu genehmigen.

Und das tat ich denn auch. Es gibt Tage, an denen tatsächlich nicht alles schiefgeht.

XI

Am nächsten Morgen war ich schon früh auf den Beinen. Lange bevor Anacrites' miese Wachhunde wieder vor meiner Mietskaserne Posten bezogen, war ich aus meinem Bau geschlüpft und hatte mich, zwei Bezirke entfernt, vor einem Speisehaus an einem Tisch im Freien niedergelassen. Dort genoß ich in aller Ruhe mein Frühstück (Brot und Datteln, dazu Honig und angewärmten Wein – keine schwere Kost für einen Mann auf Patrouille), während ich meinerseits das Haus der berufsmäßigen Braut überwachte.

Severina Zotica wohnte im Zweiten Bezirk, dem Caelimontium. Ihre Straße lag etwas abseits vom Porticus Claudium (der damals in Trümmern lag, aber in Vespasians öffentlichem Bauprogramm zur Instandsetzung vorgesehen war); die Sirene, die ich auskundschaften sollte, residierte in dem beschaulichen Dreieck zwischen den Aquädukten und den beiden Hauptstraßen, die an der Porta Asinaria zusammentreffen. Cossus hatte mir hier nichts angeboten; wohl weil er gleich erkannte, daß der Caelius zu exklusiv für mich gewesen wäre. Das fing schon damit an, daß die Straßen hier Namen hatten.

Cossus dachte bestimmt, das würde mich inkommodieren; der Schuft traute mir am Ende nicht zu, daß ich lesen kann.

Severina hatte sich in der Abakusstraße niedergelassen, einem gepflegten Durchgangssträßchen mit nur einer Wagenspur. An einem Ende plätscherte ein gut gewarteter öffentlicher Brunnen, am anderen war ein kleiner Markt aufgeschlagen, der in der Hauptsache Küchengeschirr und Gemüse feilbot. Dazwischen putzten und fegten die Ladeninhaber die Straßenfront ihrer Geschäfte höchstselbst; als ich ankam, waren sie gerade dabei, und ich fand, sie machten das sehr gewissenhaft und adrett.

Das Handwerk war gut vertreten: Messerschmiede, Schlosser, Tuchmacher; aber auch Käsehändler und Gurkenverkäufer fehlten nicht. Zwischen zwei Geschäften führte jeweils ein Treppenaufgang zu den Wohnungen im Obergeschoß sowie eine Passage zu den Räumen hinter dem Ladenlokal. Die Häuser waren im Schnitt dreistöckig, mit Ziegelfassaden, ohne Balkon. Dafür aber sah ich viele hübsche Blumenkästen zwischen Stützpfeilern eingehängt, indes anderswo schon das Bettzeug zum Lüften über den Fenstersimsen hing.

Anwohner kamen und gingen. Eine alte Dame, die sich noch kerzengerade hielt, unauffällige Geschäftsleute, ein Sklave, der ein Schoßhündchen ausführte, Kinder mit Schreibtafeln. Die Leute sprachen kaum miteinander, nickten sich aber freundlich zu. Die meisten schienen schon sehr lange dort zu leben. Man kannte seine Nachbarn, blieb aber für sich.

Vier Türen weiter, von meiner Terrasse aus gerechnet, befand sich ein Bordell. Es war zwar nicht als solches gekennzeichnet, aber wenn man, wie ich, längere Zeit hier saß, erkannte man es doch. Die Kunden huschten hinein (grau und abgespannt) und spazierten eine halbe Stunde später wieder heraus (nun mit sich und der Welt zufrieden).

Ich begnügte mich mit meinem Frühstück. Aber das muntere Treiben drüben erinnerte mich unwillkürlich an so manchen Morgen, an dem auch ich wohlig erquickt neben einer Schönen aufgewacht war und mich mit ihr, einem warmherzigen Kind, das ich den Abend zuvor in meine Mansarde gelockt hatte, ein Extrastündchen im Bett vergnügte ... Bald schon sehnte ich mich nach einer ganz Bestimmten. Indes sagte ich mir, daß es für die Bewußte in einem Bordell keinen Ersatz gäbe.

Und eine, die mir die Miete zahlen würde, gab es dort erst recht nicht.

Es war noch ziemlich früh, als ein etwas abgenutzter Tragsessel aus dem Durchgang zwischen Käsehändler und Weißnäherei kam, hinter dem, meinen Erkundigungen zufolge, Severina Zoticas Wohnung lag. Die Vorhänge waren zugezogen, so daß man nicht sehen konnte, wer in der Sänfte saß. Die Träger waren ein paar kräftige Sklaven, die man wohl wegen ihrer breiten Schultern ausgesucht hatte und nicht, weil sie auf der Via Sacra ein gute Figur machen würden; sie hatten große Pranken, häßliche Kinnladen und sahen aus, als würden sie vom Wasserholen bis zum Schuheflicken jede Arbeit verrichten.

Ich hatte mein Frühstück schon bezahlt. Also stand ich auf und wischte mir die Krümel von der Toga. Die beiden marschierten an mir vorbei, Richtung Innenstadt. Ich folgte ihnen unauffällig.

Als wir den ersten Aquädukt erreichten, bogen sie nach links ab und nahmen, entlang einiger Seitenstraßen, den kürzesten Weg zur Via Appia, von wo aus sie der Ringstraße um den Circus Maximus bis zum Aventin folgten. Mir fuhr der Schreck in die Glieder: Die goldgierige Nymphe ließ sich scheinbar geradewegs zur Falco-Residenz befördern . . .

In Wirklichkeit hatte sie aber ein kulturträchtigeres Ziel. Die Sänfte hielt vor dem Atrium Libertatis. Heraus stieg eine Frau von mittlerem Wuchs, die so züchtig in eine rostbraune Stola gehüllt war, daß man nicht mehr von ihr erkennen konnte als eine zierliche Figur, stolze Haltung und einen anmutigen Gang. Sie betrat die Asinius-Pollio-Bibliothek, wo sie einige Schriftrollen zurückgab, ein paar höfliche Worte mit dem Bibliothekar wechselte und dann eine neue, von ihm schon vorbereitete Auswahl an Lesenstoff entlieh. Was ich auch erwartet haben mochte, darauf, daß dieses Frauenzimmer nur ausgegangen war, um sich neue Schmöker aus der Leihbibliothek zu holen, war ich jedenfalls nicht gefaßt gewesen.

Auf dem Weg zum Ausgang kam sie ganz dicht an mir vorbei. Ich tat so, als blätterte ich in den Fächern für Philosophie, erhaschte aber einen Blick auf eine weiße Hand, die das neue Rollenpaket umklammert hielt und an deren Mittelfinger ein Ring mit einem roten Stein funkelte. Ihr erdbraunes Kleid war schlicht, aber dem schimmernden Faltenwurf nach zu urteilen aus teurem Stoff. Der Saum der Stola, die nach wie vor ihr Gesicht verbarg, war bestickt und mit Staubperlen verziert.

Wenn ich mich damit aufgehalten hätte, den Bibliothekar auszufragen, hätte ich die Sänfte aus den Augen verloren. Ich entschied mich, lieber die Dame weiter zu beschatten, und folgte ihr bis zum Emporium, wo sie einen Schinken aus der Provinz Baetica und ein paar syrische Birnen kaufte. Nächster Halt war das Theater des Marcellus; sie schickte einen ihrer Träger an die Kasse, um für die Abendvorstellung eine Karte auf der Damengalerie zu besorgen.

Danach ließ sich die Dame in Braun aufs Caelimontium zurückbringen. Unterwegs kaufte sie einen Kohlkopf (der mir schon ein bißchen welk vorkam), verschwand anschließend in einem Frauenbad, kam nach einer Stunde wieder herausgetrippelt und begab sich unverzüglich nach Hause. Ich aß wieder im selben Speisehaus (Brisoletten) und hockte auch den ganzen Nachmittag dort rum. Einer der Sklaven kam kurz heraus, um ein Messer schleifen zu lassen, aber Severina ließ sich nicht mehr blicken. Am frühen Abend wurde sie auf direktem Weg ins Theater gebracht. Ich schenkte mir die Vorstellung. Eine Gruppe *Pantomimi* führte eine Posse auf, in der ein paar Ehebrecher die von ihnen Gehörnten in praktischerweise immer schon offenstehende Wäschetruhen schubsten; ich kannte die Inszenierung bereits. Die Tänzer waren grauenhaft. Und davon abgesehen ist es immer heikel, eine Frauensperson im Theater zu beschatten. Wenn ein gutaussehender Typ wie ich zu oft zur Damengalerie hinaufschaut, fangen die Flittchen aus den ordinären Kreisen an, ihm schamlose Billetts zu schicken.

Ich ging zu Helena. Sie war zusammen mit ihrer Mutter ausgegangen, um eine Tante zu besuchen.

In einem Weinlokal in der Piscina Publica traf ich mich mit Cossus, spendierte ihm ein Glas (ein kleines) und ließ mir dann die Wohnung zeigen. Zu meinem Erstaunen war sie gar nicht übel; wohl am Ende einer ziemlich engen Gasse, aber in einem gutbürgerlichen Mietshaus, in dem die Treppen zwar staubig, aber frei von Unrat waren. In ein, zwei Nischen sah ich auf dem Weg nach oben metallene Lampen stehen, in denen das Öl freilich längst ausgetrocknet war.

»Sie könnten die Lampen auffüllen, wenn Sie's im Treppenhaus gern hell haben«, sagte Cossus.

»Das könnte auch der Vermieter tun.«

»Stimmt!« Er grinste. »Ich sag's ihm ...«

Ich vermutete, daß das Haus wohl kürzlich den Besitzer gewechselt hatte: In einem Korridor entdeckte ich Baugerüste, die Läden im Erdgeschoß standen leer, und obwohl der Hauptmieter (der gleichzeitig mein Vermieter werden würde) die große Wohnung hinter den Geschäftsräumen für sich reserviert hatte, stand auch sie zur Zeit leer. Cossus erklärte, ich würde diesen Hauptmieter gar nicht zu Gesicht bekommen; alle Untermietverträge würden über ihn, Cossus, abgewickelt. Ich war so geschädigt von der jahrelangen Anstrengung, Smaractus aus dem Weg zu gehen, daß die Regelung in diesem Haus sich geradezu traumhaft schön anhörte.

Das freigewordene Apartment war so gut wie jedes andere in dem Block, handelte es sich doch um lauter identische, nach dem Baukastenprinzip übereinandergestapelte Wohneinheiten. Man kam jeweils durch den Korridor in eine Diele, von der zu beiden Seiten je zwei Zimmer abgingen. Die waren zwar für sich genommen nicht viel größer als meine alten an der Brunnenpromenade, aber mit vieren konnte ich mich doch kultivierter einrichten: Wohnzimmer, Schlafzimmer, Lesezimmer und Büro, alles schön separat... Die Wohnung hatte solide Holzfußböden, und es roch angenehm nach frischem Putz. Falls das Dach leck sein sollte, würde der Regen die Obermieter durchweichen, bevor ich etwas abkriegte. Anzeichen von Schwamm und Schimmel entdeckte ich auch nicht. Die Nachbarn (so sie noch am Leben waren) schienen ruhige Leute.

Cossus und ich besiegelten das Geschäft per Handschlag.

»Für wie viele Wochen wollen Sie die Miete im voraus?«

»Natürlich für das ganze halbe Jahr!« rief er und sah mich schockiert an.

»Aber wenn die Laufzeit im Juli beginnt, dann habe ich zwei Monate verloren!«

»Also gut – dann zahlen Sie eben für die nächsten vier Monate.« Ich versprach, meine Wettmarken umgehend einzuwechseln und ihm so rasch wie möglich das Geld zu bringen. »Und vergessen Sie die Versicherung für eventuelle Schadenersatzklagen nicht«, setzte er noch hinzu.

»*Klagen? Schadenersatz?*« Er meinte, mir könne ein Blumentopf aus dem Fenster fallen und einem Passanten den Schädel einschlagen; dafür würde man, wenn ich bloß der Untermieter war, den Hauptmieter zur Verantwortung ziehen. Meinem derzeitigen Hauswirt Smaractus war es nie in den Sinn gekommen, sich durch eine solche Versicherung abzusichern – aber auf dem Aventin finden die meisten Leute ja auch einen Weg, ihre Klage an den Mann zu bringen, ohne vor Gericht zu gehen. (Wer dort von einem Blumentopf getroffen würde, käme die Treppe raufgestürmt, um mir was auf die Rübe zu geben.) »Ist so ein Aufgeld hier bei Ihnen üblich?«

»Bei einem neuen Mietvertrag ist die Sicherheitsprämie selbstverständlich, Falco.« Ich wollte den Mann von Welt spielen und gab darum gnädig nach.

Da Anacrites meine alte Wohnung beobachten ließ, würde es mir das Leben sehr erleichtern, wenn ich mir so rasch wie möglich eine neue, ihm unbekannte Adresse zulegte. Ganz abgesehen davon freute ich mich schon unbändig darauf, Smaractus zu empfehlen, er solle sich auf einem lahmen Maulesel nach Lusitania verpissen und sich den Mietvertrag für seine dreckige Absteige im sechsten Stock sonstwohin stecken. Vor dem Umzug würde ich mir allerdings noch ein paar Möbel besorgen müssen.

Daheim lagen die Spione immer noch auf der Lauer.

Ich faßte mir ein Herz und sprach den mit den großen Füßen einfach an. »Entschuldigen Sie, aber wohnt hier ein gewisser Didius Falco?« Er nickte, ohne zu überlegen. »Ist er zu Hause?« Der Spion, der jetzt den Unbeteiligten spielen wollte, machte ein ausdrucksloses Gesicht.

Ich mimte weiter den Fremdling und ging hinauf, um nachzusehen, ob Falco daheim sei. Und das war er, sobald ich oben angekommen war.

Jeder, der ein Gebäude überwacht, sollte sich merken, wer reingeht, und dann darauf achten, daß derjenige auch wieder herauskommt. Ich bastelte ein Stolperseil und verband es mit einer eisernen Bratpfanne, die mit ihrem Scheppern das ganze Viertel aufwecken würde, wenn jemand sie im Dunkeln die Treppe hinunterstieß, aber niemand machte sich die Mühe, mir nach oben zu folgen. Der Palatin leistet sich eben bloß das billigste Personal. Ich wußte das, ich hatte selbst mal da gearbeitet.

XII

Am zweiten Tag meiner Observation blieb Severina Zotica offenbar zu Hause, um ihre neuen Schriftrollen aus der Bücherei zu lesen. Lieferanten brachten einiges für den Haushalt – Amphoren mit Olivenöl und Pökelfisch –, später kam eine Frau mit einem Handkarren voller Wollstränge angepoltert. Die Wagenräder waren schlecht justiert, und so schlenderte ich hinüber und lupfte hilfreich die Bodenplatte, als die Frau sich vergeblich mühte, ihre Last über einen Bordstein zu stemmen.

»Da will aber jemand arg fleißig sein!« kommentierte ich vorwitzig.

»Sie kauft immer auf Vorrat.« Die Wollhändlerin bewegte ihren üppigen Hintern rückwärts auf den Eingang von Severinas Haus zu und zerrte keuchend ihre Last hinter sich her. »Sie verwebt die Wolle selbst«, rühmte sie ihre Kundin. Das glaube, wer mag!

Gesetzt den Fall, ich hätte gehofft, mit meinem Tagebuch die Literaturkritik zu beeindrucken, dann wäre dies ein schlechter Auftakt gewesen: Frühstück, zum Mittagessen Lucaniaer Wurst (und anschließend Blähungen); nachmittags ein Hundekampf (ohne einen interessanten Biß) . . .

Am frühen Abend endlich schwenkte die Sänfte aus der Passage, gefolgt von einer mageren Zofe mit Kosmetikköfferchen in der einen Hand und Ölflasche nebst Frottierbürste am anderen Handgelenk baumelnd. Severina verschwand im selben Badehaus wie am Vortag, diesmal mit Zofe im Schlepptau. Eine Stunde später stolzierte sie wieder heraus und die Treppe hinunter. Ihre Sandalen waren vergoldet, eine goldgeflochtene Borte zierte den Saum ihres Gewandes, und was unter der unvermeidlichen Stola hervorlugte, sah mir ganz nach einem Diadem aus. Die Zofe, die Severina so herausgeputzt hatte, machte sich mit den abgelegten Kleidern ihrer Herrin und dem Schminkköfferchen zu Fuß auf den Heimweg, während die Träger Severina nordwärts zum Pincio beförderten: Eine Anstandsvisite bei den Hortensii war angesagt.

Sie hielt an Minnius' Konditorstand und kaufte eines seiner weinlaubgefütterten Körbchen. Ich folgte ihr bis zum Torhaus der Hortensii und ließ mir vom Pförtner bestätigen, daß Madame heute mit ihrem Liebhaber speise. Da es fruchtlos schien, den ganzen Abend draußen rumzulungern, während die da drinnen schlemmten, ging ich zurück zu Minnius.

»Kauft Severina oft bei Ihnen?«

»Jedesmal, wenn sie Novus besucht. Er ist ein unersättliches Leckermaul. Die Familie kriegt regelmäßig was ins Haus geliefert, aber Severina bringt Novus immer noch was Extrafeines zum Schnabulieren mit.«

Ich kaufte noch mal einen Mostkuchen für meine Schwester, aß ihn aber auf dem Weg zu Helena selbst.

»Marcus! Kommst du mit deinen Ermittlungen voran?«

»Alle Fakten weisen den Vamp als braves Hausmütterchen aus, ein harmloses Mädchen, das sich emsig fortbildet und eines fernen Tages einen klassischen Grabstein ersehnt. Abgesehen von *Sie blieb ihrem Gatten auch über den Tod hinaus treu*, einem Spruch, den sie sich wohl abgeschminkt hat, bleibt da noch *Keusch, tugendhaft und achtbar . . . Sie spann und webte Wolle . . .* «

»Vielleicht ist sie *wirklich* eine achtbare Person!«

»Und vielleicht wird's in Tripolitania einen Schneesturm geben! Nein, es ist Zeit, daß ich sie mir mal aus der Nähe ansehe . . . «

»In ihrem Damenbad, wo Männer keinen Zutritt haben?« Helena tat schockiert.

»Mein Schatz, ich würde mich ja für viele Maskeraden hergeben, aber in den Thermen könnte ich, wenn erst mal die Hüllen fallen, wohl kaum als Frau durchgehen . . . « Ob es mir vielleicht gelingen würde, mich als Sklave der Putzkolonne einzuschleichen?

»Hör auf, so lüstern zu grinsen, Didius Falco! Und vergiß nicht, daß du nur auf Kaution aus den Lautumiae raus bist . . . « Nach kurzer Pause setzte sie beiläufig hinzu: »Ich hab dich gestern vermißt.« Sie sagte es mit leiser Stimme, in der für einen, der sowas heraushören wollte, unverkennbar ein Hauch von Sehnsucht mitschwang.

»Nicht meine Schuld. Du warst nicht zu Hause, als ich kam.«

Sie starrte auf ihre Schuhspitzen (die waren zwar von gedeckter Farbe, hatten aber fesche purpurne Schnürsenkel). Nun ließ ich meinerseits beiläufig verlauten, daß ich eine neue Wohnung hatte. Aber natürlich war ich gespannt, wie sie darauf reagieren würde. Sie blickte auf. »Darf ich kommen und sie mir ansehen?«

»Sobald ich mir 'n paar Möbel angeschafft habe.« Kein Junggeselle, der auf sich hält, lädt ein hübsches Mädchen zu sich nach Hause ein, ehe er ihr nicht wenigstens einen Spiegel anbieten kann und was man sonst noch so braucht. Ein Bett zum Beispiel. »Aber mach dir keine Sorgen – sobald mein Umzug sich in der Familie rumgesprochen hat, werden bestimmt alle versuchen, mir aufzudrängen, was sie schon lange loswerden wollen – insbesondere all den unbrauchbaren Plunder, den mein Schwager zusammengezimmert hat . . . «

»Mein Vater hat einen abgewetzten Lesediwan, den er dir schon längt anbieten wollte. Aber vielleicht magst du ihn nicht mehr, jetzt, wo du Karriere machst.«

»Ich nehme ihn!« versicherte ich mit Nachdruck. Sie senkte verschämt die Lider. Helena Justina hat meine Motive immer schon leicht durchschaut. Lesen ist schließlich nicht das einzige, was man auf einem Diwan tun kann.

Ich verabschiedete mich frühzeitig. Uns war der Gesprächsstoff ausgegangen.

Irgendwie war es so dumm gelaufen, daß ich meinem Schatz kaum einen Kuß gegeben hatte. Und als ich ging, wirkte sie so unnahbar, daß ich mich zurückhielt und nur mit einem Nicken verabschiedete.

Ich war noch nicht bis ans Ende der Straße gekommen, da packte mich schon das heulende Elend. Warum war ich nicht zärtlicher zu ihr gewesen? Beinahe wäre ich wieder umgekehrt. Aber ich konnte mich doch vor einer Senatorentochter nicht wie ein Waschlappen aufführen.

XIII

Den Rest des Abends verwandte ich darauf, meine Wettmarken zu Geld zu machen. Dann ging ich zu Cossus, machte den Handel perfekt und nahm den Schlüssel in Empfang. Ich trank ein paar Glas mit dem Makler – aus Höflichkeit und Geschäftsinteresse –, und später noch ein paar mit meinem besten Freund Petronius Longus (ehrlich gesagt, ein paar mehr, als wir uns vorgenommen hatten, aber da es ja wirklich was zu feiern gab, schlugen wir ein bißchen über die Stränge). Ich war am Ende viel zu beschwipst, um die Spione am Brunnenhof auszutricksen. Also wankte ich zu meiner neuen Wohnung, stürmte mit Gepolter hinein, streckte mich auf dem Fußboden aus und sang mich selbst in den Schlaf.

Jemand trommelte an die Tür, und eine Stimme fragte, ob alles in Ordnung sei. Gut zu wissen, daß meine neuen Nachbarn so besorgte Zeitgenossen waren.

Am nächsten Morgen war ich schon sehr früh wach. Sogar tipptopp verlegte Dielenbretter haben in der Regel diese Wirkung, wenn man sie als Matratze benutzt.

Trotz des Kopfwehs war ich mit dem Leben zufrieden. Also zog ich gutgelaunt los, um mir was zu essen zu besorgen. Lokale, die rund um die Uhr geöffnet haben, waren anscheinend rar in der Piscina Publica. Bei meinem unsteten Lebenswandel konnte das zum Nachteil werden. Schließlich fand ich aber doch eine Bar voll schlechtgelaunter Fliegen, wo ein verschlafener Kellner mir zwei dicke Scheiben uralten Brotes mit einer Essiggurke dazwischen servierte, mich aber zum Essen nach draußen schickte.

Es war noch zu früh, um vor Severinas Haus Posten zu beziehen. Doch in Gedanken beschäftigte ich mich schon wieder intensiv mit dem habgierigen Rotschopf. Die Klienten in meiner Branche haben die leidige Angewohnheit, auf rasche Ergebnisse zu drängen, und so würde man auch auf dem Pincio bald meinen Bericht anmahnen.

Meine Füße trugen mich nach Osten, und ich landete auf dem Esquilin, in dem alten Stadtgebiet, das im Volksmund immer noch die Subura heißt, obwohl das Viertel mehrfach umgetauft wurde, seit Augustus die Stadtgrenzen erweitert und eine Neueinteilung der Verwaltungssektoren durchgesetzt hat. Manche Leute nörgeln ja, damit habe Rom seinen Charakter verloren, aber ich neige eher zu der Ansicht, daß schon damals, als Romulus die erste Grenzfurche zog, ein paar engstirnige alte Bauern um die Sieben Hügel rumstanden und in ihre verfilzten Bärte mümmelten, der neumodischen Siedlung von diesem Wolfsmenschen fehle jegliches Ambiente . . .

Die Subura hat sich ihren republikanischen Charakter erhalten. Weite Teile sind bei dem schrecklichen Brand unter Nero zerstört worden. Er, Nero, hatte dann ein Riesenstück des verkohlten Viertels enteignet und darauf seine Domus Aurea errichten lassen, das »Goldene Haus«, samt einer großen Parklandschaft mit Hainen, Grotten und Seen. Später ließ er Rom nach dem klassischen Schachbrettsystem und mit wirklich strengen Brandschutzverordnungen wieder aufbauen. (Sogar Nero hatte eingesehen, daß die Domus Aurea groß genug für einen Duodezfürsten und also kein weiterer kaiserlicher Kahlschlag nötig war.) In vielen Straßen hatte man allerdings unter Mißachtung seiner Vorschriften die Häuser einfach kunterbunt auf die alten Grundmauern gesetzt. Mir war das verschachtelte Durcheinander sympathisch. Das Reich hat sowieso viel zu viele brav nach Planquadraten angeordnete Städte, die einander gleichen wie ein Ei dem anderen.

Dieses Viertel war einmal das schmutzigste der Stadt gewesen; inzwischen balgten sich etliche Rivalen um diesen Ehrentitel. Die Subura wirkte wie eine in die Jahre gekommene Hure; sie galt zwar noch als schrill und aufgedonnert, wurde aber ihrem Ruf nicht mehr gerecht. Ausgeplündert werden konnte man hier allerdings auch heute noch. Wie überall waren die Straßenräuber in diesen engen, einspurigen Gassen alles andere als schlafmützig. Nein, bei denen saß jeder Griff: ein Arm um den Hals, ein Dolch in die Rippen, Geldbörse und Ringe kassiert, und zum Schluß stießen sie ihr Opfer mit einem kräftigen Tritt in den Schlamm – Gesicht nach unten – während sie das Weite suchten.

Ich war auf der Hut. Schließlich kannte ich die Subura nicht so gut, als daß ihre Schurken einen Bogen um mich gemacht hätten.

Natürlich hatte ich mich nicht ohne Grund hierher verirrt: Ich wollte tiefer in Severinas Vergangenheit graben. Lusius, der Sekretär des Prätors, hatte erwähnt, daß ihr erster Mann, der Perlenhändler Moscus, zu Lebzeiten hier einen Laden besessen hatte, der immer noch existierte. Ich hielt also nach Juwelieren Ausschau. Die wissen in der Regel am ehesten, wo ihre Konkurrenten zu finden sind. Und tatsächlich wies man mir beim dritten Versuch den Weg, so daß ich gerade rechtzeitig kam, als das Geschäft aufmachte.

Der neue Inhaber war vermutlich selber ein ehemaliger Sklave aus dem Hause Severus Moscus, der sich jetzt, als Freigelassener, selbständig gemacht hatte. Er verkaufte allen möglichen Edelsteinschmuck, angefangen von Gemmen mit vertieftem Bild bis hin zu Kameen mit erhabem Porträt. Er verarbeitete sämtliche Halbedelsteine, vor allem aber Achate – zart blaue, milchweiß gebändert; kieselweiße, wie von Flechten mit grünen, roten und ockergelben Fäden überzogen; kohlschwarze, durchscheinend geädert; hübsch abgestufte Brauntöne, von mattiert bis bronzeglänzend. Der Juwelier saß schon auf seiner Bank und sortierte winzige goldene Zwischenperlen. Offenbar machte er alle Arbeiten selbst.

»Hallo!« rief ich. »Bin ich hier richtig bei Severus Moscus? Ich soll ihn unbedingt besuchen; meine Mutter hat seine Mutter gekannt . . . «

Er musterte mich aufmerksam. »War das etwa in Tusculum?« Für einen, der so selbstbewußt auftrat, hatte er eine merkwürdig schrille Stimme.

Da ich hinter der Frage eine Falle witterte, zuckte ich nur lässig die Achseln. »Schon möglich. Meine Mama ist weit herumgekommen. Sie hat's mir wohl gesagt, aber ich muß gestehen, daß ich nicht genau zugehört habe . . .«

»Moscus ist tot.«

»Nein! Na sowas, dann hab ich ja den weiten Weg umsonst gemacht. Aber hören Sie – meine Alte wird mich bestimmt ausquetschen; können Sie mir sagen, woran er gestorben ist?« Er lehnte sich an die Ladentheke und erzählte mir die Geschichte von dem Herzanfall im heißen Amphitheater. »So ein Pech. War der Meister schon sehr alt?«

»In den Sechzigern.«

»Aber das ist ja noch jung!« Keine Antwort. »Hatte er Familie? Meine Mama würde wollen, daß ich in ihrem Namen kondoliere . . . «

Mir war, als ginge bei ihm der Laden runter. »Nein«, sagte er knapp. Das war seltsam – und außerdem eine falsche Auskunft.

»Wie steht's mit Ihnen?« bohrte ich unbekümmert weiter, ganz wie ein ungehobelter Fremdling. »Sie haben sein Geschäft übernommen – hatten Sie schon zu Lebzeiten mit ihm zu tun?«

»Ich habe bei ihm gearbeitet. Er war mir ein guter Lehrmeister. Als er nicht mehr konnte, habe ich das Geschäft geführt. Und nach seinem Tode hab ich's dann übernommen.«

Ich bewunderte seine Waren. Er hatte alles, angefangen von billigen Korallenschnüren bis hin zu märchenhaften Sardonyx-Anhängern, halb so groß wie meine Faust. »Wunderschön! Ich weiß eine Dame, die jedes Stück aus Ihrem Bestand hier überglücklich machen würde . . . « Nicht, daß ich vorhatte, ihm was abzukaufen – schließlich mußte ich eine ganze Wohnungseinrichtung finanzieren. Außerdem besaß Helena schon genug Schmuck. Und das meiste davon war kostbarer als alles, was ich mir hätte leisten können. Am besten versuchte ich also gar nicht, mit ihren Familienpretiosen zu konkurrieren. »Jetzt verstehen Sie das bitte nicht falsch, aber mir war so, als hätte Mama auch von Moscus' Frau gesprochen . . .«

»Die hat sich wieder verheiratet.« Seine Antwort war knapp, klang aber nicht bitter. »Ich hab den Laden von ihr gemietet. Wollen Sie sonst noch was über Moscus wissen, Bürschchen? Vielleicht, wo seine Muttermale saßen oder was er für 'ne Schuhgröße hatte?«

Vor seinem zunehmend aggressiven Ton wich ich schüchtern und mit unschuldiger Miene zurück. »Beim Jupiter, ich wollte Sie doch nicht aushorchen – aber meine Mama langweilt sich eben oft und ist immer froh, wenn ich ihr ein paar spannende Geschichten mit heimbringe.«

»Sie haben die Geschichte gehört. Und jetzt hab ich zu tun«, meinte der Kameenschleifer kurz angebunden.

»Gewiß! Und vielen Dank auch!« Ich leistete mir aber doch noch eine letzte Unverschämtheit: »Wurmt es Sie nicht ein bißchen, daß Sie, der schon dem alten Moscus den Laden geschmissen hat, jetzt immer noch als Pächter dasitzen, während seine Witwe munter mit einem Neuen davonflattert?«

»Nein.« Der Steinschneider sah mich ruhig und fest an, eine Herausforderung, deutlicher zu werden – gepaart mit der Drohung, daß er mir grob kommen würde, wenn ich's denn wagen sollte. »Warum auch?« kreischte er mit seiner schrillen Stimme. Meine aufdringliche Fragerei schien ihn nicht zu verunsichern. »Ihr Mietpreis ist annehmbar; sie hat einen soliden Geschäftssinn. Moscus ist tot. Was die Frau mit ihrem Leben macht, ist ihre Sache.«

Wenn ich einen Skandal aufdecken wollte, war ich hier an der falschen Adresse. Ich grinste einfältig und trollte mich.

Zurück auf meinem Späherposten vor dem Haus des Vamps in der Abakusstraße. Der Tag verlief wie gehabt. Frühstück. Hitze. Weinlieferung. Hund jagt Katze. Vamp ins Badehaus . . .

Allmählich konnte ich Severinas Tagesablauf herbeten, noch bevor sie beim ersten Morgengähnen ihre Pläne machte. Es war leichte Arbeit, aber geradezu deprimierend unproduktiv. Doch dann, ich zerbrach mir gerade den Kopf darüber, wie ich Bewegung in die

Sache bringen könne, bekam ich in rascher Folge gleich mehrere neue Impulse geliefert.

Kurz nach Mittag erschien die Sänfte. Ich folgte ihr fünf Straßen weit und sah, wie sie durch eine Töpferei schaukelte und dahinter in einer Passage verschwand. Ich blieb oben an der Straße stehen. Nach einer guten Stunde kamen mir Zweifel. Ich ging durch den Laden und erwartete, daß Severinas Träger am anderen Ende des dunklen Korridors Maulaffen feilhalten würden.

Die Sänfte war verschwunden. Während ich mir draußen auf der Straße wie ein Trottel die Beine in den Bauch stand, mich von Pastetenblechen rempeln und mir von Maultieren auf die Füße treten ließ, hatte sich das Frauenzimmer in eine Wohnung eingeschlichen – und war womöglich durchs Gartentor entschlüpft! Gut gemacht, Falco!

Ich sah mir das Haus näher an. Die Front im Erdgeschoß wirkte ganz unauffällig. Keine Fenster; keine Kletterpflanzen; kein Kätzchen auf der Treppe; nur eine dunkel gestrichene Tür mit einem diskreten Sprechgitter. Neben dem Eingang war eine kleine Keramikkachel in die Wand eingelassen, ein mitternachtsblaues Täfelchen mit schwarzer Aufschrift und einem hübschen Rahmen aus winzigen Goldsternchen. Darauf stand einzig ein Name in griechischen Lettern:

```
*************
*           *
*   TUXH    *
*           *
*************
```

Ich wußte, was das für ein Laden war. Und ich wußte auch, was für eine irre, schrumplige alte Hexe diese Tyche sein würde. Ich nahm all meinen Mut zusammen und hämmerte an die Tür.

»Könnte ich 'nen Termin kriegen?«

»Möchten Sie die Herrin jetzt gleich sprechen?«

»Wenn sonst niemand drin ist . . . «

»Ich denke, es läßt sich einrichten. Die letzte Kundin ist schon vor einer Weile fort . . . «

Ich schluckte. Dann gab ich mir einen Ruck und marschierte in die Höhle des Löwen, vulgo zu einer Unterredung mit einer Astrologin.

XIV

Mir graut vor diesen Hexenküchen.

Ich machte mich auf eine schmuddelige Babylonierin gefaßt, die lauter dummes Geschwätz ablassen würde. Doch zu meinem Glück befand sich das verrauchte Kabuff für die Wahrsagerei offenbar anderswo im Haus; der schmucke Sklavenknabe führte mich statt dessen in ein verblüffend hübsches Empfangszimmer. Der schwarz-weiße Mosaikfußboden war blitzsauber. Die Wände waren in der oberen Hälfte schwarz gestrichen und darunter mit einer schlichten Holztäfelung verkleidet. Deren durch stilisierte Kandelaber unterteilte Felder zierten winzigkleine Goldmedaillons mit Muschelschalen und Blütenzweigen. Zu beiden Seiten eines niedrigen Marmortisches, der bestimmt eine halbe Tonne wog, standen zwei hochlehnige Stühle, wie sie mit Vorliebe von Frauen benutzt werden. Auf dem Tisch befanden sich (ziemlich auffällig plaziert, wie mir schien) an einem Ende ein Astrolabium und am anderen eine offene Schriftrolle mit dem Verzeichnis der Planeten.

Gegenüber stand ein Regal mit sehr alten griechischen Vasen, die einen mir bekannten Auktionator schier aus dem Häuschen gebracht hätten – alle vollkommen, alle von beachtlicher Größe, alle in dem klassischen Stil, dessen wiederkehrende Spiralen, Kreise und stilisierte Antilopen auf einen Sammler mit exquisitem Geschmack hindeuteten.

Die Antiquitäten beeindruckten mich mehr als die Atmosphäre. Abgesehen vom Hauch eines Damenparfums, das an die letzte Besucherin erinnerte, roch ich keinerlei Weihrauch oder andere Duftessenzen, wie man sie sonst an solchen Orten benutzt, um unvorsichtige Schicksalsgläubige zu betäuben. Es gab auch keine klingenden Glöckchen, keine betörende Hintergrundmusik, keine mißgestalteten Zwerge, die aus verborgenen Vitrinen hüpften ...

»Willkommen. Womit kann ich dienen?« Die Frau, die lautlos durch den Türvorhang hereingeschlüpft war, sah blitzsauber aus und sprach ruhig, mit angenehmer, kultivierter Stimme. Ihr Latein war besser als meins.

Ich schätzte sie auf etwa sechzig. Ihr schlichtes, dunkles Gewand wurde an den Schultern von zwei kleinen Silberspangen mit Einlegearbeit gehalten. Die bloßen Arme verbarg sie im reichen Faltenwurf des Kleides. Ihr Haar war ziemlich dünn und bis auf ein paar silberne Streifen noch fast schwarz. Ihrem Gesicht fehlte die geheimnisvolle Aura des Berufsstandes, abgesehen von den tiefliegenden, unergründlichen Augen – Augen von undefinierbarer Farbe. Es war das Gesicht einer Geschäftsfrau in der Männerwelt von Rom: zuvorkommend, aber unterschwellig voll eigensinniger Kraft und mit einem kaum wahrnehmbaren Anflug resignierter Bitterkeit.

»Sind Sie die Astrologin?«

Sie preßte die Lippen zusammen, als hätte sie was gegen mich. »Ich bin Tyche.«

»Was auf Griechisch *Schicksal* heißt – sehr nett ausgedacht!«

»Das klingt wie eine Beleidigung.«

»Ich hab noch allerhand weniger nette Namen in petto für Leute, die den Verzweifelten grundlos Hoffnung machen.«

»Dann muß ich mir merken, daß ich Ihnen keine mache!«

Ich nahm an, daß sie mich nun einer scharfen Prüfung unterziehen würde. Also starrte ich ganz schamlos zurück. »Ich sehe, daß Sie nicht als Kunde zu mir kommen«, meinte sie, obwohl ich dazu noch nichts gesagt hatte. Aber natürlich gehörte es zu ihrem Beruf, so zu tun, als könnte sie Gedanken lesen.

»Mein Name ist Falco . . . «

»Ihren Namen brauche ich nicht zu wissen.«

»Verschonen Sie mich mit dem Geschwafel. Von solchem Hokuspokus-Gelaber krieg ich bloß Zahnweh.»

»Oh, ich verstehe!« Ihr Gesicht entspannte sich, wurde fast wehmütig. »Sie sind enttäuscht von dem Ambiente hier. Ihnen wäre ein ordentliches Gruselkabinett lieber gewesen. Sie haben eine schnatternde alte Vettel erwartet, die getrocknete Eingeweide mit abgewandtem Gesicht in ein loderndes grünes Feuer wirft, ja? Nun, ich hab mit dem Zauberschnickschnack aufgehört. Der Rauch greift den Putz an . . . Verraten Sie mir lieber Ihr Geburtsdatum.«

»Wozu?«

»Jeder, der aus anderen Gründen hierherkommt, erwartet doch zumindest eine Gratisprophezeiung.«

»Ich nicht! Aber wenn Sie's unbedingt wissen wollen – ich bin im März geboren.«

»Fisch oder Widder?«

»Konnte nie ganz geklärt werden. ›Auf der Kippe‹.«

»Das paßt zu Ihnen!«

»Hab ich's doch gewußt! Sie haben was gegen mich.«

»Geht Ihnen das nicht mit den meisten Menschen so? Ihre Augen haben zuviel gesehen, worüber Sie mit Ihren Freunden nicht reden dürfen.«

»Meine Füße haben zu viele unebene Pflaster abgelatscht auf der Spur zu vieler habgieriger Mädchen, die selbst vor Mord nicht zurückschrecken. Sie heißt übrigens Severina!«

»Das weiß ich«, sagte Tyche ruhig.

»Ach ja?«

»Severina war schließlich Kundin bei mir«, erklärte die Astrologin mit mildem Tadel. »Ich brauchte ihren Namen und die Adresse, um ihr die Rechnung zuzuschicken.«

Das überraschte mich. »Was ist denn aus der guten alten Sitte geworden, die Silberdenare in bar rauszurücken? Ich dachte, eine wie Sie macht Geschäfte nur gegen Bares?«

»Aber keineswegs! Ich befasse mich überhaupt nicht mit Geld. Drei sehr tüchtige Steuerberater kümmern sich um meine Finanzen.« Sieh einer an: Diese Wahrsagerin hatte es tatsächlich sehr viel weiter gebracht als ihre Kolleginnen, die irgendwelchen Bauerntrampeln in stickigen Zelten Halbwahrheiten verkaufen. Tyche belieferte die Crème de la crème, Leute mit vergoldeten Sänften; bestimmt waren auch ihre Preise vergoldet. »Was wollen Sie von mir, Falco?«

»Das sollte eine Seherin eigentlich von allein wissen! Was hat denn Severina Zotica gewollt?« Die Person maß mich mit einem langen Blick, der mir Schauer über den Rücken jagen sollte. Was auch geschah. Aber in meinem Job arbeitet man ebenso mit Bluffs wie in ihrem. Also ließ ich mir nichts anmerken. »Hat sie Horoskope gekauft?« Tyche nickte stumm. »Ich wüßte gern, was Sie ihr erzählt haben.«

»Berufsgeheimnis!«

»Ich zahle Ihnen selbstredend das übliche Honorar . . . «

»Diese Information ist nicht zu verkaufen.«

»*Alles* ist käuflich! Sagen Sie mir wenigstens, wessen Zukunft sie ausspionieren wollte.«

»Das ist ganz ausgeschlossen.«

»Na schön, dann will ich es Ihnen sagen! Sie hat Ihnen erzählt, daß sie demnächst heiratet und sich ein Bild von der Zukunft machen möchte. Ein Horoskop war für sie, um den Schein zu wahren. Und das andere war . . . «

»Für den Bräutigam.«

Tyche lächelte gequält, als wäre ihr klar, daß ich diese Auskunft unweigerlich mißdeuten würde: Manche Leute glauben, mit dem Horoskop eines anderen Menschen ließe sich Macht über dessen Seele gewinnen.

XV

Der erste brauchbare Hinweis auf Severinas Motive: Ich spürte, wie meine Zehen anfingen zu kribbeln, und versuchte vergebens, meine Fersen haltsuchend in die Steinchen des Mosaikbodens zu bohren. Die kratzige, abgetragene Wolltunika scheuerte gegen mein Schlüsselbein. Unversehens hatte sich in dieses erstaunlich zivilisierte Zimmer mit seiner herb-strengen Bewohnerin der Horror eingeschlichen.

Ehe ich noch etwas erwidern konnte, fragte die Astrologin kühl: »Sie sind doch wohl nicht abergläubisch?«

»Worauf es hier ankommt«, rief ich, »ist doch, ob *Severina* glaubt, ihren Verlobten mit diesem Horoskop in der Hand zu haben!« Rom duldet nachsichtig, daß die Leute sich intensiv für das eigene Schicksal interessieren – aber in dem anderer Leute rumzuschnüffeln, ist streng verpönt. Tatsächlich gilt es im politischen Leben schon als feindselige Handlung, sich das Horoskop eines Gegners zu besorgen. »Bräutigam hin oder her, Severina hat ein striktes Tabu gebrochen, und Sie, Tyche, könnten als Komplizin angeklagt werden: Sollte dem Freigelassenen etwas zustoßen, wäre ich bereit, auszusagen, daß Sie mitschuldig sind – es sei denn, Sie helfen mir. Also, was haben Sie ihr gesagt?«

»Die Wahrheit, Falco.«

»Schluß mit den Ausflüchten! Wenn Novus' Leben in Gefahr ist, dann sagen Sie's mir, oder ...«

»Wenn es dem Mann *bestimmt* ist zu sterben, dann stirbt er auch!«

»Jetzt fehlt nur noch der Spruch, daß wir *alle* mal sterben müssen!«

»Mein Talent ist rein passiv; ich kann das Schicksal nur interpretieren. Es zu ändern, ist nicht meine Aufgabe.«

»Ha! Und versuchen Sie's nicht trotzdem mal?«

»Tun Sie's?« gab sie bissig zurück.

»Ich bin von einer braven Mutter erzogen worden. Erbarmen mit den Schwachen ist für mich auch im Beruf eine Selbstverständlichkeit.«

»Das muß doch manchmal zum Verzweifeln sein!«

»Ich wäre noch viel verzweifelter, wenn böswillige Menschen ungehindert anderen schaden dürften ...«

»Jede Kraft hat ihre Gegenkraft«, gab Tyche zu bedenken. »Schädliche Einflüsse müssen von guten ausgeglichen werden.« Plötzlich schenkte sie mir ein so strahlendes Lächeln, daß ich gar nicht wußte, wie mir geschah. »Vielleicht sind *Sie* ein Werkzeug der Sterne?«

»Wo denken Sie hin!« knurrte ich, mir das Grinsen verkneifend. »Mich hat kein himmlisches Komitee auf der Gehaltsliste, ich bin ein unabhängiger Geist.«

»Nicht so ganz, würde ich sagen.« Sie schien unschlüssig, ob sie lachen sollte oder nicht. Der Moment ging vorüber; sie trat beiseite und gab die Tür frei.

Ich prophezeite (im stillen), daß ein gutaussehender, dunkelhaariger Mann mit klugen Augen ihr Haus ziemlich bald verlassen würde. »Tyche, wenn Sie sich schon weigern, mir zu sagen, ob Novus in Gefahr ist, dann lassen Sie mich wenigstens eines wissen: Wird man Severina Zotica für ihre Verbrechen hinrichten?«

»O nein! Sie wird vielleicht nie glücklich sein, aber sie wird ein langes Leben haben und im Bett sterben.«

»Haben Sie ihr das gesagt?«

Wieder huschte der gequälte Ausdruck über das Gesicht der Wahrsagerin. »Wir haben nur über ihre Hoffnung auf Glück gesprochen.«

»Es kommt ja wohl auch kaum jemand zu Ihnen und fragt: *Muß ich damit rechnen, daß man mich eines Tages als gemeinen Verbrecher den Löwen zum Fraß vorwirft?*«

»Stimmt!«

»Und was haben Sie ihr über ihre nächste Ehe erzählt?«

»Sie werden's nicht glauben.«

»Stellen Sie mich auf die Probe!«

»Severinas nächster Gatte wird sie überleben.«

»Wie erfreulich für ihn.«

Zeit zu gehen. Nachdenklich und mit dem Respekt, den ich jedem zolle, der drei Steuerberater auf Trab halten kann, verabschiedete ich mich von der Wahrsagerin. Aber so leicht läßt diese Sorte einen nicht davonkommen. »Möchten Sie gern etwas über *Ihre* Zukunft hören, Falco?«

»Kann ich's verhindern?«

»Eine bestimmte Person, die Sie liebt, ist vielleicht für ein höheres Schicksal ausersehen.«

»Jede Frau, die mich liebt, könnte leicht was Besseres finden!« Ich konnte nicht verhindern, daß die Wahrsagerin sah, wie meine Züge sich bei dieser Anspielung auf Helena veränderten. »Die fragliche Person wäre schon jetzt nicht in mich verliebt, wenn sie die Vernunft besäße, sich ein weniger unsicheres Geschick auszusuchen.«

»Ihr Herz allein weiß, ob das die Wahrheit ist.«

Ich hatte verdammt nochmal keinen Grund, Helena vor so einer rechthaberischen, pingeligen babylonischen Hexe zu rechtfertigen. »Mein Herz liegt ihr zu Füßen«, schnauzte ich zurück. »Ich werd's ihr nicht verübeln, wenn sie ihm 'nen Fußtritt gibt und es dann ein Weilchen auf dem Boden rumschubst! Aber unterschätzen Sie ihre Loyalität nicht! Mich haben Sie kennengelernt und ein paar richtige Schlüsse gezogen, aber mein Mädchen können Sie überhaupt nicht beurteilen . . . «

»Ich kann jeden beurteilen«, entgegnete sie kategorisch, »und zwar anhand des Menschen, den er liebt.«

Was, wie jedes astrologische Orakel, alles mögliche bedeuten konnte – oder überhaupt nichts.

XVI

Zurück in die Abakusstraße. Kaum war ich dort angekommen, als auch schon Severinas Tragsessel vor dem Haus erschien. Ich hatte noch nicht einmal meinen Stammplatz am Tisch vor dem Speisehaus erreicht, sondern lehnte noch am anderen Ende der Straße am Obststand eines alten Mannes, dem ich einen Apfel abkaufen wollte. Er erzählte mir gerade von seinem Garten draußen in der Campagna, nur ein paar Meilen von der Handelsgärtnerei entfernt, die der Familie meiner Mutter gehörte. So vertieft waren wir in unser Gespräch über die Wahrzeichen und Besonderheiten der Campagna, daß es mir nicht leichtfiel, mich loszureißen und der Sänfte zu folgen.

Während ich noch dabei war, das Gratisobst des Alten dankend abzulehnen, wer steckte da verstohlen den Kopf aus der Passage neben dem Käseladen? Eine dichtverschleierte Frau, die ganz Severinas Figur und Größe hatte! Und die Zofe neben ihr erkannte ich auch sofort . . .

Ich war bei der Überwachung ziemlich unbekümmert vorgegangen. Dieses Täuschungsmanöver deutete darauf hin, daß man mir auf die Schliche gekommen war, daß Severina mich bei Tyche absichtlich abgehängt hatte und daß die eben ausgeschickte Sänfte ein Köder sein sollte.

Beide Frauen linsten jetzt zum Speisehaus rüber. Ich wartete am Obststand, bis sie zufrieden meine leere Bank entdeckt hatten. Dann gingen sie zu Fuß weg, und ich folgte – diesmal streng darauf bedacht, meine Zielperson unsichtbar zu beschatten.

Hatte ich ihren Besuch bei der Wahrsagerin schon

aufschlußreich gefunden, so kam es jetzt noch viel besser: Severina Zotica ging zu einem Steinmetz!

Sie bestellte einen Grabstein.

Ich konnte mir denken, für wen.

Sie suchte sich ihren Marmorblock aus und ging. Nachdem ich mich vergewissert hatte, daß sie nach Hause wollte, machte ich kehrt, um selbst ein paar Takte mit dem Steinmetz zu reden.

Er hieß Scaurus, und ich fand ihn weit hinten in einem engen Gang seines Lagers. Auf der einen Seite stapelten sich bis zur Decke roh behauene Travertine für Allzweckbauten, auf der anderen lagerten, von Wolldecken geschützt, kleinere Platten edlen Marmors, aus denen von Selbstlob triefende Grabsteine für zweitklassige Beamte werden würden oder verlogene Soldatendenkmäler und vielleicht auch mal ein ergreifendes Epitaph für ein geliebtes Kind, das nicht hatte leben dürfen.

Scaurus war ein kleiner, kräftiger, staubbedeckter Typ mit Kahlkopf, Mondgesicht und winzigen Ohren, die wie Radnaben rechts und links vom Kopf abstanden. Seine Abmachungen mit der Kundschaft waren selbstredend vertraulich. Und selbstredend ließ sich dieses Hindernis mit einer Bestechungssumme, wie *meine* Kundschaft sie bieten konnte, bald aus der Welt schaffen.

»Ich hätte ein paar Fragen, die Severina Zotica betreffen. Bestimmt gehört sie zu Ihren bevorzugten Stammkunden – eine Frau mit so vielen Tragödien in der Familie!«

»Ich hab ein oder zwei Aufträge für sie übernommen«, räumte Scaurus ein, ohne sich an meiner witzigen Einleitung zu stören.

»Zwei Ehemänner dahingerafft – und der nächste dräut schon am Horizont! Sehe ich recht, hat sie gerade einen neuen Grabstein bestellt?« Er nickte. »Darf ich den Text für die Inschrift sehen?«

»Severina wollte nur einen Kostenvoranschlag haben und eine Anzahlung auf den Stein leisten.«

»Hat sie Ihnen den Namen des lieben Dahingegangenen genannt?«

»Nein.«

»Also, was für eine Geschichte hat sie Ihnen aufgetischt?«

»Es sind noch andere Auftraggeber beteiligt – der Stein wird aus einem Subskriptionsfonds bezahlt. Die Unterzeichner entscheiden gemeinsam über den Text der Inschrift. Severina muß sie erst fragen.«

»Ach nein! Vielleicht haben die Verwandten dieses armen Tropfs aber auch so viel Anstand und warten seinen Tod ab, ehe sie ihm einen Grabstein stiften!« Ich redete mich in Hitze. »Ist es üblich, daß die Dame ihre Steine im voraus bestellt?«

Scaurus war jetzt auf der Hut. Ein blühendes Geschäft war eine Sache, aber der Beihilfe zu irgendeinem schmutzigen Verbrechen wollte er nun doch nicht bezichtigt werden. Ich warnte ihn, daß ich wiederkommen und mir den fertigen Stein ansehen würde, und dabei ließ ich es bewenden.

Er hatte mir meinen Verdacht auch so bestätigt. Das Horoskop und der Grabstein sprachen für sich. Wenn niemand eingreifen und Severina aufhalten würde, war Hortensius Novus ein toter Mann.

XVII

Manch ein Ermittler leitet jede Information brühwarm weiter. Ich knoble lieber erst mal dran rum. Seit ich Helena Justina kannte, ging das am besten in ihrer Gesellschaft; sie hatte einen scharfen Verstand und obendrein die Gabe, meine Arbeit objektiv zu beurteilen. Ihr Zuspruch tat mir immer wohl – und manchmal steuerte sie auch einen Einfall bei, den ich dann in einen raffinierten Dreh zur Lösung des Falles ummünzen konnte. (Manchmal war Helena auch der Meinung, ich sei ein herablassendes Ekel – ich sage ja, sie ist ein heller Kopf.)

Es war gegen neun, kurz vor dem Abendessen, als ich am Haus des Senators klopfte. Der diensthabende Pförtner war einer meiner alten Widersacher. Er wollte mir einreden, Helena sei ausgegangen.

Ich fragte, wohin. Ins Bad. In welches? Das wisse er nicht. Ich glaubte ihm sowieso kein Wort. Eine Senatorentochter geht schließlich nicht einfach aus, ohne zu hinterlassen, wohin. Sie muß dabei ja nicht unbedingt die Wahrheit sagen. Nur irgendeine Geschichte auftischen, die ihrem edlen Vater vorgaukelt, sein Augapfel sei ein Ausbund an Tugend, und ihrer Mutter (die es besser weiß) neuen Grund zur Sorge gibt.

Ich wechselte ein paar witzige Pointen mit Janus, auch wenn sein Intellekt, ehrlich gesagt, nie mein Niveau erreichte, und wollte gerade gehen, als das verschollene Täubchen heimgeflattert kam.

»Wo bist du gewesen?« fragte ich, hitziger als beabsichtigt.

Sie machte ein erschrockenes Gesicht. »Im Bad . . . «

Sauber war sie allerdings. Sie sah zum Anbeißen aus. Ihr Haar glänzte; ihre Haut war weich und mit einem unverwechselbaren Blumenöl parfümiert, dessen Duft mich zu einer viel, viel näheren Untersuchung verlockte... Ich geriet wieder in Wallung. Und da ich wußte, daß sie das merkte und mich bestimmt gleich auslachen würde, flüchtete ich mich in Frotzeleien. »Ich komme gerade von einer Wahrsagerin, die mir Pech in der Liebe prophezeit hat. Da mußte ich natürlich gleich hierhereilen...«

»Um dir eine Dosis Liebespech einzuverleiben?«

»Ist ein wunderbares Abführmittel. *Du* bist übrigens ›zu Höherem bestimmt‹.«

»Das klingt nach harter Arbeit! Ist es sowas wie ein Vermächtnis? Kann ich's ganz rasch weitervererben?«

»Nein, Gnädigste, Ihr Horoskop steht – allerdings hat die Orakelhexe zum Glück auch festgestellt, daß ich der Lenker deiner Sterne bin! Also, für ein kleines Schmiergeld könnte ich mich bereitfinden, die Vorsehung ins Wanken zu bringen und die Schicksalsfäden aufzudröseln...«

»Erinnere mich daran, daß ich dich nicht in meine Nähe lasse, wenn ich gerade Wolle spinne... Bist du gekommen, um mich zum Lachen zu bringen, oder ist das nur eine quälende Stippvisite, auf daß ich mich hinterher um so mehr nach dir verzehre?«

Der Pförtner hatte ihr die Tür geöffnet, und folglich war ich schon drin.

»Tust du's?« fragte ich beiläufig.

»Was?«

»Dich nach mir verzehren?«

Helena Justina schenkte mir ein unergründliches Lächeln.

Sie scheuchte mich in einen abgelegenen Säulengang unter eine Pergola. Während sie neben mir Platz nahm und eine Rose in meine Schulterspange steckte, schickte sie die Haussklaven, mir Wein zu holen, hieß sie ihn wärmen, ließ mir Schälchen mit Mandeln bringen, dann Kissen, dann einen neuen Becher, weil meiner einen winzigen Sprung in der Glasur hatte ... Ich aalte mich in ihrem Sessel mit der verstellbaren Rückenlehne und genoß es, so verwöhnt zu werden (was mir aber auch zu denken gab). Irgendwas war im Busch. Warum war Helena plötzlich so hingebungsvoll? Wahrscheinlich hatte irgendein Lackaffe mit Senatorenstammbaum sie eingeladen, sich seine Sammlung schwarzfiguriger Vasen anzusehen.

»Marcus, erzähl mir, wie war dein Tag?« Ich beschrieb's ihr in düsteren Farben. »Kopf hoch! Du brauchst mehr Abwechslung. Warum läßt du dich nicht mal von ein paar Flittchen umgarnen? Geh und besuch deine Klientinnen. Der Kameenschneider bringt, denke ich, gar nichts, aber erzähl ihnen von der Wahrsagerin und von dem Steinmetz. Und dann paß auf, wie sie reagieren.«

»Du schickst mich zu diesen Hexen? In die Höhle des Löwen?«

»Ach was, das sind zwei übersättigte Verschwenderinnen ohne jeden Geschmack und mit noch weniger Skrupeln, die sich beide allzu offenherzig kleiden ... Ich glaube, mit denen wirst du schon fertig.«

»Woher weißt du das alles?«

»Ich hab sie mir mal angesehen.« Ihr stieg die Röte ins Gesicht, aber sie hielt meinem Blick trotzig stand. Ich war's, der erschrocken in seinem Sessel zappelte.

»Helena Justina! Wie hast du *das* denn angestellt?«

»Ich hab ihnen heute nachmittag meine Aufwartung gemacht, ihnen erzählt, daß ich eine Mädchenschule für Findelkinder gründen möchte, und mich erkundigt, ob ich sie – als warmherzige Frauen und in einem Fall obendrein Mutter – wohl zu einer Spende bewegen könne.«

»Mars Ultor! Und? Haben sie angebissen?«

»Zuerst nur Atilia. Diese Pollia ist ein hartherziges kleines Biest – aber schließlich hab ich sie doch bei ihrer Ehre gepackt. Dann hat sie mir natürlich eine astronomische Summe gespendet, um mich zu beeindrucken, wie dick sie's doch haben.«

»Du hast ihnen hoffentlich nicht verraten, wer du bist?«

»Und ob! Schließlich gibt es keinen Grund, warum sie mich mit dir in Verbindung bringen sollten.« Hart, aber wahr – fiel es mir doch selbst mitunter schwer, uns miteinander in Verbindung zu bringen. »Die Leute auf dem Pincio sind gräßliche Snobs. Deine Klienten waren entzückt, daß eine leibhaftige Senatorentochter inmitten ihrer geschmacklosen Kunstwerke Glühwein nippte und sie beschwor, sich an ihren guten Werken zu beteiligen.«

»Haben sie dich etwa betrunken gemacht?«

»Nicht ganz. Aber es ist typisch für Leute ihres Schlages, daß sie sich für tadellose Gastgeberinnen halten, wenn sie einem Besucher einen Mordspokal mit kochendheißem Inhalt kredenzen, obwohl das zu dieser Tageszeit völlig unpassend war. Was ich wirklich gebraucht hätte, war eine schöne Schale Kräutertee. Ach, übrigens, haben sie *dich* betrunken gemacht?«

»Nein.«

»So ein Pech! Sie wollten, daß ich ihre protzigen Silberpokale bewundere – zu schwer zum Heben und zu überladen, um sie anständig putzen zu können. Meiner hatte den größten Topas, den ich je gesehen habe.« Sie hielt nachdenklich inne und fuhr dann fort: »Diese Leute beurteilen alles auf der Welt nach seinem Preis. Wenn etwas nicht geradezu unanständig teuer ist, hat es für sie keinen Wert . . . Deine Honorarsätze sind zu bescheiden; es wundert mich, daß sie dich engagiert haben.«

»Besten Dank!« blaffte ich, aber mit dem unguten Gefühl, meine Herzensdame könnte recht haben. Ich barg mein Gesicht für einen Augenblick in den Händen, dann lachte ich. »Was wirst du denn nun mit dem Geld machen?«

»Na, eine Schule gründen. Ich bin keine Heuchlerin, Marcus.«

Sie war einfach toll. Meine Bewunderung behielt ich aber besser für mich. Helena brauchte keinen Ansporn. In der Öffentlichkeit wirkte sie eher liebenswert und schüchtern – aber kaum, daß sie sich einen so verrückten Gedanken in den Kopf gesetzt hatte wie eben, war all ihre Scheu verflogen. »Ich mache mir Sorgen, wenn du so auf Abenteuer ausgehst! Wie bist du bloß auf die Idee gekommen?«

Sie gab keine Antwort. »Aus Neugier, ja?« Ich legte den Arm um sie und zog sie an meine Brust. In ihren großen dunklen Augen las ich eine verwirrende Mischung aus Liebe und Abwehr. »Na, und was hattest du denn für einen Eindruck von meinen Klienten?«

»Ich sagte doch schon: ein bißchen zu offenherzig, die Damen. Wenn ich sie noch mal besuche, werde ich ihnen ein paar Kleiderspangen als Geschenk mitbringen . . . « Ich war froh, als ich die vertraute Ironie in ihren Augen aufblitzen sah. »Sabina Pollia hat sich aus dem Nichts hochgearbeitet – und hat vielleicht immer noch Dreck unter den Nägeln. Und die andere, der mütterliche Typ, sieht aus wie ein süßes scheues Reh, das um Schutz bittet – während sie in Wahrheit ihre Umgebung brutal manipuliert . . . Hast du übrigens ihren kleinen Sohn kennengelernt? Ich wette, der Knirps kann es durchaus mit seiner Mama aufnehmen.

Atilia hat große Pläne mit ihm. Sie wird alles daransetzen, ihn, sowie er alt genug ist, für den Senat aufstellen zu lassen.«

Für eine Familie mit genügend Ehrgeiz und Mitteln, ein Kind zu fördern, konnte ich mir höhere Ziele vorstellen als einen Sitz im Senat, doch es wäre taktlos gewesen, das einer Senatorentochter gegenüber zu äußern. »Aber sie ist eine wunderbare Mutter!« neckte ich unüberlegt und nicht minder taktlos.

»*Viele von uns könnten wunderbare Mütter sein!*«

Noch bevor das aus ihr herausbrach, hatte ich sie stürmisch in die Arme geschlossen. »Du wirst ein Kind haben!« Wir hatten nie darüber gesprochen; es hatte sich bisher nicht ergeben. Ich hatte mir eingebildet, froh zu sein, daß ich mich um die Aussprache drücken konnte, doch jetzt ließ ich eine eindringliche, wohlvorbereitete Rede vom Stapel. »Liebste, wir waren beide noch nicht soweit. Daß wir das Baby verloren haben, war vielleicht das beste für das arme Würmchen ...« Helena bäumte sich zornig auf. Ich spürte, daß ihre Stimmung nichts Gutes verhieß, war aber nicht bereit, das Mädchen sitzenzulassen und davonzulaufen, bloß weil sie das erwartete. »Nein, hör mir doch erst mal zu. Helena, ich vertraue ja sonst auf nichts und niemand, aber wir müssen jetzt einen Weg finden, um überhaupt zusammensein zu können. Laß uns das erst einmal genießen – und wenn es dann soweit ist, werden wir eine neue Generation genauso drolliger Käuze in die Welt setzen, wie du und ich es sind.«

»Vielleicht will ich's dann gar nicht mehr ...«

»Ich krieg dich schon rum ...«

»Marcus, ich mag noch nicht daran denken. Ich muß erst einmal mit dem, was passiert ist, zu Rande kommen!«

»Ich weiß ja ...« Ich hatte Angst, ich würde sie für

immer verlieren, wenn sie mich jetzt außen vor ließ. Das machte mich richtig wütend. »Du darfst dich jetzt nicht abkapseln – und denk bloß nicht, an mir wäre alles spurlos vorübergegangen!«

»Oh, du und dein oller Republikanerkodex!« flüsterte Helena, während sie mich in einem ihrer impulsiven Stimmungsumschwünge plötzlich abküßte. »Hör auf, so vernünftig daherzureden ...« Ich schwieg. »Didius Falco, irgendwer sollte dir mal erklären, daß Detektive zäh sind, harte Männer, die ein armseliges, gefährliches Leben führen, und wenn sie wieder mal mit einem blauen Auge davongekommen sind, sausen sie auf schnellstem Wege zurück in ihre miese kleine Welt ...«

»Falsch. Ein Privatermittler ist nur ein fauler Schlaffi. Jede Frau mit anständigen Schuhen an den Füßen kann auf ihm rumtrampeln.« Dabei fiel mir was ein. »Trotzdem habe ich nicht die Absicht, mich von den Hortensius-Weibern auf einem Gartenweg zertreten zu lassen. Du hättest also gar nicht das Terrain auszukundschaften brauchen. Liebes, ich kann auf mich selbst aufpassen ...« Das konnte ich ganz bestimmt. Mein Problem war, auf Helena aufzupassen. »Also, tu mir einen Gefallen und misch dich nicht weiter ein.«

»Nein, Marcus«, versprach sie und guckte dabei so lammfromm, daß ich wußte, es war geflunkert.

»Oder erzähl mir wenigstens hinterher nicht, was du wieder angestellt hast!« Sie sah mich unverwandt an. »Um mich brauchst du dich wirklich nicht zu sorgen. Diese zwei Frauen im Hause Hortensius, die sind doch nur Gesindel. Und überhaupt, mit dir kann keine konkurrieren. Außerdem gibt's bei mir eine eiserne Regel, die lautet: Schlafe nie mit einer Klientin.«

»Und? Hast du die schon mal gebrochen?«

»*Einmal*, ja.«

Ich grinste sie blöde an. Sie antwortete mit einem nervösen Lächeln. Ich zog ihren Kopf auf meine Schulter herab und hielt sie ganz fest.

Die Kolonnade, in die wir uns verzogen hatten, lag sehr verschwiegen. Ich blieb reglos sitzen, Helena im Arm. Ich war entspannt und mehr zu Zärtlichkeiten aufgelegt, als ich's mir normalerweise gestatte. Sie wirkte bedrückt; ich strich ihr übers Haar, was die traurige Miene verscheuchte und mich wiederum ermutigte, meine Hand weiterschweifen zu lassen, für den Fall, daß da noch andere Verspannungen der Behandlung bedurften ...

»Marcus!« Ich beschloß, weiterzumachen. Ihre seidenweiche Haut schien im Bad eigens dafür eingeölt worden zu sein, eine Hand anzulocken, die das zu schätzen wußte. »Marcus, du machst es uns beiden unerträglich ...« Um ihr zu beweisen, daß ich so zäh war, wie sie's zuvor behauptet hatte, hörte ich tatsächlich auf.

Nicht lange danach verabschiedete ich mich; es wäre peinlich geworden, noch länger das klirrende Tafelsilber zu überhören, welches anzeigte, daß ihre Eltern schon bei Tisch saßen. Helena lud mich ein, mitzuessen, aber ich wollte nicht, daß sie oder ihre Eltern (besonders ihre Mutter) mich für einen dieser Schmarotzer hielten, die immer zur Essenszeit auftauchten.

Als ich auf die Straße trat, wandte ich mich, noch ganz in Gedanken, Richtung Norden. Manch ein Privatermittler tut so, als ließen, wo er geht und steht, hinreißend schöne Frauen ihre spärlichen Hüllen fallen, um schwupps, mit ihm ins Bett zu steigen. Ich redete mir ein, daß mir das nur deshalb so selten passierte, weil der Typ Mädchen, dem ich gefiel, eben viel wählerischer sei.

Na ja, früher hatte ich ihr jedenfalls gefallen.

XVIII

Die Damen waren daheim, ihre Männer nicht. Die Damen langweilten sich. Ich kam daher wie ein Geschenk der Götter, um die noch freie Unterhaltungsnummer nach Tisch zu übernehmen. Wenn ich eine Flöte mitgebracht hätte und ein paar phrygische Schwerttänzer, wäre mir das sicher besser gelungen.

Sooft ich auch ins Haus Hortensius kam, nie wurde ich zweimal im selben Raum empfangen. An diesem Abend zum Beispiel führte man mich in eine aufgemotzte azurblaue Luxussuite, die etwas ungemein Boudoirhaftes hatte. Über jedes Sofa waren sündhaft lässig sündhaft teure Decken drapiert. Darauf türmten sich pralle Kissen in schimmernden Bezügen, aufdringlich mit Fransen und dicken Quasten überladen. Das Zimmer war mit Möbeln vollgestopft: bronzene Beistelltische mit phallischen Satyrn als Sockel; Silberdiwane mit Klauenfüßen; Schildpattvitrinen. In den Vitrinen war ein ganzer Großhandelsposten syrischen Glases ausgestellt (darunter mindestens eine Vase, die man unlängst in der Campagna recycelt hatte), daneben Elfenbeinnippes, eine Kollektion recht hübscher etruskischer Handspiegel und ein übergroßes Gefäß aus purem Gold, dem man nicht ansah, wozu es gut sein mochte; sie nannten es wahrscheinlich eine »Votivschale«, auch wenn es mich eher an den persönlichen Nachttopf eines besonders dicken mazedonischen Königs erinnerte.

Mit ihren rougeüberhauchten Wangen und antimonglänzenden Augen wirkten die beiden Frauen nicht minder aufgetakelt als die Einrichtung des Hauses. Sabina Pollia räkelte sich auf ihrem Sofa mit der Energie eines Salbeistrauchs, der sich zum Herrn eines

Kräutergartens aufschwingt. Hortensia Atilia posierte zwar etwas eleganter, hatte aber einen Fuß so hochgestellt, daß ihr nacktes Bein unweigerlich zum Blickfang wurde. So, wie die beiden einander gegenübersaßen, zwischen sich eine große Schale mit Weintrauben, mußte ich unentwegt an Helenas abfällige Bemerkung denken (vermutlich genau das, was sie beabsichtigt hatte). Alle zwei trugen Kleider mit verschwenderischem Faltenwurf, die aber eher fürs flinke Rausschlüpfen entworfen waren, als um die wohlgeformten Körper zu verhüllen. Ich war die ganze Zeit gespannt, welche von Pollias Schulterspangen als erste tiefer an einem reizenden Arm hinunterrutschen würde, als der Anstand erlaubte. Pollia trug Smaragde; Atilia war mit indischen Perlen behängt.

Atilias Sohn, ein ganz normales Kind, war auch da und kniete mit einem Spielzeugesel aus Terrakotta auf dem Marmorboden. Der Junge war etwa acht Jahre alt. Ich zwinkerte ihm zu, und er starrte so unverhohlen feindselig zurück wie jedes Küken, das einen fremden Schnabel im Nest entdeckt.

»Nun, Falco, was bringen Sie uns Schönes?« fragte Pollia.

»Bloß Neuigkeiten«, sagte ich entschuldigend.

Der linke Träger von Pollias karminrotem Abendkleid rutschte so tief, daß sie böse wurde. Also schnippte sie ihn wieder hoch. Das gab der rechten Schulterpasse mehr Spielraum, um reizvoll über ihre Brust herabzugleiten.

»So reden Sie schon!« drängte Hortensia Atilia und wackelte mit den hochgereckten Zehen. Sie zog es vor, ihre Spangen schön in der Mitte ihrer blendenden Schultern zu halten, wie es sich geziemte. Dafür bauschte sich ihr Kleid (ein marineblaues Gewand, das das Klassenziel guten Geschmacks knapp verfehlte) vorn in weitem Bogen, so daß jeder, der hinter ihr stand, ungehindert bis runter zu dem großen braunen Leberfleck, eine Handbreit unterm Brustansatz, gucken konnte: Als üppig bestückte Fruchtbarkeitsgöttin betonte sie trefflich, was Muttergottheiten immer gern zur Schau stellen. (Natürlich blieb ich ungerührt; ich bin ja auch kein religiöser Typ.)

Ohne weitere Vorrede referierte ich meinen beiden Klientinnen, was ich bisher herausgefunden hatte. »Was die Wahrsagerin betrifft, so will ich nicht weiter auf diesen Aberglauben eingehen, aber falls Hortensius Novus für derlei empfänglich ist, sollten Sie es ihm lieber nicht erzählen. Verunsicherung und Nervosität steigern bekanntlich die Unfallgefahr . . . «

»Als Schuldbeweis taugt das aber noch lange nicht!« befand Pollia eisig. Sie hatte zum Essen reichlich Wein genossen. Jetzt war es an der Zeit, die Messer zu wetzen – es sollte mir an den Kragen gehen, wenn schon nicht an die Wäsche; das sah ich ihr an.

Ich blieb ganz ruhig. »Zugegeben. Aber wenn der Kunde zum Horoskop gleich noch einen Grabstein bestellt, sieht die Sache schon anders aus! So, wie Severina Zotica ihre Hochzeit angeht, würde *ich* anstelle ihres Verlobten mein Heil in der Flucht suchen.«

»Ja, das glaube ich!«

Der Kleine schmetterte seinen Spielzeugesel gegen das gedrechselte Bein eines Tischchens; seine Mutter sah ihn strafend an und schickte ihn hinaus. »Um dem Mädchen gegenüber fair zu sein«, meinte Atilia, »sollten wir es ihr vielleicht nicht verübeln, wenn sie sicher gehen will, daß ihr früheres Pech sich nicht wiederholen wird. Die Horoskope könnten völlig harmlos sein.« Hortensia Atilia war ohne Zweifel die Großzügigere von den beiden. Und wie alles, was sie im Überfluß besaß, stellte die Dame auch ihre Großzügigkeit ohne falsche Scham zur Schau.

»Als nächstes«, sagte ich, »habe ich vor, Severina persönlich zur Rede zu stellen ...«

Atilia und Pollia wechselten einen Blick. Ohne besonderen Grund fiel mir Helenas Befürchtung ein, irgend etwas an diesem Auftrag sei nicht ganz geheuer.

»Das scheint mir ziemlich gewagt.« Atilias schüchterne Miene gab zu verstehen, sie sei eine einfache Blume auf der Suche nach einem männlichen Beschützer, der sie gegen alle Fährnisse auf dem Weidegrund des Lebens verteidigen würde; ich gebärdete mich daraufhin sicherheitshalber wie ein Großstadtgangster, der nur so zum Spaß durch die Wiesen rennt und Margeriten köpft.

»Vielleicht sollten wir noch abwarten«, meinte Pollia und lächelte mich strahlend an. »Finanziell wird es Ihr Schaden nicht sein ...«

Jetzt wurde ich erst richtig stutzig. »Sabina Pollia, wir hatten uns doch darauf geeinigt, daß ich herausfinden soll, wieviel diese Brieftaschenbraut verlangt, um Novus freizugeben.«

Pollia zog einen Schmollmund, um anzudeuten, es gäbe noch ganz andere Dinge, auf die wir uns einigen könnten. »Ich wollte ja nur vorschlagen, daß wir uns erst noch mehr Beweise beschaffen. Aber *Sie* sind der Detektiv, Falco. Sie müssen entscheiden, wann's Zeit ist, loszuschlagen. Ich bin sicher, Ihr Timing ist unfehlbar ...«

Ich lockerte den Kragen meiner Tunika, der mir am Hals klebte. »Die Entscheidung liegt ganz bei Ihnen. Ich kann Severina auch noch 'ne Weile beschatten. Wenn Sie bereit sind, dafür aufzukommen, werde ich die Dame so lange beobachten, wie Sie wollen ...« Ich bin nie in Hochform, wenn die Reichen mich wie einen Spielball behandeln.

Normalerweise hindere ich meine Klienten daran,

unnötige Ausgaben zu machen. Aber mit vier leeren Zimmern daheim, die möbliert werden mußten, und bei zwei Dämchen, die es sich locker leisten konnten, ihrer Marionette einen neuen Tisch zu kaufen, nahm ich's mit meinen moralischen Grundsätzen nicht mehr ganz so genau.

Ich verabschiedete mich eilig. Der kleine Junge saß auf der Treppe vor dem mächtigen Portikus; der finstere Blick, mit dem er zusah, wie ich die polierten Marmorstufen hinuntersprang, spiegelte seine ganze Verachtung wider: Er wußte, daß ich entschieden zu früh gegangen war, um meinen Spaß gehabt zu haben.

Auf dem Heimweg war ich schlechter Laune. Ganz Rom hatte inzwischen zu Abend gegessen, bloß ich nicht. Um diese Tageszeit waren in der Piscina Publica offene Lokale zwar leichter zu finden, sahen aber kein bißchen einladender aus. Ich schlappte weiter und ging meine Mutter besuchen. Mehrere meiner Schwestern waren bei ihr, also ließ ich verlauten, falls irgendeine Möbel hätte, die sie gern loswürde, so wäre ich ein dankbarer Abnehmer. Tatsächlich bot Junia mir ein Bett an. Junia, die sich immer schon für was Besseres hielt, hatte irgendwie einen Mann eingefangen, der fest angestellt war, einen Zollkontrolleur; die beiden behielten nichts länger als zwei Jahre. Normalerweise machte ich einen Bogen um alles, was sie rauswarfen, weil ich mich nicht gern als Parasit fühle, aber für ein anständiges Bett vergaß sogar ich meinen Stolz. Ich hörte voll Freude, daß dieses Schnäppchen, so gut wie neu, meinen Schwager zweihundert Sesterzen gekostet hatte. Wenn schon schnorren, dann, bitteschön, Qualität.

Die Sperrzeit für den Verkehr auf Rädern war inzwischen aufgehoben, und dank meinem Schwager Mico, der irgendwoher einen Karren organisierte, schafften wir das Bett noch am selben Abend fort, ehe Junia es sich anders überlegen konnte. Anschließend klapperten wir die restliche Familie ab und sammelten ein, was die zu stiften hatten: Pfannen mit verbogenen Stielen und Schemel, die nicht mehr auf allen vier Beinen standen. Sowie ich Mico abgewimmelt hatte, vergnügte ich mich damit, meine Wohnung bald so, bald so einzurichten, wie ein kleines Mädchen, das mit seinen Puppenmöbeln spielt. Darüber wurde es sehr spät, aber Mama hatte mir ein paar Lampen geschenkt, und Maia hatte einen halben Krug Öl dazu spendiert; das spritzte zwar ziemlich, erfüllte aber seinen Zweck. Während ich meine neuen Sachen durch die Wohnung zerrte, hämmerten von Zeit zu Zeit andere Mieter an die Wände. Ich klopfte wacker zurück, denn ich bin immer froh über neue Freunde.

Mein neues Bett war prima, nur die Matratze hatte bei Junia noch nicht genug Leben mitgekriegt; man lag darauf wie auf einem Felssims in halber Höhe eines Berghangs. Doch die nächtlichen Abenteuer, auf die ich hoffte, würden bald schon für angenehme Kuhlen sorgen.

XIX

Da meine Klienten nach stichhaltigeren Beweisen verlangten, zog ich in aller Frühe los, ausgerüstet mit dem Namen und der Adresse, die Lusius, der Sekretär des Prätors, mir gegeben hatte: Ich wollte den Doktor befragen, den man zu Severinas zweitem Mann, dem

Apotheker, gerufen hatte, um den Totenschein auszustellen.

Der Kurpfuscher war stinksauer über die frühe Störung, aber noch längst nicht so sauer wie ich, als ich merkte, daß der Mann zu nichts zu gebrauchen war. Ihm war mein Frust nichts Neues; vermutlich hatte Lusius ihn bei seiner Vernehmung ebenso barsch abgefertigt.

»Ich hab dem Sekretär bereits alle Fakten genannt, und Fakten verändern sich nicht!« Das setzte voraus, der eingebildete Trottel hätte die Fakten von Anfang an richtig erkannt – woran mir bald schon Zweifel kamen. »Der Apotheker kriegte plötzlich Krämpfe ... «

»Waren Sie dabei?«

»Man hat es mir erzählt! Dann rannten seine Diener kopflos davon, während die Gattin alles versuchte, um ihn wiederzubeleben.«

»Ohne Erfolg?«

»Sie kam ja kaum an ihn ran. Der Mann schlug so heftig um sich ... «

»Sie meinen ... «

»Belehren Sie mich nicht über meine ärztliche Pflicht!« unterbrach er wütend, obgleich meine unausgesprochene Frage völlig devot ausgefallen wäre. »Damit hat mich schon der Schreiberling vom Prätor genug genervt! Der Kerl wollte mir einreden, daß die Frau ihren Mann erstickt haben könnte ... « Demnach war mein Freund Lusius bei seiner früheren Untersuchung gewissenhaft vorgegangen. »Alles Unfug! Die arme Frau war übel zugerichtet und zerkratzt, aber sie hat dennoch ihr Bestes getan. Eprius muß so wild um sich gedroschen haben, daß er sie beinahe bewußtlos geschlagen hätte ... «

»Kommt Ihnen das nicht verdächtig vor, ich meine, wenn sie ihm doch helfen wollte?«

»Nicht die Spur! Der Mann wußte ja nicht, was er tat. Es war ein tödlicher Anfall!«

»Versuchen Sie's doch mal mit einer anderen Version«, beharrte ich. »Severina hatte versucht, ihn zu vergiften. Das Zeug wirkte aber nicht so recht, also preßte sie ihm was aufs Gesicht. Eprius begriff, was sie vorhatte, und wehrte sich . . . «

»Überflüssige Spekulationen. Ich hab doch das Medikament gefunden, an dem er erstickt ist.«

»Und haben Sie's aufgehoben?«

»Selbstverständlich«, entgegnete er scharf. »Ich habe es dem Sekretär des Prätors übergeben.«

»Soviel ich weiß, war es eine Hustenpastille. Als Apotheker hätte Eprius doch wissen müssen, wie man so was lutscht! Hatten Sie ihm die Dinger verschrieben?«

»Ich war nicht sein Arzt, und ich bezweifle, ob er überhaupt einen Hausarzt hatte. Seine Arzneien konnte er sich schließlich selbst mischen. An sein Sterbelager wurde ich gerufen, weil ich in der Nähe wohne. Aber Eprius war schon tot, als ich eintraf. Es gab nichts mehr zu tun, außer der Witwe Trost zuzusprechen. Zum Glück wollte ihr zufällig gerade ein Bekannter, ein Freigelassener, seine Aufwartung machen, und so konnte ich sie der Obhut eines Freundes anvertrauen und beruhigt nach Hause gehen . . . «

»Sie hat's verkraftet!« versicherte ich. »Binnen eines Monats hat sie wieder geheiratet.«

Der arrogante Esel weigerte sich trotzdem, ein Gegengutachten zu erstellen.

Die Geschichte, die er mir erzählt hatte, war zum Fürchten, doch sie brachte mich keinen Schritt weiter. Angewidert verließ ich sein Haus. Aber ich war nach wie vor entschlossen, Pollia und Atilia zu beweisen, daß ich mir meine Spesen redlich verdiente. Da ich mit dem

Perlenverkäufer und dem Apotheker kein Glück gehabt hatte, war der Mensch, der die wilden Tiere importierte, meine letzte Hoffnung.

Ich mietete mir ein Maultier und ritt hinaus in den Nordosten der Stadt. Die Tiere für die Arena waren jenseits der Stadtgrenze, gegenüber der Hauptkaserne der Prätorianer untergebracht. Auf dem Weg zum Bestiarium hörte ich schon von weitem Gebrüll und Trompeten, seltsam befremdliche Töne in nächster Umgebung Roms. Die kaiserliche Menagerie besaß sämtliche Viecher, von denen ich je gehört hatte, und noch eine ganze Menge mehr. Meine ersten Fragen stellte ich, während hinter mir Krokodile in ihren Käfigen das Maul aufrissen, und beinahe jedem, an den ich mich wandte, guckte ein Vogel Strauß über die Schulter. Ringsum entdeckte ich apathische Nashörner, traurige Affen und Leoparden mit glanzlosem Fell. Betreut wurden die Tiere von langhaarigen Kerlen, die genauso mürrisch und unberechenbar aussahen wie sie. Ein beunruhigend säuerlicher Geruch lag über dem Gelände, und zwischen den Käfigen trat man überall in unappetitlichen Morast.

Ich hatte nach Grittius Frontos Neffen gefragt. Man sagte mir, der Neffe sei nach Ägypten zurückgekehrt, aber wenn ich ein ausgefallenes Unterhaltungsprogramm für ein Fest suchte, dann solle ich doch mal mit Thalia reden. Da ich nie weiß, wann es Zeit ist, Reißaus zu nehmen, ließ ich mir den Weg zu einem gestreiften Zelt zeigen. Dort angekommen, schlug ich nicht nur mutig die Eingangsklappe zurück, sondern war auch noch so tollkühn, einzutreten.

»Ooh!« kreischte eine Stimme, mit der man Pflugscharen hätte schleifen können. »Ist scheint's mein Glückstag heut!«

Sie war ein großes Mädchen. Damit meine ich . . . ach, nichts. Sie war größer als ich und rundum kräftig gebaut. Als Mädchen durfte man sie dem Alter nach ohne allzu große Respektlosigkeit bezeichnen, und ich sah wohl, daß ihre primären geschlechtsspezifischen Vorzüge in exzellentem Verhältnis zu ihrer Größe standen. Ihr Kostüm entsprach ganz dem, was die Mode diesen Monat für die gutgekleidete Artistin vorschrieb: eine Handvoll Flittersterne, ein paar Straußenfedern (darum also hatten einige der Vögel im Freiluftgehege so beleidigt dreingeschaut), ein knappes, durchsichtiges Hemdchen – und ein Halsband.

Das Halsband hätte man für eine Korallenkette halten können – bis man sah, daß die schimmernden Glieder sich zuweilen mit trägem Charme hin und her schoben. Mitunter rutschte ihr auch ein Ende vom Hals, und sie schob es unwirsch wieder hoch. Das Schmuckstück war eine lebende Schlange.

»Mal was anderes, wie?« Ihre friedliche Miene sprach Bände; mir tat im voraus jede noch so tückische Schlange leid, die sich mit ihr anlegen würde.

»Mit einem solchen Prachtstück vor der Luftröhre dürften Sie kaum Ärger mit den Männern kriegen!«

»Männer machen immer Ärger, Schätzchen!«

Ich lächelte entschuldigend. »Ich bitte nur um ein paar freundliche Worte.«

Sie ließ ein obszönes, gackerndes Lachen hören. »Das sagt ihr Kerle doch alle!« Im nächsten Augenblick sah sie mich an, als ob sie mich bemuttern wolle. Ich erstarrte vor Schreck. »Ich heiße Thalia«, stellte sie sich vor.

»Eine der Grazien!« Dieser Fall kippte allmählich in den Wahnwitz.

»Na, Sie sind mir aber ein Frechdachs! Und wie heißen Sie?« Wider besseren Wissens nannte ich ihr meinen Namen. »Also, Falco? Von daheim weggelaufen, um Löwenbändiger zu werden?«

»Nein, das würde meine Mutter nicht erlauben. Sind Sie ein Schlangenmensch?«

»Jeder würde zum Schlangenmenschen, wenn ihm eine Python dahin kriecht, wo . . . «

»Sicher!« beteuerte ich hastig.

»Ich bin gelernte Schlangentänzerin«, erklärte sie kühl.

»Verstehe! Und ist das da die Schlange, mit der Sie auftreten?«

»Was denn, die hier? Nein, das ist bloß meine Alltagshalskrause! Die Schlange aus meiner Nummer ist zwanzigmal so lang!«

»Entschuldigen Sie. Ich dachte bloß, Sie wären vielleicht gerade beim Proben.«

Die Schlangentänzerin schnitt eine Grimasse. »Es reicht, wenn ich in der Vorstellung meinen Hals riskiere. Wieso soll ich das auch noch proben?«

Ich grinste. »Irgendwann würde ich mir Ihre Nummer gern mal ansehen.«

Thalia betrachtete mich mit dem ruhigen, klugen Blick, den Leute kriegen, die mit gefährlichen Tieren zusammenleben. Sie war es gewohnt, in mehr als eine Richtung wachsam zu sein. »Was wollen Sie, Falco?«

Ich sagte ihr die Wahrheit. »Ich bin Privatermittler. Ich versuche, einen Mörder zur Strecke zu bringen. Und in dem Zusammenhang wollte ich Sie fragen, ob Sie einen Mann namens Grittius Fronto gekannt haben?«

Thalia rückte ihre Schlange wieder zurecht. »Ich kannte Fronto, ja.«

Sie klopfte auf den freien Platz neben sich auf der Bank. Da sie mir nicht unfreundlich vorkam (und die Schlange zu schlafen schien), wagte ich die Annäherung. »Ich habe mit dem Sekretär des Prätors gesprochen, der Frontos Tod untersucht hat – ein gewisser Lusius. Hat der auch Sie befragt?«

»Wer traut schon einer Frau mit ungewöhnlichen Schlangennummern?«

»Ich bitte Sie! Welch törichtes Vorurteil!« (Der Moment schien mir passend, den Kavalier herauszukehren.)

Sie nickte. Und ich sah ihr an, daß sie ernstlich deprimiert war. »Für manche Männer hat die Gefahr auch ihren Reiz – als Fronto starb, hatte ich gerade ein Fiasko mit einem unsicheren Seiltänzer, der vor lauter Kurzsichtigkeit nicht mal die eigenen Eier sehen konnte!«

Ich bemühte mich um einen teilnahmsvoll gedämpften Ton. »Wurde bei dem Unfall damals nicht auch ein Seiltänzer übel zugerichtet?«

»Er wäre nie wieder der alte geworden – aber ich hab ihn durchgebracht.«

»Und? Sind Sie noch mit ihm zusammen?«

»Nein! Er hat sich 'ne Erkältung geholt und ist dran gestorben. Ach, die Männer sind ja so was von gemein!«

Inzwischen hatte sich die Schlange entwirrt und bekundete erschreckend lebhaftes Interesse an meinem Gesicht. Ich versuchte, mich nicht zu rühren. Thalia packte sie sich wieder um den Hals – zweimal – und klemmte dann Kopf und Schwanz schön ordentlich unter ihrem üppigen Kinn fest. Ich war zu schwach zum Sprechen, aber Thalia legte auch ohne Stichwort los. »Fronto war im Importhandel, hatte ein seit Jahren gut eingeführtes Geschäft. Aber die schwere Arbeit machte sein Neffe. Der hat die Tiere in Afrika und Indien aufgespürt, sie eingefangen und nach Hause verschifft. Der Arenakampf hatte seine beste Zeit ja unter Nero, aber selbst während der Unruhen gab's noch Käufer wie mich – und jede Menge Privatkunden, die exotische Tiere wollten, um sie auf ihren Gütern zur Schau zu stellen.«

Ich nickte. Rom hatte das Seine getan, um die unwirtlichen Provinzen von gefährlichem Getier zu befreien: Tiger aus Indien und dem Kaukasus abgezogen; ganze Herden schädlicher Elefanten aus Mauretanien weggeschafft. Wahrscheinlich verhielt es sich mit den Schlangen genauso.

»Was wollen Sie wissen?« fragte Thalia, plötzlich wieder auf der Hut.

»Erzählen Sie mir einfach alles, was mit dem Fall in Zusammenhang stehen könnte. Haben Sie eigentlich Frontos Frau gekannt?«

»Bin ihr nie begegnet. Hatte auch keine Lust, sie kennenzulernen. Mir war klar, daß von der nur Ärger kommt! Fronto dachte genauso, das spürte man. Er hat sie in nichts eingeweiht. Hat ihr nicht mal verraten, daß er einen Neffen hatte. Haben Sie das gewußt?«

»Eher geahnt. Aber was genau ist damals eigentlich passiert? Mir hat man erzählt, ein Panther hätte Fronto und den Seiltänzer eine Hebebühne hochgejagt.«

»Also, das ist schon mal faustdick gelogen!« rief Thalia empört.

»Wie meinen Sie?«

»Na, der Unfall war doch in Neros Circus!«

Plötzlich begriff ich; im Gegensatz zum mehrstöckigen Amphitheater verfügen die Rennsportstadien nur über ein planes Geläuf. »Keine Kellergewölbe? Überhaupt keine Unterbauten – und folglich auch keine Vorrichtung zum Transport der Käfige?«

Thalia nickte. Ich wünschte, sie hätte das nicht getan; es irritierte die Schlange. Jedesmal, wenn Thalia sich bewegte, reckte das Biest den Kopf und fing an zu kontrollieren, ob ich gut rasiert sei oder Nissen hinter den Ohren hätte. »Demnach hat so ein Tolpatsch von Ädil das Unfallprotokoll geschrieben, ohne sich den Tatort anzusehen?«

»So muß es wohl gewesen sein.«

Das war eine gute Nachricht, denn sie ließ auf bisher unentdeckte Beweise hoffen. »Waren *Sie* am Unfallort?« Thalia nickte. Ihr neugieriges Schmusetier seilte sich ab. Sie zurrte es wieder fest. »Wie hat sich's also abgespielt?«

»Das passierte gleich hinter den Startgattern. Fronto hatte für die Pause vor dem Auftritt der Wagenlenker ein paar Tiere besorgt – für eine Scheinjagd. Sie wissen schon! Berittene Bogenschützen galoppieren hinter allem Gefleckten und Gestreiften in der Manege her. Hat man einen sehr müden, zahnlosen alten Löwen bei der Hand, dann läßt man vielleicht sogar ein paar Aristokratensöhnchen eine Runde drehen ...«

»War der Panther müde und zahnlos?«

»Aber nein!« rief Thalia vorwurfsvoll. »Dieser Panther ist ein echtes Schmuckstück, ein wunderschönes Tier. Wenn Sie wollen, können Sie ihn sich ansehen. Frontos Neffe hat ihn damals behalten – aus Respekt, wissen Sie, für den Fall, daß er noch was von seinem Onkel intus hatte. Die Beisetzung war nämlich sehr schwierig, Falco ...«

»Ich glaube nicht, daß ich mir den Panther ansehen muß. Er würde wohl kaum mit mir sprechen, und selbst wenn – kein Gericht würde seine Aussage gelten lassen! Also, was ist damals passiert?«

»Jemand hat ihn rausgelassen.«

»Sie meinen – mit Absicht?«

»Hören Sie, Falco, die Käfige für Neros Circus kommen aus allen Teilen der Stadt und werden vorsichtshalber nachts transportiert, aber es würde trotzdem Aufruhr geben, wenn auch nur ein klitzekleiner Löwe freikäme!« Ich hatte solche Spezialkäfige für den Transport wilder Tiere natürlich schon gesehen – gerade groß genug für die Insassen und maßgerecht für die Aufzüge im Amphitheater. Die Deckplatte hatte ein Sicherheitsscharnier. »Fronto nahm es mit seinen Tieren sehr genau; er hatte ja auch genug Geld in dieses Geschäft gesteckt! Vor jedem Transport überprüfte er persönlich die Schlösser und kontrollierte sie noch mal, während die Tiere auf ihren Auftritt warteten. Der Panther kann unmöglich aus Versehen freigekommen sein.«

»Aber irgendwann mußte man die Käfige doch aufschließen?«

»Erst unmittelbar vor der Nummer. Und dann war Fronto immer dabei und paßte auf, daß alles glattging. In einer Arena zum Beispiel ließ er immer erst aufschließen, wenn die Käfige schon im Lastenaufzug waren. Vor dem Auftritt brauchten die Sklaven dann nur noch einen Gleitschnäpper am Deckel zurückzuschieben.«

»Aber an dem fraglichen Tag im Circus ging man anders vor?«

»Ja. Da kamen die Käfige für die Scheinjagd in die Wagenboxen; die Tiere sollten durch die Startgatter auf die Bahn gelassen werden. Nachdem sie die Nacht über eingesperrt waren, freuten sie sich natürlich auf den ersehnten Auslauf und wären munter mitten in den Circus reingerannt, der mit nachgemachten Bäumen wie ein richtiger Wald aussah – zu schön war das! Ja, und dann sollten gleich anschließend die Jäger einreiten . . . «

»Schenken wir uns die Staffage! Was geschah am Startgatter?«

»Irgendwer hatte den Panther zu früh rausgelassen. Fronto und mein Seiltänzer waren in einer der Wagenbahnen. Sie versuchten, durch die Startgatter zu entkommen – aber die waren noch mit fest verknoteten Seilen gesperrt. Die beiden saßen also in der Falle. Ich bin mit ein paar Männern losgerannt, um sie zu befreien, aber es war schon zu spät. Wir sahen gerade noch, wie der Panther den Hauptgang beendete und sich an den Nachtisch machen wollte. Mein Seiltänzer flüchtete sich im letzten Moment in den offenen Käfig und klappte den Deckel runter – wie ein Liebhaber, der sich in der Wäschetruhe versteckt. So kam er mit dem Leben davon.«

»O Jupiter!«

»Sie dürfen's dem Panther nicht verübeln«, mahnte Thalia gutmütig. »Der war einfach hungrig. Und außerdem hatten wir den Verdacht, daß ihn jemand gereizt hatte!«

»Genau das ist für meine Ermittlungen entscheidend!« versetzte ich gelassener, als mir zumute war. »Wer hat das Tier wild gemacht – und wer hat es aus dem Käfig gelassen?«

Thalia seufzte. Bei einem Mädchen ihrer Statur macht so ein Seufzer eine ziemlich Bö. Die Schlange schob Kopf und Hals ein Stück vor und blickte sie vorwurfsvoll an. Thalia stopfte sich den Kopf ihres Lieblings zwischen die Brüste; die höchste Strafe (oder vielleicht auch Wonne). »Wir hatten da einen Tierpfleger«, sagte sie versonnen. »Einen Tierpfleger, den ich nie leiden mochte.«

XX

Ich beugte mich vor – sogar Thalias Halsband war jetzt vergessen. »Ob ich diesen Tierpfleger wohl finden könnte?«

»Glauben Sie denn, das hätte Frontos Neffe nicht schon versucht? Warum hat der wohl seine Nachforschungen eingestellt?«

»Sagen Sie's mir.«

»Weil der Pfleger tot ist. Verunglückt.«

»Wie ist das passiert?«

»Er ging an einem baufälligen Haus vorbei. Eine Mauer stürzte ein und hat ihn unter sich begraben.«

»Und Sie sind sicher, daß es ein Unfall war?«

»Frontos Neffe war davon überzeugt. Das ganze Viertel empörte sich darüber, daß das Haus dermaßen verrottet war. Aber da sich kein Angehöriger des Tierpflegers meldete, konnte auch niemand den Besitzer zur Verantwortung ziehen. Frontos Neffe hatte eine Stinkwut, weil er die Witwe seines Onkels laufenlassen mußte, da offenbar ein Fremder Frontos Tod verschuldet hatte. Aber es war nun einmal so, daß die Wachen den Leichnam des Pflegers anhand eines Schlüssels identifizierten, auf dem Frontos Name stand – und das war der fehlende Schlüssel zum Pantherkäfig.«

»Und was hatte der Mann gegen Fronto?«

»Das haben wir nie erfahren. Er war erst ein paar Wochen bei uns und hatte anscheinend keine Familie. Wir kriegen oft solche Aushilfen auf Zeit.«

»Und wie hieß der Mann?«

»Gaius.«

»Na wunderbar!« Mehr als fünfzig Prozent der männlichen Bevölkerung Roms hört auf den Namen

Gaius. Und von den übrigen heißen die meisten Marcus oder Lucius; das kann einem Ermittler schon das Leben sauer machen. »Haben Sie nichts Besseres zu bieten?«

»Er hatte wohl noch einen anderen Namen. Aber sooft ich mir schon den Kopf zerbrochen habe, ich kann mich einfach nicht darauf besinnen. Fronto war der einzige, der's gewußt hätte.«

Ich stellte der Schlangenfrau noch ein paar Fragen, aber sie hatte nichts Wichtiges mehr beizusteuern, versprach allerdings, daß sie weiter versuchen würde, sich an den Familiennamen des Tierpflegers zu erinnern. Ganz benommen verließ ich die Menagerie.

Die Frühschicht hatte zwar wenig konkrete Beweise erbracht, aber ich hatte nun ein so lebhaftes Bild davon, wie Eprius und Fronto zu Tode gekommen waren, daß ich meinen alten Posten auf dem Caelimontium in ungewöhnlich gedrückter Stimmung bezog.

Die Abakusstraße war wie ein Backofen; uns stand ein glühendheißer Tag bevor. Kaum, daß ein Eimer Wasser drüberschwappte, schon war das Pflaster wieder trocken, und der kleine Singfink vom Schlosser hatte bereits ein Tuch überm Käfig, um sein gefiedertes Köpfchen vor der Sonne zu schützen. Als ich zum Speisehaus kam, winkte ich dem Wirt von draußen; er kannte inzwischen meine Bestellung, also blieb ich, zumal ich drinnen an der Theke jemanden stehen sah, gleich auf der Terrasse, um mir den einzigen Tisch im Schatten zu sichern.

Ich wartete darauf, daß der Wirt mir den Wein anwärmte. Es war ein angenehmer Morgen (falls man derjenige mit dem Tisch im Schatten war), und ich war ziemlich sicher, daß Severina sich frühestens in ein paar Stunden blicken lassen würde. Froh darüber, für so leichte Arbeit so gut bezahlt zu werden, verschränkte ich die Hände hinterm Kopf und streckte mich genüßlich.

Ich hörte, wie jemand aus dem Lokal trat, und dachte, es wäre der Kellner. Aber in diesem Irrtum sollte ich nicht lange verharren. Als ich die Arme sinken ließ, glitt blitzschnell die Schlinge eines starken Hanfseils darüber und preßte sie mir an den Körper. Die Schlinge wurde festgezurrt, und meinen Schreckensschrei dämpfte ein großer Sack, den man mir hurtig von hinten über den Kopf stülpte.

Ich bäumte mich brüllend auf, spürte, wie die Bank unter mir umstürzte, und wußte doch kaum, wie mir geschah. Im Sack hing ein merkwürdiger, erstickender Geruch, und so, wie man mich überrumpelt hatte, war jede Gegenwehr zwecklos. Meine Angreifer stießen mich brutal mit dem Gesicht auf den Tisch. Mit einem instinktiven Ruck zur Seite konnte ich gerade noch verhüten, daß sie mir die Nase brachen, aber dafür steckte ich einen Hieb ein, von dem mir die Ohren dröhnten. Ich keilte nach hinten aus, fand ein weiches Ziel, wiederholte das Manöver, traf aber diesmal nur die Luft. Immer noch flach auf den Tisch gepreßt, versuchte ich, seitlich auszuschlagen. Grobe Hände packten mich; als ich in die Gegenrichtung auswich, nahm ich zuviel Schwung und fiel von der Tischkante.

Mir blieb keine Zeit, mich zu orientieren. Der Feind hatte seine eigenen Vorstellungen davon, wo ich hin sollte, und zwar auf dem Rücken, in raschem Tempo gezogen, die Füße voran. Ich wußte, daß es sinnlos war, von Passanten Beistand zu erwarten.

Ich war hilflos. Die Schurken hatten mich jeder an einem Bein gepackt – gefährlich, sollten sie einem Laternenpfahl mal nicht in derselben Richtung ausweichen! Mir tat jetzt schon alles weh. Wenn ich weiter Widerstand leistete, würde das die Schmerzen nur verschlimmern. Also ließ ich mich durchhängen und ihnen ihren Willen.

Die Bordsteinkanten waren kein allzu großes Problem; nach der ersten wappnete ich mich, indem ich das Rückgrat durchbog. Auch der Sack bot ein klein wenig Schutz, aber einmal kriegte doch der oberste Halswirbel einen solchen Bums ab, daß ich mir vorkam wie ein Hähnchen beim Ausnehmen. Und eine Holperpartie über Lavabrocken tat meinem Kopf natürlich auch nicht sonderlich gut.

Ich wußte, daß wir irgendwo abgebogen sein mußten, weil ich mit der Hüfte gegen eine Mauerecke geprallt war und mir unter dem Sack die Haut abgeschürft hatte. Wir kamen in kühlere Gefilde: also weg von der Straße.

An einer Türschwelle schrammte ich mir jeden einzelnen Rückenwirbel und schließlich auch den Schädel. Wieder Richtungswechsel, wieder Püffe. Endlich knallte ich der Länge nach hin. Sie hatten mich fallenlassen. Ich lag still und labte mich an der Ruhe, solange es ging. Jetzt erkannte ich auch den Geruch: Lanolin. Ich war in einem Sack verschnürt, in dem früher ungesponnene Wolle gelegen hatte – ein so beunruhigender Anhaltspunkt, daß ich ihn rasch wieder verdrängte.

Ich lauschte. Ich war in einem Haus, und zwar nicht allein. Ich hörte, wie sich etwas bewegte, das aber nicht zu identifizieren war; dann ein Klacken, wie wenn große Kiesel aufeinandertreffen.

»Schön.« Eine Frau. Verstimmt, aber nicht ernstlich aus der Ruhe gebracht. »Laßt ihn raus, und dann wollen wir ihn uns mal ansehen.« Ich strampelte wütend. »Vorsichtig! Sonst ruiniert er mir noch den guten Sack . . . «

Den stämmigen Sklaven, der mich mit seinen Riesenpranken aus dem Hopfensack schälte, erkannte ich wieder. Und dann löste sich auch das Rätsel des klackenden Geräuschs: Es waren große runde Terrakottagewichte, die die Kettfäden eines Webstuhls straff hielten und bei jedem Schlag mit dem Picker gegeneinanderprallten. Sie hatte gerade den Webschützen durchs Fach geführt und drückte nun mit dem Webeblatt den Stoffrand fest. Ich hatte sie noch nie ohne Kopfbedeckung gesehen, aber ich erkannte sie trotzdem.

Soviel zu meinen ausgebufften Profimethoden: Ich hatte mich am hellichten Tag von Severina Zotica entführen lassen.

XXI

Das rote Haar war von der ingwerfarbenen, krausen Sorte: rot genug, um aufzufallen, aber doch nicht zu grell. Nervöse Jungstiere würde es beispielsweise nicht scheu machen – und mir machte es auch keine Angst. Zu den roten Locken gehörten ein blasser Teint, unsichtbare Wimpern und Augen von Spülwasserfarbe. Das Haar war zurückgekämmt, um die Stirn zu betonen, eine Frisur, die ihr etwas Kindliches hätte geben sollen, was freilich nicht gelang, da ihre Züge deutlich verrieten, daß Severina Zotica die Kindheit rascher abgeschüttelt hatte, als ihr guttat. Dem Aussehen nach hätte sie in Helenas Alter sein können, aber ich wußte, daß sie um etliche Jahre jünger war. Sie hatte die Augen einer Hexe, einer *alten* Hexe.

»Sie werden sich noch den Pips holen«, sagte sie spitz, »wenn Sie den ganzen Tag da draußen im Schatten hocken.«

Ich bewegte vorsichtig die Glieder, um festzustellen, ob etwas gebrochen war. »Versuchen Sie's beim nächsten Mal schlicht mit 'ner Einladung, wenn Sie wollen, daß ich ins Haus komme.«

»Würden Sie denn annehmen?«

»Ich lerne immer gern ein Mädchen kennen, das sich erfolgreich nach oben geboxt hat.«

Sie trug eine silbriggrüne Tunika mit Ärmeln, ein Gewand, das ebenso schlicht wie geschmackvoll war. Sie hatte offenbar einen Blick für Farben: Die Arbeit auf ihrem Webstuhl war eine gelungene Komposition aus Bernstein-, Weizen- und Rosttönen. Von den hellen Safranwänden ihres Zimmers hoben sich die farbenfrohen Stuhlkissen und Türvorhänge wirkungsvoll ab, und der hochflorige Teppich unter meinen Füßen leuchtete feuerrot, braun und schwarz. Mir schmerzten so viele Knochen im Leib, daß ich beim Anblick des Teppichs nur denken konnte, wie schön es doch wäre, sich der Länge nach darauf auszustrecken.

Ich tastete meinen Hinterkopf ab und fand Blut im Haar. Unter der Tunika tröpfelte es kläglich aus der unverheilten Wunde von meiner letzten Mission. »Ihre Muskelprotze haben mich wüst zugerichtet. Falls das hier eine längere Unterhaltung werden sollte, könnte mir dann einer von ihnen vielleicht einen Stuhl bringen?«

»Holen Sie sich selbst einen!« Sie winkte ihren Sklaven, sich zu entfernen. Ich verschränkte die Arme, rief meine Beine zur Ordnung und blieb stehen. »Zäh, was?« spottete sie.

Sie wandte sich wieder ihrer Arbeit zu, hielt den Kopf über den Webstuhl gebeugt und tat so, als beachte sie mich kaum, doch in Wahrheit ließ sie mich nicht aus den Augen. Das Klappern des Schiffchens strapazierte meine empfindlichen Nerven. »Gnädigste, könnten Sie bitte damit aufhören, solange Sie mit mir sprechen?«

»Das Reden können Sie übernehmen.« Sie preßte zornig die Lippen zusammen, auch wenn ihre Stimme ruhig geblieben war. »Schließlich haben Sie mir einiges zu erklären. Die ganze Woche schon beobachten Sie mein Haus und folgen mir unverschämt auffällig. Und von einem meiner Mieter erfahre ich, daß Sie in der Subura waren und sich dreist nach meinem Privatleben erkundigt haben . . . «

»Woran Sie ja wohl gewöhnt sein dürften! Im übrigen folge ich Ihnen keineswegs überall hin. Die Pantomime zum Beispiel habe ich ausgelassen, weil ich sie schon kannte. Das Orchester war mies, das Stück nicht zum Aushalten und der Hauptdarsteller ein alter Fettwanst mit Glatze und Glotzaugen, der vor lauter Zipperlein gar nicht erst in Schwung kam!«

»Mir hat's gefallen.«

»Eigenwilliger Geschmack, hm?«

»Ich bilde mir mein eigenes Urteil – haben Sie übrigens auch einen Namen?«

»Didius Falco.«

»Ein Schnüffler?«

»Sie sagen es.«

»Aber Sie haben die Stirn, *mich* zu verachten!« Nun war ich zwar nicht so ein jämmerlicher Wurm, der Senatoren belauscht, um dann deren schlüpfrige Geheimnisse an Anacrites, den Oberspion vom Palast, oder gar an die frustrierten Ehefrauen der Betroffenen zu verhökern, aber ich ließ ihr die Beleidigung trotzdem durchgehen. »Also, Falco, wer hat Sie engagiert, um mich zu bespitzeln?«

»Die Familie Ihres Verlobten. Nehmen Sie's ihnen nicht übel.«

»Aber nein!« gab Severina scharf zurück. »Die Herrschaften und ich, wir werden uns in Kürze einigen. Sie wollen nur sein Bestes. Genau wie ich.«

»Verliebt?« erkundigte ich mich sarkastisch.

»Was glauben Sie?«

»Nicht die Bohne! Und er?«

»Ich bezweifle es.«

»Das nenn ich aufrichtig!«

»Novus und ich, wir denken praktisch. Und romantische Liebe ist oft sehr kurzlebig.«

Ich hätte trotzdem gern gewußt, ob es Hortensius Novus stärker erwischt hatte als sie. Ein Mann, der bis ins reife Alter Junggeselle geblieben ist, redet sich in der Regel gern ein, es gäbe einen besonderen Grund, nun doch auf seine Freiheit zu verzichten. Severina wirkte abgebrüht und geschäftsmäßig, aber in seiner Gegenwart ließ sie sich das vermutlich nicht anmerken, so daß der arme Novus sich womöglich der trügerischen Hoffnung hingab, er hätte ein sittsames Mädchen gefreit.

Als sie einen neuen Strang Wolle aus dem Korb neben sich fischte, hob Severina den Kopf und sah mich forschend an. Ich versuchte immer noch rauszukriegen, warum sie wohl heute die Initiative ergriffen hatte. Vielleicht war sie's einfach leid gewesen, dauernd beschattet zu werden. Und doch spürte ich, daß sie eigentlich ganz gern mit dem Feuer spielte.

Sie richtete sich auf und stützte das Kinn auf schlanke, weiße Finger. »Sagen Sie ruhig frei heraus, was der Familie Sorgen macht«, forderte sich mich auf. »Ich habe nichts zu verbergen.«

»Die Sorgen meiner Klienten, junge Dame, sind leicht zu verstehen: Ihre schmutzige Vergangenheit, Ihre gegenwärtigen Motive und Ihre Zukunftspläne.«

»Sie wissen doch bestimmt«, versetzte Severina, immer noch gelassen, aber mit einem Glitzern in den Augen, das mir Hoffnung gab, »wie gründlich meine Vergangenheit durchleuchtet wurde.«

»Von einem aufgeblasenen alten Prätor, der zu dumm war, um auf seinen außerordentlich tüchtigen Sekretär zu hören.« In dem Blick, den sie mir zuwarf, lagen entweder aufkeimender Respekt oder wachsende Abneigung. »Ich vermute, der Sekretär fand Gefallen an Ihnen – und machte daraus nicht unbedingt ein Geheimnis«, ergänzte ich, denn meiner Erinnerung nach war Lusius ein Mann, der frei heraus sagte, was er dachte. »Oder wie war Ihr Eindruck?«

Severina schien sich über die Frage zu amüsieren, brachte aber doch eine damenhafte Antwort zustande. »Ich hab nicht die leiseste Ahnung, wovon Sie sprechen!«

»Das ist gelogen, Zotica! Nun, noch bin ich unparteiisch und neutral. Also schlage ich vor, Sie flüstern mir die wahre Geschichte ins geneigte Ohr. Fangen wir doch gleich mit Ihrem ersten Streich an. Sie wurden als Kind vom Sklavenmarkt in Delos weg verkauft und landeten nach allerlei Umwegen in Rom. Hier heirateten Sie Ihren Herrn. Wie haben Sie das gedeichselt?«

»Ohne Tricks, da können Sie sicher sein. Moscus kaufte mich, weil ich ihm gelehrig vorkam. Er suchte jemanden, den er zum Verwalter ausbilden konnte ... «

»Ein guter Blick für Zahlen kommt Ihnen jetzt, als reiche Witwe, gewiß sehr zustatten!«

Ich sah, wie sie tief durchatmete, aber es gelang mir nicht, die Zornesflamme zu entfachen, auf die ich so gehofft hatte. Rothaarige lassen sich eben nicht in die Karten gucken – unter solchen Kupferlocken wurde schon der Sturz von Weltreichen ausgebrütet. Ich konnte mir gut vorstellen, daß eine Frau wie Severina noch Jahre nach einer vermeintlichen Kränkung auf Rache sinnen würde. »Severus Moscus hat mich nie angerührt, aber als ich sechzehn wurde, bat er mich, ihn zu heiraten. Vielleicht *weil* er mich nie mißbraucht hatte – im Gegensatz zu anderen –, willigte ich ein. Warum auch nicht? Sein Laden war das beste Zuhause, das ich je gehabt hatte. Und durch die Heirat gewann ich meine Freiheit. Die meisten Ehen sind mehr oder minder ein Geschäft; niemand kann mir vorwerfen, daß auch ich meine Chance genutzt habe.« Sie hatte eine interessante Art, beide Standpunkte einer Diskussion vorwegzunehmen. Wenn sie allein war, redete sie vermutlich laut mit sich selbst.

»Was fiel bei diesem Handel für ihn ab?«

»Jugend. Gesellschaft.«

»*Unschuld?*« neckte ich.

Das brachte sie endlich doch in Wallung. »Eine treue Frau und ein Haus, in das er seine Freunde ungeniert heimbringen konnte! Wie viele Männer können so viel vorweisen? Haben *Sie* das – oder sitzt bei Ihnen daheim eine billige Schlampe, die mit Ihnen rumbrüllt, wenn Sie sich mal verspäten?« Ich antwortete nicht. Severina fuhr mit leiser, zorniger Stimme fort: »Er war schon ein alter Mann. Seine Kräfte ließen nach. Ich war ihm eine gute Frau, solange ich konnte, aber wir wußten beide, daß es wahrscheinlich keine lange Ehe werden würde.«

»Sie haben sich also um ihn gekümmert, wie?«

Ihre unbewegte Miene tadelte meinen hinterhältigen Ton. »Keiner meiner Ehemänner, Didius Falco, hatte Grund zur Klage.«

»Durch und durch ein Profi!« Sie trug den Spott mit Fassung. Ich sah sie prüfend an. Bei ihrer blassen Haut, der fast zerbrechlichen Gestalt und ihrem beherrschten Wesen konnte man sich unmöglich vorstellen, wie sie im

Bett sein mochte. Aber ein Mann auf der Suche nach Geborgenheit konnte sich wohl leicht einreden, daß sie fügsam sei. »Haben Sie Moscus an seinem letzten Tag ins Amphitheater geschickt?«

»Ich wußte, daß er hin wollte, ja.«

»Und wußten Sie auch, wie heiß es war? War Ihnen je der Verdacht gekommen, daß er ein schwaches Herz hatte? Haben Sie versucht, ihm das Theater auszureden?«

»Ich bin keine Xanthippe.«

»Also ist Moscus übergekocht, und Sie haben seelenruhig den Schaum von der Herdbank gewischt und einen frischen Topf aufs Feuer gerückt! Wo haben Sie Eprius, den Apotheker, eigentlich gefunden?«

»Er war's, der mich fand.« Sie legte sich zuviel Selbstbeherrschung auf. Eine Unschuldige hätte mich inzwischen längst aufs wüsteste beschimpft. »Als Moscus im Theater zusammengebrochen war, lief jemand in seine Apotheke nach einem Stärkungsmittel – vergebens. Moscus war bereits zu den Göttern heimgegangen. Das Leben kann grausam sein: Während ich noch um meinen Mann trauerte, kam Eprius, um für seine Arznei zu kassieren.«

»Aber Sie haben Ihren Gläubiger bald um den Finger gewickelt!« Severina war so anständig, sich ein kleines Lächeln zu gestatten, und ich merkte, daß ihr das Antwortzucken um meine Lippen nicht entging. »Wie ging's weiter – Eprius ist erstickt, oder?« Sie nickte. Die emsigen Hände hielten den Webstuhl in Gang, und in mir erlosch jede Anwandlung von Mitgefühl. Ich stellte mir nämlich gerade vor, wie dieselben kleinen Hände sich anstrengten, dem Apotheker in seinem Todeskampf die Luft abzudrücken. »Waren Sie im Haus, als es passierte?«

»In einem anderen Zimmer, ja.« Ich beobachtete, wie

sie sich innerlich auf die neue Fragetaktik einstellte. Sie hatte diese Geschichte schon viel zu oft geprobt, als daß ich sie hätte in Verlegenheit bringen können. »Als sie mich holten, war er bereits bewußtlos. Ich tat, was ich konnte, um ihn wieder zum Atmen zu bringen; die meisten Frauen wären an meiner Stelle in Panik geraten. Die Pastille hatte sich ganz tief im Schlund festgeklemmt. Ein Arzt fand sie später, und ich muß gestehen, daß meine Wiederbelebungsversuche versagt haben; ich bin wohl zu aufgeregt und verzweifelt gewesen. Ich habe mir deswegen genug Vorwürfe gemacht – aber man kann das, was geschah, trotzdem nur als Unfall ansehen.«

»Er hatte also Husten, wie?« fragte ich feixend.

»Ja.«

»Schon lange?«

»Wir wohnten auf dem Esquilin.« Als ungesunde Gegend wohlbekannt. Sie suchte sich wirklich überzeugende Mordmethoden aus.

»Wer gab ihm das Mentholbonbon?«

»Das hat er sich wohl selbst verschrieben! Er hatte immer ein Specksteinkästchen voll davon auf Vorrat. Ich hab ihn zwar nie eins nehmen sehen, aber er sagte mir mal, die wären gegen seinen Husten.«

»Haben Sie sich in seiner Apotheke nützlich gemacht? Eine gescheite und hilfsbereite Partnerin wie Sie – ich wette, als er Ihnen den Brautkranz brachte, haben Sie gleich als erstes angeboten, seine Rezepte zu überprüfen und mit den Giftvorräten abzustimmen . . . Was passierte mit Grittius Fronto?«

Diesmal schauderte sie. »Das werden Sie ja wissen! Ein wildes Tier hat ihn gefressen. Und bevor Sie fragen: Nein, ich hatte nichts mit seinen Geschäften zu tun. Ich bin nie in der Arena gewesen, in der das Unglück geschah, und ich war weder dabei noch in der Nähe, als Fronto starb.«

Ich schüttelte den Kopf. »Ich hörte, es sei ein sehr blutiges Schauspiel gewesen!«

Severina sagte nichts. Ihr Gesicht war von Natur aus so bleich, daß sich unmöglich feststellen ließ, ob sie jetzt wirklich außer Fassung geraten war. Aber mein Urteil stand fest.

Sie hatte zu viele plausible Antworten parat. Ich versuchte es zur Abwechslung mal mit einem Kalauer: »Ach, und den Panther haben Sie auch nicht gekannt?«

Unsere Blicke trafen sich. Ich spürte, wie ein Funke übersprang.

Offenbar hatte ich ihr Selbstbewußtsein nun doch erschüttert. Severina musterte mich jetzt sehr viel aufmerksamer. »Sie müssen eine Menge Mut haben«, sagte ich, »wenn Sie sich trauen, Ihren feuerroten Schleier über eine weitere Hochzeit zu spannen.«

»Es ist guter Stoff; ich hab ihn selbst gewebt!« Sie hatte sich wieder gefangen. Selbstironie ließ die kalten grauen Augen recht reizvoll aufleuchten. »Alleinstehende Frauen ohne Beschützer«, fuhr sie melancholisch fort, »haben ein ziemlich eingeschränktes Gesellschaftsleben.«

»Wie wahr – und bestimmt ist es schrecklich für so ein geborenes Hausmütterchen, wenn niemand mehr da ist, dem sie ein gemütliches Heim bereiten kann . . . «

Wenn ich nicht so viele abstoßende Details über das traurige Ende ihrer diversen Ehemänner gehört hätte, dann wäre ich ihr womöglich selbst auf den Leim gegangen. Ich hatte eine Art Partylöwin erwartet, eben einen richtigen Vamp. Und mir schauderte bei dem Gedanken, daß Severinas unauffälliger, biederbürgerlicher Lebensstil bloß eine Fassade war, hinter der sie ungestört ihre gemeinen Ränke schmieden konnte. Mädchen, die weben und in Bibliotheken gehen, hält man im allgemeinen für ungefährlich. »Bestimmt waren

Sie hocherfreut, eine Astrologin gefunden zu haben, die Ihnen prophezeit, daß Ihr nächster Gatte Sie überleben wird.«

»Hat Tyche Ihnen das gesagt?«

»Als ob Sie das nicht wüßten! Haben Sie ihr gesteckt, daß ich kommen und Ihnen nachspionieren würde? Sie schien mir erstaunlich gut präpariert!«

»Wir berufstätigen Frauen halten eben zusammen«, erwiderte Severina so gelassen, daß ich mich gleich an Tyches Tonfall erinnert fühlte. »Sind Sie jetzt fertig, Falco? Ich habe nämlich heute noch allerhand vor.« Ich war enttäuscht, daß sie die Unterhaltung so abrupt beendete. Dann sah ich, wie sie zögerte. War es ein Fehler, mich so rasch abzuwimmeln? Ich hatte sie also doch nicht umsonst in die Mangel genommen. Ziemlich matt setzte sie hinzu: »Oder wollten Sie sonst noch was wissen?«

Ich zeigte ihr mit meinem Lächeln, daß ich ihren Schwachpunkt erkannt hatte. »Nein, das war's schon.«

Die blauen Flecke und Prellungen, die ich abbekommen hatte, machten sich durch bohrende Schmerzen bemerkbar. Bis ich die wieder los war, würden Tage vergehen. »Danke, daß Sie sich so viel Zeit für mich genommen haben. Wenn ich sonst noch was wissen muß, komme ich her und wende mich direkt an Sie.«

»Wie rücksichtsvoll!« Ihr Blick ruhte wieder auf den bunten Wollsträngen, die neben ihr im Korb lagen.

»Geben Sie's doch zu«, drängte ich, »wenn der Besuch gegangen ist, überlassen Sie die Arbeit einer Magd!«

Severina blickte auf. »Irrtum, Falco.« Ein Anflug von Trauer huschte über ihr sonst so beherrschtes Gesicht. Ein rührender Effekt. »Ja, Sie irren sich in jeder Beziehung.«

»Ach, sei's drum. Ich fand Ihre Geschichte großartig. Ich hab 'ne Schwäche für gut inszenierte Komödien.«

Die Brieftaschenbraut befahl ungerührt: »Verlassen Sie mein Haus!«

Sie war ein zäher Gegner und bis zu einem gewissen Grade ehrlich; das gefiel mir. »Ich geh schon, nur noch eine Frage: Die Hortensius-Sippschaft scheint mir ziemlich eng miteinander verbandelt. Kommen Sie sich da nicht deplaziert vor?«

»Ich bin bereit, mir Mühe zu geben und mich anzupassen.«

»Kluges Mädchen!«

»Es ist das mindeste, was ich für Novus tun kann!«

Sie war wirklich klug; aber als ich ging, folgten ihre Blicke mir lebhafter als ratsam.

Ich wankte ins erstbeste Badehaus, marschierte schnurstracks durch die Dampfräume und ließ mich in ein heißes Becken gleiten, damit mein zerkratzter, geschundener Körper erstmal richtig weich werden konnte. Ich lag im warmen Wasser, ließ mich treiben, bis alles Denken ausgelöscht war, und pulte selbstvergessen an der offenen Wunde rum, was man nie machen sollte und doch immer wieder tut.

Irgendwann fiel mir ein, daß ich vergessen hatte, Severina für meine Klienten zu kaufen. Egal. Ich konnte ihr immer noch ein Angebot machen. Mußte ich eben noch mal hin und einen Preis aushandeln. Irgendwann in den nächsten Tagen, wenn ich innerlich auf die Unterredung vorbereitet war und vor allem meine Glieder wieder bewegen konnte.

Sie war allemal eine Herausforderung. Und der Gedanke, daß auch *ich* eine Herausforderung für *sie* darstellen könnte, juckte mich nicht im geringsten.

XXII

Mein Quantum an Aufregung hatte ich weg. Nie hätte ich die Energie aufgebracht, mich bis zum Pincio zu schleppen und meinen Klienten Bericht zu erstatten, selbst dann nicht, wenn mir der Sinn nach weiterem Kontakt mit weiblichem Laster gestanden hätte. Und ich hielt es auch nicht für ratsam, Helena zu reizen und an der Porta Capena mit blauen Flecken zu prahlen, die ich einer anderen Frau verdankte. Also blieb mir nur noch ein reizvolles Ziel: heim ins eigene Bett.

Als ich vorsichtig die zwei Treppen zu meiner Wohnung hochstieg (dankbarer denn je, daß es nicht die mörderischen sechs Stiegen von der Brunnenpromenade waren), stieß ich mit Cossus zusammen.

»Falco, Sie sehen aber mitgenommen aus!«

»Unersättliche Freundin. Was führt Sie her? Kassieren Sie die rückständigen Mieten?«

»O nein, unsere Mieter zahlen alle sehr pünktlich.« Ich hielt meine Gesichtszüge unter Kontrolle, um ihm nicht zu verraten, daß ihm da demnächst vielleicht eine Überraschung bevorstand. »Die Witwe im vierten Stock hat sich beschwert. Irgendein Idiot verstößt neuerdings gegen die Nachtruhe – grölt ordinäre Lieder und knallt mit den Türen. Haben Sie 'ne Ahnung, wer das sein könnte?«

»Ich hab nichts gehört.« Ich senkte die Stimme. »Diese einsamen alten Weiber bilden sich manchmal werweißwas ein.« Selbstredend war Cossus eher geneigt, die Witwe für bekloppt zu halten, als einem durchtrainierten Mieter – der ihn womöglich beim kleinsten Vorfall vertrimmen würde – asoziales Verhalten zu unterstellen. »Ich habe allerdings gehört«, raunte ich, »wie besagte Witwe gegen die Wände hämmert. Ich hätte es melden können, aber ich bin ein toleranter Mensch ... « Und dann wechselte ich elegant das Thema. »Ach, übrigens, was ich Sie fragen wollte, ist in einem Haus wie dem hier nicht normalerweise ein Pförtner inbegriffen, ein Hausmeister, der das Wasser raufträgt und die Treppen sauberhält?«

Ich hatte Ausflüchte erwartet. Doch der Makler pflichtete mir ohne Zögern bei. »Natürlich«, sagte er, »nur, Sie wissen ja, daß viele Wohnungen leerstehen. Aber die Anstellung eines Portiers steht ganz oben auf meiner Liste ... «

Es klang so dienstbeflissen, daß ich ihm zum Abschied sogar ein Trinkgeld gab, als Dank für seine Mühe.

Meine Wohnungstür stand offen. Kein Grund zur Aufregung; vertraute Geräusche belehrten mich schon von draußen, was los war. Mico, mein unzuverlässiger Schwager, mußte meine Adresse preisgegeben haben.

Ich spähte vorsichtig durch die offene Tür. Eine Besenladung Sand staubte über meine Füße und setzte sich unter den Schnürsenkeln fest. »Guten Morgen, Gnädigste. Wohnt hier der ehrenwerte Marcus Didius Falco?«

»Dem Dreck nach zu urteilen, sicher!« Sie wirbelte mit dem Reisigbesen über meine Zehen, daß ich einen Satz rückwärts machte.

»Hallo, Mama! Du hast mich also gefunden?«

»Ich nehme doch an, du wolltest mir deine neue Wohnung zeigen?«

»Und? Wie gefällt sie dir?«

»Von unserer Familie hat noch niemand in der Piscina Publica gewohnt.«

»Zeit, daß wir vorankommen, Mama!« Meine Mutter rümpfte die Nase.

Ich versuchte, mich so zu bewegen, als hätte ich mir bloß bei einer netten Übungsstunde im Gymnasium den Knöchel verstaucht. Es klappte nicht; Mama lehnte sich auf ihren Besen. »Wie ist denn das wieder passiert?«

Der Witz mit der ungestümen Freundin schien hier kein guter Einfall. »Ein paar Leute mit derben Manieren haben mich überrumpelt. Es wird nicht wieder vorkommen.«

»Ach, nein?« Es war nicht das erste Mal, daß sie mich nach einer Schlägerei, die ich gern geheimgehalten hätte, erwischte. »Da lob ich mir doch das Gefängnis! Dort warst du wenigstens heil!«

»Von wegen, Mama! Eine Riesenratte hat mich angeknabbert! Ich hatte Glück, daß du mich da rausgeholt hast . . . « Sie gab mir einen Stups mit dem Besen, der besagte, sie habe diese Lüge genauso leicht durchschaut wie all die anderen.

Nun, da ich zu Hause war, machte sich meine Mutter aus dem Staub. Wenn ich grinsend auf einem Schemel danebenhockte, konnte sie nicht mehr ungestört nach Beweisen für meinen unmoralischen Lebenswandel suchen. Sie zog es vor, sich ohne Zeugen aufzuregen und es in aller Ruhe auszukosten. Bevor sie abrauschte, braute sie mir aber noch einen heißen Wein mit allerlei Gewürzen, mit denen sie meine Speisekammer aufgefüllt hatte, für den Fall, daß mal respektabler Besuch käme. Getröstet legte ich mich schlafen.

Irgendwann am Nachmittag wachte ich ganz durchgefroren auf, denn ich hatte bisher noch keine Decke für Junias Bett organisiert. Nach drei Tagen brauchte ich außerdem dringend frische Sachen und meine etlichen Schätze, die ich normalerweise zu Hause um mich habe. Als ob der Tag nicht schon aufregend genug gewesen wäre, verordnete ich mir – Ausgleichssport hält fit – einen Ausflug zur Brunnenpromenade.

Die Geschäfte waren noch geschlossen, als ich über den Aventin schnürte. In meiner alten Straße schien alles ruhig. Rodan und Asiacus, die Schläger meines Hausherrn, gönnten der Nachbarschaft einen friedlichen Tag. Auch von den einfältigen Lakaien des Oberspions war keine Spur zu sehen. Die Wäscherei hielt ebenfalls noch Siesta. Also konnte ich es wohl wagen, ins Haus zu gehen.

Ich schlich nach oben und huschte in meine Wohnung. Dort schnappte ich mir meine Lieblingstuniken vom Haken, ferner einen brauchbaren Hut, meine Festtagstoga, ein Kissen, zwei Kochtöpfe, die trotz fünfjährigen Gebrauchs noch einigermaßen heil waren, das Wachstäfelchen, auf dem ich meine lyrischen Gedichte komponiere, ein Extrapaar Schuhe und schließlich meinen kostbarsten Besitz: zehn Bronzelöffel, ein Geschenk von Helena. Ich wickelte alles in eine Decke, die ich vom Militär mit heimgebracht hatte, und verließ, das Bündel über der Schulter, die Wohnung – wie ein braver Einbrecher, der sich mit seiner Beute davonschleicht.

Ein Einbrecher wäre damit durchgekommen. Richtige Diebe können zehn Fuhren antiker Marmortafeln, ein Dutzend Bronzestatuen, den ganzen Falerner und die schöne junge Tochter des Hauses aus einer Villa entführen, ohne daß irgend jemand in der Nachbarschaft was merken würde. Ich verließ das Haus mit meinem rechtmäßigen Eigentum – und schon hatte eine ungehobelte Wurstverkäuferin, der ich noch nie begegnet war, mich erspäht und Verdacht geschöpft. Selbst in einem solchen Fall hätten echte Räuber sich noch in Sicherheit gebracht, ehe die Zeugin etwas unternehmen konnte. *Ich* aber traf auf die einzige einsatzfreudige Bürgerin diesseits des Aventin. Sowie sie mich davonlatschen sah, raffte sie ihre groben wollenen Röcke, ließ einen Schrei los, den man bestimmt bis zur Tiberinsel hörte, und nahm die Verfolgung auf.

Panik – und Zorn – wirkten wie Schmieröl auf meine steifen Glieder. Wie der Blitz sauste ich die Straße lang ... genau in dem Moment, als Anacrites' zwei Spione aus dem Barbierladen traten, wo sie sich den äußersten Zentimeter ihrer Bärte hatten wegstutzen lassen. Ehe ich wußte, wie mir geschah, hatten sie mich abgefangen, und mein linker Fuß klemmte unrettbar unter einer der Riesenflossen fest.

Ich warf mein Bündel nach dem anderen Spion. Dabei muß ihm meine größte Eisenpfanne direkt vor den Hals geknallt sein, denn der Schuft prallte zurück und ließ ein Gebrüll los, das einem in den Ohren weh tat. Der Besitzer der Quanten klebte mir zu dicht auf der Pelle, als daß ich auch ihm einen solchen Schleuderhieb hätte verpassen können. *Seine* Strategie, ein wehrloses Opfer vollends zu überwältigen, bestand darin, einfach die Passanten um Hilfe anzubrüllen. Da mich von denen aber die meisten kannten, weideten sie sich erst schadenfroh an meiner Misere, und als sie davon genug hatten, lachten sie ihn aus. Ihren Spaß hatten die Leute auch an der Wurstverkäuferin – einem knapp einen Meter großen Weiblein, das furiengleich mit dem Wursttablett über uns herfiel. Ich konnte mich so weit aus der Schußlinie manövrieren, daß Quadratlatsche das Ärgste abkriegte, darunter einen wüsten Schlag mit einem geräucherten Riesenphallus, der dem Kerl den Geschmack an Pfeffersalami für den Rest seines Lebens verdorben haben dürfte.

Indes wich sein Mordspaddel nicht von meinem Fuß. Ich konnte mich nicht richtig wehren, weil ich ja mein Bündel festhalten mußte. Sowie ich es fahren ließ, würde irgendein Tagedieb aus der Regio Dreizehn mit meiner Habe auf und davon rennen und sie an einer

Straßenecke verhökern, ehe ich auch nur einmal blinzeln konnte. Also stemmten Plattfuß und ich uns gegeneinander wie Partner in einem Stammesringkampf: er, um mich festzuhalten, ich, um mich freizustrampeln.

Ich sah, wie sein Mitspitzel langsam wieder zu sich kam. Da erschien Lenia, einen großen Waschzuber in die Hüfte gestemmt, um festzustellen, was da vor ihrer Wäscherei für ein Spektakel abging. Als sie mich erkannte, grinste sie höhnisch und kippte den Kessel über dem Halunken aus, den ich mit der Pfanne erwischt hatte: war nicht sein Tag für Haushaltswaren. Als der Wasserschwall mit solcher Wucht über seinen Schädel schwappte, daß ihm die Beine wegknickten, verschaffte ich meinem festgeklemmten Fuß bei seinem Kumpanen gerade so viel Bewegungsfreiheit, daß ich das andere Knie aufwärtsschwenken konnte; wütend zielte ich damit auf einen Körperteil des Kerls, der längst nicht so gut entwickelt war wie seine Füße. Seine Freundin würde mich verfluchen. Der Bursche krampfte vor Schmerz die Zehen zusammen. Ich war frei! Lenia deckte die Wurstverkäuferin mit einem Schwall gottloser Flüche ein. Ich gab Quadratlatsche durch einen Schlag mit meinem Bündel den Rest und zischte ab, ohne mich zu entschuldigen.

Wieder daheim.

Nach dem Tumult auf dem Aventin schien es hier geradezu aberwitzig still. Ich brachte ein bißchen Schwung in die Bude, indem ich ein derbes gallisches Liedchen pfiff, bis die verschrobene Witwe über mir wieder zu pochen anfing. Da sie kein Gefühl für Rhythmus hatte, beendete ich meinen Vortrag.

Erschöpft versteckte ich Helenas Löffel in der Matratze, wickelte mich in meine mottenzerfressene Decke und klappte auf dem Bett zusammen.

Ganze Nachmittage zu verschlafen ist ein angenehmer Zeitvertreib und obendrein einer, in dem Privatermittler große Übung haben.

XXIII

Am nächsten Morgen erwachte ich erfrischt, aber mit schmerzenden Gliedern. Ich beschloß, zu Severina Zotica zu gehen und ihr die Meinung zu geigen, solange die passende Ausdrucksweise sich mühelos von selbst aufdrängte.

Zuerst frühstückte ich allerdings noch. Meine Mama, die glaubt, daß heimische Küche einen Jüngling vor moralischen Fehltritten bewahrt (besonders wenn er sich selbst daheim an den Kochtopf stellen muß), hatte eine Kohlenpfanne besorgt, auf der ich ab und an was brutzeln konnte, bis ich mir einen Herd gebaut hatte. Aber das würde wohl noch eine Weile dauern. Im August erschien es mir wenig reizvoll, geklaute Ziegel heimzuschleppen, bloß damit ich mein elegantes neues Quartier mit Rauch, unerwünschter Hitze und dem Geruch von gebratenen Sardinen verpesten konnte. Andererseits war es womöglich leichter, gleich anzufangen, als mich vor meiner Mutter wegen der Bummelei zu verteidigen... Mama hatte immer noch nicht kapiert, daß ein Privatermittler kühnere Aufgaben hat als die Führung eines Haushalts.

Ich schlürfte meinen selbstgebrauten Honigtrank, während ich an der These bastelte, herrische Mütter seien der Grund dafür, daß die meisten Detektive

Eigenbrötler sind und aussehen wie von zu Hause durchgebrannt.

Als ich in die Abakusstraße einbog, hatten andere Leute ihre Morgenmahlzeit längst vergessen und überlegten schon, was sie sich zu Mittag gönnen sollten. Ich erinnerte mich meines eben genossenen Frühstücks mit einem dezenten Rülpser – dann folgte ich dem allgemeinen Trend und erwog, mir gleichfalls eine neue Erfrischung einzuverleiben. (Alles, was ich hier verzehrte, konnte ich ja den Hortensii als »Überwachungskosten« in Rechnung stellen.)

Ich wollte eben das Speisehaus betreten, als die Brieftaschenbraut meinen schönen Plan vereitelte. Nach den Schriftrollen unter ihrem Arm zu urteilen, war diese fleißige Scholarin schon wieder in der Bibliothek gewesen.

Der Käseladen gegenüber von ihrer Wohnung bekam gerade eine Lieferung, und so war sie genötigt, auf der Straße aus dem Tragstuhl zu steigen, weil ihr Eingang von Handwagen mit Eimern voll Ziegenmilch und in Tüchern eingeschlagenen Frischkäsen blockiert wurde. Als ich dazu kam, sagte sie den Lieferanten gerade gehörig die Meinung. Die Männer hatten den Fehler begangen, ihr zu erklären, daß sie schließlich bloß ihre Arbeit täten; das bot Severina Zotica die einmalige Gelegenheit, hämisch darauf hinzuweisen, wie ihre Arbeit richtig getan gehöre, nämlich mit Rücksicht auf Feuerwehrzufahrten, Straßenbenutzungsverordnungen und ohne Behinderung von Hausbewohnern und Passanten.

In Rom sind solche Szenen an der Tagesordnung. Ich hielt mich im Hintergrund und sah zu, wie sie ihren Spaß hatte. Die Männer mit den Handwagen hatten diese Sprüche schon dutzendweise gehört; schließlich rückten sie einen rahmverkrusteten Eimer beiseite, so daß Severina, wenn sie ihre Röcke raffte, sich würde vorbeizwängen können.

»*Sie* schon wieder!« zischte sie mir über die Schulter zu, in einem Ton, dessen sich manchmal auch meine Verwandten bedienen. Abermals hatte ich das Gefühl, sie liebe die Gefahr und die Herausforderung.

»Ja – entschuldigen Sie, ich ...« Etwas hatte meine Aufmerksamkeit erregt.

Während ich auf Severina wartete, war ein Rüpel auf einem Esel zu dem Obsthändler geritten, der die Plantage in der Campania besaß und mit dem ich mich gestern unterhalten hatte. Der Alte war hinter seiner Theke vorgekommen und schien nun bittend auf den Flegel einzureden. Der machte denn auch Anstalten, wieder loszureiten, aber im letzten Moment stieß er seinen Esel brutal rückwärts gegen die Ladentheke. Das Tier war anscheinend aufs Zertrümmern dressiert; es schwang sein Hinterteil so präzise, als müsse es das Volk in der Arena zwischen den Gladiatorenkämpfen unterhalten. All die hübsch aufgebauten Türmchen früher Trauben, Aprikosen und Hagebutten kollerten auf die Straße. Der Reiter grapschte sich eine unversehrte Nektarine, biß einmal kräftig hinein und warf die Frucht dann verächtlich lachend in die Gosse.

Wie ein Wilder spurtete ich über die Straße. Der Rüpel schickte sich an, seinen Esel ein zweites Mal auskeilen zu lassen. Doch da riß ich ihm die Zügel aus der Hand und stellte mich ihm drohend in den Weg. »Vorsicht, Freundchen!«

Er war ein mieser, naßforscher Kerl mit brauner Strickmütze, dessen massige Gestalt sich hauptsächlich horizontal verteilte. Seine Waden waren so dick wie baetische Schinken, und mit seinen Schultern hätte er einen Triumphbogen verdunkeln können. Trotz der Muskelpakete machte er jedoch einen ausgesprochen ungesunden Eindruck; seine Augen waren verklebt und die Finger wund vom Umlauf. Sogar in dieser Hauptstadt der Pickelgesichter war er ein Phänomen.

Während der Esel sich mit gebleckten Zähnen gegen meine Faust an seinem Zügel wehrte, beugte der Flegel auf seinem Rücken sich nach vorn und funkelte mich zwischen den spitzen Ohren des Grautiers wütend an. »Sie werden mich nicht vergessen«, sagte ich ruhig. »Und ich Sie auch nicht! Ich heiße Falco, und jeder auf dem Aventin wird Ihnen bestätigen, daß ich's nicht leiden kann, wenn ein brutaler Schuft einen wehrlosen alten Mann mutwillig um sein sauer verdientes Auskommen bringt.«

Seine Triefaugen huschten hinüber zu dem Obstverkäufer, der sich ängstlich zwischen seine massakrierten Birne geduckt hatte. »Unfälle passieren nun mal ...« mümmelte der Alte, ohne mich anzusehen. Vermutlich war es ihm nicht recht, daß ich mich eingemischt hatte, aber so eine einschüchternde Kraftmeierei macht mich nun mal rasend.

»Unfälle kann man auch verhüten!« knurrte ich, an den Flegel gewandt, und zerrte den Esel am Zügel vom Stand fort. Das Vieh blickte so wild und tückisch drein wie ein Füllen, das man eben erst in den Wäldern Thrakiens gefangen hat – aber falls er mich beißen sollte, war ich wütend genug, umgehend zurückzubeißen. »Trollen Sie sich mit Ihrem vierbeinigen Saboteur auf einen anderen Markt – und lassen Sie sich hier nie wieder blicken!«

Dann versetzte ich dem Mistvieh einen Schlag auf den Hintern, daß es unter Protesgewieher davongaloppierte. Der Reiter drehte sich am Ende der Straße noch einmal um; er sah mich immer noch breitbeinig mitten auf der Straße stehen, ihn und seinen Esel im Visier.

Ein Häuflein Schaulustiger hatte den Vorfall stumm

beobachtet. Die meisten von ihnen erinnerten sich jetzt wieder ihrer Geschäfte und liefen eilig auseinander. Ein oder zwei halfen mir, das Obst wieder einzusammeln. Der Alte schaufelte alles wie Kraut und Rüben auf die Theke, warf die zerquetschten Früchte in einen Eimer und versuchte den Rest so herzurichten, als ob nichts geschehen wäre.

Sobald sein kleiner Laden wieder halbwegs in Ordnung war, schien er aufzuatmen. »Sie kannten diesen Hornochsen«, sagte ich ihm auf den Kopf zu. »Was hat er gegen Sie in der Hand?«

»Das ist bloß der Laufbursche von meinem Vermieter.« Ich hätte es mir denken können. »Der will die Miete für alle Geschäfte, die zur Straße hin liegen, raufsetzen. Ein Saisongewerbe wie meines wirft aber nicht mehr ab. Also habe ich im Juni nach dem alten Tarif gezahlt und um Aufschub gebeten ... Das war die Antwort.«

»Kann ich Ihnen irgendwie helfen?«

Er schüttelte ängstlich den Kopf. Wir wußten beide, daß ich ihm mit meinem Eingreifen nur noch mehr Ärger eingehandelt hatte.

Severina stand noch immer vor ihrem Haustor. Sie erwähnte den Zwischenfall mit keinem Wort, wirkte aber seltsam in sich gekehrt.

»Tut mir leid, daß ich einfach so auf und davon bin ... « Als wir hineingingen, kochte ich immer noch vor Wut. »Haben Sie denselben Vermieter wie die kleinen Geschäftsleute da?« Sie schüttelte den Kopf. »Wem gehören denn die Läden?«

»Einem Konsortium. In der letzten Zeit hat's da eine Menge Ärger gegeben.«

»Auch Ausschreitungen?«

»Ich glaube schon ... «

Ich hatte dem Obsthändler keinen Gefallen getan. Das ließ mir keine Ruhe. Aber solange ich hier in der Gegend blieb, um Severina zu beschatten, würde ich zumindest ein Auge auf ihn haben können.

XXIV

Nach ihrem morgendlichen Ausflug verlangte es Severina nach einem Stärkungstrunk, und sie lud mich ein, ihr dabei Gesellschaft zu leisten. Während aufgetragen wurde, saß sie stumm da und grübelte, genau wie ich, über den Angriff auf den Obsthändler nach.

»Falco, wußten Sie eigentlich, daß der alte Mann Ärger mit seinem Vermieter hatte?«

»Nein, aber als ich sah, wie der Kerl ihn drangsalierte, war das nicht schwer zu erraten.«

Heute trug sie Blau, ein kräftiges Azurblau mit einem matteren Gürtel, in den sie ein paar Fäden jenes leuchtenden Orange gewebt hatte, das sie bevorzugt als Kontrast einsetzte. Das Blau verlieh ihren Augen unvermutet Farbe. Ja, sogar das krause rote Haar wirkte auf einmal leuchtender.

»Und dann hat Ihr besseres Ich triumphiert!« Sie schien mich dafür zu bewundern, daß ich meine Pflicht und Schuldigkeit getan hatte. Ich rührte angelegentlich in meinem Becher herum. »Seit wann haben Sie diesen Haß auf Hausherren, Falco?«

»Schon seit der erste angefangen hat, mich zu schikanieren.« Severina musterte mich über den Rand ihres

Bechers hinweg, ein schlichtes Gefäß aus roter Töpferware, nicht teuer, aber angenehm in der Hand. »Mietbesitz ist etwas Widerliches, wie eine ansteckende Krankheit. Also, ein Großonkel von mir ...« Ich stockte. Diese Frau verstand sich aufs Zuhören; ich hatte mich schon einwickeln lassen. »Mein Onkel, der übrigens auch Handelsgärtner war, erlaubte einem Nachbarn, ein Schwein in einem Verschlag auf seinem Grund unterzustellen. Zwanzig Jahre lang teilten sie sich den Schuppen in aller Freundschaft, bis der Nachbar zu Geld kam und dem Onkel eine Jahrespacht anbot. Mein Großonkel nahm dankend an – und ertappte sich, schwupps, bei dem Gedanken, ob er wohl verlangen könne, daß sein alter Freund ein neues Dach für den Stall bezahlt! Er war so erschrocken über sich selbst, daß er den Pachtzins zurückgab. Großonkel Scaro hat mir das erzählt, als ich sieben war, so als wär's bloß eine Geschichte und weiter nichts; aber in Wahrheit wollte er mich vorwarnen!«

»Davor, nur ja kein begüterter Mann zu werden?« Severina maß mich mit einem raschen Blick. Ich trug meine gewohnte geflickte Tunika, den Werktagsgürtel und war wieder mal nicht gekämmt. »Die Gefahr ist nicht gerade groß, oder?«

»Brieftaschenbräute wie Sie haben den Ehrgeiz nicht allein gepachtet!«

Sie nahm es mit Humor. »Ich sollte wohl lieber beichten, warum ich nicht denselben Vermieter habe wie die kleinen Ladner in der Nachbarschaft . . . «

Ich hatte es bereits erraten. »Dies ist eine Eigentumswohnung?«

»Die Privatwohnungen in diesem Block gehören zufälligerweise alle mir. Aber die Geschäfte werden getrennt vermietet – damit habe ich nichts zu tun.« Sie bekannte das ganz demütig; kein Wunder, denn dieses

Geständnis brachte uns ja gleich wieder zurück zu dem heiklen Thema ihrer so rasch und leicht erworbenen Erbschaften. Durch den Steinschneider in der Subura hatte ich erfahren, daß zumindest einige von Severinas Mietern zufrieden waren. Aber mich interessierte in erster Linie, wie sie an ihre Beute gekommen war, und nicht, wie klug sie das Erbe dann verwaltete.

Ich stand auf. Wir befanden uns in einem freundlichen, ockergelb gestrichenen Zimmer mit Schiebetüren. Diese Türen öffnete ich, in der Hoffnung, ein bißchen Grün zu sehen, erblickte aber nur einem baumlosen, gepflasterten Innenhof.

»Haben Sie hier einen Garten?« Severina schüttelte den Kopf. Ich schnalzte mißbilligend mit der Zunge und kehrte dem tristen kleinen Schattenplätzchen draußen den Rücken. »Sie wechseln eben immer viel zu rasch das Quartier. Gärten sind was für Seßhafte! ... Aber das braucht Sie ja nun nicht mehr zu kümmern. Mit Novus kriegen Sie praktisch den halben Pincio ...«

»Ja, da ist reichlich Platz, um mich mit Zierpflanzen zu amüsieren ... Was haben Sie eigentlich für eine Wohnung, Falco?«

»Bloß vier Zimmer – eins davon mein Büro. Ich bin gerade erst umgezogen.«

»Und? Zufrieden?«

»Weiß noch nicht. Die Nachbarn sind ziemlich hochnäsig, und dann fehlt mir auch mein Balkon. Aber es ist schön, so viel Platz zu haben.«

»Sind Sie verheiratet?«

»Nein.«

»Freundinnen?« Mein Zögern entging ihr nicht. »Oh, lassen Sie mich raten – nur eine? Macht sie Ihnen Ärger?«

»Wie kommen Sie darauf?«

»Sie sehen aus wie ein Mann, der sich leicht mal

übernimmt.« Ich lachte spöttisch. Bei fünf Schwestern habe ich gelernt, Neugier einfach zu ignorieren. Severina, die klüger war als meine Schwestern, wechselte das Thema. »Wenn Sie als Ermittler einen Auftrag haben, bearbeiten Sie den dann mit einem Kompagnon?«

»Nein. Ich arbeite immer allein.« Das schien sie zu freuen. Aus irgendeinem Grund hatte ich das Gefühl, an ihrer Angel zu zappeln. Erst sehr viel später entdeckte ich, wieso.

»Sie werden ja so verlegen, Falco. Sprechen Sie nicht gern über Ihr Privatleben?«

»Ich bin auch nur ein Mensch.«

»Aber ja doch! Unter dem knallharten Klischee versteckt sich ein gefühlvoller Charakter.«

Es war Taktik: pure professionelle Schmeichelei. Ich spürte, wie mein Rücken sich versteifte. »Schluß damit, Zotica! Wenn Sie nur einen Sparringspartner zum Süßholzraspeln brauchen, muß ich mich leider verabschieden.«

»Kein Grund zur Aufregung, Falco!«

Ich setzte mich tapfer weiter zur Wehr. »Schmeichelei verfängt bei mir nicht. Ich steh auf große braune Augen und Schlagfertigkeit . . . «

»Wie anspruchsvoll!«

»Außerdem kann ich Rothaarige nicht leiden.«

Sie maß mich mit scharfem Blick. »Was haben Sie denn für schlechte Erfahrungen mit Rothaarigen?«

Ich lächelte matt. Mit einer Rothaarigen hatte sich mein Vater seinerzeit auf und davon gemacht. Aber dafür konnte ich kaum den ganzen Stamm feuerschopfiger Weibsbilder verantwortlich machen; ich kannte meinen Vater und wußte, daß es seine Schuld war. Nein, meine Einstellung war rein geschmacksbedingt: Rothaarige haben mich noch nie gereizt.

»Vielleicht sollten wir lieber übers Geschäft reden«,

schlug ich vor, ohne mich durch ihre Frage beirren zu lassen.

Severina beugte sich zu einem Beistelltischchen und füllte erst ihren und dann meinen Becher nach. Da ich glaubte, daß sie den Tod ihrer drei Ehemänner verschuldet hatte, und ferner annahm, einer der drei, nämlich der Apotheker, könne vergiftet worden sein, wurde mir ziemlich mulmig. Ein vernünftiger Mann hätte, in Kenntnis von Severinas Geschichte, ihre Gastfreundschaft vorsichtshalber ausgeschlagen. Aber hier, in ihrem gemütlichen Zimmer, eingelullt von ihrer Konservationskunst, kam es mir einfach unhöflich vor, die angebotene Erfrischung abzulehnen. Wurde ich am Ende durch die gleichen Kniffe entwaffnet, mit denen sie ihre Opfer für den Abtransport ins Jenseits präparierte?

»Also, Falco, was kann ich für Sie tun?«

Ich setzte den Becher ab, verschränkte die Hände und stützte das Kinn auf die Daumen. »Zum Zeichen meiner Bewunderung für Sie, Zotica, will ich ganz offen sein.« Wir sprachen leise und beiläufig miteinander, aber der Reiz eines ernsten Geschäfts sorgte gleichwohl für Spannung. Ihr Blick traf den meinen; die Freude, die sie offensichtlich am Feilschen hatte, milderte den berechnenden Ausdruck. »Meine Klientinnen, die Damen Hortensius, haben mich beauftragt, herauszufinden, wieviel nötig wäre, damit Sie Novus in Ruhe lassen.«

Severina schwieg so lange, daß ich mir meine Worte nochmal ins Gedächtnis rief, für den Fall, ich hätte mich mißverständlich ausgedrückt. Aber der Vorschlag traf sie wohl doch nicht unvorbereitet. »Das war wirklich unmißverständlich, Falco. Sie verstehen sich darauf, einer Frau Bargeld anzubieten!«

»Mein älterer Bruder war ein Mann von Welt. Er hat

dafür gesorgt, daß ich lernte, wie man einer Hure einen halben Denar ins Mieder steckt.«

»Jetzt werden Sie aber ausfallend!«

»Wieso? Der Fall hier liegt doch nicht viel anders.«

Ich ordnete die Falco-Züge zu dem, was sie knallhart Klischee genannt hatte, während Severina sich straffte. »Na, das ist aber schmeichelhaft! Wieviel bieten sie mir denn, Atilia und diese gräßliche Pollia?«

»Nennen Sie Ihren Preis. Wenn Ihre Forderung zu unverschämt ausfällt, werde ich meinen Klientinnen raten, abzulehnen. Andererseits reden wir hier immerhin über den Preis eines Lebens . . . «

»Wenn ich nur wüßte, was das soll!« zischte Severina wütend, fast wie im Selbstgespräch. Sie setzte sich noch aufrechter. »Falco, daß ich mich nach dem Angebot erkundigt habe, war pure Neugier. Ich denke gar nicht daran, mein Verlöbnis mit Novus zu lösen. Jeder Bestechungsversuch ist beleidigend und überdies reine Zeitverschwendung. Ich geben Ihnen mein Wort darauf, daß es mir hier nicht ums Geld geht!«

Der Schluß ihrer Rede geriet so leidenschaftlich, daß ich mich genötigt sah, Beifall zu klatschen. Severina Zotica sog scharf die Luft ein, schluckte aber im letzten Moment ihren Ärger runter, weil ein Gast uns unterbrach. Erst vernahm ich nur ein kratzendes Geräusch. Dann bebte der Türvorhang. Ich stutzte, aber da erschienen unter dem Saum des Vorhangs schon ein bedrohlicher Schnabel und ein finsteres, gelbgerändertes Auge, gefolgt von einem weißen Gesicht: ein an die dreißig Zentimeter großer grauer Vogel, abgestuft von mondfahl bis kohlrußig.

Ich sah, wie Severinas Stimmung sich hob. »Sie möchten nicht zufällig einen Papagei haben, Falco?« fragte sie und seufzte.

Nach meiner Ansicht gehören Vögel auf Bäume.

Exotische Vögel – mit all ihren widerwärtigen Krankheiten – holt man am besten erst gar nicht von ihren exotischen Bäumen runter. Ich schüttelte den Kopf.

»*Alle Männer sind Schweine*!« kreischte der Papagei.

XXV

Ich war so verblüfft, daß ich lachen mußte. Der Papagei ahmte mein Gelächter Ton für Ton nach. Ich wurde rot.

»*Schweine*!« wiederholte der Papagei wie besessen.

»Der ist aber unfair! Wer hat ihm denn diesen männerfeindlichen Kommentar beigebracht?« fragte ich Severina.

»Er ist eine Sie.«

»Natürlich! Wie dumm von mir.«

Der Vogel, sicher der widerlichste Haufen Federn, der je auf einer Sitzstange rumgehackt hat, beäugte mich mißtrauisch. Dann befreite er sich, den scharlachroten Stummelschwanz geplustert, aus dem Türvorhang und stolzierte, den Bürzel hinter sich herschleifend wie ein launischer Pfau, ins Zimmer. Knapp außer Reichweite meines Schuhs blieb er stehen.

Severina betrachtete ihr Schoßtierchen. »Sie heißt Chloe. Sie war schon so, als ich sie bekam. Eine Liebesgabe von Fronto.« Fronto, das war der Importeur wilder Tiere.

»Tja, das kommt davon! Wenn eine die Männer so rasch wechselt wie Sie, dann bleiben mißlungene Geschenke eben nicht aus!«

Der Papagei plusterte sich vor mir auf. Verirrte Flaumfedern segelten gesundheitsschädlich durchs Zimmer. Ich kämpfte gegen den Niesreiz an.

In dem Moment wurde der Vorhang erneut beiseite gezogen, diesmal von einem von Severinas zwei stämmigen Sklaven. Er nickte ihr zu. Sie stand auf. »Novus ist hier. Er kommt regelmäßig zum Mittagessen.« Ich wollte mich schon diskret verdrücken, aber sie bedeutete mir, sitzen zu bleiben. »Ich geh nur rasch und rede mit ihm. Möchten Sie uns dann Gesellschaft leisten?« Mir verschlug es die Sprache. Severina lächelte. »Ich habe ihm alles über Sie erzählt«, säuselte sie und ergötzte sich dabei an meiner Verlegenheit. »Ach, bleiben Sie doch, Falco. Mein Verlobter möchte Sie rasend gern kennenlernen!«

XXVI

Sie ging aus dem Zimmer.

Der Papagei machte glucksende Geräusche; ich zweifelte nicht daran, daß er mich verhöhnte. »Ein falsches Wort«, knurrte ich drohend, »und ich kleb dir den Schnabel mit Pinienharz zusammen!«

Die Papageiendame Chloe seufzte theatralisch. »*O, Cerinthus*!«

Ehe ich den Vogel fragen konnte, wer denn dieser Cerinthus sei, kam Severina mit ihrem zukünftigen Gatten herein.

Hortensius Novus war korpulent und eindeutig Egozentriker. Wer eine so fleckenlos strahlende Tunika trug, zog sich mindestens fünfmal am Tag um. Seine Hände waren mit prächtigen Ringen überladen. Den Schwerpunkt seines Gesichts bildete sein schwarzschimmerndes Kinn; den fleischigen Mund hatte er dumpf brütend verzogen. Er war um die Fünfzig – in einer Gesellschaft, die reiche Erbinnen aus der Wiege heraus verlobte und in der feiste Senatoren gesetzten Alters Patriziertöchterlein von fünfzehn heirateten, keinesfalls zu alt für Severina. Der Papagei lachte ihn aus; er ignorierte die Kreatur.

»Hortensius Novus ... Didius Falco ...« Ein knappes Nicken von seiner, ein stummer Gruß von meiner Seite. Severina, jetzt ganz erfahrener Profi, lächelte uns ohne die gewohnte Raffinesse im Blick zu – lauterer, milchweißer Teint mit Manieren wie Schlagsahne. »Bitte, gehen wir doch ins Speisezimmer ...«

Ihr Triklinium war der erste Raum im Haus, in dem ich Wandgemälde entdeckte – unauffällige Weinranken und zierliche Urnen mit Blütenflor auf einheitlich granatrotem Hintergrund. Als Novus Platz nahm, zog ihm Severina mit eigener Hand die Straßenschuhe aus, wobei mir freilich nicht entging, daß die liebevolle Fürsorge sich darin auch schon erschöpfte; sie überließ es einem Sklaven, ihm die plumpen, schwieligen Füße zu waschen.

Novus benetzte sich auch Hände und Gesicht, wobei der Sklave die Schüssel hielt. Die war aus Silber und hatte reichlich Fassungsvermögen; das Handtuch über dem Arm des Sklaven besaß einen schönen, weichen Flor; der Sklave wiederum war aufs beste geschult. Es machte ganz den Eindruck, als verstünde Severina Zotica sich darauf, mit minimaler Hektik und Extravaganz einen Haushalt trefflich zu leiten.

Auch das Essen verblüffte mich durch seine Finesse: Es war eine ganz und gar schlichte römische Mahlzeit

– Brot, Käse, Salat, verdünnter Wein und Obst. Und doch schmeichelte Severina ihren Gästen unterschwellig mit luxuriösen Köstlichkeiten: Selbst für nur drei Personen war ein komplettes Käsesortiment aus Ziegen-, Schafs-, Kuh- und Büffelmilch aufgefahren; es gab winzige Wachteleier und feine weiße Brötchen. Sogar die bescheidenen Rettiche waren fächerförmig oder gezackt aufgeschnitten, als Dekoration für eine grandiose Salatkomposition, angerichtet in Aspik – offenbar ein Werk der hauseigenen Küche, denn er wurde (mit dem entsprechenden Getue) vor unseren Augen gemischt. Als Abschluß gab's einen ganzen Obstgarten zur Auswahl.

Wahre Hausmannskost: etwas, das nur sehr reiche Leute sich leisten können.

Novus und Zotica gingen offensichtlich ganz ungezwungen miteinander um. Sie sprachen kurz über die Vorbereitungen zu ihrer Hochzeit, die Art hitziger Debatte über die Vermeidung unglückverheißender Daten, wie sie die meisten verlobten Paare wochenlang beschäftigt (bis sie sich auf den Geburtstag einer gichtkranken Tante einigen – bloß, um nachträglich festzustellen, daß die alte Vettel mit einem hübschen jungen Masseur auf Kreuzfahrt ist und all ihren Zaster ohne Zweifel diesem Hallodri vermachen wird).

Bei einem so reichlichen Essen ergaben sich zwangsläufig viele Gesprächspausen. Novus war auf jeden Fall ein Vollblutgeschäftsmann, bei dem sich alles um die Arbeit drehte und ums Geld. Ob er wußte, daß auch er Gegenstand meiner Nachforschungen war, erwähnte er mit keinem Wort; das war mir zwar einerseits ganz recht, brachte mich aber andererseits in die peinliche Lage, meine Anwesenheit nicht gebührend rechtfertigen zu können. Allerdings trug Novus selbst kaum etwas zur Unterhaltung bei; lediglich ein paar Bemerkungen, denen ich entnahm, daß Severina sein volles Vertrauen genoß.

»Diese Schiffsladung aus Sidon, du weißt schon, ist endlich eingetroffen.«

»Da bist du gewiß erleichtert. Was hat die Flotte denn so lange aufgehalten?«

»Ungünstige Winde vor Zypern . . . «

Sie reichte ihm den Salat. Er war ein richtiger Stoffel, der ungeniert schwitzte und Grimassen schnitt, während er das Essen rasch und gierig in sich reinschlang. Man konnte ihn für ungehobelt halten – doch eine Frau, die sich nach einem sorgenfreien Leben sehnte, mochte wohl darüber hinwegsehen, sofern seine Geschenke großzügig ausfielen. Severina behandelte ihn mit einer gewissen respektvollen Höflichkeit; wenn sie ihn heiratete, würde die Ehe gewiß Erfolg haben – vorausgesetzt, sie konnte bei dieser ehrerbietigen Haltung bleiben (und er am Leben).

Großzügig *war* er. Novus hatte seiner Verlobten eine Halskette aus zwanzig violetten Amethysten mitgebracht. Er überreichte sie ihr mit beiläufiger Geste; sie empfing das Geschenk mit stiller Freude; ich behielt meine zynischen Gedanken für mich.

»Falco hatte heute morgen Krach mit einem von Priscillus' Leuten«, erklärte Severina schließlich.

Novus bekundete zum ersten Mal Interesse an mir. Während ich bescheiden an einer Olive knabberte, schilderte sie, wie ich den alten Obsthändler vor dem Geldeintreiber seines Pachtherrn gerettet hatte. Novus brüllte vor Lachen. »Sie sollten sich lieber in acht nehmen! Händel mit Priscillus können gesundheitsschädlich sein!«

»Wer ist denn dieser Priscillus? Ein Immobilienhai?«

»Geschäftsmann.«

»Schmutzige Geschäfte?«

»Geschäfte eben.« Novus interessierte sich nicht für meine Meinung über Leute, die Wohnungen und Grundstücke verschachern.

Severina wandte sich aufmerksam an ihren Verlobten: »Was meinst du? Übertreibt Priscillus es nicht ein wenig?«

»Er treibt seine Mieten ein.«

»Es sah aber so aus . . . «

Novus wischte ihren leisen Einwand beiseite. »Sicher hatte dieser Pächter Schulden bei ihm – wenn's ums Geld geht, darf man nicht sentimental sein.« Er benahm sich wie ein Mann, der es gewohnt ist, seinen Kopf durchzusetzen, auch wenn er ihr bei dem Wort »sentimental« einen nachsichtigen Blick zuwarf. Ich kannte den Typ: scharf wie ein Messer aus Noricum – und doch froh, ein anschmiegsames Kätzchen zu besitzen, das ihm das Gewissen mimt. Nicht das Schlechteste – vorausgesetzt, er hörte zu, wenn sein Gewissen sprach.

Severina schien nicht überzeugt, verzichtete aber auf jeden Einwand. Genau die richtige Tischdame: eine intelligente Gesprächspartnerin, die obendrein klug genug war, Zurückhaltung zu üben . . . Meine Gedanken wanderten zu Helena Justina. Wenn Helena etwas auf dem Herzen hatte, dann bestand sie darauf, es auch loszuwerden.

Ich sah, daß Severina mich heimlich beobachtete; scheinbar beiläufig nahm ich das Gespräch, das Novus so brüsk beendet hatte, wieder auf. »Ängstigt es Sie, daß dieser Priscillus seinen Schläger ins Viertel schickt und die Nachbarschaft unsicher macht?«

Das zuversichtliche Lächeln der taktvollen Gastgeberin erhellte Severinas Gesicht. »In Geschäftsdingen verlasse ich mich ganz auf den Rat von Hortensius Novus!«

Ich hätte wissen müssen, daß ich hier nur meine Spucke verschwendete.

Mit Rücksicht auf Novus' Appetit beschlossen wir das Mahl mit Kuchen: bloß drei (schließlich war es nur Mittagbrot, kein Bankett), aber dafür wahre Meisterwerke der Konditorkunst, elegant präsentiert auf einer Silberplatte, die Severina ihrem Verlobten anschließend zum Geschenk machte. Allem Anschein nach beschenkte sie ihn ebenso regelmäßig wie umgekehrt. In diesem Fall gab das Präsent ihm auch noch das alleinige Recht, den Teller abzulecken; seine dicke, labberige Zunge schlotzte darüber hin, während ich neidisch zuguckte.

Kurz darauf ging er, die Platte unterm Arm, ohne auch nur ein Wort über den Grund meiner Anwesenheit verloren zu haben. Severina begleitete ihn hinaus, woraus man schließen konnte, daß sie sich heimlich küßten. Jedenfalls hörte ich den Papagei spöttisch kreischen.

Als die Gastgeberin zurückkam, hatte ich mich auf dem Diwan aufgerichtet und war gerade dabei, den Amethystschmuck zu taxieren und mit dem Preis für die Silberplatte zu vergleichen. »Heute hat Novus Sie wohl überflügelt, finanziell gesehen. Ein schönes Stück, Zotica – ich gratuliere!«

»Wie kann man nur so zynisch sein!«

Ich stand auf und schlenkerte das Geschmeide zwischen den Fingern einer Hand. »Hübsch – aber mit ein, zwei kleinen Fehlern, die Sie sicher auch bald entdecken werden. Wenn ich nicht die Aufgabe hätte, einen Keil zwischen Sie beide zu treiben, dann könnte ich den guten Novus davor warnen, einem Mädchen Edelsteine zu schenken, das bei einem Steinschneider in der Lehre war . . . « Sie versuchte, mir die Kette wegzunehmen. Ich bestand darauf, sie um ihren schlanken Hals zu legen. »Paßt nicht ganz zu Blau.«

»Nein; Amethyste sind immer schwer zu kombinieren.« Meine Versuche, sie zu ärgern, prallten wirkungslos an ihr ab.

»Tja, es wird Zeit für mich.« Ich ergriff ihre beiden Hände und beugte mich galant darüber. Sie waren mit einem blumigen Duft parfümiert, der mich an das Öl aus den Bädern erinnerte, die Helena Justina neuerdings frequentierte. Kamille war diesen Monat offenbar groß in Mode.

An der linken Hand trug Severina einen schweren goldenen Verlobungsring mit einem roten Jaspis. Das trügerische Symbol der Treue: eine dieser stümperhaften Karikaturen von zwei Händen, die einander gefaßt halten. Novus hatte das Gegenstück dazu getragen. An Severinas rechtem Ringfinger steckte dagegen einen schon ziemlich abgewetzten Kupferreif, oben abgeflacht und wie eine Münze bossiert. Darauf war ein schlichtes Venusbild eingeritzt. Ein billiger Modeschmuck. Vermutlich ein Erinnerungsstück. Nicht viele Mädchen tragen Kupferringe, weil die so leicht Grünspan ansetzen.

»Der ist aber hübsch. Von einem Ihrer Ehemänner?«

»Nein, nur ein Freundschaftsring.«

»Von einem Mann?«

»Ja, von einem Mann«, bestätigte sie, als ich die Mundwinkel herabzog, zum Zeichen dafür, was ich von Frauen hielt, die ohne männlichen Beschützer lebten, dafür aber Verehrer hatten, die sie einfach als »Freund« ausgaben.

Sie zog die Hände zurück. »Was hatten Sie für einen Eindruck von Novus?«

»Er ist schon zu festgefahren in seinen Ansichten, und Sie sind viel zu gescheit für ihn . . . «

»Die gängige Weichenstellung für eine Ehe!« parierte sie.

»Unfug! Wie lange wollen Sie Ihr Leben noch damit vergeuden, mittelmäßige Geschäftsleute zu hätscheln?«

»Besser, ich mach's jetzt, solange ich noch voll bei Kräften bin, als später, wenn ich vielleicht selbst ein bißchen verhätschelt werden möchte!«

»Ja, aber sind Sie einstweilen wirklich so nachgiebig, wie Sie es den Männern vorgaukeln?« Sie lächelte unergründlich. »Wenn ich vorhin richtig verstanden habe, wollte Novus doch etwas mit mir besprechen. Aber dann hat er gar nichts gesagt.«

»Er wollte erst sehen, ob Sie ihm gefallen.«

»Und? Hab ich den Herrn beeindruckt?«

»Ich kann Ihnen immerhin sagen, um was es ging. Wenn Sie weiter für Pollia arbeiten, dann könnten Sie nebenher auch gleich was für Novus tun.«

»Tut mir leid«, versetzte ich rasch, denn ich hatte den Verdacht, daß sie da wieder etwas ausgeheckt hatte. »Ich kann nur jeweils einen Klienten betreuen. Trotzdem würde ich gern hören, was er will.«

»Schutz.«

»Autsch! Meine Prellungen sind noch nicht verheilt, also bringen Sie mich nicht zum Lachen, Zotica!«

Zum ersten Mal riß ihr der Geduldsfaden. »Müssen Sie ständig mit meinem Sklavennamen um sich werfen wie mit der Keule des Herkules?«

»Der Mensch sollte zu seiner Herkunft stehen ...«

»Ach was, heuchlerisches Gewäsch!« zischte sie zurück. »Sie sind ein freier Bürger, sind's immer gewesen, Sie haben ja keine Ahnung.«

»Falsch, Zotica. Ich kenne Armut, harte Arbeit und Hunger. Ich lebe mit meinen Enttäuschungen. Ich ertrage den Spott der Reichen und ihrer Sklaven. Meine Wünsche übersteigen meine Möglichkeiten ebenso himmelweit wie die einer armen Kreatur, die angekettet in einem dreckigen Käfig haust und in den Thermen die Feuer richtet ...«

»Was sind denn das für Wünsche?« fragte sie, aber mir war dieses Gespräch bereits viel zu vertraulich.

Wir standen immer noch – ich auf dem Sprung –

in der Tür zum Speisezimmer, doch Severina wollte mich anscheinend nicht so einfach gehen lassen.

»Ich stelle fest, daß ich mich gern mit Ihnen unterhalte«, gestand sie. »Ist das Ihre Methode, die Leute mürbe zu kriegen?«

»Es kommt nie viel dabei heraus, wenn man einem Verdächtigen seinen Spaß läßt.«

»Es ängstigt mich, wenn Sie so offen sprechen!«

»Gnädigste, was meinen Sie, wie bange mir erst ist!«

Plötzlich lächelte sie. Es war ein Lächeln, wie ich es nicht zum erstenmal im Leben sah: die gefährliche Waffe einer Frau, die sich in den Kopf gesetzt hat, wir wären dicke Freunde, sie und ich. »Jetzt will ich Ihnen verraten, warum ich wirklich zu der Astrologin gegangen bin«, versprach Severina. »Hoffentlich begreifen Sie dann, daß ich mir ehrlich Sorgen um Novus mache.« Ich legte den Kopf schief und wahrte meine Neutralität. »Er hat Feinde, Falco. Novus ist bedroht worden – und den Drohungen folgten rätselhafte Unfälle. Das fing schon an, bevor wir uns kennenlernten, und kürzlich ist wieder sowas passiert. Ich habe mich bei Tyche mit seinem Wissen – ja sogar in seinem Namen – erkundigt, ob er ernsthaft in Gefahr schwebt.«

Ich unterdrückte ein Grinsen. Sie wußte ja nicht, daß ich auch beobachtet hatte, wie sie einen Grabstein für den unglücklichen Mann bestellte. »Wer sind denn seine Feinde? Und was genau haben sie ihm angetan?«

»Werden Sie uns helfen?«

»Ich sagte doch schon, ich kann immer nur für eine Partei arbeiten.«

»Wenn das so ist, würde Novus nicht wollen, daß ich Ihnen noch mehr erzähle.«

»Wie Sie meinen.«

»Aber was kann er denn nur tun?« jammerte sie besorgt – eine hervorragende Schauspielerin.

»Die beste Art, mit einem Feind umzugehen, ist die, ihn sich zum Freund zu machen.« Severina sah mich an, und ich las in ihren Augen den Spott über meinen frommen Rat. Einen Moment lang keimte eine gefährliche Wahlverwandtschaft zwischen uns auf. »Also schön, ich geb es zu: Am besten ist es, ihn reinzulegen.«

»Falco, wenn Sie uns schon nicht helfen wollen, dann machen Sie sich wenigstens nicht auch noch über uns lustig!«

Falls sie mich anschwindelte, war das eine beachtliche theatralische Leistung. Aber ich schloß trotzdem die Möglichkeit nicht aus, daß sie eine Lügnerin war.

XXVII

Den Nachmittag brachte ich damit zu, mir auf dem Forum die abgedroschenen alten Geschichten anzuhören, die das Bummelantenpack vom Rostrum als Neuigkeiten feilbot. Anschließend ging ich in mein Gymnasium, wo ich ein bißchen trainierte, ein Bad nahm, mich rasieren ließ und mit dem *wirklich* aktuellen Klatsch eindeckte. Dann widmete ich mich zur Abwechslung mal wieder meinen Privatangelegenheiten, sprich meiner Mutter und meinem Bankier. Beides waren von Haus aus heikle Unterfangen; diesmal aber kam noch erschwerend hinzu, daß, wie ich erfuhr, alle beide von Anacrites, dem Oberspion, heimgesucht worden waren. Seine Nachstellungen wuchsen sich allmählich zu einem Problem aus. Anacrites hatte Didius Falco offiziell zum Ausbrecher erklärt. Und als meine Mutter einwandte, sie habe doch mit ihrem Geld für mich gebürgt, schnauzte Anacrites zurück, daß ich dann eben obendrein auch noch ein Kautionspreller wäre.

Mama war völlig aufgelöst. Mich fuchste am meisten, daß man mich vor meinem Bankier als unsicheren Kantonisten hingestellt hatte. Dergestalt meine künftige Kreditwürdigkeit zu untergraben war nun wirklich ein gemeiner Trick.

Als ich meine Mutter endlich beruhigt hatte, war ich selbst trostbedürftig, also machte ich mich auf zur Porta Capena. Wieder Pech: Helena war zwar zu Hause, aber die Hälfte ihrer betuchten Camillus-Verwandten auch; der Senator gab ein Fest zu Ehren einer steinalten Tante, die Geburtstag hatte. Der Pförtner, der an meinem saloppen Aufzug sah, daß ich nicht zu den Glücklichen gehörte, die eingeladen waren, ließ mich bloß rein, weil er sich den Spaß machen wollte, zuzusehen, wie seine Herrschaft mich wieder an die Luft setzte.

Helena trat aus einem Empfangssalon; getragene Flötentöne wehten ihr hinterdrein, bis sie die Tür schloß.

»Tut mir leid, wenn ich ungelegen komme . . . «

»Es ist schon fast ein Ereignis«, versetzte Helena kühl, »wenn du dich überhaupt mal hier blicken läßt!«

Das ließ sich gar nicht gut an. Der Vormittag bei Severina hatte mir den Appetit auf neckisches Geplänkel verdorben. Ich war müde; ich wollte getröstet und betüttelt werden. Statt dessen warf Helena mir vor, daß man mich zu dem Fest hätte einladen können, wäre ich nur am Abend zuvor bei der Hand gewesen, als ihr Vater die Vorbereitungen traf. Abgesehen von der Ahnung, daß Camillus Verus sympathischerweise den Geburtstag seines Tantchens offenbar bis zur letzten Minute verdrängt hatte, kriegte ich auch einen Eindruck davon, wie peinlich es für Helena gewesen war, nicht sagen zu können, wann (falls *überhaupt*) sie ihren wankelmütigen Kavalier wiedersehen würde . . .

»Helena, mein Herz«, flehte ich unterwürfig, »du bist bei mir, wo immer ich auch bin . . . «

»Billige Sophisterei, weiter nichts!«

»Billig bedeutet einfach und schlicht – einfach und schlicht wie die Wahrheit!«

Billig hieß schlicht und einfach unglaubwürdig. Sie verschränkte die Arme. »Falco, als Frau bin ich's gewohnt, daß meine Treue für selbstverständlich genommen wird. Ich weiß, daß ich geduldig zu warten habe, bis du dich heimtrollst – betrunken oder verletzt oder beides . . . «

Ich verschränkte die Arme, wie man das so macht, und dabei ganz unbewußt Helena nachahmend. Zum Vorschein kam der gräßliche blaue Fleck knapp unter einem Ellbogen. »Helena, ich bin nicht betrunken!«

»Aber du hast Prügel bezogen!«

»Mir fehlt nichts. Bitte, wir wollen jetzt nicht streiten. Ich stecke bis über beide Ohren in dem neuen Fall, und ich brauche all meine Kraft, um damit klarzukommen . . . «

»Oh, wie konnte ich's nur vergessen: *Du* bist ja ein *Mann*!« höhnte sie. »Und Männer vertragen nun mal keine Kritik!«

Mitunter habe ich mich schon gefragt, wie ich mich nur in so einen ausgewachsenen Zankteufel ohne jedes Gespür für angemessenes Timing verlieben konnte. Da ich außer Dienst und folglich nicht sehr auf der Hut war, gestattete ich mir eine diesbezügliche Bemerkung, gefolgt von einer rhetorisch glänzenden Beschreibung der vorwitzigen Zunge des Fräuleins, ihres hitzigen Temperaments – und ihres beklagenswerten Mangels an Vertrauen zu mir.

Kurzes Schweigen, und dann: »Marcus, sag mir, wo du gewesen bist.«

»Auf Tuchfühlung mit der Kupfervenus von diesem Hortensius.«

»Ja.« Helena nickte traurig. »Das dachte ich mir.«

Nach ihrem Ton zu schließen, hatte sie ihren Moralischen. Ich sah sie mir genauer an: Zu Helenas Vorstellung vom Trübsalblasen gehörten ein flammend rotes Gewand, eine wie ein Hyazinthenkranz ins Haar geflochtene Glasperlenschnur und das beherzt-vergnügte Bad in der Menge. Ich wollte mich eben mit einer gesalzenen Neckerei revanchieren, als ein junger Mann aus dem Festsaal trat.

Dem Geburtstag der Senatorentante zu Ehren trug er eine Toga, neben deren flauschigem Flor sich meine abgewetzte Werktagstunika besonders schäbig ausnahm. Auf seinem flotten Haarschnitt thronte ein schimmernder Kranz. Er hatte jene ausgeprägten aristokratischen Gesichtszüge, auf die die meisten Frauen fliegen, auch wenn eigentlich nichts weiter dahintersteckt als himmelschreiende Arroganz.

Er nahm an, daß Helena uns einander vorstellen würde. Ich wußte es besser; sie war zu verärgert über meinen unerwünschten Auftritt. Ich grinste ihn jovial an. »'n Abend. Gehören Sie zur Familie, ja?«

»Ein Freund meiner Brüder«, warf Helena ein, die sich rasch wieder gefangen hatte. Das adlige Bürschchen blickte fragend auf meine plebejische Wenigkeit, doch sie zeigte ihm, wo's langging, energisch wie immer. »Sie werden verzeihen, aber Falco und ich haben etwas Geschäftliches zu besprechen.«

Mit eingezogenem Schwanz kehrte er in den Festsaal zurück.

Ich zwinkerte Helena zu. »So, so, ein Freund deiner Brüder, wie?«

»Es ist eine betagte Gesellschaft. Meine Eltern haben ihn als Tischherrn für mich eingeladen. *Du* warst ja nicht erreichbar.«

»Und selbst wenn, Helena. Sie hätten mich ja doch nicht dabei haben wollen.«

»Falco, vielleicht hätte *ich* dich aber gern dabeigehabt.«

»Du scheinst dich jedenfalls gut zu trösten.«

»Was bleibt mir anderes übrig!« warf sie mir heftig vor. »Im übrigen hätte Papa dich sehr wohl eingeladen, aber wer weiß denn schon, wo du heutzutage wohnst?«

Ich nannte ihr meine neue Adresse. Sie erwiderte hoheitsvoll, nun könne ihr Vater mir wenigstens das ausrangierte Sofa schicken, das man mir versprochen habe. »Papa wollte dich übrigens gestern dringend sprechen. Anacrites hat sich nämlich bei ihm nach dir erkundigt.«

Ich fluchte. »Der Kerl ist die reinste Pest!«

»Du mußt etwas gegen ihn unternehmen, Marcus. Wie kannst du deine Arbeit machen, wenn er dir dauernd im Nacken sitzt?«

»Ich kümmere mich drum.«

»Versprochen?«

»Ja, ja. Ach, das Leben wird immer komplizierter!« Dann lenkte ich das Gespräch zurück auf mein neues Domizil. »Also, ich bewohne zwei Zimmer, in das dritte kommt mein Büro, da bleibt eins übrig, in das du ohne weiteres einziehen könntest.«

»Eine tolerante Haushälterin, eine Bettgenossin zum Nulltarif – und ein tapferes Geschöpf, das die Krabbeltiere fängt, die nachts aus den Dielenritzen kriechen! – Halt, das war falsch!« rief Helena und korrigierte sich gleich selbst: »Ein scheues Reh, das *dich* den Helden spielen läßt, der den Ungeheuern den Garaus macht!«

»Also, mein Angebot steht, aber ich habe nicht vor, es

noch mal zu wiederholen.« Sie wußte das; es war nicht mein Stil, um ihre Gunst zu betteln. »Dein edler Papa vermißt dich gewiß schon auf seinem Fest, also mach ich mich jetzt lieber auf die Socken.«

Helena reagierte wie üblich auf die hochnäsige Tour: »Das wird wohl das beste sein, ja.« Aber dann wurde sie doch weich. »Kommst du wieder?«

»Wenn ich kann.« Ich begnügte mich mit dem schwachen Flattern in ihrer Stimme als Ersatz für eine Entschuldigung. »Ich hab nur gerade sehr viel um die Ohren. Aber nachdem ich das Frauenzimmer jetzt kennengelernt habe, dürfte es nicht mehr lange dauern, bis ich ihr auf die Schliche komme.«

»Das heißt also, du kommst nicht wieder, ehe dieser Fall abgeschlossen ist?«

»Klingt wie'n Rausschmiß.«

Helena reckte das Kinn. »Wenn hier jemand den Laufpaß kriegt, dann ja wohl *ich*! Es war doch nur ein ganz vernünftiger Vorschlag.«

Ich biß die Zähne zusammen. »O ihr Götter, wie ich es hasse, wenn Frauen vernünftig sind! Paß auf: entscheide du. Ich komme, wenn du mich rufst. Du weißt ja nun, wo ich zu finden bin, falls du mich brauchst.«

Ich wartete darauf, daß sie mich umzustimmen versuchte, aber Helena konnte ebenso stur sein wie ich. Es war nicht das erste Mal, daß wir uns in einem völlig sinnlosen Streit festgefahren hatten.

Ich ging. Sie ließ mich ziehen. »Warte mal, Schatz, ich hab's! Was ich *wirklich* brauche, ist ein Mädchen, das daheim sitzt und Mitteilungen entgegennimmt!«

»So eine kannst du dir aber nicht leisten«, sagte Helena.

XXVIII

Meine Prahlerei, ich würde den Fall rasch lösen, war voreilig gewesen. In Wirklichkeit war noch kein Ende abzusehen, ja wie ich bald merken sollte, kam die Affäre eigentlich erst richtig ins Rollen.

Als ich von der Porta Capena heimwärts schlurfte, dachte ich freilich weniger über meine Arbeit nach als über die Frauen. Ein normaler Vorgang – der mich allerdings heute abend schwerer belastete als sonst. Meine Klientinnen, Severina, meine Geliebte, meine Mutter, sie alle wollten mir meinen Seelenfrieden rauben. Sogar meine Schwester Maia, der ich schon einen Besuch schuldig war, seit Mama mich aus dem Kittchen geholt hatte, reihte sich in diese Kette ein, weil ich immer noch nichts unternommen hatte, um ihr für die Rettung meiner Wettmarken zu danken, die doch schließlich mein neues Heim finanzierten ... Das alles wuchs mir über den Kopf. Ich mußte endlich die Initiative ergreifen! Aber die beste Initiative heißt stillhalten und abwarten. Ich würde mich zurückhalten, mir eine Verschnaufpause gönnen und die Damen sachte schmoren lassen.

Ich nahm mir vor, die nächsten drei Tage zu meinem eigenen Vergnügen und Vorteil zu nutzen. Zwei Tage lang hielt ich das sogar durch: keine schlechte Erfolgsquote für einen Plan, der von mir selbst stammt.

Den ersten Vormittag blieb ich im Bett und dachte nach.

Und da ich offiziell immer noch für den Kaiser arbeitete (weil ich mir nie die Mühe gemacht hatte, ihm zu kündigen), ging ich als nächstes auf den Palatin und bat um eine Audienz bei Vespasian. Den ganzen Nachmittag lungerte ich in diesem Labyrinth von Palastverwaltung rum, bis sich endlich ein Lakai dazu herabließ, mir mitzuteilen, der Kaiser sei verreist und genieße die Sommerfrische in den Sabiner Bergen. Jetzt, da er den Purpur trug, besann der alte Herr sich gern auf seine einfache Herkunft, indem er die kaiserlichen Sandalen abstreifte und mit bloßen Füßen im Staub seiner alten Familiengüter rumstapfte.

Aus Angst, ich könnte Anacrites in die Arme laufen, wenn ich zu lange blieb, verließ ich den Palast und beehrte meine Freunde mit Falcos Gesellschaft. An diesem Abend speiste ich mit Petronius Longus in dessen Haus. Da er eine Frau und drei kleine Kinder hatte, wurde es ein ruhiges Mahl, das früh und (für unsere Verhältnisse) ziemlich nüchtern zu Ende ging.

Am nächsten Morgen erneuerte ich mein Audienzgesuch, diesmal aber bei Titus Caesar, Vespasians ältestem Sohn. Titus regierte das Reich in echter Partnerschaft mit Vespasian, verfügte also über genügend Autorität, um mir bei meinen unbedeutenden Scherereien mit Anacrites auszuhelfen. Er war außerdem bekannt für sein weiches Herz. Das wiederum hieß, mein Gesuch würde auf einem ganzen Haufen von Bittschriften zwielichtiger Typen landen, die alle über ihr angeblich unverschuldetes Pech lamentierten. Titus arbeitete fleißig, aber unter der Augusthitze würde auch der Strom der Barmherzigkeit leiden und sich stockender als gewöhnlich über das Heer abgewrackter armer Schlucker ergießen.

Während meine Klageschrift der strapazierten Aufmerksamkeit unseres jungen Caesars harrte, ging ich mit meinem Schwager Famia zum Pferdemarkt. Mich von meinem Goldschatz zu trennen, tat mir in der Seele weh, aber man konnte schließlich nicht erwarten, daß der Rennstall, in dem Famia als Tierarzt für die Grünen arbeitete, meinem Pferd ewig Logis gewährte – jedenfalls nicht gratis, wie es zur Zeit (ohne Wissen der Grünen) der Fall war. Also versteigerten Famia und ich den armen alten Goldschatz, bevor der Preis für sein Futter den schönen Wettgewinn aufzehren konnte. Mit einem stattlichen Batzen Geld in der Tasche zog ich in die Saepta Julia, wo ich erst auf einen geschwärzten Kandelaber reinfiel, der aussah, als würde er sich aufpolieren lassen (natürlich ein Irrtum), und dann auf einen ägyptischen Kartuschenring (der beim Anprobieren wunderbar paßte, sich bei mir daheim jedoch als zu groß erwies). Schließlich durchstöberte ich noch ein paar Literaturhandlungen und erstand einen Armvoll griechischer Theaterstücke (fragen Sie mich nicht, warum; ich hasse griechische Dramen). Ich brachte meiner Mutter einen kleinen Zuschuß zum Haushaltsgeld und deponierte am Ende den Rest meiner Barschaft in meinem Bankfach auf dem Forum.

Als ich am nächsten Tag immer noch keine Einladung bekam, zum Palast hinaufzupilgern, um Titus mit meiner Leidensgeschichte zu erheitern, ging ich endlich doch zu meiner Schwester Maia. Sie ließ mich fast den ganzen Vormittag in ihrer Küche rumlungern, woraus sich zwanglos ein gemeinsames Mittagessen ergab, gefolgt von einem Nickerchen auf ihrer Sonnenterrasse. Ich versprach ihr ein paar leckere Kuchen vom Pincio, aber Maia, die mich zu nehmen wußte, schaffte es, das Angebot hochzutreiben und mir ein Einweihungsfest in meinem geräumigen neuen Domizil abzuluchsen. Wie ein Spekulant, der verspricht, das Finanzielle mit seinem Bankier zu regeln, machte ich mich aus dem Staub, bevor ein Termin für die Party vereinbart werden konnte.

Petronius und ich zogen an diesem Abend durch verschiedene Weinschenken, um zu prüfen, ob sie noch sc gut waren, wie wir sie in Erinnerung hatten. Bei all den Gratisbechern, mit denen die Wirte uns zum Wiederkommen verlocken wollten, den Krügen, die ich spendierte, und den Amphoren, mit denen Petronius (der ein anständiger Kerl ist) mich umgekehrt freihielt, endete *dieses* Beisammensein weder zeitig noch nüchtern. Ich brachte meinen Freund nach Hause, da ein Wachthauptmann alle möglichen Racheakte befürchten muß, wenn Schurken, die er vielleicht früher mal hinter Gitter gebracht hat, ihn schutzlos und mit Schlagseite durch die Stadt wanken sehen.

Seine Frau Silvia hatte uns ausgesperrt. Aber ein Justizbeamter kann die meisten Schlösser knacken, und die, an denen er scheitert, kriegt ein Detektiv allemal auf. Und so gelangten denn auch wir ins Haus, ohne daß allzu viele Nachbarn die Läden aufstießen und sich lautstark über den Lärm beschwerten. Einen Riegel brachen wir entzwei, aber die Tür an sich blieb unversehrt. Petro bot mir ein Bett an, doch inzwischen war Silvia heruntergekommen und beschimpfte uns aufs übelste; sie versuchte, das Türschloß mit einer Augenbrauenpinzette zu reparieren, während Petro liebevoll an ihr herumtatschte, in der Hoffnung, einen Friedensvertrag aushandeln zu können (was ich für aussichtslos hielt). Dann wachten die Kinder auf, fürchteten sich vor dem Krach, und Petros jüngste Tochter jammerte, daß ihr Kätzchen sich in eine Sandale erbrochen habe – da verdrückte ich mich lieber.

Wie die meisten Entscheidungen, die man nach fünf oder sechs Amphoren eines mittelmäßigen Weins aus billigen Kaschemmen trifft, war auch dies keine gute.

Ein denkwürdiges Ereignis: das erste Mal, daß ich in volltrunkenem Zustand versuchte, meine neue Wohnung zu finden. Ich verirrte mich. Ein großer Hund mit spitzer Schnauze hätte mich um ein Haar gebissen, und etliche Huren riefen mir ungefragt Schimpfworte nach. Als ich dann endlich die Piscina Publica ausgemacht und meine Straße gefunden hatte, entging mir der kleine Grünschnabel von einem Prätorianer, der mich schon sehnlich erwartete – mit einem Haftbefehl von Anacrites, einem schmerzhaften Paar Fußeisen und noch drei Milchbubis von Rekruten in schimmerndem Brustpanzer, die alle scharf wie baetischer Senf darauf waren, ihren ersten richtigen Einsatz hinter sich zu bringen und einen gefährlichen Renegaten festzunehmen, der anscheinend meinen Namen trug.

Nachdem sie mir die Eisen angelegt hatten, ließ ich mich einfach der Länge nach auf die Straße fallen und erklärte ihnen, ich würde sie überallhin begleiten – nur müßten sie mich tragen.

XXIX

Die nächsten beiden Tage verbrachte ich wieder in den Lautumiae, wo ich meinen Kater auskurierte.

XXX

Am zweiten Abend erneuerte ich die Bekanntschaft mit meinem alten Zellengenossen, der Ratte. Ich versuchte, mich auf eine Ecke zu beschränken, um ihr nicht lästig zu fallen, aber sie plierte trotzdem hungrig zu mir rüber. Ich mußte sie enttäuschen, denn ich wurde abberufen. Jemand sehr Einflußreiches bekundete Interesse an meinem Fall.

Zwei der Schulbuben in Prätorianeruniform kamen, um mich abzuholen. Zuerst widersetzte ich mich. Mein Kater war einer leichten Benommenheit gewichen. Ich war absolut nicht in der Verfassung, eine Konfrontation mit Anacrites und den Schlägertypen durchzustehen, deren er sich bediente, um seine Opfer zu Geständnissen zu ermuntern. Doch meine Furcht war unbegründet. Anacrites hätte mich im Loch gelassen, bis mir vor Altersschwäche die Zähne ausgefallen wären und ich das Wasser nicht mehr hätte halten können. Aber dem Wärter entschlüpfte, als er mir gerade einen aufmunternden Tritt vors Schienbein verpaßte, das Geständnis, daß ein hohes Tier nach mir verlangt habe. Mein Gesuch an Titus mußte in dem Stapel Bittbriefe an die Oberfläche gelangt sein . . .

Die jungen Hüpfer waren ganz aus dem Häuschen vor Aufregung über diese kaiserliche Audienz. In der Vergangenheit hatte es der imperialen Leibwache bisweilen nach einer zünftig durchzechten Nacht gefallen, den ihr anvertrauten Caesar durch den erstbesten zu ersetzen, der ihr ins Auge stach (Claudius, beim Jupiter, oder diese aufgedonnerte Null von Otho). Doch damit war nun Schluß. Gleich nach dem Regierungsantritt seines Vaters hatte Titus die Prätorianer klugerweise seinem direkten Kommando unterstellt; und solange er ihnen an seinem Geburtstag ein anständiges Handgeld zahlte, würden sie an ihrem Oberbefehlshaber hängen wie die Kletten an einem Schäferrock. Und nun sollten Proculus und Justus (falls Sie mal eingesperrt werden, erfragen Sie unbedingt die Namen Ihrer Wärter) schon in der ersten Dienstwoche ihrem berühmten Präfekten von Angesicht zu Angesicht gegenübertreten – dank meiner Wenigkeit.

Sie schwelgten so im Vorgeschmack des eigenen Ruhms, daß sie mich taktloserweise in Ketten über das offene Forum eskortierten. Aber sie steckten noch zu kurz in Uniform, als daß sie schon jedes Mitgefühl verloren hätten; also ließen sie mich an einem öffentlichen Brunnen meinen Durst stillen, bevor sie mich in den kühlen Cryptoporticus schleiften, jene langgestreckte Eingangsgalerie, die zu den einzelnen Palastbezirken auf dem Gipfel des Palatin führt. Vor dem Wachlokal befahl ihnen ihr Zenturio, ein hartgesottener Berufssoldat, mir die Fußeisen abzunehmen. Er wußte, was sich gehört. Wir wechselten unbemerkt einen Blick und erkannten einander als Veteranen, während er seine unerfahrenen Pimpfe auf schlampig geschnallte Gürtel und Flecken an der Rüstung kontrollierte. Voller Sorge, daß seine Küken einen falschen Schritt tun könnten, begleitete er uns in den Thronsaal.

Im ersten Vorzimmer drängte uns ein Türsteher, der behauptete, nichts von meiner Audienz zu wissen, seitlich in ein Kabuff. Proculus und Justus kriegten rote Backen; der Zenturio und ich waren schon bei anderen Gelegenheiten durch diese dämliche Quarantäne geschleust worden, und so nahmen wir's gelassen hin.

Eine halbe Stunde später bugsierte man uns in einen Korridor, in dem sich lauter müde Gestalten drängten, denen die Toga schlaff am Leibe hing. Proculus und

Justus blickten sich verstohlen an; langsam stieg in ihnen die Befürchtung auf, daß sie noch lange nach Dienstschluß in dieser endlosen Warteschlange festsitzen würden. Aber dann wurde mein Name gleich aufgerufen. Untergeordnete Lakaien scheuchten uns durch die Menge; und nun betraten wir ein düsteres Vorzimmer, wo ein vornehm parlierender Sekretär uns wie Ungeziefer beäugte, während er uns auf einer Liste abhakte.

»Dieser Mann wurde bereits vor einer Stunde aufgerufen! Wo habt ihr denn so lange gesteckt?«

Ein Hofbeamter kam mit Anacrites herein, der sich elegant in grauer Tunika präsentierte; wie das zahme Täubchen eines Zauberers sah er aus – nur nicht so niedlich. Im Gegensatz zu mir war er frisch gebadet und rasiert und hatte das glatte Haar so makellos nach hinten frisiert, wie ich es auf den Tod nicht leiden kann. Er sah damit zwar genau aus wie der Gauner, der er war, aber ich kam mir bei seinem Anblick zerknautscht und kratzbürstig vor, mit einem Mund wie ein ausgetrockneter Mörteltrog. Er glotzte mich mißtrauisch an, aber in diesem Stadium verzichtete ich darauf, ihn niederzumachen. Im nächsten Moment hatten Proculus und Justus auch schon Befehl, mich vorzuführen.

Als wir zwischen imposanten Travertinsäulen in den Saal traten, war Anacrites zunächst der bewährte Beamte und ich der gemeine Galgenstrick, entehrt und unter Kuratel. Aber ich kannte kein Protokoll, das mich gezwungen hätte, es dabei bewenden zu lassen. Nach zwei Tagen in scheuernden Fußeisen fiel es mir leicht, eine tapfere Miene und ein Hinken zu mimen. Was bewirkte, daß Titus Caesar mich als erstes fragte: »Mit Ihrem Bein was nicht in Ordnung, Falco?«

»Bloß eine alte Fraktur, Caesar. Letzten Winter, als ich im Auftrag Ihres Vaters in Britannia war, hab ich mir das Bein gebrochen. Und wenn ich längere Zeit keine Bewegung habe, dann krieg ich Beschwerden ... «

»Schluß mit der Mitleidschinderei, Falco!« knurrte Anacrites.

Titus warf dem Spion einen scharfen Blick zu. »Britannia, ich erinnere mich!« Sein Ton war schneidend. Der Auftrag, den ich seinerzeit für seinen Vater erledigt hatte, war streng vertraulich gewesen, und es wurden keine Einzelheiten preisgegeben, aber Anacrites hatte sicher trotzdem Wind davon bekommen. Ich hörte sein ärgerliches Knurren. Und ich sah auch, wie der Sekretär, dessen Aufgabe es war, mitzustenografieren, seinen Stilus diskret ruhen ließ, sobald geheime Staatsgeschäfte zur Sprache kamen. Der Blick aus seinen orientalischen Augen traf sekundenlang den meinen; mit dem feinen atmosphärischen Gespür des Hofbediensteten sah er einen gelungenen Spaß voraus.

Titus winkte einem Sklaven. »Didius Falco bedarf der Schonung. Bring ihm doch eine Sitzgelegenheit.«

Selbst in diesem Stadium brauchte Anacrites sich noch keine Sorgen zu machen. Ich hatte mit meiner radikal republikanischen Gesinnung nie hinterm Berg gehalten. Und im Umgang mit der kaiserlichen Familie hatte ich schon immer meine Schwierigkeiten. Der Oberspion wußte so gut wie ich, was bevorstand: M. Didius Falco würde gleich unhöflich und grob werden und sich damit – wie gewöhnlich – ins eigene Fleisch schneiden.

XXXI

Da waren wir also. Titus entspannt auf seinem Thron, den rechten Fuß überm linken Knie gekreuzt, was den betreßten Falten seiner purpurnen Tunika gar nicht gut bekam. Dem Sklaven erschien es nur natürlich, meinen gepolsterten Fußschemel in die Nähe der einzigen anderen sitzenden Person zu rücken, also stellte er ihn geradewegs vor dem Podest des Caesarenthrons ab. Dann half er mir armem Hinkefuß hinauf. Anacrites trat schon einen Schritt vor, wagte dann aber doch nicht aufzubegehren, sondern schluckte gezwungenermaßen diesen Gunstbeweis seines kaiserlichen Herrn gegen mich. Ich wiederum verkniff mir das Grinsen; dazu war Anacrites denn doch zu gefährlich. Statt dessen hockte ich brav auf meinem Schemel und rieb mir wie von ungefähr das Bein, als ob mich meine armen, geschundenen Knochen plagten . . .

Titus war dreißig. Zu sehr ein Kind des Glücks, als daß man ihn einfach als hübschen Burschen beschreiben könnte, und zu kontaktfreudig für seinen Rang, auch wenn er sich neuerdings mit Rücksicht auf sein hohes öffentliches Amt gesetzter gab. Selbst jene Bürger, die notgedrungen irgendwo in der Provinz versauerten, kannten sein Gesicht von Münzen her als die weniger zerfurchte Ausgabe der bürgerlichen Physiognomie des Vaters und wußten, daß sein Haar gelockt war. Als Kind hatte er mit diesem Krauskopf seine Mutter womöglich genauso zur Verzweiflung gebracht wie ich die meine, aber wenn Flavia Domitilla noch am Leben gewesen wäre, so hätte sie jetzt beruhigt sein können: Ein ganzer Zirkus von Friseuren hielt ihren Ältesten adrett gestutzt, auf daß er das Reich nicht vor ausländischen Botschaftern blamiere.

Titus und ich ergaben, so nebeneinander, ein hübsches, freundliches Bild. Er hielt meinen Brief in der Hand, und kaum, daß ich mich gesetzt hatte, warf er mir die Rolle zu. Seine Augen funkelten. Titus war sonst immer so huldvoll, daß ich schon einen Streich argwöhnte – aber der Charme war echt. »Was für eine rührende Geschichte!«

»Vergebung, Caesar. Ich bin ein Feierabenddichter; mein Stil neigt zu lyrischem Überschwang.« Titus lächelte. Er war ein Förderer der schönen Künste. Ich befand mich auf sicherem Boden.

Allein, es war der falsche Moment, den Oberspion zu zwingen, daß er stumm unserem vergnügten Geplauder beiwohnte. Von meinem Argwohn angesteckt, gab Titus dem Anacrites das Zeichen, vorzutreten und seinen Fall darzulegen.

Anacrites ergriff sofort das Wort. Ich hatte ihn schon bei anderer Gelegenheit in Aktion gesehen und war auf das Schlimmste gefaßt. Er besaß das Talent des echten Bürokraten, überzeugend zu wirken, egal, was für Lügen er auftischte.

In mancher Hinsicht tat mir dieser charakterlose Karbunkel sogar leid. Er war das klassische Beispiel einer vereitelten Karriere. Erlernt hatte er seinen Beruf vermutlich noch unter Nero, in jenen von Wahnsinn geprägten Jahren des Mißtrauens und Schreckens, als sich einem Geheimagenten scheinbar einmalige Chancen boten. Doch just vor seinem großen Durchbruch kam mit Vespasian ein unverbesserlicher Provinzler an die Macht, der nichts von Palastspionen hielt. Und so mußte Anacrites nun, statt seinen Platz im Mittelpunkt eines weitverzweigten Netzes von untergründig wuselnden Termiten zu genießen, jeden Tag aufs neue den

Beweis dafür antreten, daß er noch zu Recht auf der Gehaltsliste stand.

Ohne Witz. Vespasian war knickerig, wenn es um Lohnkosten ging. Ein kleiner Lapsus, ein unbesonnener Fehltritt auf diplomatischem Parkett, eine zu rasch geöffnete Tür, hinter der man ihn schnarchend an seinem Schreibtisch ertappte, während er doch angeblich auf Kontrollgang war, – und schon würde der Oberspion sich als Fischverkäufer auf einer Tiberwerft wiederfinden. Er wußte es. Ich wußte es. Er wußte, daß ich's wußte. Vielleicht ist damit einiges geklärt.

Ich versuchte gar nicht erst, seine Rede zu unterbrechen. Nein, sollte er ruhig alle Würfel aus seinem Becher verschleudern. Zum Vorschein kam ein tückisch zusammengebrauter Schleim mutwillig entstellter Fakten, an deren Ende *er* als ehrlicher Profi dastand, dessen Vorgesetzte ihm einen stümperhaften Amateur als Mitarbeiter aufgehalst hatten. *Ich* ging aus seiner Geschichte eindeutig als gemeiner Dieb hervor.

Eindeutig waren auch die Fakten: Ein paar Bleibarren aus den kaiserlichen Minen hatten in einem Lagerhaus auf Halde gelegen. Ich wußte davon und auch, daß das Schatzamt sie vergessen hatte. Als man mich in die Campania schickte, nahm ich die Barren mit und verkaufte das Blei dort als Material für Wasserleitungsrohre. Den Erlös hatte ich nie zurückgezahlt.

Titus lauschte mit hinter dem Kopf verschränkten Händen. Er selbst war kein großer Redner, aber er hatte seine Zeit als Rechtsanwalt absolviert, bevor er zu Höherem berufen wurde. Trotz seiner überschäumenden Energie verstand er sich aufs Zuhören. Erst als er sicher sein konnte, daß Anacrites zu Ende war, wandte er sich an mich.

»Die Vorwürfe gegen Sie scheinen berechtigt. Die

Bleibarren gehörten dem Staat; Sie haben sie sich ohne Erlaubnis angeeignet.«

»Anacrites ist ein guter Redner; das war ein schönes Muster an Rhetorik. Aber seine Klage, Caesar, ist gegenstandslos.«

Titus stutzte. Ich hatte seine volle Aufmerksamkeit; er saß jetzt vorgebeugt und stützte die Ellbogen auf die Knie. »Caesar, gerade ich hatte allen Grund, diese Bleibarren zu achten. Wahrscheinlich habe ich nämlich einen Teil des dazugehörigen Erzes mit eigener Hand aus dem Flöz gehauen!« Ich hielt inne, um den Anwesenden Zeit zu lassen, diese neuerliche Anspielung auf meine Mission in Britannia zu verdauen. Ich hatte mich damals gezwungenermaßen als Bleiminensklave getarnt. »Ein hartes Los, Caesar, aber um Eures Vaters willen nahm ich's auf mich. Und als ich dann diese Barren verkaufte, war das wiederum eine Tarnaktion. Wir suchten einen Flüchtling. Anacrites kann bestätigen, daß es eine arg mühselige Aufgabe war, denn er hat sich ihr selbst etliche Wochen gewidmet . . . «

Empört reckte der Spion das Kinn vor – Volltreffer! »Ich wurde aufgefordert, meine Erfindungsgabe einzusetzen. Schließlich waren es gerade die unorthodoxen Methoden, derentwegen Ihr Vater mich zusätzlich zu seinem Stammpersonal engagierte . . . «

»Stimmt«, sagte Titus anzüglich zu Anacrites.

» . . . in der Rolle eines Schwarzmarktklempners gelang es mir, den Gesuchten aufzuspüren. Die Verkleidung hat sich, wie Sie wohl wissen, bezahlt gemacht, Caesar.«

Mit öliger Stimme erinnerte der Oberspion Titus daran, daß man die von mir geborgten Bleibarren als Beweismittel in einem Verschwörungsprozeß gebraucht hätte.

»Welcher Ankläger hätte wohl mehrere Tonnen

Metall vor Gericht auffahren lassen?« fragte ich. »Daß es diese Barren gab, haben wir doch alle gewußt. Zum Beweis dafür gab es Dokumente: Die Prätorianergarde hatte sie in diesem Speicher gelagert, und der Sieger von Jerusalem braucht sich wohl nicht erst von mir sagen zu lassen, daß den Rekruten als erstes eingebleut wird, alles zu *zählen*, was durch ihre Hände geht . . . «

Titus lächelte nachsichtig. Ihm wäre es lieb gewesen, wenn ich mich von der Anklage hätte reinwaschen können. Nun bin ich aber nicht naiv. Ich konnte mir denken, warum das Imperium mich gern laufengelassen hätte: Titus und sein Vater hatten bestimmt wieder ein verteufelt kitzliges Problem am Hals, das ich für sie lösen sollte.

»Ich nehme an«, bemerkte Anacrites streng, »Sie hatten die Absicht, das Geld, das Sie beim Verkauf der Bleibarren eingestrichen haben, zurückzuerstatten? Oder ist der Erlös am Ende für Wein und Weiber draufgegangen?«

Ich zeigte mich schockiert. Es war nur eine *einzige* Frau im Spiel (Helena Justina). Während der Ferien in der Campania hatten allerdings nicht nur wir beide, sondern auch ein Neffe von mir und Petronius Longus nebst Frau und Kindern nach Kräften auf Kosten des Schatzamtes geschlemmt und gebechert, wobei uns meine kaiserliche Mission als Vorwand diente. »An der kleinen Verzögerung bin doch nicht ich schuld, Anacrites! Schließlich haben *Sie* mich in den Lautumiae eingesperrt, was eine ganz unfaire Behinderung war. Trotzdem habe ich meine wenigen Tage in Freiheit genutzt, um bei meinem Bankier die Überweisung der Schulden an die kaiserliche Privatschatulle zu veranlassen . . . «

»Na, wie erfreulich!« Titus klang erleichtert. Unterschlagung wäre der einzige Grund gewesen, mich im Knast behalten zu müssen.

»Ich muß Sie allerdings warnen, Caesar«, warf ich rasch ein, »denn da ich das Blei sozusagen unter der Hand verkauft habe, ist der Erlös für mich nicht so groß, wie er es mit offizieller Konzession hätte sein können ... «

»Er lügt!« fauchte Anacrites wütend. »Ich habe eine vollständige Liste seiner Vermögenswerte ... « Das mußte eine kurze Liste sein! »Dieser Schaumschläger besitzt keinen roten Heller!«

So also wahrte mein Bankier das Bankgeheimnis seiner Kunden ... Doch halt! Anacrites hatte sich am Tag vor dem Verkauf meines Rennpferdes meine Privatschatulle zeigen lassen; daß ich inzwischen ein kleines Vermögen erworben hatte, war ihm offenbar entgangen. Jetzt gab es kein Zurück mehr. Und wenn ich mich damit auch ruinieren würde, ich war nicht bereit, mich von so einem hinterhältigen Geheimagenten anschmieren zu lassen. Seufzend sagte ich dem Goldschatz ade (oder vielmehr dem, was nach meinem Kaufrausch in der Saepta Julia noch von dem klingenden Andenken an ihn übrig war).

»Ja, in diesem Thronsaal ist ein Lügner, aber ich bin's nicht!« Ich zog meinen Siegelring vom Finger. »Caesar, wenn Sie jemanden zu meinem Bankier schicken wollen, dann können wir diesen Fall noch heute zu den Akten legen ... « Plötzlich mißtrauisch geworden, nagte Anacrites an seiner Unterlippe.

»So spricht ein rechtschaffener Bürger!« Der triumphierende Caesar bedachte den Spion mit einem Stirnrunzeln, während ein Lakai mit meinem Ring entschwand, um bei meinem Bankier meinen Bankrott einzuleiten. »Damit dürfte sich Ihre Klage erledigt haben, Anacrites!«

»Gewiß, Caesar – vorausgesetzt, das Geld kommt!«

»Sie können mir vertrauen! Schließlich möchte ich

nicht unter Vorspiegelung falscher Tatsachen freigesprochen werden!« maulte ich pikiert. »Und wenn das hier bloß ein Trick ist, um mich für irgendeine schmutzige Geheimmission dranzukriegen, die von Ihren regulären Beamten keiner übernehmen will, dann ziehe ich, offen gestanden, das Gefängnis vor!«

Titus' Beschwichtigung war zu beflissen, um ehrlich zu sein. »Didius Falco, Sie sind ein freier Mann – ohne irgendwelche Auflagen!«

»Frei und unabhängig?« feilschte ich weiter.

»Wie gehabt!« antwortete er – aber dann ließ er sich doch vom eigenen Eifer mitreißen: »Wie steht's, sind Sie denn auch frei genug, um für meinen Vater einen Auftrag zu übernehmen?«

Na wunderbar: Frisch aus dem Gefängnis und schon wieder in Gnaden aufgenommen. Anacrites machte ein finsteres Gesicht. Er hätte sich nicht zu sorgen brauchen. »Es wäre mir eine Ehre, Caesar – aber das Gefängnis ist mir nicht bekommen; ich muß mich erst mal erholen.« Eben erst in Gnaden aufgenommen – und schwupp, schon wieder in Ungnade gefallen.

Titus Caesar kannte mich seit vier Monaten; lange genug. Er kramte seine liebenswürdigste Seite raus, jedesmal ein erhebender Anblick. »Was kann ich tun, damit Sie sich's anders überlegen, Falco?«

»Nun, als erstes«, begann ich bedächtig, »könnten Sie mir den *letzten* Auftrag bezahlen, den ich für Vespasian erledigt habe ...«

»Und weiter?«

»Es könnte nicht schaden, mich auch für den Auftrag *davor* zu entlohnen.«

Er schnappte nach Luft. »*Britannia*? Sind Sie etwa für Britannia noch nicht bezahlt worden?« Ich mimte den ergebenen Diener. Titus erteilte einem Sekretär, der im Schatten seines Throns stand, einen barschen Befehl und versicherte mir dann, daß umgehend Vorkehrungen getroffen würden.

»Danke verbindlichst, Caesar«, sagte ich, in einem Ton, der ihm verriet, daß ich »umgehend« als Palastcodewort für »auf unbestimmte Zeit verschoben« verstand.

»Wenn Sie erst Ihr Geld haben, sehen Sie sich vielleicht doch in der Lage, wieder für uns tätig zu sein?«

»Wenn ich's erst mal habe! Ach, übrigens« – ich beugte mich so, daß auch Anacrites an meiner Frage teilhaben konnte –, »wenn Ihr Urteil lautet, daß ich gar nicht ins Gefängnis gehört hätte, darf ich dann davon ausgehen, daß meiner alten Mutter das Geld zurückerstattet wird, das sie als Kaution für mich beim Wärter hinterlegen mußte?«

Jetzt saß der Schuft in der Falle! Entweder er ging auf meine Forderung ein oder er mußte den Wärter anschwärzen, der sich mit Mamas Ersparnissen hatte bestechen lassen. Derzeit hatte der Spion das Personal der Lautumiae in der Tasche, und sie ließen ihn eigenmächtig über die Zellen verfügen. Natürlich wollte Anacrites den Status quo beibehalten . . .

Titus befahl ihm, sich darum zu kümmern. (Titus entstammte einer komischen Familie: Die Frauen respektierten ihre Männer, und die Mannsbilder respektierten ihre Mütter.) Anacrites warf mir einen zornigen Blick zu, der spätere Rache verhieß, und stahl sich fort. *Seine* Mutter hatte ihn sich nach der Geburt vermutlich einmal kurz angesehen, einen Schrei ausgestoßen und ihn dann in einer dunklen Gasse ausgesetzt.

Nach Anacrites wurden auch Proculus und Justus samt ihrem Zenturio entlassen. Ich spürte, wie die Lakaien sich entspannten, als Titus sich gähnend streckte; offenbar hatte er sich das Verhör mit mir genüßlich bis zuletzt aufgehoben – wie die Olive im Omelette. Er erkundigte sich, ob ich, nunmehr als freier Mann und mein eigener Herr, denn auch frei sei, um im Palatin zu bleiben und mit ihm zu essen.

»Besten Dank, Caesar. Mir scheint, es gibt doch den einen oder anderen erfreulichen Grund dafür, daß ich mich mit der Politik eingelassen habe!«

Der Augapfel des Reiches schenkte mir ein gewinnendes Lächeln. »Vielleicht behalte ich Sie ja auch bloß bei mir für den Fall, daß Ihr Bankier es versäumt, einen gewissen Betrag zu überweisen . . . «

Ich hätte bei meinem ersten Urteil bleiben sollen. Sich mit Politik einzulassen ist die reine Dummheit.

XXXII

Wie jeder in Rom hatte auch ich gehört, daß Titus gern rauschende Feste gab, die bis zum Morgengrauen dauerten. An Skandale und Skandälchen glauben die Leute immer gern; ich mache da keine Ausnahme. Und nach meinem zweiten Gefängnisaufenthalt war ich durchaus in Stimmung für eine Orgie auf Kosten des Reiches, aber an jenem Abend gab es auf dem Palatin nur eine wohlschmeckende Mahlzeit, begleitet von unaufdringlicher Musik und zwanglosem Gespräch. Vielleicht war Titus ja bloß ein gutaussehender, lediger Bursche, der (ein-, zweimal, als er noch jünger war) mit seinen Freunden die Nacht durchgemacht hatte und deswegen gleich einen lockeren Lebenswandel nachgesagt bekam. Ein Ruf, der ihm bleiben würde, egal, was er in Zukunft tat. Ich fühlte mit ihm. Auch ich war ein gutaussehender, lediger Bursche. Und mein schlechter Ruf war so schwer loszuwerden, daß ich's gar nicht erst versuchte.

Vor Tisch hatte ich mich im kaiserlichen Bad schon etwas aufgefrischt, und nachdem ich gut gegessen und getrunken hatte, erwachten meine Lebensgeister vollends wieder. Also entschuldigte ich mich unter dem Vorwand, daß ich noch zu arbeiten hätte. Vielleicht lohnte es sich ja, meinen neuen Haarschnitt in der Stadt auszuführen, solange die Wässerchen des Palastfriseurs noch ihren berückenden Duft verströmten. Als er sah, wie ein Sklave mir die Sandalen festschnallte, rief Titus: »Ach, Falco, Sie dürfen übrigens nicht denken, daß ich Ihr Geschenk vergessen hätte!«

»Was denn für ein Geschenk, Caesar?« fragte ich vorsichtig, in der Annahme, daß die versprochene Arbeit gemeint sei.

»Das zum Dank für mein Glück beim Pferderennen!« Beim Donner Jupiters – schon wieder etwas, das ich bestimmt nicht gebrauchen konnte!

Dieser Gaul, der Goldschatz, hatte mir durchaus nicht nur Segen gebracht. Titus hatte auf ihn gesetzt, und er war bekannt dafür, daß er sich in seiner Siegesfreude immer gern erkenntlich zeigte. Jetzt erinnerte ich mich auch, welche Belohnung mir zugedacht war – ich würde all meine Geistesgegenwart brauchen, um mich aus dieser heiklen Situation rauszumanövrieren.

»Eine Ehre und ein Festschmaus, zweifellos, Caesar«, log ich diplomatisch und fügte (weniger geistesgegenwärtig) hinzu, Titus hätte vielleicht Lust, auf eine Kostprobe in der Falco-Residenz vorbeizuschauen... Er versprach, daran zu denken (während ich inständig hoffte, er möge es vergessen).

Mein Geschenk, falls Sie's interessiert, war ein geradezu legendärer Fisch. Tief in Gedanken versunken, verließ ich den Palatin. Titus wollte mir einen Steinbutt schicken.

Steinbutt war mir ungewohnte Kost – mir und den meisten Bürgern Roms. Ich hatte einmal einen auf einem Fischerboot gesehen, der maß allein in der Breite einen halben Meter. Dieser eine Fisch hätte das Fünf- oder Sechsfache meines Jahreslohns gekostet – allerdings kommt Steinbutt nur selten auf den Markt, da die meisten Fischer, denen einer ins Netz geht, ihn gleich geschäftstüchtig dem Kaiser offerieren.

Jetzt saß ich in der Zwickmühle. Ich konnte kochen. Tat es sogar gern. Nach fünf Jahren schlampiger Solowirtschaft war ich ein Meister der Ein-Personen-Küche; ich konnte fast alles Eßbare grillen, pochieren oder braten, je nach Bedarf auf engstem Raum, ohne anständiges Kochgeschirr und nur mit den allernotwendigsten Zutaten. Meine besten Schöpfungen schmeckten köstlich, und meine schlimmsten Verirrungen waren im Abfalleimer gelandet, bevor mir davon schlecht werden konnte. Aber natürlich konnte selbst ich keinen *Steinbutt* in ein paar Tropfen Olivenöl auf einem gewöhnlichen Rost über ein paar kokelnden Zweigen zubereiten. Für das Wunderding, das Titus mir versprochen hatte, würde man einen riesigen Fischkessel brauchen und eine kolossale Servierplatte, die raffinierten Künste eines erstklassigen Saucenchefs mit Hochleistungskochstelle, einen Trupp livrierter Sklaven, um meinen lechzenden Gästen die königliche Kreatur würdig aufzutischen, ein Orchester und eine Ankündigung im *Tagesanzeiger.*

Meine einzige echte Alternative war, den Fisch weiterzuverschenken.

Ich wußte das. Und ich wußte auch, was ich vermutlich statt dessen tun würde.

Als ich aufs Forum kam, machte ich am Tempel der

Vesta halt. Zu meiner Linken, beim Rostrum, wurde gerade ein reicher alter Knabe von einem Bankett heimgebracht: Seine überdachte Sänfte war von acht Leibwächtern flankiert, deren Fackeln wie gut gedrillte Glühwürmchen auf und nieder tanzten, als sie die steile Kurve des Vicus Argentarii nahmen.

Im Palast hatte ich jedes Zeitgefühl verloren. Es war ein warmer Augustabend, das klare Nachtblau des Himmels spielte hie und da in schmeichelndes Violett hinüber. In den Speisehäusern herrschte noch reger Betrieb, und obwohl manche Läden schon geschlossen und verriegelt waren, kam ich doch bei einem Möbeltischler, einem Spiegelverkäufer und einem Goldschmied vorbei, die alle ihre Schiebetüren noch offen und Licht brennen hatten; drinnen bewegten sich Hunde, Kleinkinder und umgängliche Frauenzimmer. Um die Kneipentische auf dem Trottoir scharten sich die Gäste noch immer dicht gedrängt, und keiner machte Miene, Becher oder Würfelbrett im Stich zu lassen. Die gefährlichen Zeitgenossen, die nach Einbruch der Dunkelheit in Rom regierten, waren sicher schon unterwegs, aber noch hatte die Bürgerschaft ihnen die Straßen nicht geräumt.

Es war allerhand los in der Stadt. Vor einem brennenden Haus blieb ich stehen, um mit anderen Schaulustigen Maulaffen feilzuhalten. Aus dem vierstöckigen Gebäude drang schon vom Keller bis zum Dach dichter Rauch. Die ärmeren Mieter hatten ihre Habe in Bündeln zusammengerafft und waren hinaus auf die Straße gerannt; ein reicher, alter Knopf, vermutlich der Hausbesitzer, der sich abmühte, sein mit Schildpatt eingelegtes Bettgestell durch die Tür zu zerren, behinderte die städtischen Feuerwehrmänner, die mit ihren Eimern hinein wollten. Schließlich wurden sie alle miteinander in die Flucht geschlagen, als das ganze Gebäude in helle Flammen aufging. Der Besitzer blieb, den Kopf in die

Hände gestützt, auf dem Pflaster sitzen und schluchzte, bis ein vorbeifahrender Bonze aus einem schmuddeligen braunen Tragstuhl sprang und sich erbot, das Grundstück zu kaufen. Ich traute meinen Ohren kaum. Der älteste Schwindel der Welt – aber der Narr mit dem brennenden Bett preßte sich bloß ein Kissen vors Herz und schlug auf der Stelle ein.

Bis jetzt hatte ich angenommen, jeder wisse inzwischen, wie Crassus seinen sagenhaften Reichtum angehäuft hatte – indem er in Rom rumkutschierte und überall, wo es brannte, die armen Opfer ausplünderte, solange die noch unter Schock standen. Heute, dachte ich, würde keiner mehr auf so hilfsbereite Haie reinfallen, die einem eben abgebrannten armen Wicht vor noch rauchenden Trümmern ein kümmerliches Handgeld für sein Grundstück boten – mit dem Hintergedanken, das Haus mit sattem Profit wieder aufzubauen, sobald die Asche erkaltet war. Augenscheinlich gab es aber doch immer noch Dummköpfe, die schwach wurden, sobald Bargeld lachte ... Einen Moment lang überlegte ich, ob ich eingreifen sollte, aber die Verhandlungen waren schon zu weit gediehen; abgewiesene Baulöwen sind notorisch rachsüchtig, und in einen Fall von Vertragsbruch verwickelt zu werden, konnte ich mir nicht leisten.

Etwa in der Mitte der nächsten dunklen Gasse stieß ich mit dem Fuß gegen etwas Hartes, das sich als Zunderbüchse entpuppte; sie lag neben einem Lumpenknäuel, das jemand in großer Eile hatte fallen lassen.

Demnach verließen die Spekulanten sich heutzutage also nicht mehr bloß aufs Glück, wenn sie nach dem nächsten Bauplatz Ausschau hielten. Jetzt, da das Haus nur noch ein Haufen Asche war, würde es sich kaum mehr beweisen lassen, aber dieses Feuer war ohne Zweifel durch Brandstiftung entstanden.

Über dem Kapitol blinkten die Sterne. Kleine Sklavenknaben, deren Herrren noch beim Bankett saßen, verschliefen, auf ihre Laternen gestützt, die Wartezeit im Hauseingang der Gastgeber.

Die Fuhrleute nahmen ihren Abendbetrieb auf, und bald hallte die Luft wider vom Rattern der Räder. In das Klirren billiger Metallbeschläge an den Pferdegeschirren mischte sich, als ich an einem überteuerten Lokal vorbeikam, das melodische Gebimmel der Silberglöckchen an den schlanken Fesseln der Tanzmädchen. Auf dem Weg durch schummrige Sträßchen stolperte ich mitunter über leere Amphoren, die achtlose Wirte haufenweise vor die Tür gestellt hatten. Auf einer Hauptstraße trat ich, zwischen getrocknetem Schlamm und Mauleselkot, hin und wieder auch auf Blütenblätter, die den Gästen einer Abendgesellschaft beim Kommen und Gehen aus den Kränzen geweht waren. Die Nacht sprühte nur so vor Leben. Ich ging als freier Mann durch meine Stadt, und ich war durchaus noch nicht reif fürs Bett.

Für einen Besuch in einem Senatorenhaus war es freilich schon zu spät. Und auf eine Visite bei meinen Verwandten verspürte ich nicht die geringste Lust. Statt dessen lenkte ich meine Schritte nach Norden. Die Hortensius-Sippe machte ganz den Eindruck, als ginge es in ihrem Hause bis spät in die Nacht hoch her. Außerdem war es beinahe meine Pflicht, mich bei Sabina Pollia und Hortensia Atilia dafür zu entschuldigen, daß ich die letzten paar Tage handlungsunfähig gewesen war. Und ich mußte mich bei den Damen erkundigen, ob ihnen nach meiner Begegnung mit Hortensius Novus an Severinas Mittagstisch schon eine Veränderung aufgefallen war.

Der ganze Pincio war um diese Stunde lebendig. Bei Tage wirkten die Privatvillen hier oben vornehm ruhig. Aber des Nachts pulsierten Häuser und Gärten vor

Geschäftigkeit. Da wurden auf dem eleganten Hügel lukrative Verträge, geschäftliche und private (legaler oder anderer Art), ausgehandelt. Einige waren bereits gesiegelt. Und von diesen betraf einer auch mich.

Vom Forum bis zum Pincio braucht man, das Ausweichen vor Pennern, Huren und Betrunkenen mitgerechnet, eine halbe Stunde. Als ich von der Via Flaminia abbog, hatte Rom sich unmerklich verwandelt. Die violetten Farbspiele am Horizont waren erloschen, und das triste Grau in Grau des Himmels mahnte jetzt zu erhöhter Wachsamkeit. Die Guten würden nun heimgehen, während für die Bösen der Tanz begann. Auch mein Gemüt reagierte auf den Stimmungswechsel. Ich ging unwillkürlich rascher und hielt mich immer sorgfältig in der Straßenmitte. Alle Sinne waren geschärft. Ich wünschte mir, ich hätte ein Messer dabei gehabt.

Das Pförtnerhaus bei den Hortensii war nicht besetzt. Ich ging durch den Garten und sah mir jeden dunklen Strauch zweimal an. Fackeln säumten die Auffahrt vor dem Haus; manche brannten noch, einige waren vornübergekippt und qualmten, die meisten aber waren schon erloschen.

Die Familie hatte offenbar ein Fest gegeben. Das Hauptportal stand noch offen, und die Empfangssäle strahlten im Lampenschein. Ich schnupperte den Duft jener Parfums, mit denen man Bankettgäste einzunebeln pflegt – das leichte und doch penetrante Aroma von Rosenblüten, das mich immer unangenehm an Verwesung erinnert. Doch ich konnte nirgends mehr Musik hören, und es war kein Mensch zu sehen. Dann, plötzlich, wurde ein Vorhang zurückgeschlagen und heraus kam eine schnatternde Herde von Dienern, deren Unbekümmertheit verriet, daß sie ohne Aufsicht waren.

Einer von ihnen alberte mit einem Tamburin herum; ein anderer schlürfte Wein direkt aus einem goldenen

Krug, wobei ihm die Hälfte über die Tunika tropfte. Die Burschen bemerkten mich im selben Augenblick, da ich den Botengänger Hyacinthus erkannte, jenen dürren Sklaven, der mich seinerzeit angeworben hatte. Wie die anderen trug auch er eine Tunika mit mehr Zierat dran als Stoff, ein obszönes Phantasiekostüm mit glitzernden, schlangenförmig gesteppten Bordüren, das offenbar die Galalivree der Hortensii vorstellte und an einem Abend wie heute unerträglich schwer und heiß sein mußte. »Sieht aus, als wär's heute abend hier recht lustig zugegangen!« sagte ich.

»Willkommen, Fremder! Man munkelte, Sie säßen im Gefängnis.«

»Böswilliger Klatsch! Was hattet ihr denn für ein Fest – 'n besonderer Anlaß?«

»Nur ein Essen mit einem alten Bekannten.«

»Geschäftlich oder zum Vergnügen?«

»Geschäftlich.« Das hätte ich mir denken können. In diesem Haus drehte sich ja alles ums Geschäft. »Waren sie angemeldet? Pollia und Atilia sind schon zu Bett gegangen . . . «

Ich grinste. »Ich bin nicht mutig genug, eine der Damen in ihrem Schlafzimmer zu stören!« Ein Sklave kicherte.

»Die Männer müßten aber noch auf sein«, meinte Hyacinthus.

Ich war bisher weder mit Crepito noch mit Felix zusammengetroffen. Ein Gespräch mit Novus wäre vielleicht ganz nützlich gewesen, aber wenn dabei mehr rauskommen sollte als neulich bei unserem Minimalplausch bei Severina, dann mußte ich ihn allein sprechen. »Hyacinthus, ist Severina heute abend auch da?«

»Sie war schon seit dem Nachmittag hier, aber die letzten paar Stunden habe ich sie nicht mehr gesehen.«

Ein anderer warf ein: »Ihre Träger sind fort; also ist sie wohl heimgegangen.«

»Könnte ich dann mit Novus sprechen?« Ein junger Bursche erbot sich, nachzufragen.

Die Sklaven hätten gern weiter ihren Spaß miteinander getrieben und wollten mich los sein. Zum Glück dauerte es nicht lange, bis der junge Bursche zurückkam. Novus, sagte er, sei nicht in seinem Schlafzimmer und auch nicht bei Crepito und Felix, obschon die ihn auf einen Schlummertrunk erwarteten.

Die Haussklaven zeigten weiter kein Interesse, aber nachdem ich schon so weit gelaufen war, fand ich es gar zu trostlos, mit nichts als Blasen an den Füßen umzukehren. »Novus muß doch irgendwo rumspringen!«

Der mit dem goldenen Weinkrug lachte. »Als ich ihn zuletzt sah, da ist er tatsächlich gesprungen – schmerzgekrümmt und schnell wie der Blitz!«

»Vielleicht ist ihm bei Tisch etwas nicht bekommen?« Es war ein schwüler Abend. Mir klebte die Tunika unangenehm an Hals und Brust.

»Der hat höchstens zuviel gegessen!« höhnte der Mann. Ich erinnerte mich an den ungezügelten Gusto, mit dem Novus neulich seinen Teller abgeleckt hatte.

»Wie lange ist das her, daß du ihn hast rennen sehen?«

»Eine Stunde etwa.«

Ich sah Hyacinthus an. »Könnte er irgendwo auf dem Klosett festsitzen – vielleicht eingenickt oder immer noch im Kampf mit dem Dünnpfiff?« Die Sklaven wechselten gelangweilte Blicke. »Hätte er nach einem von euch gerufen, wenn die Koliken gar zu arg gewesen wären?«

»Da hätte er uns höchstens angeschnauzt, wir sollen ihn allein lassen – er mag keine Zeugen, wenn seine Völlerei sich an ihm rächt. Außerdem ...« – der Mann mit dem Weinkrug war ein ätzender Sozialsatiriker – »außerdem kann man da sowieso nicht viel helfen. Scheißen ist etwas, das selbst die Reichen sich von keinem abnehmen lassen können . . . «

Hyacinthus, der stumm dabeigestanden hatte, erwiderte meinen skeptischen Blick. »Kann nicht schaden, wenn wir wir mal nachsehen«, sagte er. Die übrigen verweigerten sich der Mühe, und so machten Hyacinthus und ich uns allein auf die Suche.

Wie in den meisten Häusern mit eigenen Toiletten grenzten auch bei den Hortensii die Klosetts an die Küche, damit man das aus Geschirr und Waschbecken abgelassene Wasser gleich zum Durchspülen des Kanals weiterverwenden konnte. Das Haus der Freigelassenen hatte sogar ein dreisitziges Klo aufzuweisen, aber wir fanden nur einen Benutzer vor.

Hortensius Novus war offenbar in größter Hast hineingestürzt und hatte die schwere Tür hinter sich zufallen lassen. Das Klappern aus der Küche, wo die Reste des Banketts fortgeräumt wurden, war für ihn also plötzlich verstummt, und danach war er an diesem dunklen, stillen Ort allein gewesen. Sofern er noch nüchtern genug war, um zu begreifen, was geschah, hatte ihn gewiß das nackte Grauen gepackt. Vielleicht hatte er noch um Hilfe schreien können, bevor die Lähmung einsetzte und den gräßlichen Durchfall stoppte, aber niemand hatte ihn gehört.

Es war ein qualvoller, ein menschenunwürdiger Tod, dem einzig sein rasches Eintreten einen Anflug von Barmherzigkeit verlieh.

XXIII

»*O weh*!« schrie Hyacinthus. Unwillkürlich wandte er sich zur Küche hin, aber ich preßte ihm die Hand auf den Mund und hielt ihn fest.

»Schlag noch nicht gleich Alarm!«

Hortensius Novus lag am Boden. Es hatte ihn mitten im Lauf erwischt, auf halbem Wege zwischen der Tür und den Latrinensitzen. Gefällt vom Tode, brauchte ihm jetzt nichts mehr peinlich zu sein. Wenn er Glück gehabt hatte, war er schon nicht mehr bei Bewußtsein gewesen, als er mit dem Gesicht auf die Fliesen schlug.

Vorsichtig trat ich näher, bückte mich und tastete nach seiner Halsschlagader, obwohl ich wußte, daß es bloße Routine war. Dann sah ich die wild verzerrte Fratze. Etwas weit Schlimmeres als heftiger Durchfall hatte ihn übermannt. Vielleicht die entsetzliche Gewißheit des nahen Todes.

Er war noch warm, wenn auch nicht warm genug, um ihn ins Leben zurückzuholen. Und ich wußte, daß das, was das Herz des Freigelassenen zum Stillstand gebracht hatte, mehr gewesen war als die Anstrengung, ein überreiches Mahl zu verdauen.

»Nun hat man ihn also doch erwischt, Falco!«

Der Sklave war fast hysterisch; ich spürte selbst einen Anflug von Panik, doch war ich oft genug in ähnlicher Lage gewesen, um die Beherrschung zu wahren. »Ruhig, Hyacinthus. Wir dürfen jetzt nicht die Nerven verlieren.«

»Das war Mord!«

»Möglich. Aber es sind schon öfter Leute an Darmkoliken gestorben ... genau wie an übermäßiger Völlerei ... «

Ich sagte das nur, weil ich Zeit schinden wollte, um mir den Tatort einzuprägen.

Novus hatte sein leichtes Festgewand bis zur Taille gerafft. Ich überwand mich, seine linke Hand, die mit dem Jaspis-Verlobungsring, loszunesteln, damit ich ihm die Toga runterziehen konnte. Die Toten verdienen ein gewisses Maß an Anstand.

Rasch richtete ich mich wieder auf, packte Hyacinthus am Ellbogen und schob ihn vor mir her zur Tür hinaus. Vielleicht war es noch nicht zu spät, irgendein Indiz zu finden, bevor es vernichtet wurde – entweder aus Versehen oder von jemandem, der ein persönliches Interesse daran hatte. »Hyacinthus, du bleibst da stehen und läßt niemanden hinein.«

Ein Blick in die Küche bestätigte meinen Verdacht. Das Haus war schlampig geführt. Fliegen kreisten mit trägem Besitzerstolz über den Arbeitsflächen. Aber das gebrauchte Geschirr vom Bankett, das vielleicht ein paar Indizien hätte liefern können, mußte ich gleichwohl abschreiben. Die zerzauste Dienstmagd, die für den Abwasch zuständig war, hatte gewußt, daß sie den Berg irgendwann würde abarbeiten müssen, und darum schon mal angefangen, die Essensreste von Tellern und Terrinen abzukratzen, bevor sich allzu harte Krusten bilden konnten. Als ich zur Tür reinkam, kniete sie neben einem Bottich fettigen Wassers und hatte die fertiggespülten Goldteller um sich herum gestapelt. Ich sah, wie sie nach einer riesengroßen Silberplatte schielte, in der ich das Präsent wiedererkannte, das Severina ihrem Novus bei unserem gemeinsamen Mittagessen verehrt hatte. Die müde Magd versuchte sich einzureden, das gute Stück sei sauber, fand dann aber doch einen klebrigen Fleck und tunkte die Platte lustlos in ihren Zuber.

Das Küchenmädchen war die einzige, die noch arbeitete. (Jede Küchenmagd wird Ihnen sagen, daß das immer so ist.)

Ein paar Köche und Tranchierer hatten es sich, sobald die feinen Pinkel gegangen waren, in der Küche gemütlich gemacht. Sie stocherten in den Resten herum, ganz nach der heiklen Art von Dienstboten, die wissen, daß ein Teil des Fleisches schon grün schillernd vom Metzger kam, welche von den Saucen nicht binden wollte und wie oft die Gemüse beim Putzen zwischen die Mäuseköttel auf den Boden gefallen sind.

»Wer hat hier die Aufsicht?« fragte ich barsch und schon halb gefaßt darauf, daß dies die Art schludriger Wirtschaft war, wo niemand die Verantwortung trug. Richtig geraten. Ich erklärte den Leuten, einem der Gäste sei schlecht geworden, was niemanden zu überraschen schien. Doch als ich damit rausrückte, daß es sich um ein Unwohlsein mit tödlichem Ausgang handelte, verschlug es den Burschen plötzlich den Appetit. »Falls ihr einen Hund auftreiben könnt, den niemand leiden mag, dann füttert ihn schön langsam und nacheinander mit diesen übriggebliebenen Leckerbissen ... «

Ich ging zurück zu Hyacinthus. »Wir werden einen Riegel vor dieser Tür anbringen ... « Das sicherte vorläufig den Tatort, und die Hausbewohner würden annehmen, das Klosett sei übergelaufen, was oft genug vorkam. »Und nun zeig mir rasch das Speisezimmer, bevor eine übereifrige Magd dort saubermacht.«

Auch in einem Haus, wo niemand die Abfalleimer leert und die Küchendielen nie geschrubbt werden, kann man seine Gäste inmitten schwelgerischer Pracht bewirten.

Die hell strahlenden Kandelaber brannten zwar langsam nieder, aber noch glänzte in ihrem Widerschein die

Vergoldung der Postamente und fein kannelierten Säulen, noch schimmerten die Brokattressen an Vorhängen, Polstern und Kissen, die dem Triklinium mit seinen drei riesigen Diwanen das angemessen luxuriöse Ambiente gaben für drei parvenühafte Lampenputzer und die billigen Frauenzimmer, die sie geheiratet hatten. Mir fehlte die Zeit, um alles im einzelnen zu würdigen, aber ich erinnere mich an große Schlachtengemälde und auf Hochglanz polierte Onyxurnen. Die Gitter in der gewölbten Decke, durch die ein süßliches Parfum ins Zimmer geströmt war, das mir fast den Atem raubte, standen noch offen.

Ein kleiner Page hatte sich, einen Pfirsich in der Hand und einen Daumen im Mund, in einer Ecke zusammengerollt. Er schlief so fest und reglos, daß Hyacinthus ihn ängstlich anschubste. Doch da schreckte das Kind hoch und taumelte davon.

Ich sah mich nach Anhaltspunkten um. Hier waren die schlimmsten Spuren der häuslichen Schlamperei die Weinflecken auf den Tischdecken, mit denen sich die Waschfrau würde rumärgern müssen, und eine Lache verschütteten Lampenöls auf einem der Polsterbezüge. Ich trat ein hart gewordenes Brötchen aus dem Weg. »Wer war heute abend hier, Hyacinthus? Wie viele Familienmitglieder?«

»Es waren alle da – die drei Männer und die beiden Frauen.«

»Und Gäste?«

»Nur einer. Ein Geschäftspartner.«

»Ja, und Severina.« Machte sieben. Reichlich Ellbogenfreiheit auf den Speisesofas. »Wie sah denn die Tischordnung aus?«

»Das Triklinium ist nicht mein Ressort, Falco. Da müssen Sie den Haushofmeister fragen.« Der Haushofmeister würde sich vor Wichtigkeit spreizen wie ein

Pfau (ich kannte den Typ). Er konnte warten. Ich machte die Runde durch das Zimmer, aber da war nichts, was mir ins Auge sprang. Weinkrüge und Wasserkaraffen hatte man nach dem Mahl auf Beistelltischchen stehenlassen, ebenso wie einen Haufen Gewürzschälchen und allerlei Gerät zum Mischen und Erhitzen der Getränke. Von den Speisen war nur noch ein raffiniertes Gebilde auf einem niedrigen Tisch in der Mitte übrig: ein aus Golddraht gefertigter Baum, an dem offenbar das Obst für den Nachtisch gehangen hatte. Ein paar Weintrauben und Aprikosen schaukelten jetzt noch an den filigranen Ästen und häuften sich um den zierlichen Stamm.

Ich war noch ganz in Gedanken versunken, und Hyacinthus hockte trübsinnig auf einem Diwan, als ein Mann mit Aplomb hereingerauscht kam und die Stille durchbrach.

»Es ist wer gestorben – ja?«

»Das kann schon sein«, antwortete ich düster und bedachte diese wilde Erscheinung mit einem abschätzenden Blick. Er hatte eine Halbglatze, einen breiten Mund, eine Nase, die doppelt so groß war wie die übrigen Gesichtszüge, und wieselflinke, mittelbraune Augen. Seine Statur war nicht außergewöhnlich, aber er brauchte dennoch unheimlich viel Platz, denn er hatte die ausladenden Bewegungen einer gutgeölten kretischen Windmühle, die ohne Bremstaue in einen kräftigen Sturmwind gerät. »Wer hat dir davon erzählt?«

»Ein Küchenmädchen kam mit der Nachricht zu mir gelaufen.«

»Warum? Was geht dich das an?«

Hyacinthus blickte auf. »Falls Sie denken, Novus hätte sich an den Speisen vergiftet«, sagte er mit milde amüsiertem Lächeln, »dann hat der da am meisten zu befürchten, Falco – das ist unser Küchenchef!«

XXXIV

»*Novus*!« Der augenrollende Küchenchef erstarrte. Er war sichtlich erschüttert.

»Nun beruhige dich erst mal! Wie heißt du?«

»Die Leute hier nennen mich Viridovix«, erklärte er förmlich. »Und wenn mein Herr wirklich vergiftet wurde – dann wollen Sie sicher mit mir sprechen!«

»Wenn du der Küchenchef bist«, bemerkte ich, »werden das die meisten, die heute abend hier gegessen haben, tun wollen.«

Die Hortensius-Sippe war wirklich eine Bande von neureichen Aufsteigern: Die Tatsache, daß sie einen gallischen Koch beschäftigten, lieferte den endgültigen Beweis.

Seit nunmehr hundert Jahren versuchte Rom, die Gallier zu zivilisieren, und mittlerweile waren wir vom Völkermord, wie Julius Caesar ihn praktiziert hatte, dazu übergegangen, die Stämme mit Annehmlichkeiten gefügig zu machen, was für das Schatzamt kostengünstiger kam: Wir lieferten ihnen Keramikgeschirr, italische Weine und die Feinheiten demokratischer Regierung. Im Gegenzug füllte Gallien Roms Künstlerateliers erst mit lebenden Modellen, die darauf spezialisiert waren, als sterbende Barbaren zu posieren, und überschwemmte uns später mit einer Flut von begriffsstutzigen Mittelklassebürokraten vom Typ des Agricola. Viele prominente Gallier stammten aus dem Forum Julii, das sich mit einer sogenannten Universität schmückte – und mit einem Hafen, wo man sich leicht nach Rom einschiffen konnte.

Es mag ja sein, daß die drei unwirtlichen gallischen Provinzen eines schönen Tages ihren Beitrag zu Kultur und Zivilisation leisten werden – aber kein Mensch kann mich davon überzeugen, daß dieser Beitrag ausgerechnet auf dem Gebiete der Kochkunst liegen wird. Trotzdem habe ich nie angenommen, daß Hortensius Novus sterben mußte, weil sein Koch aus Gallien kam. Zwar war es ziemlich sicher jenes letzte Nachtmahl, das ihn umgebracht hatte – aber der Koch hatte nichts damit zu tun.

Als erstes mußte ich jetzt Viridovix beruhigen, was sich vielleicht ohne Publikum leichter bewerkstelligen ließ. Also gab ich Hyacinthus einen Wink, und er verschwand diskret.

»Ich bin Didius Falco. Ich untersuche diese Tragödie – und nachdem ich den Leichnam deines Herrn gefunden habe, brauche ich, ehrlich gesagt, dringend was zu trinken! Und nach der Schreckensnachricht, daß Novus vergiftet wurde, wirst du mir sicher gern Gesellschaft leisten – versuchen wir also, eine Amphore aufzutreiben, an der niemand rumgedoktert hat . . . «

Ich hieß ihn sich setzen, damit er zur Ruhe kam. Die Flasche, die ich auswählte, war ein elegantes Gefäß aus himmelblauem kannelierten Glas mit silberglänzendem Schliff – das sah ganz nach einem besonderen Jahrgang aus, den man eigens für die Trinksprüche nach Tisch aufgehoben hatte. Der Korken war schon gezogen, damit der Wein atmen konnte. Die Amphore war noch bis zum Rand mit bernsteinfarbenem Göttertrunk gefüllt; offenbar hatte die Tischgesellschaft diesen Hochgenuß übersehen. Ich wagte die Prognose, daß vermutlich alles, was der gesamten Tafelrunde zugedacht war, ungefährlich sei. Das Risiko war hoch, aber Viridovix schien arg mitgenommen, und ich war schier am Ende.

»Hier, das wird uns gut tun!« Der Wein war dickflüssig wie Nektar und anscheinend schon sehr alt. Ich trank ihn pur, aber Viridovix bat um Gewürze. Ein Schälchen aus passendem blauen Glas stand griffbereit neben der Flasche, und in der Annahme, daß ein Koch

Aroma zu schätzen wisse, leerte ich den ganzen Inhalt – Myrrhe und Kassia, dem Duft nach zu schließen – in seinen Becher.

Nach dem ersten Schluck schon war mir klar, daß mein Freund und Weinkenner Petronius diesen Tropfen hätte verkosten sollen. Es war, wenn ich nicht völlig danebentippte, ein gut fünfzehn Jahre alter Falerner. Ich erkannte ihn daran, daß er mir wie flüssiges Glas durch die Kehle rann, und an dem warmen, prickelnden Nachgeschmack. Petro verwöhnt mich an seinem Geburtstag mit altem Falerner; er sagt zwar jedesmal, es sei eine Verschwendung, diesen edlen Rebensaft in einen Trottel wie mich reinzuschütten, aber man solle Falerner eben nicht allein trinken (eine Philosophie, die ich nach Kräften unterstütze).

Wir nahmen jeder einen kräftigen Schluck. Der Koch sah gleich nicht mehr so blaß aus. »Besser? Viridovix, es stimmt zwar, daß Novus tot ist, aber dir wird bestimmt niemand einen Vorwurf machen – es sei denn, du hättest schlecht mit ihm gestanden.« Ich wollte den Koch daran erinnern, daß beim gewaltsamen Tod eines freien Bürgers der Verdacht als erstes auf seine Sklaven fällt; aber ich wollte ihm auch Hoffnung auf meinen Beistand geben, falls er unschuldig war. »Das Beste, was du tun kannst, um deine Unschuld zu beweisen ... «

»Ich habe nichts Unrechtes getan.«

»Das ist mir klar.«

»Aber andere sind vielleicht nicht Ihrer Meinung?« Sein Sarkasmus gefiel mir.

»Sie werden mir zustimmen, wenn ich den wahren Mörder finde.« Viridovix blickte skeptisch drein. »Ich hatte den Auftrag, dieses Unglück zu verhindern«, brummte ich. »Es steht also nicht nur dein Ruf auf dem Spiel, mein Freund.«

Meine gedrückte Stimmung überzeugte ihn schließlich. Wir tranken jeder noch einen ordentlichen Schluck, und dann überredete ich ihn, das Menu mit mir durchzugehen. Viridovix war offenbar ein sehr gewissenhafter Mensch, der obendrein stets auf Unbill gefaßt war, denn er trug die Speisekarte, notiert auf einem Pergamentfetzen, noch immer in einem Beutelchen an seinem Gürtel.

FESTMAHL FÜR SIEBEN PERSONEN
GASTGEBER HORTENSIUS NOVUS

Vorspeisen

Frische Blattsalate mit Malven garniert
Pfaueneier
Wurst im Aspikring
Baiaeische Austern Hortensius
Artischockenherzen
Oliven

Hauptgerichte

Hase in pikanter Weinsauce
Hummer an Safran
Spanferkel mit Lorbeer gespickt
Wildkranich
gebackener Heilbutt
Fenchel; eingemachte Erbsen; gedünstete
Zwiebeln und Lauch; Pilze

Dessert

diverse Weichkäse
Früchtekomposition am Hesperidenbaum
Feines Gebäck vom Konditor

Weine

Zu den Vorspeisen: Mulsum (edelste Kreszenz), mit Honig erwärmt und mit Zimtaroma verfeinert

Zu den Hauptgerichten: diverse rote und weiße Chianti, je nach Geschmack kredenzt

Zum Nachtisch: Setinum

»Und wer«, fragte ich, »hat sich dieses vornehme Menu ausgedacht?«

»Ich selbst«, prahlte Viridovix, setzte aber dann hinzu: »Mit Hilfe einiger Anregungen von Severina Zotica ...«

Ich war noch nicht soweit, mich mit Zotica zu befassen. »Und war der Abend ein Erfolg, Viridovix?«

»Gewiß doch!«

»Deine Kreationen fanden Beifall?«

»Gute Zutaten.« Er zuckte die Achseln. »Da kann eigentlich nichts schiefgehen. Und ich habe freie Hand, von allem das Beste einzukaufen.« Der Mann war offenbar gewissenhaft. Ich leistete im stillen Abbitte für meinen Witz über grün schillerndes Fleisch. Damit schied aber auch die Möglichkeit, sein Herr habe sich vielleicht aus Versehen an einer verdorbenen Speise vergiftet, endgültig aus.

Ich las die Speisekarte noch einmal und stellte dem Koch weitere Fragen, nicht alle davon beruflicher Natur.

»Was sind »Austern Hortensius?«

»Dazu werden die Austern in einer leichten Sauce aus Weißwein, Lorbeerblättern, Wacholderbeeren und Liebstöckel geköchelt ...«

»Ist das wirklich ein Rezept der Familie?«

»Das ist *mein* Rezept!« korrigierte er mich. Natürlich

Snobs wie diese Freigelassenen würden nicht dulden, daß man ihren Gästen das Gericht eines gallischen Sklaven vorsetzte. Viridovix lieferte die schöpferische Phantasie; sie steckten das Lob dafür ein.

»Bei Pilzen ist man ja heutzutage sehr vorsichtig.« Ich spielte auf die niederträchtige Ermordung des Kaisers Claudius durch seine Gattin an. Aber Viridovix, der seinen Becher schon fast bis zum Grund geleert hatte, rümpfte nur die Nase. »Hat Minnius das Gebäck geliefert?«

»Wie gewöhnlich, ja. Seine Sachen sind nicht schlecht, und er macht uns einen Sonderpreis.«

»Weil einer der Freigelassenen ihm den Stand verpachtet?«

»Ich weiß nicht, warum. Ich bin hier nur der Koch.«

»Wie ist das eigentlich passiert?«

»Ich war Kriegsgefangener, und Novus hat mich gekauft.« Viridovix grinste verschmitzt. »Der Sklavenaufseher hat nämlich behauptet, ich sei ein Stammesfürst.«

»Was für ein Snob!«

»Ihm schmeichelte die Vorstellung, daß ein gefallener Prinz ihm den Haferbrei umrührt.« Er sagte das ohne Bitterkeit; mir gefiel der Ton, mit dem er sich über den ordinären Dünkel seines Herr mokierte.

»Und, bist du wirklich von Adel?« Er lächelte still vor sich hin. »Sei's drum, vielleicht bist du tatsächlich einmal was Besseres gewesen als Koch ... Ist es dir schwergefallen, dich hier einzugewöhnen?«

»Das ist mein Leben, ich muß mich damit abfinden«, sagte Viridovix ruhig.

»Demnach strengst du dich also an in deiner Küche?«

»Das ist meine Arbeit – wenn schon, dann will ich sie auch gut machen«, erklärte er mit der Würde des angeheiterten Zechers.

»Das Grundrecht jedes Individuum!« Ich war offenbar auch schon betrunken. Mir fiel auf, daß er die gleiche protzige Livree anhatte wie Hyacinthus, überladen mit grellbunten Tressen. Aber als Koch trug er obendrein noch einen getriebenen Silberreif um den Hals. »Hat man dir dieses Halsband in der Gefangenschaft mitgegeben?«

»Kaum! Das hat der Herr extra angeschafft.«

»Als aparten Farbtupfer? Darf ich aus der Festtagsgala schließen, daß du das Servieren persönlich überwacht hast?«

»Schlecht tranchiert, wird selbst der beste Braten zum Reinfall.«

»Ich wollte eigentlich den Haushofmeister fragen, wer was gegessen hat.«

»Davon hat der doch keine Ahnung«, sagte Viridovix abfällig.

»Aber *du* hast darauf geachtet?« forschte ich. »Du weißt bestimmt noch, wovon jeder genommen hat und was er auf dem Teller ließ!«

Er sah mich geschmeichelt an und beantwortete dann gnädig meine Frage. »Ich würde sagen, jeder hat fast von allem probiert. Pollia ließ sämtliche Krümel, die sie für Knorpel hielt, liegen; Felix schnipselte alle Fettränder ab; der Gast schob den ganzen Abend lang die Speisen auf dem Teller hin und her . . . «

»Hatte er einen Grund?«

»Ach, der Mann versteht nicht zu essen.«

»Oder zu leben!« rief ich, mit einem bezeichnenden Blick auf das Menu.

Viridovix ließ sich das Kompliment gefallen. »Sie sagen es! Novus verdrückte wie gewöhnlich riesige Portionen und verlangte dann noch Nachschlag. Aber *was* sie aßen, hat keiner von denen wirklich gemerkt.«

»Enttäuscht?«

»Ach, in diesem Haus ist das ganz normal, Falco.«

»Und wurmt dich das?«

»Nicht genug, um mir Mordgedanken einzugeben«, erwiderte Viridovix verschmitzt.

»Nach meiner Theorie morden Köche nur, wenn sie sich an den glühenden Öfen überhitzt haben – dann laufen sie mit Fleischmessern Amok.«

»Gift wäre jedenfalls höchst unprofessionell für unsereinen!« Er lächelte wieder.

»Sag, du bist doch ein aufmerksamer Beobachter – war von den Anwesenden jemand besonders nervös?« Ich vermied es tunlichst, Severina Zoticas Namen zu erwähnen.

»Das waren sie alle«, antwortete er prompt.

»Sogar Novus?«

»Der ganz besonders.« Das überraschte mich.

»Und was war der Grund für diese allgemeine Reizbarkeit?« Sein breites gallisches Lächeln strahlte Intelligenz aus und Charme. Ich lachte. »Oh, tut mir leid! Natürlich kennst du die näheren Umstände nicht – du bist ja bloß der Koch!«

»Ach, Köche sind ganz Ohr, wenn ihre Gerichte verzehrt werden.«

»Willst du mir sagen, um was es ging?«

»Um ein Geschäft, dessentwegen dieses Essen stattfand.«

Ich wartete. Er hatte ein gutes Gespür für Effekte. »Ich glaube, man wollte eine neue Partnerschaft gründen.« Diesmal grinste er mich unverhohlen an.

»Welche Art von Geschäft?«

»Immobilien.«

»Und hast du Einzelheiten mitbekommen?«

»Nein, Falco. Als sie zur Sache kamen, wurden wir alle hinausgeschickt. Aber ich nehme doch an«, setzte Viridovix ruhig hinzu, »daß Sie wissen möchten, ob ich Hortensius Novus etwas habe essen oder trinken sehen, das außer ihm niemand anrührte?«

»Ich wäre vermutlich noch draufgekommen, ja.«

Der Koch enttäuschte mich. »Nichts!« sagte er. »Die meisten haben fast alles gekostet und jedenfalls sämtliche Weine probiert. Wenn Gift im Essen war, dann sind sie jetzt alle tot. Die Servierer waren sehr aufmerksam, und außerdem wetteiferte die ganze Tafelrunde, ihren jeweiligen Nachbarn Leckerbissen zuzustecken.«

»Also ein Abend wie aus der Benimmschule?«

»Eitel Freundlichkeit. Zu viel davon, wenn Sie mich fragen.«

»Die Stimmung war also im großen und ganzen friedlich?«

»Es schien so, ja, trotzdem knisterte es vor Spannung. Ich hatte schon Angst, die Servierer könnten davon angesteckt werden und womöglich etwas fallenlassen. Ach ja, sie hatten auch einen Harfenisten engagiert, der aber bezahlt und weggeschickt wurde, ohne daß man ihn spielen ließ. Die Tafel wurde schon ziemlich früh aufgehoben.«

»Und hast du gesehen, was dann weiter geschah?«

»Natürlich! Wir warteten doch darauf, abzuräumen. Crepito und Felix standen eine ganze Weile mit ihrem Gast im Portikus . . . «

»Und sie redeten immer noch übers Geschäft?«

»Mit gedämpfter Stimme – Novus hatte anscheinend etwas getan, worüber die anderen geteilter Meinung waren. Dann hörte ich, wie jemand vorschlug, noch ein paar Becher zu trinken, aber daraus wurde nichts. Der Gast sagte, er habe noch etwas zu erledigen. Als er gegangen war, steckten Crepito und Felix eifrig die Köpfe zusammen und verschwanden dann bald.«

»Guter Dinge?«

»Das würde ich nicht sagen, nein.«

»Und wo war Novus?«

»Der hatte sich schon vorher verzogen.«

»Mit Severina Zotica.«

»Nein«, sagte der Koch. »Ach, das hätte ich Ihnen schon längst sagen sollen – Severina Zotica war überhaupt nicht da!«

In dem Moment hörte man Schuhe über den Marmor schlurfen. Viridovix legte mir warnend die Hand auf den Arm. Ich drehte mich um. In der Tür stand, von einer Wolke aus Knoblauch und Weihrauch umschwebt, ein Mann, der ohne Zweifel zum Hortensius-Triumvirat gehörte.

XXXV

Er sah älter aus als Novus, war ihm aber doch ähnlich: die gleiche fahle Hautfarbe, die gleiche wohlgenährte Gestalt. Ein massiger Körper mit wuchtigem Schädel und ein bauschiger schwarzer Schnurrbart, der seine Mundbewegungen verbarg.

Er zeigte sich seltsam desinteressiert daran, wer ich war oder was ich hier im Speisezimmer der Familie mit deren Koch zu bereden hatte. Er trat nur wortlos zwischen uns und griff nach der geriffelten blauen Flasche, aus der Viridovix und ich uns bedient hatten. Zum Glück hatte ich zuvor schon meinen Becher auf dem Boden abgestellt, wo er von meinen Füßen verdeckt wurde. Viridovix ließ den seinen unsichtbar in den Falten des Polsterbezugs verschwinden. Der Freigelassene besah sich die Flasche und merkte natürlich, daß sich schon jemand daraus bedient hatte.

»Novus konnte wieder mal nicht warten«, knurrte er.

Ich rückte von Viridovix ab. »Verzeihen Sie, mein Herr, sind Sie Crepito?«

»Felix.« Pollias Ehemann. Er starrte immer noch stirnrunzelnd auf die Flasche, deren niedrigen Pegelstand er Hortensius Novus anlastete. Weder Viridovix noch ich klärten ihn über seinen Irrtum auf.

»Ich bin Marcus Didius Falco, hier im Auftrag Ihrer Gattin . . . « Unmöglich, festzustellen, ob er etwas wußte. »Falls Hortensius Crepito greifbar ist, dürfte ich Sie dann beide um eine dringende Unterredung bitten?«

Er hob die Flasche. »Spitzenjahrgang! Crepito und Novus wollten beide gleich nachkommen.«

»Novus wird nicht kommen, mein Herr. Es ist etwas vorgefallen. Kann ich Sie ungestört sprechen – und wenn möglich auch Crepito?«

Immer noch mehr mit der Flasche beschäftigt als mit meiner rätselhaften Andeutung, zuckte Felix die Achseln und ging mit mir hinaus.

Die drei Freigelassenen hatten ausgemacht, sich in einem kleinen Zimmer auf der anderen Seite des Saals zu treffen und dort ihren Falerner zu verkosten. Schon wieder ein neuer Raum für mich; diesmal einer, der in Exotik schwelgte: Bilder vom Nil, Fächer, kleine Statuen von Ibis-köpfigen Gottheiten, grellbunt gestreifte Kissen und Elfenbeinsofas mit Sphinxen als Armlehnen.

»Unser ägyptischer Salon.« Felix bemerkte, wie ich einen Schritt zurücktrat. »Gefällt er Ihnen?«

»Jedes Haus sollte einen haben!« So nötig wie ein Wespennest oder eine Tür, die nicht richtig schließt.

Hinter uns zogen neue Knoblauchschwaden auf: Crepito, der offenbar auf der Suche nach Novus gewesen war. »Ich kann ihn nicht finden. Wo steckt dieser Dummkopf nur?«

Zwar hatte Pollia mir versichert, daß die drei Freigelassenen nicht blutsverwandt waren, aber nachdem ich nun alle drei gesehen hatte, stand für mich fest, daß sie alle demselben Volksstamm angehörten. Crepito hatte einen kleineren Schnurrbart als Felix und nicht Novus' Körperfülle, dafür aber eine lautere, derbere Stimme als beide zusammen. Doch auch an ihm entdeckte ich das ausgeprägte schwärzliche Kinn und das reizbare Temperament der anderen. Novus war anscheinend der jüngste des Trios gewesen.

Ich stellte mich zum zweitenmal vor. »Hortensius Crepito? Ich bin Didius Falco, im Dienste Ihrer Gattin.« Crepito grunzte etwas, das ich als Aufforderung nahm, fortzufahren. »Ich bedaure, der Überbringer dieser traurigen Nachricht zu sein, aber Hortensius Novus hatte einen Unfall – einen Unfall mit tödlichem Ausgang.«

Beide zeigten sich angemessen überrascht. »Unmöglich! Wir waren doch eben noch mit ihm zusammen . . . « Das kam von Crepito.

»Ich habe ihn gefunden«, erklärte ich ruhig. »Er muß, unmittelbar nach Ihrem Bankett heute abend, einem Anschlag erlegen sein.«

Die beiden Freigelassenen wechselten einen Blick. »Sie meinen . . . «

»Ja, es sieht ganz so aus, als ob man ihn vorsätzlich vergiftet hätte.«

»Aber wie?« fragte Felix mit der Dringlichkeit eines Mannes, dem mit Schrecken bewußt wird, daß er das gleiche gegessen hat wie der Ermordete.

Ich beruhigte die beiden mitfühlend. »Was Hortensius Novus zum Verhängnis wurde, hat offenbar sehr, sehr schnell gewirkt. Falls noch jemand betroffen gewesen wäre, hätte sich das inzwischen bestimmt schon herausgestellt.«

Trotz meines Zuspruchs setzte Felix die geriffelte blaue Flasche auf einem Tischchen ab und trat hastig beiseite.

Wenn ich doch Felix und Crepito schon früher kennengelernt hätte! Fremden etwas mitzuteilen ist immer unbefriedigend. Jedenfalls läßt sich nur sehr schwer beurteilen, wieweit ihre Reaktion auf Schock beruht – und wieviel von diesem Schock echt ist.

Hortensius Felix brütete stumm vor sich hin. Crepito dagegen verlangte nach Einzelheiten, und so schilderte ich ihm, wie ich Novus tot auf dem gefliesten Boden des Klosetts gefunden hatte, wo er immer noch lag. »Es wäre vielleicht ratsam«, schlug ich vor, »die Behörden zu verständigen, bevor Sie ihn wegschaffen lassen.«

»Ist das normal?« mischte Felix sich unvermittelt ein. »Ich meine, zieht man normalerweise in so einem Fall die Polizei hinzu?« Unter seelischem Druck verriet sich zum ersten Mal, daß die Freigelassenen aus einem anderen Kulturkreis zu uns nach Rom gekommen waren.

»Es empfiehlt sich hier, besonders verantwortungsvoll zu handeln, Hortensius Felix. Bei Mordverdacht wendet sich der Haushaltungsvorstand in der Regel von sich aus an den Prätor, statt zu warten, bis der seine Ädilen vorbeischickt, weil die Nachbarn ihm einen Wink gegeben haben.«

»Aber die Leute werden doch nicht . . . «

»Die Leute werden!« versetzte ich mit Nachdruck. »Erwarten Sie keine Solidarität von denen, die Sie an Ihrem Tisch bewirtet haben, wenn erst einmal häßliche Gerüchte die Runde machen.« Wieder wechselten die beiden einen Blick. »Ich weiß wohl, daß Hortensius Novus Ihnen wie ein Bruder war«, sagte ich einlenkend. Sie reagierten darauf merklich reserviert. Ich hatte zunehmend das Gefühl, mit Ausländern zu verhandeln, und glaubte, sie noch weiter beruhigen zu müssen. »Ich will doch nur Ihr Bestes. Falls Fluchtverdacht besteht, sollten Sie nach den Wachen schicken und den Mörder verfolgen lassen. Aber Giftmischer vertrauen normalerweise darauf, unentdeckt zu bleiben; also machen sie ein unschuldiges Gesicht und rühren sich nicht vom Fleck. Wenn Sie Meldung machen, können Sie sicher sein, daß die Beamten des Magistrats gleich morgen eine Untersuchung vornehmen werden. Und dann wird man den Fall mit mehr Feingefühl behandeln ...« Ich meinte natürlich höfliche Inkompetenz.

»Und was werden Sie tun?« fragte Felix brüsk.

»Ich kann weiterhin privat für Sie ermitteln. Ich bin so zornig über dieses Mißgeschick, daß ich den Prätor womöglich auf die rechte Fährte prügeln könnte.« Ich hoffte, daß Crepito und Felix als Geschäftsleute vielleicht den Namen des zuständigen Prätors kennen würden, aber ich hatte Pech. »Ich habe das Unglück nicht verhindern können«, sagte ich eindringlich. »Aber ich werde nicht ruhen, bis ich den Giftmischer entlarvt habe. Severina erscheint mir als die Hauptverdächtige. Also werde ich sie als erste vernehmen. Ich hörte mit Erstaunen, daß sie heute abend zwar geladen, aber nicht anwesend war?«

»Sie hat sich bei Novus unter irgendeinem Vorwand entschuldigt«, sagte Felix.

»Aber früher am Tage war sie doch mal hier?« Felix und Crepito zuckten beide die Achseln. »Na, wenn sie glaubt, sie sei schon entlastet, nur weil sie nicht am Tatort war, dann werde ich die junge Dame mal aufklären!« Wieder erfolgte ein rascher Augenkontakt zwischen den beiden Freigelassenen.

Das anschließende peinliche Schweigen gab mir das Signal zum Aufbruch. »Tja, dann mach ich mich mal auf den Weg ... Oder sollte ich zuvor noch mit Sabina

Pollia und Hortensia Atilia sprechen?« Ich hätte gar zu gern die erste Reaktion der Damen auf die Tragödie miterlebt.

»Nicht nötig«, erwiderte Felix so schroff, daß es fast schon feindselig wirkte. Und wie um seiner Abfuhr Nachdruck zu verleihen, zog er an der Klingel.

»Auch gut! Nun, ich komme ja in jedem Falle morgen wieder. Ich möchte doch persönlich kondolieren ... Ach, übrigens«, fragte ich, schon im Gehen, beiläufig, »war die Stimmung zwischen Ihnen und Novus heute abend eigentlich gut?«

Zum ersten Mal vermieden sie es, sich anzusehen; ja, die Verbissenheit, mit der jeder geradeaus blickte, war in sich schon verdächtig. Und dann versicherten mir beide feierlich, daß es ein entspanntes, harmonisches Zusammensein gewesen sei.

Dank Viridovix wußte ich, daß sie schwindelten. Was eine interessante Frage aufwarf: Warum?

Ich nahm an, daß es in dieser Nacht noch eine lebhafte Debatte im Hause Hortensius geben würde. Und ich hätte dabei furchtbar gern Mäuschen gespielt. Vor allem interessierte mich die Rolle meiner beiden Klientinnen.

Doch einstweilen hatte ich an etwas anderem zu knobeln: Wie sollte ich Severina mit dem Verbrechen konfrontieren?

Erst als ich schon südwärts stiefelte und mich zwischen den vielen Lieferwagen durchzuschlängeln suchte, ohne daß mir ein Karrenrad die Zehen zerquetschte, erst da nahm ein Gedanke, auf den ich mich in all dem Trubel noch gar nicht recht eingelassen hatte, Gestalt an: *Was hatte dieser Mord für einen Sinn?*

Hortensius Novus war zu früh gestorben. Für Severina bestand keine Hoffnung, ihn zu beerben, solange sie nicht seine Frau war. Beim jetzigen Stand der Dinge konnte sie von Glück sagen, wenn man ihr einen Korb Äpfel mitsamt besten Wünschen überließ. Was führte dieses Frauenzimmer im Schilde?

XXXVI

Die Abakusstraße lag schon fast im Dunkeln. Ein paar matte Lichter brannten zwar noch, aber die Passage zu Severinas Wohnung war stockfinster; ich stieß mir den Zeh an einem Eimer, den der Käsehändler draußen vergessen hatte. Das Haus wirkte wie ausgestorben.

Es dauerte eine geschlagene Viertelstunde, bis ich einen von Severinas Sklaven geweckt hatte. Ich wollte mich diskret bemerkbar machen, konnte aber bloß immer wieder mit dem metallenen Klopfer gegen die Tür hämmern. Der Lärm muß über den ganzen Caelimontium gehallt sein, aber niemand schlug die Läden zurück, um nachzuschauen, was es gebe, oder sich zu beschweren. Welch ein Gegensatz zu den intoleranten Stoffeln, an die ich vom Aventin her gewöhnt war!

Der Sklave erkannte mich; er verlor kein Wort über die unziemliche Stunde. Vielleicht gab es ja noch andere Männer, die Severina spätnachts aufsuchten. Als er mich einließ, regte sich nichts im Haus, es brannten nur wenige Lampen, anscheinend waren schon alle zu Bett gegangen.

Der Sklave ließ mich in dem Zimmer warten, wo Severina und ich uns zum ersten Mal begegnet waren. Bei der Arbeit am Webstuhl hatte das Muster gewechselt. Mein Blick fiel auf eine Bibliotheksrolle auf einem Diwan: eine Abhandlung über Mauretanien. Das interessierte mich nicht. Ich lauschte auf die Geräusche aus dem Innern des Hauses.

Der Sklave steckte den Kopf durch den Türvorhang. »Sie kommt gleich«, knurrte er schlecht gelaunt.

»Danke. Ach, übrigens, haben Severina und Novus eigentlich schon den Hochzeitstag festgesetzt?«

»In zehn Tagen ist's soweit.«

»Und wann wurde das beschlossen?«

»Anfang der Woche.«

»Dann könnte Novus es heute abend also offiziell bekanntgegeben haben?«

»Sie kommt gleich runter!« wiederholte der Sklave und musterte mich spöttisch. Er hatte erkannt, daß ich meine Fragen bloß ins Blaue abfeuerte.

Ich hörte sie nicht kommen.

Sie war so hergerichtet, als hätte der Sklave sie wirklich aus dem Bett geholt: bloße Füße; nackte Arme über einem kurzen weißen Unterhemdchen; das Gesicht leicht verquollen; das üppige Kupferhaar aufgelöst über den Rücken wallend. Sie *hatte* womöglich im Bett gelegen, aber hellwach, in Erwartung des Boten, der ihr die Nachricht bringen würde.

»Sie werden einiges zu erklären haben, Zotica!« Sie hielt meinem prüfenden Blick stand, ohne mit der Wimper zu zucken. Ich hatte es nicht anders erwartet. Dieses Früchtchen würde sich nicht ins Bockshorn jagen lassen. »Novus ist tot.«

»Novus?« wiederholte sie rasch, stockte und sah mich verwirrt an.

»Wußten Sie's schon?«

»*Tot?*« stammelte sie.

»Nur immer so weiter, Zotica!« höhnte ich gehässig.

Severina schnappte empört nach Luft. »Müssen Sie denn so gemein sein?« Sie kam näher, beide Hände zum Gesicht erhoben. »Was ist geschehen? Erzählen Sie der Reihe nach.«

»Ich habe Ihren Verlobten heute abend mit dem Gesicht nach unten in einer Toilette gefunden. Vergiftet, Severina. Nun sagen Sie bloß nicht, das käme überraschend für Sie.«

Sie biß sich auf die Lippen, als ich Einzelheiten nannte, aber sie wurde langsam wütend. Ausgezeichnet. Sie ging hinüber zum Diwan und setzte sich, scheinbar zitternd, nieder. »Wie spät ist es, Falco?« Ich hatte keine Ahnung. »Man fragt immer dann nach der Zeit«, murmelte sie geistesabwesend, »wenn Zeit keine Rolle mehr spielt . . . «

Ich fiel nicht auf die schmerzerfüllte Miene rein. »Schluß jetzt mit dem Theater! Wieso waren Sie nicht auf dem Bankett?«

Ein Schatten fiel über ihr Gesicht. »Ich fühlte mich nicht wohl, Falco. Frauenbeschwerden.« Ihr Kinn reckte sich trotzig vor, als sie demonstrativ die Arme um den Leib legte. »Sie wissen schon, was ich meine!«

»Sollte ich mich nicht eher genieren, nachzufragen? Aber da haben Sie sich verrechnet! Ich bin mit fünf Schwestern aufgewachsen, Zotica. Unsere Victorina zum Beispiel war eine grandiose Schauspielerin – sie konnte ›ihre Tage‹ auf drei Wochen ausdehnen, besonders, wenn ein langweiliges religiöses Fest anstand, vor dem sie sich drücken wollte.«

»Ich war heute nachmittag auf dem Pincio«, versetzte Severina schroff. »Aber dann sah ich mich doch nicht imstande, einen ganzen Abend lang steife Höflichkeiten mit Leuten zu wechseln, die aus ihrer Abneigung gegen mich keinen Hehl machen . . . «

»Ja, ich kann mir denken, daß es Mut gekostet hätte –

entspannt neben Ihrem Opfer in den Polstern zu lehnen, während der arme Teufel die vergiftete Sauce kostet!«

»Das ist übelste Verleumdung, Falco! Ich bin bloß dem Koch zuliebe hingegangen. Seit die Einladungen raus sind, macht Novus den armen Kerl nervös ...« Mir fiel auf, daß sie im Präsens sprach, wie Trauernde es nach einem wirklich schmerzlichen Verlust tun: ein raffinierter Schachzug! »Dieses Bankett war eine große Verantwortung für Viridovix!«

»Wie ist Novus nur auf die verrückte Idee verfallen, sich einen gallischen Koch zu kaufen? Wenn es schon ein Küchenchef vom anderen Ende des Reiches sein muß, dann holt man ihn sich doch wenigstens aus Alexandria?«

»Sie kennen die Familie ja inzwischen – der in Knechtschaft geratene Barbarenhäuptling hat sie eben gereizt.«

»Eine Rarität ist er gewiß: Der Mann macht aus allem das Beste.« Ich sah, daß dieses kleine Ablenkungsmanöver bei ihr nichts ausrichtete, und so gab ich es auf. »Erzählen Sie mir was über das Bankett heute abend. Wozu der große Aufwand? Und wer war der illustre Gast?«

»Appius Priscillus.«

Im ersten Moment wußte ich mit dem Namen nichts anzufangen. »Ah, der Immobilienhai! Der Herr, der wehrlose alte Obsthändler verprügeln läßt. Was hat denn der mit den Hortensii zu schaffen?«

»Gemeinsame Geschäftsinteressen. Mietwohnungen, Grundstücke, Bodennutzung. Doch die Beziehungen zwischen ihren beiden Imperien hatten sich in letzter Zeit drastisch verschlechtert. Da sie nun aber durch fortgesetzte Rivalität gegen die eigenen Interessen verstoßen hätten, wurde dieses Fest veranstaltet, auf dem man den Streit beilegen wollte.«

»Von wem stammte denn dieser Vorschlag?« fragte ich drohend. Ich kannte die Antwort bereits.

»Von mir. Aber ursprünglich war's Ihre Idee, Falco, die Streithähne zusammenzubringen ...« Severina stockte und bat dann unvermittelt: »Entschuldigen Sie mich einen Moment, ja?« Sie sah aus, als ob ihr jeden Moment schlecht werden würde.

Sie schlüpfte aus dem Zimmer. Ich gab ihr ein paar Minuten, dann ging ich ihr nach.

Meine Spürnase führte mich in eine Kammer neben dem geschmackvollen Triklinium, wo wir mit Novus zu Mittag gegessen hatten. Severina stand reglos im Dunkeln. Ich hob die Lampe, die ich mit hereingebracht hatte. »Fehlt Ihnen etwas?«

»Mir geht so viel im Kopf herum ... es dreht sich alles.«

Ich trat behutsam näher. »Zotica?« Ihre tiefe Versunkenheit und der starre Blick waren Anzeichen echter Erschütterung. Jetzt hob sie eine Hand an die Stirn, und im nächsten Moment begann sie zu weinen.

Ich kämpfte meinen Verdruß nieder und knurrte: »Die erste Regel für einen Detektiv lautet: Eine Frau, die in Tränen ausbricht, führt nichts Gutes im Schilde.«

»Dann gehen Sie solchen Frauen doch aus dem Weg!« fauchte Severina. Ich faßte sie mit zwei Fingern am Ellbogen und führte sie zu einem Diwan. Sie setzte sich folgsam hin und begann, mit abgewandtem Gesicht zu schluchzen. Ich hockte mich daneben und ließ sie weinen. »Es tut mir leid«, flüsterte sie endlich und beugte sich vor, um sich mit dem Zipfel ihres Hemdchens das Gesicht zu wischen. Ich erhaschte einen flüchtigen Blick auf ein Knie, was mich seltsam erregte.

Sie atmete schwer, als versuche sie, mit einem unerwarteten Problem zu Rande zu kommen. Natürlich spielte sie Theater. Es konnte gar nicht anders sein. Ich erinnerte mich, daß Lusius, der Schreiber des Prätors, gesagt hatte, Severina sei normalerweise in Streßsituationen sehr beherrscht, und ich hielt Freund Lusius für einen scharfen Beobachter. Trotzdem wurde ich das Gefühl nicht los, daß ihre Erschütterung zum Teil echt war.

»Hoffentlich haben Sie eine Geschichte für den Ermittlungsrichter parat.« Sie starrte immer noch wie in Trance vor sich hin. »Noch besser wäre es«, schlug ich vor, »Sie erzählen dem guten Onkel Marcus, was sich zugetragen hat, und lassen ihn die Sache regeln.«

Severina streckte seufzend ihre winzigen Füßchen aus. Die Füße und das, was ich von ihren Beinen sehen konnte (mehr als üblich), waren voller Sommersprossen; die Arme ebenso. »Ach, geben Sie's doch auf, Falco!«

»Sie wollen also nicht mit mir reden?«

»Wenn ich Novus vergiftet habe, ganz bestimmt nicht!«

»Und? Haben Sie's getan?«

»Nein! Juno und Minerva – wenn ich bloß hinter seinem Geld hergewesen wäre, was hätte es dann für einen Sinn gehabt, ihn vor der Hochzeit zu ermorden?«

»Das habe ich mich auch schon gefragt.«

»Phantastisch! Und was für eine hirnrissige Erklärung ist Ihnen dazu eingefallen?«

»Ich bin sicher, daß Sie ihn umgebracht haben – aber ich habe keinen blassen Schimmer, warum.«

Sie sprang auf. »Didius Falco, Sie haben kein Recht, mich zu belästigen! Entweder verhaften Sie mich, oder Sie verschwinden . . . «

»Was haben Sie vor, Zotica?«

»Ich hole mir jetzt einen Krug Wein aus dem Speisezimmer – und dann werde ich mich betrinken!«

Mein Herz pochte warnend – aber ich sagte mir,

das sei vielleicht meine einzige Chance, Severina zu einer unbedachten Äußerung zu verleiten. »Ach, setzen Sie sich wieder hin! Ich hole den Krug. Und glauben Sie einem Experten: Betrinken kann man sich rascher und sehr viel lustiger, wenn einem ein Freund dabei hilft!«

XXXVII

Warum mache ich sowas nur? (Warum macht's überhaupt jemand?)

Auf einem Büfett fand ich Becher und eine halbvolle Amphore mit einem Gebräu, das gallig genug schmeckte für die Art vorsätzliches Besäufnis, das unweigerlich in Übelkeit endet. Severina holte einen Krug frisches Wasser. Auf Gewürze verzichteten wir. Unser gegenseitiger Argwohn würde bei Bedarf schon für ein bitteres Aroma sorgen.

Wir ließen uns auf dem Boden nieder und lehnten uns gegen einen Diwan. Anfangs tranken wir schweigend.

Auch nach fünf Jahren als Privatermittler brachte mich der Anblick einer Leiche immer noch aus dem Gleichgewicht. Ich ließ mich widerstandslos von den bedrückenden Bildern überfluten: Novus, mit bloßem Hintern, in unwürdigem Krampf erstarrt. Novus, das Gesicht auf die Fliesen gepreßt, die Züge von wahnsinniger Angst verzerrt . . .

»Ist Ihnen nicht gut, Falco?« fragte Severina leise.

»Ich hab was gegen Mord! Soll ich Ihnen die Todesszene beschreiben?«

Ich sah, wie ihre Fingerknöchel weiß wurden, so fest umklammerte sie ihren Keramikbecher. »Nur zu, vielleicht kann ich's ertragen.«

Das Schlimmste hatte ich ihr bereits erzählt. Also ersparte ich mir weitere Details.

Severina schenkte mir nach. Zuvor hatten wir uns jeder selbst bedient – diese Situation vertrug sich nicht mit höflichen Gesten. Es war, als ob ich mit einem Mann trinken würde.

»Machen Sie sowas oft?« fragte ich.

»Nein! Und Sie?«

»Nur, wenn die Erinnerung an das Kopfweh vom letzten Mal sich verflüchtigt hat . . . «

»Wenn wir uns schon zusammen betrinken, soll ich Sie dann nicht lieber beim Vornamen nennen?«

»Nein.«

Sie nuckelte einen Moment am Daumen. »Ich dachte, Sie wären mein lieber Onkel Marcus?«

»Ich bin Falco – und ich bin nicht lieb!«

»Verstehe – blau, aber auf Distanz!« Sie lachte. Jedesmal, wenn Severina lachte, klang es arrogant – und das reizte mich. »Ich glaube, Sie und ich, wir haben mehr gemeinsam, als Sie zugeben wollen, Falco.«

»Gar nichts haben wir gemeinsam!« Ich goß mir nach. »Novus ist tot. Was nun, Zotica?«

»Nichts.«

»*Was* war das falsche Wort, pardon! *Wer* hätte ich fragen sollen.«

»Ach, seien Sie doch nicht so ekelhaft!« schalt sie – doch sie sagte es mit einem leisen Lächeln und einem Glitzern hinter den hellen Wimpern. In Wahrheit forderte sie mich zu noch schärferen Fragen heraus. Das Verhör war ein Nervenkitzel für sie.

Ich war nicht so dumm, mich von einer Verdächtigen provozieren zu lassen, die für ihr Leben gern im Mittelpunkt stand. Statt dessen reckte ich mich träge und fragte obenhin: »Also niemals wieder, hm? Klingt ganz wie das, was ich immer zu sagen pflegte, wenn ein ausgefuchstes Flittchen mit meinem Geld verschwunden war und mich mit gebrochenem Herzen zurückgelassen hatte.«

»Pflegte? Vergangenheitsform?« hakte Severina sofort nach, unfähig, ihre Neugier zu bezähmen.

»Bin langsam zu alt dafür. Diese koketten Mäuschen wollen einen Jüngling, der im Bett Rekorde schlägt und sich ansonsten von ihnen schurigeln läßt . . . «

»Sie kommen ja richtig ins Schwärmen, Falco!« Es klang so gereizt, als hätte plötzlich etwas ihren Argwohn angefacht. »Warum können Sie nie offen und ehrlich beim Thema bleiben?«

»Weil mich das langweilt«, gestand ich. »Ist das ehrlich genug?«

Wir prusteten beide los.

Severina saß mit gekreuzten Beinen und hielt den Rücken kerzengerade. Sie war links von mir. Also konnte ich bequem das rechte Knie anwinkeln, als Stütze für meine Becherhand, aber auch, um mich leicht einwärts zu drehen und sie unauffällig zu beobachten.

Sie füllte gerade wieder ihren Becher. »Ich trinke mehr als Sie!«

»Das habe ich schon gemerkt.«

»Sie wollen nüchtern bleiben, damit Sie mir meine Geheimnisse entlocken können . . . «

»Ich mag geheimnisvolle Frauen . . . «

»Aber mich mögen Sie nicht! Also hören Sie auf mit den Geschichten! Ich hätte fragen sollen«, begann sie aufs neue ein, wie sie wohl meinte, gewitztes Aushorchmanöver, »ob daheim jemand auf Sie wartet?«

»Nein.« Ich leerte meinen Becher. Dieser kräftige Zug wirkte drastischer als vorgesehen; ich wäre beinahe erstickt.

»Sie setzen mich in Erstaunen!« spottete sie mit leiser Stimme.

Als der Hustenanfall vorbei war, keuchte ich: »Sie hatten neulich ganz recht; ich habe mich übernommen.«

»Ach? Erzählen Sie!«

»Da gibt's nicht viel zu erzählen. Einer von uns beiden sehnt sich danach, seßhaft zu werden und eine Familie zu gründen; der andere mag sich nicht binden.« Severina sah aus, als hätte sie den Witz nicht verstanden. »Frauen sind so wankelmütig!« klagte ich. »Sie scheuen sich vor der Verantwortung . . . «

»Und wie wollen Sie sie rumkriegen?« Severina spielte jetzt mein Spiel mit, wenn auch auf spöttische Distanz.

»Ich hab so meine Methoden.«

»Ihr Männer seid doch ein verschlagenes Volk!«

»Wenn sie erst mal spitzkriegt, wie toll ich kochen kann und was ich für ein anschmiegsames, liebenswertes Wesen habe, dann wird sie schon weich werden . . . «

»Hilft Sie Ihnen bei Ihrer Arbeit?«

»Das haben Sie mich schon mal gefragt. Nein, ich halte sie aus meiner Arbeit raus.«

»Ich dachte nur, daß Sie sie vielleicht losschicken, um Leute an Orten zu beschatten, die Sie nicht betreten können.«

»Ich würde sie niemals irgendwohin lassen, wo ich nicht selbst hin könnte.«

»Wie rücksichtsvoll!« sagte Severina.

Wir hatten beide aufgehört zu trinken und stierten mit Philosophenmiene ins Leere. Der frisch gekelterte

Rebensaft im Verein mit dem feurigen Falerner, den ich zuvor verkostet hatte, gar nicht zu reden von den süffigen Tischweinen, die im Palast kredenzt worden waren, wirkte so durchschlagend, daß ich bezweifelte, ob meine Beine mir im entscheidenden Augenblick noch gehorchen würden. Auch Severina atmete jetzt schläfrig.

»Eine Nacht der Enthüllungen!«

Ich grunzte gereizt. »Bislang aber ziemlich einseitig! Laut Plan wollte ich den Mitteilsamen markieren, damit Sie auftauen und sich zu einem Geständnis verleiten lassen . . . «

»Laut *Plan*, Falco? Mir werden Sie mit einem so plumpen Trick, wie mich betrunken zu machen, kein Geständnis abluchsen!«

»Betrunken haben Sie sich ganz ohne mein Zutun.«

»Ich hasse es, wenn Sie so logisch daherreden.«

»Und ich hasse es, wenn Sie – ach, vergessen wir's!« Ich seufzte. »Ich bin zu müde für dieses Hickhack.«

»He, Sie schlafen ja ein!« Severina gluckste vor Vergnügen. Vielleicht war ich eingenickt. Vielleicht wollte ich ihr das auch bloß weismachen. (Vielleicht wußte ich nicht mehr, was ich tat.)

Als ich keine Antwort gab, ließ sie stöhnend den Kopf zurücksinken. Dann zog sie den roten Jaspisring mit den beiden verschlungenen Händen vom Finger. Sie warf ihn mit gequältem Lächeln in die Luft, fing ihn wieder auf und legte ihn neben sich auf den Boden. Mir war, als ob ein Funke aus dem Edelstein sich glitzernd in ihrem Haar finge. Wie sie sich des Rings entledigte, war nicht ungehörig oder respektlos, setzte aber gleichwohl einen deutlichen Schlußstrich unter das Verlöbnis mit Novus. »Jetzt bleibt nicht mehr zu tun übrig . . . keiner mehr, der mich braucht . . . keiner, bei dem ich Halt suchen kann . . . Wozu das Ganze, Falco?«

Der Ring, den sie abgestreift hatte, schien beinahe so

schwer wie der von Novus: viel zu wuchtig für Severinas zarte Kinderhände. »Denken Sie an den Profit, Gnädigste! Der Ring da ist immerhin aus purem Gold!«

Severina rollte das Kleinod geringschätzig über den Mosaikboden. »Gold nutzt sich ab. Wie die Liebe, die es angeblich symbolisiert.«

»Und die mitunter auch hält.«

»Glauben Sie das wirklich?« fragte sie. »Und Ihre ach so großartige Freundin, glaubt die auch daran?«

Ich lachte. »Die ist Realistin. Die geht auf Nummer Sicher und hält mich an der kurzen Leine.«

Nach einer kleinen Pause hob Severina die rechte Hand und zeigte mir den billigen Ring mit der primitiv gestanzten Venus und dem kleinen Klecks, der den an ihre Knie geschmiegten Amor vorstellen sollte. »Kupfer dagegen«, raunte sie geheimnisvoll, »ja, *das* ist für die Ewigkeit!«

»Demnach wäre die Ewigkeit billig zu haben! Wußten Sie, daß Kupfer nach den Bergen Zyperns benannt ist, wo das Erz gewonnen wird?« Ja doch, ich sammele solch merkwürdige Fakten. »Zypern wiederum ist der Geburtsort der Venus – so wurde Kupfer zum Metall der Liebe . . . «

»Man kriegt seelischen Grünspan davon, Falco!« flüsterte sie.

»Dagegen sollten Sie einen Arzt konsultieren.« Ich dachte nicht daran, sie um Aufklärung zu bitten. Wenn eine Frau die Rätselhafte spielen will, ist unsereiner machtlos. »Wer hat Ihnen denn den Kupferring verehrt?«

»Jemand, der mit mir in der Sklaverei war.«

»Und hat dieser Jemand auch einen Namen?«

»Nur bei den Schatten in der Unterwelt.«

Ich lächelte bitter. »Wie so viele Ihrer Freunde!«

Severina beugte sich vor und griff nach der Amphore. Ich hob abwehrend die Hand, aber sie teilte den Rest Wein redlich zwischen uns auf.

Als sie sich wieder zurücklehnte, rutschte sie ein kleines Stückchen näher. Wir tranken langsam, beide in jenes dumpftrübe Brüten versunken, das der Betrunkene für Tiefgang hält.

»Ich geh jetzt wohl besser.«

»Wir können Ihnen auch ein Bett anbieten.«

Was ich dringend brauchte, war ungestörter Schlaf. In diesem Haus würde ich die ganze Nacht wachliegen und darauf warten, daß sich eine mechanische Zimmerdecke niedersenkte, um mich zu zermalmen ... Ich schüttelte den Kopf.

»Trotzdem danke, daß Sie mir Gesellschaft geleistet haben.« Severina preßte die Lippen zusammen wie ein armes, verlassenes Mädchen, das versucht, tapfer zu sein. »Heute nacht habe ich wirklich jemanden gebraucht ...«

Ich wandte den Kopf. Sie auch. Es fehlten nur zwei Fingerbreit, und ich hätte sie geküßt. Sie wußte es und machte keine Anstalten, mir auszuweichen. Ich wußte, was passieren würde, wenn ich sie küßte: Ich würde anfangen, mich verantwortlich zu fühlen.

Auf den Diwan hinter mir gestützt, hievte ich mich hoch.

Severina rappelte sich ebenfalls auf, wobei sie mir haltsuchend die Hand hinstreckte. Der Wein und die plötzliche Bewegung machten uns beide schwindlig. Sekundenlang taumelten wir gegeneinander, immer noch Hand in Hand.

Wäre es Helena gewesen, ganz von selbst hätte ich sie in die Arme genommen. Severina war kleiner; ich hätte mich bücken müssen. Sie war übrigens keins von diesen vogelartigen, knochigen Geschöpfen, bei denen ich immer Gänsehaut kriege; unter ihrem losen Hemdchen erkannte ich vielmehr einladende Rundungen. Ihre Haut war rein und weich und duftete verführerisch nach einem seltsam vertrauten Öl. Im Lampenschein und aus nächster Nähe strahlten ihre wintergrauen Augen plötzlich tiefblau. Wir wußten beide, was ich dachte. Ich war gelöst und dementsprechend empfänglich. Ich hatte Sehnsucht nach meiner Herzensdame; auch ich brauchte Gesellschaft.

Sie versuchte nicht, sich auf die Zehen zu stellen. Sie wollte die Entscheidung – und die Schuld – ganz allein mir aufbürden.

Zu müde und zu beschwipst, um noch klar denken zu können, suchte ich nach einer Möglichkeit, mich leidlich taktvoll aus der Affäre zu ziehen. »Kein guter Einfall, Zotica.«

»Nicht aufgelegt?«

»Schon zu weit hinüber«, schummelte ich galant. In Wahrheit fühlte ich mich so erschöpft, daß ich leicht auf alles hätte eingehen können, was sich in der Horizontale bewerkstelligen ließ.

»Kaum zu glauben!« antwortete sie, und das klang ziemlich gehässig.

Ich schaffte es, wenn auch mit starker Schlagseite, bis nach Hause.

Seit Anacrites mich hatte festnehmen lassen, war ich nicht mehr in die neue Wohnung in der Piscina Publica gekommen. Wie tröstlich wäre es gewesen, eine Nachricht von Helena Justina vorzufinden: als kleinen Hinweis darauf, daß sie Sehnsucht nach mir hatte, als Belohnung für mein Vertrauen. Aber da war nichts.

Freilich konnte ich es einer Senatorentochter kaum verargen, daß sie zu stolz war, den ersten Schritt zu tun. Und nachdem ich erklärt hatte, ich würde warten, bis sie sich rührte, kam ein Annäherungsversuch meinerseits erst recht nicht in Frage ...

Ich verfluchte die Weiber und ging zu Bett.

Severina wollte nicht mich; sie wollte, daß ich sie begehrte, und das war nicht dasselbe.

Im übrigen würde es nie und nimmer so weit kommen, dachte ich wütend (denn inzwischen hatte der Alkohol mich aggressiv gemacht), daß ich wegen einem Paar kühler grauer Augen das Mädchen vergaß, das mich wirklich in Rage brachte; das Mädchen, an das ich denken wollte; das Mädchen, dessen braune Augen einmal so deutlich gesagt hatten, sie wolle *mich* ...

Um meiner Verzweiflung Luft zu machen, schlug ich, so fest ich konnte, mit der geballten Faust gegen die Schlafzimmerwand. Irgendwo in nächster Nähe prasselte ein Hagelschauer von Schutt und Mörtel nieder, was sich furchterregend anhörte – beinahe so, als hätte ich einen Deckenträger verrückt. Es rieselte noch lange im Gebälk.

Ich tastete im Finstern die Wand ab. Obwohl ich keinen Riß im Verputz finden konnte, lag ich starr vor Schuld und bösen Ahnungen im Bett, angstvoll auf weitere Geräusche lauschend.

Nach einer Weile vergaß ich zu lauschen und schlief ein.

XXXVIII

Für eine durchzechte Nacht erwachte ich erstaunlich früh, und schuld daran waren meine Träume – Träume, die mich so furchtbar verstörten, daß ich Sie lieber nicht damit behelligen will.

Um einer Fortsetzung vorzubeugen, stand ich auf und zog mich an – was allerdings erstaunlich lange dauerte, wenn man bedenkt, daß ich doch bloß eine frische Tunika über die zerknautschte ziehen mußte, in der ich geschlafen hatte, und herausfinden, wo Mama meine Lieblingssandalen versteckt hatte. Während ich mich mit meiner Toilette plagte, lief über mir ein wüstes Gezeter ab. Die Alte von oben schurigelte einen armen Menschen, als hätte der ihrer einzigen Tochter die Jungfernschaft geraubt.

»Das werden Sie noch bereuen!« schnaubte eine Männerstimme. Froh, ausnahmsweise einmal nicht selbst an den Wahnvorstellungen der Alten schuld zu sein, steckte ich den Kopf aus der Tür, just als Cossus, der Makler, die Treppe heruntergepoltert kam. Er schien in heller Aufregung.

»Ärger gehabt?« erkundigte ich mich.

»Ach, immer diese verrückte alte Schlampe . . . «, knurrte er und linste dabei über die Schulter nach oben, als fürchte er, die Frau würde ihm einen Zauberfluch nachsenden. »Manche Leute wissen einfach nicht, was gut für sie ist . . . «

Er schien nicht geneigt, meine Neugier zu befriedigen, und so begnügte ich mich mit der stichelnden Frage: »Was ist eigentlich mit dem Wasserträger, den Sie mir versprochen haben?«

»Sachte, Mann, wir können doch auch nicht hexen!«

Diesmal ließ ich ihn ohne Trinkgeld abziehen.

Ich ging ungefrühstückt aus dem Haus. Und ohne Rücksicht auf meinen schmerzenden Brummschädel machte ich mich auf den Weg zu meinen Klientinnen vom Pincio. Es brauchte etliche Zeit, bis ich dort ankam. Meine Füße hatten offenbar einen Eid geleistet, daß sie mich heute nirgendwohin tragen würden. Doch ich überlistete sie, indem ich einen Maulesel mietete.

Novus' Fahrt über den Styx wurde mit großem Pomp inszeniert. Das ganze Haus duftete schwer nach Balsamierungsölen und Weihrauch. Statt mit ein paar symbolischen Zypressenzweigen war jeder Eingang gleich mit zwei veritablen Bäumen bestückt. Die Sippe mußte einen kleinen Wald abgeholzt haben. Aber das sah dem Pack ähnlich, daß sie sogar aus einem Begräbnis ein Spektakel machten.

Die Sklaven waren von Kopf bis Fuß in Schwarz gekleidet. So brandneu, wie das Tuch aussah, hatten die Freigelassenen ein ganzes Heer von Näherinnen in Nachtschicht arbeiten lassen.

Als es mir endlich gelang, zu den Damen des Hauses vorzudringen (die sich schrecklich zierten und angeblich so gramgebeugt waren, daß sie niemanden empfangen konnten), fand ich sie tiefverschleiert und in kostbare, faltenreiche weiße Gewänder gehüllt: die Trauerfarbe der Oberschicht (weil kleidsamer als Schwarz).

Ich murmelte ein paar Beileidsworte, dann packte ich den Stier bei den Hörnern: »Sie wundern sich vielleicht, daß ich mich so einfach hierhertraue . . . «

Sabina Pollia lachte ihr gackerndes Lachen. Schmerz macht manche Menschen reizbar. Ihr Gesicht war wunderschön hergerichtet wie immer, aber heute merkte man, daß ihre Stimme zehn Jahre älter war als ihr Gesicht.

Ich wappnete mich für das Ärgste. »Hören Sie, ich

habe mein Bestes getan – und mehr hatte ich Ihnen auch nie versprochen.« Hortensia Atilias große dunkle Augen, die mehr Angst als Trauer spiegelten, waren besorgt auf mich gerichtet. Sabina Pollia dagegen funkelte mich kampflustig an. »Sie hatten recht mit Ihrem Verdacht gegen Severina – auch wenn der Zeitpunkt des Mordes dagegen spricht. Jedenfalls hätte niemand den Anschlag verhindern können ... Aber diesmal wird sie der gerechten Strafe nicht entgehen!«

»Was macht Sie da so sicher?« fragte Pollia schneidend.

»Erfahrung.«

»Sie waren auch vor dem Mord schon sicher, die Lage im Griff zu haben.«

»Nein; vorher war ich auf der Hut. Jetzt aber bin ich wütend und ... «

»Der Fall ist dem Prätor übergeben worden«, unterbrach Pollia mich.

»Gewiß, das habe ich ja selbst vorgeschlagen ... « Ich ahnte schon, was jetzt kam.

»Dann schlage *ich* vor, wir überlassen es auch dem Prätor, ihn zu lösen!«

Als ich Pollias sarkastischen Hieb halbwegs verkraftet hatte, wagte ich mich behutsam wieder vor. »Sie haben mich engagiert, weil ich für den Palast arbeite, und genau dort wurde ich gestern abend so lange aufgehalten ... «

»Unsere Männer haben uns befohlen, den Vertrag mit Ihnen zu lösen.« Das war Atilia, die immer als die eher Schüchterne von beiden aufgetreten war. In Wirklichkeit war ihr, genau wie Pollia, völlig schnuppe, was ihr Mann sagte; Felix und Crepito waren bloße Marionetten. Aber wenn einer von meinen Klienten sich vorgenommen hat, mich zu entlassen, dann ist ihm eben jeder Vorwand recht.

»Natürlich müssen Sie die Wünsche Ihrer Gatten respektieren«, sagte ich.

»Sie haben versagt, Falco!« tadelte Pollia unnachgiebig.

»Es sieht ganz so aus, ja.«

Selbst mit einem ausgewachsenen Kater war ich immer noch ein Profi. Die beiden Frauen waren nervös, erwarteten einen Wutanfall; aber ich konnte mich auch später abreagieren, und so enttäuschte ich sie genüßlich. »Meine Damen, ich dränge mich niemals auf, wenn ich das Vertrauen eines Klienten verloren habe.«

Dann grüßte ich höflich (immerhin sollten sie mich ja noch bezahlen) und ging.

Fall abgeschlossen. Nun denn, wenn ich keine anderen Aufträge an Land ziehen konnte, blieb immer noch die Möglichkeit, wieder für den Palast zu arbeiten.

Gefeuert.

Schon *wieder* gefeuert! Immer mußte mir das passieren: Offenbar waren die wenigen Klienten, die mir je einen Auftrag gaben, durch die Bank wankelmütige Leute. Kaum hatte ich mir mühsam etwas Interesse für ihr fades Leben abgerungen, da änderten sie auch schon flatterhaft ihre Meinung und brauchten mich nicht mehr.

Ich hätte diesen Fall lösen können. Und es hätte mir sogar Spaß gemacht. Aber sei's drum – jetzt konnte ich den beiden Dämchen für ein paar Wochen Überwachung Wucherspesen berechnen und mich verdrücken, bevor der unangenehme Teil der Arbeit begann. Für einen philosophisch gesinnten Mann war dies die beste Art, Geschäfte zu machen. Sollten sich doch die bestallten Herren Justizbeamten den Kopf darüber zerbrechen, wie Severina es diesmal angestellt hatte. Mochte der Richter vom Pincio zeigen, ob er besser war als der Prätor Corvinus auf dem Esquilin und ob es ihm gelang, Severina vor Gericht zu bringen. Ich fing an zu lachen. Ja, ich konnte eine saftige Spesenrechnung stellen, mich einige Zeit im Bad erholen und im *Tagesanzeiger* nachlesen, was unsere Beamten wieder alles verpfuscht hatten . . .

Aber damit war der Fall noch nicht zu Ende.

Ich wollte schon hochmütig an der schmucken Portiersloge vorbeistolzieren, wo der Hortensius-Pförtner lauerte, als ich gleich dahinter im Schatten eine geduckte Gestalt entdeckte: dünne Arme und ein drahtiger schwarzer Schnurrbart, der das Gesicht in zwei Hälften teilte.

»Hyacinthus!«

Er hatte auf mich gewartet. »Falco – kann ich Sie sprechen?«

»Aber sicher . . . «

»Ich muß mich alledings vorsehen. Man hat uns streng verboten, mit Ihnen zu reden.«

»Wieso denn das?« Er spähte ängstlich zum Haus hinauf. Ich zog ihn vom Hauptweg fort, und wir kauerten uns abseits unter eine knorrige Kiefer. »Schön, halten wir uns nicht mit dem Warum auf – was hast du auf dem Herzen?«

»Sie haben doch mit Viridovix gesprochen . . . «

»Ja. Eigentlich wollte ich mich heute noch mal mit ihm unterhalten . . . «

Hyacinthus lachte bitter. Dann hob er einen Kiefernzapfen auf und schleuderte ihn zwischen die Bäume. »Hat man Sie ausbezahlt?« fragte er.

»Rausgeworfen hat man mich – ob sie mich auch bezahlen, bleibt abzuwarten.«

»Schicken Sie einfach Ihre Rechnung. Die wollen keinen Ärger.«

»Ärger? Was denn für Ärger?«

Er schwieg einen Augenblick, dann ließ er die Bombe

platzen. »Sie werden nicht noch mal mit dem Koch reden können. Viridovix ist tot!«

XXXIX

Mir brach der kalte Schweiß aus. »Wie ist das passiert?«

»Er ist letzte Nacht gestorben. Im Schlaf.«

»Genauso wie Novus?«

»Ich glaub nicht. Er sah ganz friedlich aus. Scheinbar ein natürlicher Tod . . . «

»Hah!«

»Er war gesund und kräftig«, meinte Hyacinthus düster.

»Sicher, ein Koch braucht nicht zu darben, der weiß immer, wo er was zu essen findet.«

Viridovix war außerdem noch jung gewesen; um die Dreißig, meiner Schätzung nach. So alt wie ich; taufrisch. »Kümmert sich denn schon jemand um den Fall?«

»Kein Gedanke! Irgendwer hat Felix zwar nahegelegt, es könne Mord sein – aber er behauptet, Viridovix habe vor lauter Scham darüber, daß Hortensius Novus nach einem seiner Bankette gestorben ist, Selbstmord begangen.«

»Wäre das denkbar?«

»Sie haben ihn doch kennengelernt!« rief Hyacinthus spöttisch.

»Stimmt! Werdet ihr, die übrigen Dienstboten, euch des Falles annehmen?«

»Wie können wir das denn, wenn der Freigelassene nein gesagt hat? Viridovix«, versetzte mein Gefährte bitter, »war bloß ein Sklave!« Dasselbe galt auch für seine Freunde.

Ich kaute an einem Fingernagel. »Der Prätor, der Novus' Tod untersucht, sollte davon erfahren.«

Hyacinthus scharrte mit den Füßen im lockeren Erdreich. »Ach, das können Sie vergessen, Falco! Der Prätor hat einen hohen Kredit laufen, für den Crepito die Bürgschaft übernommen hat; der wird keine unangenehmen Fragen stellen. Die Familie will Novus in aller Stille beisetzen – jedes Aufsehen ist unerwünscht.«

»Ich dachte, die wollten Novus' Interessen wahren? Darum hatten sie mich doch wohl engagiert!«

Hyacinthus wurde schamrot. »Ich hab nie verstanden, wie man auf Sie gekommen ist«, platzte er heraus. »Sie stehen im Ruf, dauernd Murks zu bauen . . . «

»Oh, besten Dank!« Ich verkniff mir einen saftigen Fluch. Aber dann ließ ich ihn doch los. Es war einer von meinem Bruder: besonders drastisch! Der Sklave schien beeindruckt. »Aber wenn deine Herrschaft meinte, ich tauge nichts, warum haben sie mich dann überhaupt mit dem Fall betraut?«

»Vielleicht dachte man, Sie würden entsprechend billig sein.«

»Dann haben sich die Damen aber mal gründlich geirrt!«

Ich erinnerte mich, daß Helena gesagt hatte, auf diese gräßlichen Leute mache nur Eindruck, was teuer sei.

Auch ohne den Leichnam gesehen zu haben, teilte ich die Zweifel des Botengängers. Der Koch war wohl kaum eines natürlichen Todes gestorben. »Viridovix wurde bestimmt ebenfalls vergiftet«, sagte ich. »Wenn auch nicht mit demselben schnell wirkenden Mittel, an dem Novus gestorben ist. Du hast doch beide Leichen gesehen. Was ist – habe ich recht?« Der Sklave nickte. Ich faßte einen Entschluß. »Ich wollte Viridovix noch ein paar wichtige Fragen wegen gestern nachmittag stellen. Das ist zwar nun nicht mehr möglich, aber vielleicht könntest du mir jemanden finden, der gut beobachtet und dabei war, als die Speisen für das Bankett zubereitet wurden?«

Er schien unschlüssig. Ich erinnerte ihn daran, daß sonst niemand den Tod des Kochs rächen würde. Aus Solidarität versprach er schließlich, jemanden zu suchen, der mir weiterhelfen könne. Ich gab ihm meine neue Adresse. Und da er Angst hatte, mit mir gesehen zu werden, ließ ich ihn ohne weitere Fragen zum Haus zurückhuschen.

Ich blieb unter dem Baum sitzen und dachte an den Mann aus Gallien. Ich hatte ihn gemocht. Er hatte sich seinem Schicksal ergeben, aber trotzdem seinen Stolz bewahrt. Ein integrer Mensch. Ein Mann mit Würde.

Ich dachte recht lange an ihn. Das war ich ihm schuldig.

Bestimmt war er ermordet worden. Nur hatte man ihm offenbar ein Gift verabreicht, das langsamer und weniger schmerzhaft wirkte als das Teufelszeug, dem Novus zum Opfer gefallen war. Vermutlich hatte man es in beiden Fällen auf Novus abgesehen – obwohl ich nicht völlig ausschließen konnte, daß der Anschlag auf mehr als einer Person zielte.

Noch wußte ich nicht, ob beide Giftstoffe vom selben Täter eingeschmuggelt worden waren. Und warum man zumindest einen zweiten Anschlag geplant hatte. Wahrscheinlich als Rückversicherung. Ich wußte allerdings, wie die zweite Dosis verabreicht worden war, und dieses Wissen sollte mich lange verfolgen. Das Gift konnte nur zwischen den bitter-würzigen Ingredienzien gewesen sein, die der Koch in seinem Becher Falerner zu sich genommen hatte.

Ich sah es noch vor mir, wie ich ihm den Wein mischte. Ich selbst hatte Viridovix getötet.

XL

Als ich auf dem gemieteten Maultier wieder südwärts ritt, sagte mir eine innere Stimme, daß dieser Fall erst zu Ende sein würde, wenn *ich* ihn gelöst hatte, egal, ob mit oder ohne Honorar. Das war mein edles, mutiges Ich. Mein anderes Ich (das an Viridovix dachte) fühlte sich einfach nur müde und besudelt.

Ich ging heim. Es hatte keinen Sinn, anderswohin zu gehen; und sich auf einen Kampf mit Severina Zotica einzulassen, solange ich nichts Hieb- und Stichfestes gegen diese sommersprossige Schlange in der Hand hatte, war erst recht sinnlos.

Eine halbe Stunde später klopfte sie an meine Tür. Ich dachte gerade nach. Damit das besser ging, betätigte ich mich nebenher handwerklich.

»Machen Sie heute Urlaub, Falco?«

»Nein, ich bin dabei, einen Stuhl zu reparieren.« Wenn ich schlechte Laune habe, werde ich leicht pedantisch.

Sie besah sich den abgenutzten Korbsessel, dessen halbrundes Rückenteil in Boudoir-Armlehnen auslief. »Das ist ja ein Frauenstuhl!«

»Vielleicht krieg ich, wenn ich den Stuhl geflickt habe, auch eine passende Frau dazu.«

Die Kupfervenus lächelte nervös.

Sie trug kein Schwarz, sondern tiefdunkles Hagebuttenrot, aber auf ihre unkonventionelle Art bezeugte sie damit mehr Achtung vor dem Toten als Pollia und Atilia mit ihren theatralischen weißen Gewändern.

Ich wandte mich wieder meiner Arbeit zu. Es war eine dieser vertrackten Bosseleien, wo man harmlos damit anfängt, ein paar ausgefranste Enden zu flicken, zum Schluß aber das ganze Möbelstück zerlegt und neu zusammenbaut. Ich hatte bereits zwei Stunden an den Stuhl verschwendet.

Um Severinas unliebsame Neugier abzuschmettern, knurrte ich: »Den Stuhl hab ich von meiner Schwester Galla. Meine Mutter hatte noch einen kleinen Vorrat geschältes Rohr. Aber es ist eine Sauarbeit. Und dabei weiß ich doch die ganze Zeit, daß Galla, sobald sie sieht, daß der Stuhl wieder brauchbar ist, mir mit ihrem: *›Ooh, Marcus, was bist du geschickt!‹*, um den Bart gehen und das dumme Ding zurückverlangen wird.«

»Das Rohr darf nicht so trocken sein«, klärte Severina mich auf. »Sie sollten es mit einem Schwamm befeuchten.«

»Ich komme auch ohne Ihren Rat zurecht.« Der Rohrstreifen, den ich gerade einflocht, brach mitten in der Reihe entzwei. Ich holte einen nassen Schwamm.

Severina suchte sich einen Schemel. »Sie machen sich da aber sehr viel Mühe.«

»Gründlichkeit zahlt sich aus.«

Sie saß still da und wartete darauf, daß ich mich beruhigen würde. Ich hatte nicht vor, ihr den Gefallen zu tun. »Heute ist ein Ädil bei mir gewesen. Er kam im Auftrag des Richters vom Pincio.«

Ich verknotete zwei widerspenstige Enden, bemüht, gleichzeitig mein Flechtwerk straff zu halten. »Bestimmt haben Sie ihn eingewickelt.« Ich rückte den Stuhl zwischen meinen Knien zurecht.

»Ich habe seine Fragen beantwortet.«

»Und dann ist er ganz fröhlich wieder abgezogen?«

Severina zierte sich. »Vielleicht begreift der eine oder andere ja *doch*, daß es unlogisch ist, mich zu verdächtigen, weil ich nämlich kein Motiv habe.«

»Vielleicht macht der Prätor im August gern Ferien.« Ich kühlte meine schmerzenden Finger an dem nassen Schwamm. »Aber ich hab noch eine frohe Botschaft für Sie: Solange Sie sich diesen Ädil vom Leib halten können, wird Sie niemand mehr belästigen.«

»Wie bitte?«

Ich stand auf, stellte den Stuhl gerade und setzte mich zur Probe drauf. Jetzt thronte ich über dem zierlichen, adretten Persönchen, das eingehüllt in die unvermeidliche Stola auf meinem Schemel hockte und die Knie mit den Armen umschlungen hielt. »Ich hab den Fall nicht mehr, Zotica. Pollia und Atilia haben mir den Auftrag entzogen.«

»Wie dumm von ihnen!« rief Severina. »Jeder, dem wirklich etwas an Novus lag, hätte Sie weitermachen lassen.«

»Die beiden kamen mir von Anfang an seltsam halbherzig vor.«

»Wundert mich gar nicht.« Ich verkniff mir jede Reaktion. Was auch folgen mochte, es konnte nur Ärger bedeuten. Aber das war ja nichts Neues, wenn man es mit Severina zu tun hatte. »Die Tatsache, daß die beiden Sie entlassen haben«, fuhr sie fort, »beweist, daß ich in allen Stücken die Wahrheit sage.«

»Wie das?«

»Pollia und Atilia haben Sie engagiert, um den Verdacht auf mich zu lenken.«

»Und warum?«

»Um ihre eigenen Ziele zu kaschieren.«

»Und die wären?«

Severina holte tief Luft. »Die Freigelassenen hatten sich ernstlich zerstritten. Crepito und Felix waren nicht einverstanden mit der Art, wie Novus ihre Geschäfte führte. Novus seinerseits verabscheute jeden Ärger und wollte den beiden die Partnerschaft aufkündigen.«

Sosehr ich ihr auch mißtraute, diese letzte Behauptung deckte sich mit der Aussage von Viridovix, der ja auch von einem Streit der Freigelassenen nach dem Bankett erzählt hatte. »Und wäre es für die beiden anderen ein großer Verlust gewesen, wenn Novus sich von ihnen getrennt hätte?«

»Novus war immer der führende Kopf. Er allein hatte Unternehmungsgeist, alle zündenden Einfälle stammten von ihm.«

»Demnach hätte er der Firma bei seinem Ausscheiden wichtige Anteile entzogen?«

»Stimmt genau. Seine Beziehung zu mir machte die Lage auch nicht besser. Wenn Novus geheiratet hätte – und vor allem, wenn Kinder gekommen wären –, hätten seine jetzigen Erben das Nachsehen gehabt.«

»Felix und Crepito?«

»Felix und Crepitos Sohn. Atilia ist vernarrt in den Jungen. Sie baute fest auf eine Erbschaft, mit der sie die Karriere ihres Sohnes fördern wollte.«

»Und was ist mit Pollia?«

»Die will sich den Anteil ihres Mannes unter den Nagel reißen.«

Was sie sagte, klang plausibel. Mir war das überhaupt nicht recht: Nachdem ich mich erst einmal davon überzeugt hatte, daß Severina die Schuldige sei, hatte ich keine Lust, mich wieder umzustellen. »Wollen Sie behaupten, einer der Freigelassenen oder deren Frauen wären imstande gewesen, Novus aus Habgier zu töten?«

»Vielleicht stecken sie alle unter einer Decke.«

»Beurteilen Sie gefälligst andere Menschen nicht

nach Ihren verderbten Maßstäben! Ich muß allerdings zugeben, daß der Zeitpunkt des Mordes – just nachdem Sie und Novus Ihren Hochzeitstag festgesetzt hatten – schon sehr verdächtig ist.«

Severina klatschte triumphierend in die kleinen weißen Hände. »Aber es kommt ja noch viel schlimmer! Ich hab Ihnen doch gesagt, daß Novus Feinde hatte.« Sie hatte mir schon eine Menge Lügen aufgetischt. Ich lachte geringschätzig. »So hören Sie mich doch wenigstens an, Falco!« Ich hob entschuldigend die Hand, aber sie schmollte erst mal und ließ mich zappeln.

»Also, wer waren seine Feinde?«

»Außer Crepito und Felix hatte er auch noch Appius Priscillus gegen sich aufgebracht.«

»Darf ich das so verstehen, daß *er* Novus' Konkurrent war und daß es zwischen beiden Interessenkonflikte gab? Raus mit der Sprache, Severina! Was war der Zweck dieses Banketts?«

»Es sollte eine Versöhnungsfeier werden, das habe ich Ihnen doch schon gesagt. Priscillus war es, vor dem ich Sie neulich warnen wollte.«

»Hat er Novus bedroht?«

»Novus und auch die beiden anderen. Darum läßt ja Atilia ihren Sohn kaum noch aus den Augen – einmal hat man nämlich schon damit gedroht, das Kind zu entführen.« Ich wußte, daß Atilia den Jungen selbst zur Schule brachte, was in der Tat sehr ungewöhnlich war.

»Und welcher dieser vielen Verdächtigen ist nun Ihrer Meinung nach der Schuldige?« fragte ich sarkastisch.

»Das ist ja das Problem – ich weiß es einfach nicht! Falco, was würden Sie davon halten, wenn *ich* Sie engagiere?«

Wahrscheinlich würde ich um Hilfe rufen. »Eine berufsmäßige Braut ist, offen gestanden, die letzte, die ich mir als Auftraggeberin wünschen würde – vor allem, wenn sie gerade mal ohne Mann ist und dementsprechend unberechenbar ...«

»Meinen Sie das, was gestern nacht beinahe passiert wäre?« Severina war rot geworden.

»Die letzte Nacht sollten wir lieber vergessen.« Meine Stimme klang vertraulicher, als ich beabsichtigt hatte. Ich merkte, daß Severina leicht zusammenzuckte, wobei die Stola ins Rutschen geriet und ihr feuerrotes Haar entblößte. »Wir waren betrunken.« Severina sah mich prüfender an, als mir lieb war.

»Würden Sie für mich arbeiten?« fragte sie eindringlich.

»Ich werd's mir überlegen.«

»Das heißt also, nein.«

»Es heißt, daß ich's mir überlegen werde!«

In diesem Moment war ich drauf und dran, die Kupfervenus hochkant rauszuwerfen. (Ja, ich hatte nicht übel Lust, meinen Beruf überhaupt an den Nagel zu hängen, mir einen kleinen Laden zu mieten und mich aufs Stühleflicken zu verlegen ...)

Es klopfte. Severina hatte offenbar die Wohnungstür nur angelehnt, denn noch bevor ich »Herein« rufen konnte, wurde sie von draußen aufgestoßen. Ein Mann wankte keuchend über die Schwelle. Seine mißliche Lage erklärte sich auch ohne Worte.

Er hatte sich gerade zwei Treppen hochgequält – um den größten Fisch abzuliefern, der mir je zu Gesicht gekommen war.

XLI

Ich stand auf. Aber ganz vorsichtig.

»Wohin damit, Legat?« Er war ein schmächtiger Mensch. Als er vom Flur hereingewankt kam, hielt er mein Präsent an den Kiemen hoch, weil seine Arme nicht drum herumreichten. Der Fisch schien beinahe so lang, wie sein Lieferant groß war. Und an Umfang übertraf er ihn deutlich.

»Lassen Sie ihn nur einfach fallen ...«

Der Mann stöhnte, bog sich zurück und wuchtete den Fisch dann von der Seite her über das Tischchen, auf dem ich beim Lesen zuweilen die Ellbogen abstütze. Und weil er ein pfiffiger Kerl war, der nichts unversucht ließ, hopste er anschließend so lange auf und nieder, bis er mein schlüpfriges Präsent durch die Erschütterung in eine akzeptable Position gewackelt hatte. Severina fuhr erschrocken auf, als eine Schwanzflosse von der Größe eines Straußenfächers knapp vor ihrer Nase über die Tischkante wippte.

Riechen konnte man nichts. Er war in tadellosem Zustand.

Der Lieferant schien sich zwar an seinem dramatischen Auftritt schon weidlich zu verlustieren, aber ich rang mich trotzdem dazu durch, ausnahmsweise den halben Aureus, den ich für unumgängliche Trinkgeldzahlungen in der Tunika trage, rauszurücken.

»Schönen Dank auch, Legat! Und guten Appetit wünsch ich ...« Dann ging er, und sein Schritt klang jetzt merklich leichter als vorhin beim Kommen.

»Sie geben ein Fest?« forschte Severina mit unschuldigem Augenaufschlag. »Bin ich auch eingeladen?«

Ich war so geschafft, daß es ihr beinahe gelungen

wäre, mich rumzukriegen. Womit ich mir einen wahren Olymp an Schwierigkeiten aufgehalst hätte.

Da ging die Tür ein zweites Mal auf, und herein trat eine Person, der es nie einfiel, zu klopfen, wenn auch nur entfernt die Chance bestand, in eine skandalträchtige Situation reinzuplatzen. »Hallo, Mutter!« rief ich tapfer.

Mama beäugte Severina Zotica mit dem Blick, den sie sich für jene unappetitlichen, matschigen Reste aufspart, die sie beim Hausputz in den dunklen Ecken der Küchenregale aufstöbert. Dann entdeckte sie mein extravagantes Geschenk. »Mit deinem Fischhändler sollte man mal ein ernstes Wort reden! Seit wann kaufst du dein Essen meterweise?«

»Muß 'ne Verwechslung gewesen sein: Ich hatte bloß gemeinen Tintenfisch bestellt.«

»Das ist wieder mal typisch für dich. Hat kein Geld in der Tasche, aber Allüren wie ein Caesar! Na, für den wirst du einen großen Topf brauchen!«

Ich seufzte. »Ich kann ihn nicht behalten, Mama. Das beste wird sein, ich mache ihn Camillus Verus zum Geschenk. Vielleicht kommt mir das bei ihm zugute...«

»Ist immerhin eine Möglichkeit, dem Senator deinen Respekt zu erweisen. Trotzdem schade. Aus den Gräten hätte ich 'ne gute Brühe kochen können.« Meine Mutter schloß Severina noch immer aus der Unterhaltung aus, gab ihr aber indirekt zu verstehen, daß ich einflußreiche Freunde besaß. Rothaarige bringen meine Mutter immer aus dem Gleichgewicht. Und meine Klientinnen haben ihr von jeher mißfallen.

Mama verkrümelte sich, damit ich meinen lästigen Besuch abwimmeln konnte. »Severina, ich muß mir das mit der Einladung noch überlegen.«

»Müssen Sie etwa Ihre Mutter um Erlaubnis fragen?« gab sie schnippisch zurück.

»Nein, aber meinen Friseur. Dann muß ich mir noch die ›schwarzen Tage‹ auf meinem Kalender raussuchen, eine schöne Jungfrau opfern und die Innereien von einem Schaf mit verbogenen Hörnern studieren . . . Wo ich das Schaf herkriege, weiß ich schon, aber Jungfrauen sind heutzutage rar, und mein Friseur ist gerade nicht in der Stadt. Geben Sie mir also vierundzwanzig Stunden.« Sie wollte etwas einwenden, doch ich deutete achselzuckend auf den Steinbutt, den augenfälligen Beweis dafür, daß ich allen Ernstes Organisationsprobleme hatte.

Meine Mutter kreuzte prompt wieder auf; der Bogen, den sie um Severina machte, war schon fast eine Beleidigung. Severina revanchierte sich, indem sie mich viel liebreizender als sonst anlächelte, bevor sie die Tür hinter sich schloß.

»Nimm dich bloß vor der in acht!« grummelte Mama.

Traurig beguckten sie und ich uns den Riesenfisch.

»Bestimmt werd ich's bereuen, wenn ich ihn hergebe.«

»So einen kriegst du nie wieder!«

»Es juckt mich ja auch, ihn zu behalten – aber wie kann ich ihn zubereiten?«

»Oh, da ließe sich bestimmt was improvisieren . . . «

»Camillus Verus wird mich sowieso nie akzeptieren . . . «

»Nein, aber du könntest ihn doch zum Fischessen einladen.«

»Hierher doch nicht!«

»Dann laden wir halt Helena ein.«

»Die wird nicht kommen.«

»Ja wenn keiner sie drum bittet, kommt sie bestimmt nicht. Hast du sie mal wieder verärgert?«

»Warum denkst du immer gleich, ich sei schuld? Wir hatten eine kleine Meinungsverschiedenheit.«

»Daß du dich aber auch nie änderst! . . . So, das wäre also geregelt«, stellte meine Mutter fest. »Ein Essen im Familienkreis. Übrigens«, legte sie nach (für den Fall, daß diese Aussicht mich aufgeheitert hätte), »ich war schon immer der Meinung, daß Steinbutt fad schmeckt, ja eigentlich nach gar nichts.«

XLII

Mitunter befürchte ich, daß meine Mutter früher ein Doppelleben geführt hat. Aber ich verdränge den Verdacht immer wieder, weil er nicht in das Bild paßt, das ein anständiger junger Römer sich von der Frau macht, die ihn geboren hat.

»Wo um alles in der Welt hast *du* denn schon mal Steinbutt gegessen?«

»Dein Onkel Fabius hat mal einen gefangen.« Das klang glaubwürdig. Keiner aus meiner Familie hatte genug Grips, um einen Steinbutt, wie es denn Brauch war, dem Kaiser zu offerieren; alles, was meine Verwandten in die Hände kriegten, wanderte umgehend in den eigenen Kochtopf. »Aber das war ein Babyfisch. Nicht annähernd so groß wie der da.«

»Wenn Fabius ihn gefangen hat, konnte das ja nicht anders sein!« Ein Familienwitz: alles an Onkel Fabius war klein.

»Du willst doch sicher nicht, daß das Vieh bitter

wird. Komm, ich nehm schon mal die Kiemen raus«, erbot sich meine Mutter.

Ich ließ sie gewähren. Sie gaukelte sich halt gern vor, daß ich noch immer bemuttert werden müßte. Außerdem war es sehr erheiternd zuzuschauen, wie meine zierliche alte Mama ein solches Riesenvieh ausweidete.

Im Idealfall hätte ich ihn im Rohr gebraten. Aber dazu brauchte es einen Tontopf (den anzufertigen keine Zeit war), und ich hätte den Steinbutt hinterher doch den blöden Schiebern in einer Gemeindebäckerei anvertrauen müssen. Natürlich hätte ich mir auch selbst einen Ofen bauen können, aber abgesehen von der lästigen Steineschlepperei hatte ich Bedenken wegen der Brandgefahr und mußte außerdem befürchten, daß ein Trumm, in dem dieser Fisch Platz fände, den Fußboden zum Einsturz bringen würde.

Ich beschloß, ihn zu pochieren. Plattfisch braucht nur sanft zu köcheln. Ich würde zwar eine riesengroße Pfanne auftreiben müssen, aber da hatte ich schon eine Idee. Auf dem Dachboden meiner Mutter lagerte dort, wo die Familienmitglieder unerwünschte Neujahrsgeschenke unterstellten, auch ein mächtiger ovaler Schild, den mein verstorbener Bruder Festus mal mit heimgebracht hatte. Er bestand aus einer Bronzelegierung, und Festus hatte seinerzeit behauptet, es handele sich um eine teure peloponnesische Antiquität. Ich hatte ihn damals in Rage gebracht, als ich schwor, der Schild könne nur aus einer keltischen Werkstatt stammen – womit ich ihn zu einem der billigen Souvenirs degradierte, die mein einfältiger Bruder sich als Wettgewinn hatte andrehen lassen. Wie hätte Festus erst getobt, wenn er gewußt hätte, daß ich seine staubige Trophäe einmal in einen monströsen Fischkessel verwandeln würde!

Ich flitzte rüber zu meiner Mutter. Als ich unters Dach kraxelte, um den Schild zu holen, fand ich in der Kuhle am einen Ende ein Mäusenest, aber ich kippte die Brut aus und sagte nichts. Der Griff auf der Innenseite hatte schon zu Zeiten, als Festus noch mit dem Ding im Gymnasium rumalberte, einen Sicherheitsbolzen eingebüßt; der andere war festgerostet und mit Grünspan überzogen, aber es gelang mir, ihn loszuschlagen (wobei ich mir allerdings die Fingerknöchel aufschürfte). Der spitze Griff mochte für meine Zwecke hinderlich werden. Ich hatte vor, den Schild auf zwei oder drei über Kohlenpfannen erhitzte Wasserkessel zu legen. Wenn ich den Sud zuerst kochte, brauchte man den Fisch bloß noch garen zu lassen. Eine geschlagene Stunde polierte ich den Schild, dann wusch ich ihn an einem öffentlichen Brunnen und trug ihn heim. Er war tatsächlich groß genug für den Steinbutt – nur leider zu flach. Ich wuchtete den Fisch hinein, füllte mit Wasser auf und stellte fest, daß es schon bis zum Schildrand reichte, noch ehe der Fisch bedeckt war. Die kochendheiße Brühe würde überschwappen. Und wie sollte ich das Kunststück fertigbringen, den Steinbutt nach der halben Kochzeit vorschriftsmäßig zu wenden?

Meine Mutter hatte mich, wie gewöhnlich, meine eigene Lösung austüfteln lassen und unterdessen zu Hause darüber nachgebrütet, wie mein glänzender Plan fehlschlagen würde. Während ich noch ratlos den nur halb bedeckten Fisch im Schild anstarrte, kam sie, fast unsichtbar unter einer riesigen Kupferbütte aus Lenias Wäscherei, in meine Wohnung gepoltert. Den Gedanken daran, was darin wohl zuletzt ausgewrungen worden war, verdrängten wir tapfer. »Ich hab das Ding ja gründlich gescheuert . . . « Der Zuber war zwar kürzer als der Keltenschild, doch mit abgeknicktem Kopf und Schwanz ließ sich der Steinbutt zur Not diagonal reinzwängen. Mama hatte außerdem noch ein paar Gemüsenetze mitgebracht, um den gegarten Fisch aus dem Zuber zu heben.

Jetzt war ich gerüstet.

Außer meiner Mutter lud ich noch meinen besten Freund Petronius Longus mit seiner Frau Silvia und ein paar von meinen Verwandten ein. So groß, wie meine Familie war, konnte niemand erwarten, daß ich den ganzen Clan auf einmal bewirtete. Meine Wahl fiel auf Maia, zum Dank für ihre Heldentat mit den Wettmarken, und auf Junia, bei der ich mich für das Bett revanchieren wollte. Meine beiden Schwager lud ich nicht ein, aber sie kamen trotzdem mit.

Ich sagte den Gästen, sie könnten ruhig zeitig kommen, denn schon die Zubereitung des Fisches würde bestimmt unterhaltsam werden. Das ließ sich keiner zweimal sagen. Alle waren zur Stelle, noch bevor ich Zeit gefunden hatte, mir eine saubere Tunika rauszusuchen oder ins Bad zu gehen. Ich ließ sie auf und ab spazieren und an meiner neuen Wohnung rumnörgeln, während ich mich um den Fisch kümmerte.

Eigentlich hatte ich mein zukünftiges Büro als Eßzimmer vorgesehen, aber sie schleppten alle ihre Schemel herbei und drängten sich in die Küche, wo sie mir in die Quere kommen und lautstark Ratschläge erteilen konnten.

»Was nimmst du denn für eine Brühe als Grundlage, Marcus?«

»Nur Wasser mit einem Schuß Wein und einer Handvoll Lorbeerblätter. Ich will ja das natürliche Aroma nicht verderben; das soll nämlich sehr delikat sein . . . «

»Du solltest auch noch einen Schuß Fischmarinade reinquirlen – Maia, sollte er nicht Fischmarinade drantun?«

»Ich finde, er sollte ihn gleich in der Sauce garen . . . «

»Nein, die Sauce wird extra zubereitet . . . «

»Das wird dir aber noch leid tun, Marcus! Was ist es denn für eine? Safran oder Zwiebel?«

»Kümmel.«

»Kümmel? Ooh! Marcus macht eine Kümmelsauce . . . «

Unter diesem Geplapper schickte ich mich an, die Kräuter für meine Sauce zu zerstoßen (es hätte Liebstöckel reingehört, aber Maia dachte, ich hätte sie gebeten, Petersilie mitzubringen; auch Thymian stand im Rezept, aber ich hatte meinen Topf an der Brunnenpromenade vergessen). Es klopfte; Petronius ging für mich zur Tür. »Camillus Verus schickt dir ein Lesesofa – wo willst du's hinhaben?« röhrte Petro. Ich wollte das Sofa für mein Büro, aber da stand nun alles für unser Festmahl bereit (alles, was nicht schon wieder von meinen Gästen weggeräumt worden war). »Sollen wir's in dein Schlafzimmer schieben?«

»Da ist nicht genug Platz. Stell's in die leere Kammer gegenüber.« Aus einer meiner Kohlenpfannen züngelten die Flammen gefährlich hoch, und so mußte ich Petro allein den Möbelpacker spielen lassen.

Meine Mutter und Junia hatten sich ausgerechnet diesen Moment ausgesucht, um meine neuen Türvorhänge anzubringen. Zwischen wallenden Bahnen gestreiften Stoffs fuchtelten sie herum und versperrten mir die Aussicht auf den Flur. Meine beiden Schwager klopften herzhaft Nägel für die Vorhangschnur in jeden Türsturz; die simple Aufgabe, eine gerade Verbindungslinie von Pfosten zu Pfosten zu schaffen, wuchs sich zu einem komplizierten Vermessungsprojekt aus. Was immer sich in der restlichen Wohnung abspielte, beunruhigende Geräusche sprachen dafür, daß sowohl meine Türrahmen als auch Petronius' gute Laune Schaden litten. Allein, die Brühe für meinen Fisch begann an den Rändern des Waschzubers Blasen zu werfen und zwang mich, die erhobenen Stimmen draußen zu ignorieren. Ich bekam einen roten Kopf von der Anstrengung, eine Kohlenpfanne unter dem Gewicht der heißen Kupferbütte gerade zu rücken. Eben hatte ich den Steinbutt hochgewuchtet, um ihn in den Tiegel zu befördern, als ich Maia kreischen hörte: »Verzeihung, aber das ist ein Familienfest! Didius Falco ist heute abend für Klienten nicht zu sprechen ... «

Die Unterhaltung draußen geriet ins Stocken. Mitsamt dem Fisch drehte ich mich um. Einen schrecklichen Moment lang war ich darauf gefaßt, Severina vor mir zu sehen, aber es kam noch viel schlimmer. Wie ein begossener Pudel führte Petronius eine Person herein, die, mich ausgenommen, fast allen in meiner Familie fremd war ... Helena Justina.

Im ersten Augenblick begriff sie gar nicht, was los war. »Marcus! Ich hab mir ja schon gedacht, daß du neuerdings andere Interessen pflegst, aber ich hätte nie erwartet, dich mit einem *Fisch* in den Armen anzutreffen ... «

Die Verlegenheitspause dehnte sich zum unheilvollen Schweigen. Das Funkeln in ihren Augen erlosch schlagartig, als Helena die lustige Festgesellschaft überblickte samt dem großartigen Geschenk, das ich meinen Gästen auftischen wollte – und begriff, daß ich sie nicht eingeladen hatte.

XLIII

In fünf Jahren bei der Aventinischen Wache hatte Petronius ein gutes Gespür für brenzlige Situationen entwickelt. »Nimm doch mal einer dem Mann den Fisch ab!«

Meine Schwester Maia sprang auf und balgte sich mit mir um den Steinbutt, aber mit der Sturheit eines Schockpatienten weigerte ich mich, ihn loszulassen. »Das ist Helena«, erklärte Petronius hilfsbereit der ganzen Runde. Er hatte sich hinter ihr aufgepflanzt, damit sie sich ja nicht verdrücken konnte. Sie und ich, wir waren beide hilflos. Ich wollte mich in Gegenwart anderer nicht mit ihr aussprechen. Und Helena würde ohnehin nicht mit mir reden, solange dritte uns belauschten.

Ich klammerte mich an den Fisch wie ein ertrinkender Seemann an eine Spiere. Wie üblich, war ich an allem schuld, aber es war Helena, die mit schreckerfüllter Miene dastand. Sie wehrte sich gegen den onkelhaften Arm, den Petronius um sie gelegt hatte. »Marcus, Helena wollte die Lieferung deines Lesesofas überwachen – Helena, Marcus hat da von Titus ein wunderbares Geschenk bekommen ...« Petro sprudelte munter drauflos. »Sie bleiben doch und essen mit uns?«

»Nicht, wenn ich nicht eingeladen bin!«

»Du bist immer willkommen.« Ich hatte endlich die Sprache wiedergefunden, nur klangen meine Worte leider nicht sehr überzeugend.

»Das sollte einem aber vorher gesagt werden!«

»Dann sag ich's dir eben jetzt.«

»Wie nobel von dir, Marcus!«

Mit der Kraft der Beschwipsten entrang mir Maia endlich den Steinbutt. Bevor ich sie daran hindern konnte, legte sie ihn auf den Rand des Zubers, an dem er so anmutig hinunterglitt wie eine Staatsbarkasse auf Jungfernfahrt. Eine Woge duftenden Wassers schwappte über den jenseitigen Rand, worauf es prompt aus allen Kohlenpfannen prasselte und zischte; etliche meiner Verwandten riefen Bravo.

Stolzgeschwellt über den Erfolg ihrer Anstrengungen, setzte Maia sich wieder. Meine Schwager reichten den Wein herum, den ich für später bestimmt hatte. Der Steinbutt war fürs erste in Sicherheit, doch er hatte angefangen zu garen, bevor ich Zeit fand, die Löffel zu zählen, die Sauce zu binden, meine Tunika zu wechseln – oder das Mädchen zu versöhnen, das ich so schmählich beleidigt hatte. Petronius Longus tat sein Bestes, um sich stellvertretend für mich zu entschuldigen, aber schließlich machte Helena sich doch mit letzter Kraft von ihm los. »Marcus wird Sie hinausbringen«, schlug er noch hoffnungsvoll vor.

»Marcus muß sich um seinen Fisch kümmern!«

Helena verschwand.

Das Wasser im Fischkessel kochte.

»*Laß die Finger davon*!« kreischte Maia, die mich von den Kohlenpfannen abzudrängen versuchte.

Meine Mutter, die bisher stumm dabeigesessen hatte, schubste uns beide mit rebellischem Grollen beiseite. »Wir passen schon auf den Kessel auf – *ab mit dir*!«

Ich rannte auf den Gang: leer.

Ich riß die Wohnungstür auf: niemand auf der Treppe.

Mit zornbebendem Herzen lief ich wieder rein und sah in den anderen Zimmern nach. Neben dem Lesesofa des Senators in dem Kabuff, das ich nie benutzte, stand eine Truhe, mit der Helena sonst auf Reisen ging ... *O, Jupiter*! Ich erriet, was das zu bedeuten hatte.

Petronius hatte Helena in mein Schlafzimmer genötigt. Er kannte sie als eine Frau, die sich normalerweise nicht unterkriegen läßt, und jetzt schien er aufgeregter als sie. Als ich hereinkam, war er über die Maßen erleichtert. »Möchtest du, daß wir gehen?« Ich schüttelte energisch den Kopf (denn ich dachte an den Fisch). Petronius schlich hinaus.

Ich pflanzte mich zwischen Helena und der Tür auf. Sie bebte vor Zorn, oder vielleicht auch vor Kummer. »Warum hast du mich nicht eingeladen?«

»Ich dachte, du würdest nicht kommen!« Ihr Gesicht war bleich und verkrampft, und sie sah richtig unglücklich aus. Ich haßte mich dafür, daß ich ihr das angetan hatte. »Ich hab die ganze Zeit darauf gewartet, daß du dich bei mir meldest. Aber du wolltest offenbar nichts von mir wissen. Ach, Helena, ich hätte es nicht ertragen, den ganzen Abend auf die Tür zu starren und vergeblich auf dich zu warten . . . «

»Tja, nun bin ich ja auch so gekommen!« gab sie schnippisch zurück. »Und jetzt erwartest du wohl, daß ich sage: ›Ach, das ist eben typisch Marcus!‹, so wie deine Familie das macht!« Ich ließ sie geifern. Ihr tat es gut, und ich konnte Zeit gewinnen. Ich sah ja, daß sie völlig verzweifelt war. Und ihre Reisesetruhe hatte mir auch verraten, warum. Ich hatte ihr nicht nur eine Ohrfeige versetzt, nein, ich hatte dafür auch ausgerechnet den Tag gewählt, an dem sie sich entschlossen hatte, mit mir zusammenzuleben . . . »Keine faulen Tricks!« warnte sie, als ich Anstalten machte, näher zu kommen. »Ich kann das so nicht länger mitmachen, Marcus . . . «

Ich legte ihr beide Hände auf die Schultern. Sie versteifte sich gegen den Druck. »Mein Liebes, ich weiß doch . . . « Ich zog sie an mich. Sie wehrte sich, aber nicht energisch genug.

»Marcus, ich ertrage es nicht, dich immer wieder fortgehen zu sehen, ohne daß ich weiß, ob du je zurückkommen wirst . . . «

Ich umarmte sie fester. »Ich bin ja da ... «

»Laß mich los, Marcus.« Helena bog unwillig den Kopf zurück; ich roch wohl zu arg nach Fisch.

»Nein, laß mich die Sache erst wieder ins Lot bringen ... «

»Ich will aber nicht!« antwortete sie, noch immer mit dieser leisen, verzagten Stimme. »Marcus, ich will mich nicht immer von raffinierten Sprüchen einwickeln lassen. Ich will nicht noch mithelfen, wenn ich betrogen werde. Ich will dein Gewinsele nicht hören: *›Helena Justina, ich habe dich nicht eingeladen, weil ich wußte, daß du auch von allein kommen würdest. Helena, ich lasse mir deine Vorwürfe gefallen, weil ich sie verdient habe‹* ... «

»Tut mir leid. Erzähl mir nicht, ich sei ein Schuft, das weiß ich selbst ... « Helena nickte heftig. »Ich will dich nicht beleidigen, indem ich dir sage, wie sehr ich dich liebe, aber ich liebe dich, und du weißt es ... «

»Ach, hör doch auf, den starken Tröster zu markieren!«

Dankbar für den Hinweis, umschlang ich sie aufs neue. »Vergiß, daß ich mit einem Steinbutt geschmust habe. Komm her, du ... «

Als sie den Kopf an meine fischige Brust lehnte, war es aus mit ihrer Beherrschung.

Maia steckte den Kopf durch den neuen Türvorhang, erblickte uns und lief rot an. »Sollen wir noch ein Gedeck auflegen?«

»Ja«, sagte ich, ohne Helena zu fragen.

»Nein, Marcus«, widersprach Helena. »Wir wollen Freunde sein, aber ... du kannst mich nicht zum Bleiben überreden!«

Uns blieb keine Zeit, das zu Ende zu diskutieren. Bevor sie mich völlig am Boden zerstört hatte, pochte schon wieder jemand an meine Tür. Petro würde nachsehen. Ich konnte mir vorstellen, wie er davor zitterte, daß noch eine Grazie lächelnd auf der Schwelle stand ... Bedauernd schnitt ich Helena eine Grimasse und schickte mich an, ihm zu Hilfe zu eilen. Ich war noch nicht bis zur Tür gekommen, als Petro hereinplatzte.

»Draußen ist das Chaos ausgebrochen, Marcus! Kommst du mal?« Mein sonst so gefaßter Freund schien in höchster Erregung. »Da steht ein ganzes Aufgebot dieser verfluchten Prätorianer! Mars allein weiß, was die hier wollen – aber angeblich hast du Titus eingeladen, seine Serviette mitzubringen und deinen Fisch zu kosten ...«

Da war eine gesellschaftliche Katastrophe im Anzug.

Ich schaute Helena an. »Na? Willst du in Schönheit erstarrt da Wurzeln schlagen, oder gibst du dir einen Ruck und stehst mir bei?«

XLIV

Sie rettete mich. Sie konnte nicht anders. Gewissenhaft, wie sie war, konnte sie nicht tatenlos zusehen, wie ein Haufen ungeschliffener Plebejer Titus Caesar in Verlegenheit brachten. Sie beugte sich zwar nur zähneknirschend, aber zumindest für einen Abend hatte ich eine leibhaftige Senatorentochter als Gastgeberin in meinem Haus. Ich erwartete nicht, daß sie kochen konnte, aber sie wußte, wie man das Personal beaufsichtigt.

Für die Mitglieder meiner Familie war ein kaiserlicher Gast kein Grund, ihre lebenslangen Gewohnheiten zu ändern. Titus, der ein reichlich verdutztes Gesicht machte, hatte sich gleichwohl schon reingedrängt, bevor

Helena und ich ihn mit dem wohlgesetzten Willkommensgruß empfangen konnten, der ihm gebührte. Meine Verwandten hatten ihn sich im Handumdrehen geschnappt und mit einer Schale Oliven in der Hand auf einem Schemel plaziert, damit er zusehen konnte, wie sein Steinbutt gar wurde. Ehe ich mich versah, hatten sich anscheinend alle reihum miteinander bekannt gemacht, ohne abzuwarten, bis ich sie einander vorstellte; Helena prüfte den Fisch mit einer Messerspitze, Petronius klemmte mir einen Becher voll Wein in die Armbeuge, und das Chaos schwoll an, während ich, wie eine ersaufende Wühlmaus im Gewittersturm, mittendrin stand.

Nach fünf Minuten und einem Becher minderwertigen Campania-Weins, hatte Titus die Hausregeln begriffen und stimmte in den Pöbelchor ein, der mir unausgesetzt Ratschläge zubrüllte. Wir haben keine Snobs in der Familie; alle akzeptierten ihn als einen von uns. Die meisten interessierten sich ohnehin weit mehr für die vornehme junge Dame, deren köstlich parfümierter Kopf sich dicht neben dem meinen über den behelfsmäßigen Kochkessel beugte.

Die Prätorianer mußten draußen warten. Glücklicherweise bringen die Didius-Frauen, wenn sie das Brot für einen Festschmaus beisteuern, immer gleich so viel mit, daß man etliche Körbe voll hinausschicken kann, falls ein hochrangiger Gast zufällig seine Leibwache dabei hat.

»Was ist das für eine Sauce?« flüsterte Helena und tunkte auch schon den Finger hinein.

»Kümmel.«

»Schmeckt man aber kaum.« Ich sah im Rezept nach – eines, das ich ihr einmal stibitzt hatte. Sie lugte mir über die Schulter und erkannte ihre Handschrift. »Schuft! . . . Da steht zwanzig Gran, aber ich werde ein bißchen mehr nehmen – hast du ihn gemahlen?«

»Hast du das schon mal versucht? Diese Kümmelkörner tanzen dir vom Mörser, als ob sie dich auslachen wollten.«

Sie langte in den Beutel und streute noch etwas Kümmel in den Topf. »Mach dich nicht so breit. Das kann ich schon allein!«

»Du bist aber nur das Personal, der Küchenchef bin ich – und ich muß hinterher den Tadel einstecken, wenn was schiefgeht.« Ich nahm selbst eine Kostprobe. »Bißchen scharf, wie?«

»Das kommt vom Senfsamen und den Pfefferkörnern.«

»Dann gib einen Löffel Honig dazu, während ich das Eindickmittel anrühre . . . «

»Dieser Mann versteht sein Geschäft!« rief Titus. Solche Gäste lobe ich mir.

»Mein jüngerer Bruder ist nicht auf fremde Hilfe angewiesen«, prahlte Junia selbstgefällig. (Bisher hatte sie mich immer als unfähigen Clown geschmäht.) Ich fing Helenas Blick auf. Meine Schwester Junia war sehr stolz auf ihr feines Benehmen und ihren guten Geschmack; bei Familientreffen wirkte sie aber jedesmal steif und fehl am Platze. Ich stellte mit Freuden fest, daß Helena schon jetzt unsere Maia, das verrückte Huhn, am besten leiden mochte.

Wir mußten zu viert anpacken, um den Fisch aus seinem Bad zu hieven. Ich zog einen Löffelstiel durch die Maschen des Gemüsenetzes. Der gegarte Steinbutt war zum Glück noch so fest, daß wir ihn im Ganzen rausholen und auf den Keltenschild meines Bruders wuchten konnten, den Petronius schon bereithielt. Während wir noch das Netz abzogen, verbrannte die Hitze des Fisches, die der metallene Schild erstaunlich rasch weiterleitete, Petro die Arme. Wir beschwichtigten den Klagenden damit, daß dies eine Charakterprobe sei.

»Sei vorsichtig mit dem Knauf auf der Unterseite!«

»Beim Zeus, Marcus, soll ich das Fischtablett etwa den ganzen Abend rumtragen? Aber wie kann ich's absetzen, wenn du den Knauf nicht abgeschraubt hast?«

Mein Schwager Gaius Baebius, der Zollbeamte, trat vor. Gaius Baebius (der nicht im Traum daran denken würde, in jemandes Memoiren mit weniger als zwei Namen vorzukommen) wuchtete stumm einen eisernen Kessel auf den Tisch. Petro senkte den Schildbuckel in den Topf, der den Schild zuverlässig in stabilem Gleichgewicht hielt. Gaius Baebius hatte ein zweiteiliges Tafelgerät entwickelt, das durchaus Stil besaß.

Bestimmt hatte mein Schwager diesen Coup schon seit seinem Eintreffen heimlich geplant. So ein widerlicher Kerl!

Der Steinbutt sah großartig aus.

»O Marcus, das hast du aber gut gemacht!« – beinahe schwang ein winziges Quentchen Zuneigung in Helenas Ausruf mit.

Da die Gesellschaft größer geworden war, tauchten nun die üblichen Partyprobleme auf: Es fehlten sowohl Gedecke als auch Sitzgelegenheiten. Titus behauptete, es mache ihm nichts aus, sich auf den Boden zu hocken und sein Essen auf einem Salatblatt serviert zu bekommen, aber in Gegenwart meiner Mutter war schon etwas mehr Niveau vonnöten. Während Mama dem Steinbutt mit einem Tranchiermesser zu Leibe rückte, schickte ich Maia, die nach Weingenuß auf leeren Magen keine Hemmungen mehr kannte, zu meinen Nachbarn, um reihum Schemel und Schüsseln zu borgen. »Die meisten anderen Wohnungen stehen leer, Marcus. Dieses Haus ist der ideale Zufluchtsort für Gespenster! Das hier habe ich von einer alten Dame über dir geschnorrt – weißt du, wen ich meine?« Und ob!

Eingedenk der Köstlichkeiten, die die protzige Hortensius-Sippe bei *ihrem* Festmahl dem Priscillus vorsetzte, sind Sie vielleicht neugierig auf das Menu bei *mir*:

FISCHESSEN IM HAUSE VON M. DIDIUS FALCO

Salat

Der Steinbutt
noch mehr Salat

Obst

Schlicht und bodenständig – aber dafür konnte ich garantieren, daß nichts vergiftet war.

Im übrigen tranken wir einen ausgezeichneten Wein, den Petronius mitgebracht hatte (er sagte mir, was für eine Sorte es war, aber ich hab's wieder vergessen). Und vielleicht übertreibe ich die Bescheidenheit auch. Die Brüder meiner Mutter waren alle Handelsgärtner, und so hat man in unserer Familie unter Salat niemals bloß ein kleingehacktes, hartgekochtes Ei auf einem Endivienbett verstanden. Sogar meine drei nicht eingeladenen Schwestern hatten etwas beigesteuert, um mir ein schlechtes Gewissen zu machen; also hatten wir großes Tablett Weißkäse, verschiedene Wurstsorten und einen Eimer voll Austern als Beilage zum ordinären Grünzeug. So reichlich waren wir mit Speisen eingedeckt, daß sie sogar über die Schwelle strömten – und zwar buchstäblich, denn Junia gönnte sich mehr als einmal die Freude, den vor dem Haus rumlungernden Prätorianern unseres Ehrengastes etwas runterzutragen.

Alle versicherten mir, der Steinbutt habe vorzüglich geschmeckt. Ich als Koch war viel zu beschäftigt, als daß ich ihn selbst hätte kosten können. Die Kümmelsauce kam offenbar als Beilage sehr gut an, denn bis ich mich danach umsah, war das Servierkännchen schon blank gekratzt. Als ich mich endlich zum Essen niedersetzen konnte, fand ich nur noch im Flur Platz. Die Gäste machten einen solchen Krach, daß mir der Kopf dröhnte. Niemand nahm sich die Mühe, mit mir zu reden, denn ich war schließlich bloß ein erschöpfter Küchenjunge. Ich sah meine Mutter in einer Ecke mit Petro und seiner Frau, wahrscheinlich in ein Gespräch über ihren Nachwuchs vertieft. Meine Schwager aßen und tranken stumm und furzten höchstens mal verstohlen. Maia hatte Schluckauf, was kaum verwunderlich war. Junia strengte sich mächtig an, den Caesar zu unterhalten, was er wohlwollend über sich ergehen ließ – wenngleich Helena Justina ihm weitaus besser zu gefallen schien.

Helenas dunkle Augen wachten ständig über meine Gäste; sie und Maia leisteten mir gute Dienste, hielten das Gespräch in Gang und reichten die Speisen herum. Nur für mich war Helena unerreichbar. Selbst wenn ich nach ihr gerufen hätte, sie hätte mich doch nicht hören können. Dabei hätte ich mich so gern bedankt. Am liebsten wäre ich zu ihr gegangen, hätte sie geschnappt, in eins der leeren Zimmer geführt und sie so leidenschaftlich geliebt, bis wir beide uns vor Erschöpfung nicht mehr rühren konnten . . .

»Wo hast du *die* denn aufgegabelt?« piepste Maias Stimme hinter meinem rechten Ohr. Meine Schwester war eben herangeschwankt, um mir noch eine Portion klebrigen Steinbutt auf den Teller zu schaufeln.

»Ich glaube, sie hat eher *mich* aufgegabelt . . . «

»Armes Mädchen, wie die dich anhimmelt!«

Ich kam mir vor wie einer, der plötzlich den Weg aus der Wüste gefunden hat. »Wie kommst du denn darauf?«

»Na, wie die dich anschaut!« Maia kicherte; sie ist die einzige meiner Schwestern, die mich wirklich mag.

Ich schob meine zweite Portion auf dem Teller herum. Dann hob Helena, die zwischen acht Leuten eingekeilt war, von denen alle gleichzeitig redeten, plötzlich den Kopf und sah, daß ich sie beobachtete. Auf ihrem Antlitz spiegelte sich etwas, das mich tief berührte. Sie lächelte kaum merklich. Ein heimliches Zeichen zwischen uns, das mir sagen sollte, meine Gäste würden sich alle prächtig amüsieren; dann folgte ein Moment gemeinsam genossener Stille.

Titus Caesar neigte sich herüber, um Helena etwas zuzuflüstern; sie antwortete ihm auf die gesetzte Art, mit der sie sich in der Öffentlichkeit unterhielt – kein Vergleich mit dem tyrannischen Weib, das auf mir rumzutrampeln pflegte. Titus schien sie ebensosehr zu bewundern wie ich. Jemand sollte ihm beibringen, daß der Sohn eines Kaisers, wenn er sich schon mit dem Besuch bei einem armen Mann vergnügen will, dessen Fisch essen und seinen Wein schlotzen und auch seine Wachen zur Belustigung der Nachbarn draußen abstellen kann – es aber nicht so weit treiben darf, mit dem Mädchen des armen Schluckers zu flirten ... Meine Verwandten hatte er allesamt mühelos becirct. Ich haßte ihn ob seiner glücklichen Flavier-Veranlagung, sich so leicht mit dem Volk gemein zu machen.

»Kopf hoch, alter Junge!« versuchte jemand, mich aufzuheitern.

Es sah ganz so aus, als hielte Helena Justina dem jungen Caesar eine Standpauke. Und da sie mehrmals zu mir herüberblickte, erriet ich, daß ich Thema ihres Gesprächs war. Gewiß machte Helena ihm Vorwürfe, weil der Palast so verantwortungslos mit mir umsprang. Ich zwinkerte Titus zu; er lächelte einfältig zurück.

Meine Schwester Junia quetschte sich, auf dem Weg

nach ich-weiß-nicht-wo, an mir vorbei. Sie warf einen schrägen Blick auf Helena. »Du Trottel! Du willst dich wohl unbedingt in die Nesseln setzen!« gluckste sie schadenfroh und stolperte weiter, ohne abzuwarten, ob ich ihr diese Spitze übelnahm.

Ich war wieder einmal in der typischen Gastgeberrolle: hundemüde und außen vor. Meinen Fisch hatte ich vor lauter Grübeln kalt werden lassen. Außerdem stellte ich fest, daß eine von meinem Vermieter frisch verputzte Wand offenbar so unter der Trockenheit gelitten hatte, daß nun den ganzen Flur entlang ein Riß klaffte, groß genug, um meinen Daumen reinzustecken. Da hatte ich also einen idealen römischen Abend arrangiert: ein schmackhaftes Essen für meine Familie, die Freunde und einen von mir hochgeachteten Gönner. Und ich saß dabei und brütete deprimiert und mit trockener Kehle vor mich hin.

Meine eigene Schwester hatte mich beleidigt, ich mußte zusehen, wie ein bildhübscher Caesar versuchte, mir mein Mädchen auszuspannen; und wenn die Gäste nachher alle frohgelaunt heimwankten, würde ich Stunden brauchen, um den Trümmerhaufen, den sie zurückgelassen hatten, zu beseitigen.

Eine gute Eigenschaft hat meine Familie: Sobald alles, was sie grapschen konnten, aufgegessen und ausgetrunken war, setzten sie sich rasch wieder ab. Meine Mutter entschuldigte sich mit ihrem Alter und ging als erste, freilich nicht bevor Petros Frau Silvia den jungen Kaiser kreischend daran gehindert hatte, sich nützlich zu machen, indem er die Reste des Steinbutts wegwarf. Mama hatte natürlich vor, aus den Gräten und der restlichen Brühe eine gute Suppe zu kochen. Petronius und Silvia brachten meine Mutter nach Hause (mitsamt ihrem Eimer voll Gräten). Titus besann sich darauf, ihr zum Abschied ein paar lobende Worte über Festus zu sagen (der in Judaea unter Titus gedient hatte). Noch ganz benommen von seinem Fast-Malheur mit der Abfallbeseitigung, erschien es Seiner Hoheit taktvoll, sich ebenfalls zu empfehlen. Bei mir hatte er sich bereits bedankt, und nun griff er wie von ungefähr nach Helenas Hand.

»Camillus Verus' Tochter hat sich energisch für Ihre Interessen eingesetzt, Falco!« Ich fragte mich, ob er wohl gehört hatte, daß mein Verhältnis zu Helena nicht rein beruflicher Natur war; und ob er ahnte, wie verbissen ich mich bemühte, sie hierzubehalten. Nein, das war ihm scheinbar entgangen: ein raffinierter Taktiker, dieser Caesar!

Ich sah Helena an und schüttelte mild tadelnd den Kopf. »Ich dachte, wir wären uns über deine Aufgabe heute abend einig gewesen: Du solltest nur die Oliven rumreichen und die Weinbecher zählen, bevor die Gäste heimgehen!«

Titus bot Helena an, sie nach Hause zu bringen.

»Besten Dank, Caesar«, antwortete sie in dem ihr eigenen bestimmten Ton, »aber Didius Falco hat den Auftrag, sich um mich zu kümmern . . . « (ich war früher mal ihr Leibwächter gewesen). Titus ließ nicht locker. »Und er braucht das Geld!« zischelte sie da, keineswegs diskret.

Titus lachte. »Oh, das Geld kann er auch von mir bekommen . . . «

»Bemühen Sie sich nicht, Caesar! Ohne Arbeit nimmt er kein Geld – Sie wissen doch, wie empfindlich Falco ist!«

Indes war sie nun einmal die Tochter eines Senators. Offiziell hatte ich keinen Anspruch auf sie. Und es war undenkbar, den Sohn des Kaisers zu brüskieren, indem ich ihn auf meiner Schwelle in einen kleinlichen Streit um die Etikette verwickelte. So kam es, daß ich Helena in dem lärmenden Pulk, der Titus auf die Straße runter eskortierte, schließlich aus den Augen verlor.

Es war zwar unhöflich von mir, aber ich war so niedergeschlagen, daß ich einfach oben blieb. Nachdem meine Verwandten erst mal die zwei Treppen runtergepoltert waren und meinen kaiserlichen Gast zum Palatin zurückgewunken hatten, sahen sie keinen Grund, noch einmal all die beschwerlichen Stufen raufzukraxeln, nur um mir auf Wiedersehen zu sagen. Also gingen sie gleich heim. Die ehrbaren Bürger der Piscina Publica litten gewiß schmerzlich unter dem Spektakel, mit dem sie abzogen.

In der Wohnung war es auf einmal furchtbar still. Jetzt ging's ans Aufräumen, und ich machte mich auf eine lange Nacht gefaßt. Ich schnippte ein paar Stengel Brunnenkresse in einen Abfalleimer, richtete träge ein paar umgekippte Becher auf und klappte dann auf einer Bank zusammen, ganz wie erschöpfte Gastgeber es zu tun pflegen, wenn sie sich nach einem rauschenden Fest den übriggebliebenen Scherbenhaufen ansehen.

Hinter mir klappte eine Tür. Ein Wesen mit sanften Fingern und feinem Zeitgefühl kitzelte mich im Nacken. Ich beugte mich vor, um ihr mehr Raum zu geben. »Bist du das?«

»Ja, ich bin's.« Na bitte: ein gewissenhaftes Mädchen. Natürlich war sie nur zurückgekommen, um mir beim Abwasch zu helfen.

XLV

Damit hätte ich rechnen können. Die Frage war, ob ich sie überreden konnte, hinterher noch bei mir zu bleiben.

Ich beschloß, zuerst die Hausarbeit zu erledigen und die knifflige Aufgabe hinauszuschieben, bis die Müdigkeit mich schmerzunempfindlich gemacht hatte.

Helena und ich gaben ein brauchbares Gespann ab. Ich konnte zupacken, wenn es sein mußte. Sie war etwas heikler, aber im Ernstfall scheute sie vor keiner Arbeit zurück. »An welchem Ende der Straße ist der Misthaufen?« Sie stand mit zwei unappetitlichen Abfalleimern in der Wohnungstür.

»Laß sie über Nacht auf dem Treppenabsatz stehen. Die Gegend hier macht zwar einen ganz friedlichen Eindruck, trotzdem solltest du des Nachts nichts riskieren.« Helena war an sich ein vernünftiges Mädchen, aber über den Alltag in Proletenkreisen würde ich ihr doch noch eine ganze Menge beibringen müssen.

Noch vom Flur draußen rief sie: »Marcus, hast du diesen Spalt in der Wand gesehen? Glaubst du, das ist Kunst am Bau?«

»Wahrscheinlich, ja.«

Endlich hatten wir es geschafft. Die Wohnung roch zwar immer noch nach Fisch, aber alles war wieder sauber, bis auf den Fußboden, und da konnte ich morgen schnell drüberwischen. »Danke! Du bist eine Perle.«

»Gern geschehen – es hat mir sogar Spaß gemacht.«

»Na, ich bin froh, daß wir's hinter uns haben! Es ist nämlich ein Unterschied, mein Herz, ob man einmal aus Jux die Arbeit von zwanzig Sklaven erledigt – oder ob man sie jeden Tag machen muß.« Dann setzte ich mich hin und polierte in aller Ruhe meine guten Bronzelöffel. »Verschweigst du mir am Ende was?« Helena blieb stumm. »Na, komm schon, raus damit: Du bist von zu Hause durchgebrannt.« Selbst wenn bei uns alles in Butter war, wurde sie nervös, sobald es den Anschein hatte, als könnte ich in ihre Geheimnisse eindringen. Und gerade das hatte mich bei Helena von Anfang an gereizt: daß sie so schwer auftaute. Sie blickte mich finster an. Ich guckte finster zurück. »Ich bin Privatermittler, Helena – ich kann Indizien deuten! Außer dem Diwan deines Vaters steht drüben noch eine Truhe mit deinem zweitbesten Kleid und deinen Ersparnissen drin . . . «

»Mein zweitbestes Kleid habe ich an«, widersprach sie. »Und in der Truhe liegt die Besitzurkunde, die mir das Recht aufs Erbe meiner Tante Valeria sichert . . . «

Wenn ich mich so unsterblich verliebe wie in Helena Justina, dann werde ich bald neugierig und forsche nach, auf was ich mich eingelassen habe. Ich wußte also, daß das kleine Landgut ihrer Tante nur einen Bruchteil von Helenas Portefeuille ausmachte. Und ich kannte Helena recht gut; was sie vorbrachte, hörte sich ganz so an, als verzichte sie aus freien Stücken auf die Apanage, die ihr Vater ihr ausgesetzt hatte.

»Krach mit der Familie?«

»Wenn ich Schande über die Familie bringe, kann ich doch kein Geld von ihr nehmen!«

»So schlimm ist es?« Ich runzelte die Stirn. Helena war keine von diesen verwöhnten Gesellschaftsmiezen, die aus purem Trotz mit dem Fuß aufstampfen und ihr Recht auf ein paar Skandale einfordern. Nein, Helena liebte ihre Familie. Ihren Eltern Kummer zu machen, tat ihr bestimmt in der Seele weh. Ich war nicht gerade stolz darauf, daß ich sie just dazu angestiftet hatte – um sie dann hängenzulassen.

Sie überraschte mich mit einem Erklärungsversuch: »Ich bin dreiundzwanzig. Ich habe bereits eine Ehe und eine Scheidung hinter mir. Trotzdem ist es eine Schande, einfach so aus dem Haus meiner Eltern fortzulaufen – nur, ich komme daheim einfach nicht mehr zurecht.« Nun war es durchaus nicht dasselbe, ob ein Mädchen vor den Zwängen eines Höhere-Tochter-Daseins *davonlief* oder ob sie *zu mir* gelaufen kam. Mit welcher Variante hatte ich es hier zu tun?

»Wollen deine Leute dich etwa wieder verheiraten? Mir irgend so einem langweiligen, überkorrekten Senatorenschwengel?«

»Wenn du jetzt hier wohnst«, meinte sie (meine Frage übergehend), »könnte *ich* doch in deine alte Bude einziehen . . . «

»Aber nicht allein.«

»Ich bin nicht furchtsam!«

»Solltest du aber! Die Brunnenpromenade hat sogar mich das Fürchten gelehrt.«

»Es tut mir leid«, sagte Helena niedergeschlagen. »Ich hätte mich doch von Titus heimbringen lassen sollen . . . «

»Zum Hades mit Titus!« Wir hatten immer noch diesen ungeklärten Zwist am Hals, der im Augenblick jede vernünftige Entscheidung blockierte. Doch wenn wir jetzt, mitten in der Nacht, angefangen hätten zu streiten, wäre es womöglich zur Katastrophe gekommen. »Wenn du nach Hause willst, dann bringe *ich* dich hin! Aber zuerst sagst du mir, was du hier gewollt hast.« Sie schloß müde die Lider, und ich war ausgesperrt. »Helena, das bist du mir schuldig!«

»Ich wollte mich erkundigen, ob die Stelle noch frei ist – die für das Mädchen, das Mitteilungen entgegennimmt.«

»Die wartet immer noch auf die richtige Bewerberin.«

Sie sagte nichts, sah mich aber wenigstens wieder an. »Bleib heute nacht hier und überschlaf es«, bat ich ruhig. »Ich biete dir wenigstens eine ordentliche Bleibe. Ich fände es furchtbar, wenn du in zugigen Tempeleingängen schlafen und die Passanten am Pons Probi um ein paar Kupfermünzen anbetteln müßtest!« Helena war noch immer unschlüssig. »Schau, wir haben ein Bett und einen Diwan; du kannst dir aussuchen, wo du schlafen möchtest. Ich erwarte ja nicht, daß du das Lager mit mir teilst.«

»Das Bett steht natürlich dir zu«, sagte Helena.

»Na schön. Und keine Angst, ich weiß mich zu beherrschen, werde dir also nicht zu nahe treten.« Zum Glück war ich völlig erschöpft; andernfalls hätte ich dieses Versprechen womöglich nicht halten können. Ich rappelte mich hoch. »In meinem Schlafzimmer steht ein Diwan, der sich nach einer Dame sehnt, die ihn mit Beschlag belegt. Hier hast du eine Lampe, und da ist warmes Wasser zum Waschen. Reicht das?«

Sie nickte und ging hinaus.

Immerhin hatten wir etwas erreicht. Ich wußte bloß noch nicht, was. Aber Helena Justina hatten einen entscheidenden Schritt getan – und ich würde ihr helfen müssen, die Folgen zu tragen.

Rastlos ging ich daran, mir den Fischgeruch vom Leib zu schrubben, und fuhrwerkte anschließend wie ein veritabler Hausvater in der Wohnung herum: schloß die Fensterläden, löschte die Kohlenbecken, kam mir mächtig wichtig vor. Jetzt, da ich für Helena verantwortlich war, verriegelte ich sogar die Flurtür. Ich wußte allerdings nicht genau, ob ich das tat, um Einbrecher aus- oder Helena einzusperren.

Ich pfiff ein paar Takte, um sie vorzuwarnen, dann trat ich mit zwei Bechern dampfenden Honigmets ein. Der

Lampendocht flackerte im Zugwind, der mit mir hereinwehte. Helena hatte sich auf dem Diwan ihres Vaters zusammengerollt und flocht sich die Haare. Mit Gallas Sessel, Helenas Truhe und ihren Toilettensachen wirkte das Zimmerchen auf einmal richtig gemütlich; genauso hatte ich es mir immer vorgestellt. »Ich bringe dir einen Schlummertrunk. Brauchst du sonst noch was?« *Mich zum Beispiel?* Sie schüttelte zaghaft den Kopf.

Ich stellte ihr den Becher bequem in Reichweite und schlappte zurück zur Tür. »Ich geb immer ein paar Gewürznelken rein, aber wenn dir das nicht schmeckt, brauchst du's nur zu sagen, und ich lasse sie nächstes Mal weg.«

»Marcus, du siehst so traurig aus. Bin ich dran schuld?«

»Ich glaube, es liegt an dem Fall.«

»Was ist denn schiefgegangen?«

»Dieser Freigelassene ist trotz meiner Anstrengungen umgebracht worden. Auch seinen Koch hat's erwischt – nicht zuletzt durch meine Schuld. Morgen muß ich entscheiden, wie es weitergehen soll.«

»Möchtest du nicht mit mir darüber sprechen?«

»Heute nacht?«

Helena Justina lächelte mich an. Es gehörte zu ihrer neuen Rolle, daß sie künftig Anteil an meiner Arbeit nahm. Sie hatte vor, mich ständig mit Fragen zu löchern, meine Klienten auf Herz und Nieren zu prüfen, sich überall einzumischen ... Das konnte ich zur Not verkraften. Ach was, ich stellte es mir herrlich vor, mit Helena über meine Arbeit zu streiten. Ihr Lächeln vertiefte sich; sie hatte mein verstohlenes Grinsen bemerkt. Ich setzte mich in Gallas Sessel, balancierte den Becher auf einem Knie und erzählte Helena endlich alles, was seit unserem letzten ernsthaften Gespräch passiert war.

Na ja, fast alles. Daß Severina mich beinahe verführt hätte, schien mir nicht erwähnenswert. »Ist das die ganze Geschichte?« fragte Helena.

»Na, reicht das nicht? Erst engagieren mich die Hortensius-Weiber, damit ich Severina überführe. Und jetzt, wo sie mich gefeuert haben, möchte Severina, daß ich Pollia und Atilia beschatte . . . «

Helena überdachte meine Alternativen, ich machte ihr derweil schöne Augen. »Die Hortensii haben dir ihr Haus verboten, ein ziemlich starkes Stück! Ich finde, du solltest Severinas Auftrag annehmen. Ist sie unschuldig, hast du nichts zu verlieren. Und wenn sie schuldig ist, hast du so eine bessere Chance, sie zu überführen und deinen verstorbenen Freund, den Koch, zu rächen. Außerdem«, schloß Helena folgerichtig, »muß Severina dich bezahlen, wenn du für sie arbeitest.«

»Dagegen ist nichts einzuwenden!« Von meiner Befürchtung, die Kupfervenus könnte es darauf anlegen, mich in Naturalien zu entlohnen, sagte ich lieber nichts.

»Na, geht's dir jetzt wieder besser?«

»Mmm. Danke. Ich werde gleich morgen früh bei Severina vorbeischauen.« Also höchste Zeit, schlafen zu gehen. »Außerdem muß ich zu deinem erlauchten Papa und ihm erklären, wie ich dich entehrt habe . . . «

»Dazu besteht kein Grund! Das habe ich schließlich ganz allein besorgt.«

»Dein Vater könnte das anders sehen. Einem Tunichtgut, der eine Senatorentochter aus dem elterlichen Nest lockt, unterstellt man nun einmal, daß er den guten Namen des Vaters befleckt hat.«

Helena wischte den Einwand großzügig beiseite. »Jeder Vater sollte stolz sein, wenn er erfährt, daß seine Tochter mit dem ältesten Sohn des Kaisers an einer Tafel gesessen und zum Diner Steinbutt serviert bekommen hat!«

»Herzblatt, im Hause Falco fällt das Diner mitunter ersatzlos aus!« Sie wirkte sehr müde. Ich griff nach der Lampe. Unsere Blicke trafen sich. Ich ging zur Tür. »Ich gebe dir lieber keinen Gutenachtkuß, denn wenn ich's täte, könnte ich mich womöglich vergessen.«

»Marcus, im Moment weiß ich einfach nicht, was ich will . . . «

»Nein. Aber was du *nicht* willst, ist dafür glasklar . . . «

Sie wollte etwas sagen, doch ich ließ sie nicht zu Wort kommen. »Das oberste Gebot in diesen vier Wänden lautet: Dem Hausherrn darf man nicht widersprechen; ich bin allerdings darauf gefaßt, daß du's übertreten wirst.« Ich löschte die Lampe und fügte im Schutz der Dunkelheit hinzu: »Das zweite Gebot heißt: Sei gut zu ihm, denn er hat dich lieb.«

»Das schaff ich schon. Was sonst noch?«

»Nichts. Das ist alles. Außer – willkommen in meinem Haus, Helena Justina!«

XLVI

Severina kriegte auf Anhieb spitz, daß mit mir eine Veränderung vorgegangen war. »Was ist denn mit Ihnen passiert?«

»Hab gestern abend mal gut gegessen.« Da die Beziehung zu Helena noch auf ziemlich wackligen Füßen stand, wollte ich meine Untermieterin fürs erste lieber verschweigen. Im übrigen mochte vielleicht Helena die Aufgabe bekommen, meinen Klienten auf den Zahn zu fühlen, aber Helena Justinas Stellung bei mir ging andere noch lange nichts an.

»Ist das alles?« forschte Severina eifersüchtig. Eine Frage, die mir bekannt vorkam.

Ich erklärte mich bereit, ihren Auftrag zu übernehmen. Ich würde zweispurig ermitteln: einmal die Beziehungen zwischen den Geschäftsimperien von Priscillus und den Hortensii durchleuchten und zum anderen detailliert den Ablauf des Banketts rekonstruieren, bei dem Novus den Tod gefunden hatte. Sie wollte wissen, ob sie mir helfen könne, und schien überrascht, als ich nein sagte. »Sie gehören zum Kreis der Verdächtigen, Zotica. Da halten Sie sich am besten im Hintergrund.«

»Na gut, und wenn mir etwas einfällt, was Ihnen weiterhelfen könnte, dann kann ich ja in Ihre Wohnung kommen ...«

»Nein, bloß nicht! Ich habe ein Zimmer an jemanden untervermietet, dem ich allein mit Damenbesuch nicht über den Weg traue. Ich komme lieber zu Ihnen.«

»Aber ich möchte über Ihre Ermittlungen auf dem laufenden sein ...«

»Das sollen Sie ja auch!« Ich mußte schon Helena über jeden meiner Schritte Rechenschaft ablegen. Noch einen Aufseher konnte ich nicht verkraften.

Severinas helle Augen flackerten. »Warum wollen Sie mir auf einmal doch helfen?«

»Weil ich was gegen unerledigte Fälle habe.«

Ich war schon im Gehen. »So eilig?« Severina kam mir nach. »Sie sind meine letzte Hoffnung, Falco«, sagte sie beschwörend. »Alle anderen mißtrauen mir ...«

Mutwillig tupfte ich ihr mit dem Finger die Spitze des sommersprossigen Näschens platt. »Das wird sich ändern, wenn ich erst Ihre Unschuld bewiesen habe.« Jetzt, wo sie dafür bezahlte, bequemte ich mich zur Rolle des Beschützers – und war selbst verblüfft darüber, wie gut sie mir gelang. Schon ein halbes Zugeständnis von Helena hatte mich froh gemacht. »Ach, übrigens, suchen Sie eigentlich immer noch ein neues Zuhause für Ihren Papagei? Ich wüßte da nämlich jemanden, der vielleicht gern ein Kuscheltier zur Gesellschaft hätte.«

»Wen denn?«

»Entfernte Verwandtschaft.« Nun gut, jemand, der vielleicht in einem fernen Äon mal zur Familie zählen würde. Außerdem war ich aus bestimmten Gründen selbst an dem Vogel interessiert. »Ich kann nicht versprechen, daß es ein dauerhaftes Arrangement wird, aber wenn Sie wollen, dann nehme ich Ihre Chloe für einen Monat zur Probe . . . «

Nach dem Besuch bei Severina machte ich einen großen Umweg am Fluß entlang, um Petronius Longus in der Baracke zu besuchen, die der Aventinischen Wache zugleich als Arrestzelle und Schankstube dient. Drinnen drängten sich seine Männer um die Würfeltische und schimpften lauthals über die Regierung, also flohen wir nach draußen und sahen zu, wie die Proviantboote tiberaufwärts gerudert wurden.

Petronius war mein bester Freund, deshalb verstand es sich von selbst, daß ich ihm von Helenas Einzug bei mir erzählte. Um dummen Witzen vorzubeugen, mußte ich natürlich auch erwähnen, daß es sich einstweilen nur um ein Abkommen auf Widerruf handelte. Er schüttelte lächelnd den Kopf. »Ihr seid mir schon zwei! Könnt nie den einfachen Weg gehen, was?«

»*Gibt* es denn einen einfachen Weg für einen Plebejer, der die Tochter eines Senators aus ihrem Nest locken will?«

»Keiner außer dir würde so etwas versuchen!«

Als nächstes wollte er mir für den gestrigen Abend

danken, doch ich fiel ihm ins Wort. »Es war mir ein Vergnügen, außerdem schuldete ich dir und Silvia längst schon eine Einladung ... Sag mal, Petro, was hört man denn heutzutage so über die Immobiliengeschäfte der Hochfinanz?«

»Nichts Ungewöhnliches – wo man hinschaut Schwindel, Gaunereien und Schikanen gegen die wehrlosen Mieter. Bist du da etwa in ein Wespennest getreten?«

»Schon möglich. Ist dir mal ein Schwarm von Immobilienhaien namens Hortensii untergekommen?« Petro schüttelte den Kopf. »Und Appius Priscillus, hast du von dem schon gehört?«

»Na, und ob! Wenn du vorhast, Priscillus zu besuchen, setzt du dir am besten vorher 'nen Nasenklemmer auf.« Ich hob fragend die Brauen. »Alles, was der Kerl anfaßt, stinkt!«

»Und gibt's irgendwo ein besonders penetrantes Jauchefaß?«

»Ich selbst bin dem Mann nie begegnet, aber ich weiß aus zuverlässiger Quelle, daß die Hälfte der Ladenbesitzer an der Via Ostiensis ihren Kopf in einem Zuber verstecken, wenn bloß sein Name fällt. Falls du Material über ihn brauchst, kann ich mich gern mal umhören.«

»Das wär riesig nett von dir ...«

»Du versuchst da, einen mächtig Großen festzunageln, Falco!« warnte Petro bedächtig. Größe an sich – oder auch Größe als Maßstab für gesellschaftlichen Rang – hatte Petronius noch nie einschüchtern können; er wollte mir wohl zu verstehen geben, daß der Mann gefährlich sei.

Zu Hause fand ich ein mustergültiges Faktotum vor, das sich angelegentlich in eine Gedichtrolle vertieft hatte.

Sie war in den Thermen gewesen; der zarte, erregende Duft eines Parfums erfüllte die ganze Wohnung, was mir gar nicht recht war – oder doch? Sie bedachte mich mit einem flüchtigen, spöttischen Lächeln, als ob ich sechs Beine und einen Schnabel im Gesicht hätte, und fuhr dann unverfroren fort, während der Bürozeit ihren poetischen Neigungen zu frönen.

Ich fragte in winselndem Ton: »Wohnt hier ein gewisser Falco?«

»Ab und an.« Sie dachte nicht daran, ihren wohlfrisierten Kopf von der Schriftrolle zu heben.

»Können Sie ihm etwas ausrichten?«

»Wenn mir danach ist.«

»Es geht bloß darum, daß ich vielleicht einen Job für ihn habe – falls er nicht zu wählerisch ist.«

»Da brauchen Sie bei Falco keine Angst zu haben!« Sie lachte bitter.

»Wie hoch ist denn sein Honorar?« Endlich blickte sie doch von ihrer Lektüre auf. »Nein, sag's ihnen ja nicht, Spatz! Die richtige Antwort lautet: *So, wie Sie aussehen, können Sie sich Falco eh nicht leisten.*«

»Wieso? Ich kann den Klienten auch eine konkrete Antwort geben. Ich weiß ja, was du mir berechnet hast . . . «

»Du bist eine schöne Frau, und ich wollte bei dir Eindruck schinden. Da hab ich dir einen Sonderpreis gemacht.«

»Du meinst wohl, einen besonders teuren!« Während dieser jovialen Frotzelei sandte ich unentwegt wollüstige Signale aus. Helena fing prompt an, sich zu verhaspeln. »Mach ich das soweit richtig?« fragte sie.

»Du kannst ruhig etwas weniger freundlich sein. Klienten machen bloß Ärger, warum sie also noch ermuntern?«

»Was strampelt denn da in dem Sack?«

Ich knüpfte den Strick auf, und Chloe kam zornig herausgehopst. »*Steh nicht so dumm da, Weib*«, krächzte sie, »*hol mir lieber 'nen Schnaps*!«

Helena war empört. »Didius Falco, wenn du Geschenke mit heimbringen willst, meinetwegen – aber ich verbitte mir Vögel, die freche Antworten geben!«

»Ich wollte dich doch nicht kränken! Nein, Liebes, ich habe eine Aufgabe für dich. Ich glaube nämlich, diese gefiederte Kodderschnauze kann uns auf die Sprünge helfen. Es ist übrigens ein Weibchen; Chloe heißt sie. Ein Körnerfresser, soviel ich verstanden habe. Als Zeugin gehört sie zu der durchtriebenen Sorte und ist im übringen absolut unzuverlässig. Am besten, du steckst sie in ein Zimmer mit geschlossenen Fensterläden, damit sie nicht womöglich die Biege macht, bevor sie geplaudert hat. Ich besorg dir eine Tafel – dann brauchst du bloß mitzuschreiben, was sie sagt.«

»Was für eine Art Hinweis suchen wir denn?« Der Papagei bot drei Worte an, denen man sonst fast nur an den Wänden von Wirtshauslatrinen begegnet. »Es wird mir ein Vergnügen sein!« knurrte Helena.

»Tausend Dank, Geliebte! Ach, wenn du den Makler siehst – Cossus heißt der Knabe –, dann bitte ihn doch, sich mal diesen Riß in der Flurwand anzusehen, ja?«

»Ich kann ihm ja sagen, du wolltest eigens an diese Wand für tausend Sesterzen ein Fresko von *Bellerophon und Pegasus* malen lassen.«

»Das überzeugt ihn bestimmt! Sonst noch Fragen, o holdes Weib?«

»Bleiben der Herr zum Mittagessen?«

»Bedaure, keine Zeit.«

»Wo willst du denn hin?«

»An verschiedene Türen klopfen.«

»Und wer sorgt fürs Abendbrot?« Eine Frau mit praktischem Verstand.

Ich warf ein paar Münzen in eine Schale. »Du kaufst ein, ich koche, und aufessen tun wir's gemeinsam, während wir meinen Tag durchsprechen.«

Ich gab ihr einen keuschen Abschiedskuß, der sie ungerührt ließ, auf mich aber eine verstörende Wirkung hatte.

XLVII

Das Haus von Appius Priscillus entpuppte sich als düstere Festung auf dem Esquilin. Der Mann war also ein Nachbar des Prätors Corvinus, der auch in dieser vormals berüchtigten Seuchenbrutstätte residierte. Neuerdings grassierte hier freilich eine ganz andere Pest: Die Reichen waren eingefallen!

Die Villa stank förmlich vor Geld, obgleich der Besitzer sein Vermögen anders zur Schau stellte als etwa die Hortensii mit ihrer protzigen Innenarchitektur und ihren wahllos angehäuften Kunstschätzen. Priscillus betonte den Wert seiner Besitztümer durch die umfangreichen Vorkehrungen, mit denen er sie sicherte. So gab es beispielsweise weder Balkone noch Pergolen, die einem Dieb das Eindringen hätten erleichtern können, und die wenigen Fenster im Oberstock waren fest vergittert. Eine private Wachmannschaft saß in einer Art Bunker und vertrieb sich die Zeit mit Brettspielen. Ihr Wachlokal befand sich gleich am Beginn der Straße, über deren ganze Länge sich die Trutzburg dieses Großmeisters des Grundstücksmarktes erstreckte. Die

Außenmauern waren schwarz gestrichen: ein zarter Hinweis auf den Charakter der Bewohner.

Zwei weiße Augäpfel, die einem hünenhaften Schwarzafrikaner gehörten, blitzten hinter dem Sprechgitter in einer besonders stabilen schwarzen Eingangstür. Ich bestand die Gesichtskontrolle und wurde eingelassen, aber dann spulte der Zerberus die Formalitäten mit affenartiger Geschwindigkeit ab, damit der Besucher sich nur ja nicht zu sehr mit dem Grundriß der Festung vertraut machen konnte. In der Eingangshalle lagerten ein Paar britannische Jagdhunde (angekettet), die nur um einen Bruchteil freundlicher waren als die ledergewandeten Leibwächter. Ich zählte mindestens fünf, die auf dem Gelände patrouillierten, den funkelnden Dolch auffallend im handgewebten Gürtel plaziert.

Ich wurde in ein Nebenzimmer abgeschoben. Doch bevor ich vor lauter Langeweile darauf verfallen konnte, meinen Namen auf der Tapete zu verewigen, erschien ein Sekretär, der deutlich Anstalten machte, mich dahin zurückzuschicken, wo ich hergekommen war.

»Dürfte ich Appius Priscillus sprechen?«

»Nein. Priscillus empfängt Bittsteller zwar am Vormittag, aber da führen wir eine Liste. Wenn Sie nicht auf der Liste stehen, können Sie auch nicht mit einem Almosen rechnen. Falls Sie als Mieter kommen, wenden Sie sich an den zuständigen Sachbearbeiter. Wenn Sie ein Darlehen wollen, gehen Sie zum Kreditreferenten . . . «

»Und wo finde ich den persönlichen Referenten von Priscillus?«

Er zögerte. Sein Blick sagte mir, Informationen dieser Art stünden sehr hoch im Kurs. »Das könnte unter Umständen ich sein.«

»Die Information, die ich brauche, ist besonders delikat. Vielleicht würde Priscillus sie mir lieber selbst geben.«

»Er ist nicht der Typ für heikle Themen«, sagte sein Adlatus.

Für sein Sekretariat hatte Priscillus offenbar nicht viel springen lassen; mein Gegenüber jedenfalls war kein gebildeter Grieche, der fünf Sprachen beherrschte. Er hatte vielmehr die langweiligen Züge eines Nordeuropäers, und das einzige, was ihn als Schreiber auswies, waren die Rohrfeder mit der geborstenen Spitze in seiner braunen Stoffschärpe und das über und über mit Tinte bekleckste Gewand.

»Ich heiße Didius Falco.« Er hatte mich nicht nach meinem Namen gefragt, aber mir schien es höflich, mich vorzustellen. »Ich möchte Sie bitten, Appius Priscillus auszurichten, daß ich etliche Fragen an ihn habe, und zwar im Zusammenhang mit dem, was sich vor zwei Nächten im Hause der Hortensii ereignet hat. Die Klärung dieser Fragen dürfte ebenso in seinem Interesse liegen wie in meinem.«

»Und was sind das für Fragen?«

»Vertrauliche.«

»Mir können Sie's ruhig sagen.«

»Ich kann vielleicht – aber ich werde es nicht tun.«

Ohne mir einen Platz anzubieten, zog der Sekretär mürrisch von dannen. Allerdings standen in dem Raum auch weder Schemel noch Bänke, sondern nur schwere Kisten, die wahrscheinlich bis zum Rand mit Geld vollgestopft waren. Wer sich auf diese Kassetten setzte, würde seinen Allerwertesten mit einem häßlichen Muster aus Nägeln, Leisten und Bolzen verunzieren. Da ich keinen Stempel auf meinem Popo wollte, blieb ich stehen.

Wäre ich Anwalt gewesen, hätte der Gerichtsdiener kaum Zeit gehabt, die Wasseruhr zu stellen, um mein

Plädoyer zu stoppen, als mein Bote auch schon zurückkam. »Er wird Sie nicht empfangen!« verkündete er triumphierend.

Ich seufzte. »Und was jetzt?«

»Nichts zu machen! Sie sind unerwünscht. Also gehen Sie.«

»Fangen wir doch nochmal von vorn an«, sagte ich geduldig. »Mein Name ist Didius Falco. Ich untersuche den Mord an dem Freigelassenen Hortensius Novus, der vergiftet wurde, und nebenbei auch noch den Mord an seinem Koch ... «

»Na und?« höhnte der Sekretär.

»Ein Vögelchen hat mir gezwitschert, Appius Priscillus könnte in diese Verbrechen verwickelt sein.« Er zuckte mit keiner Wimper. »Und ich dachte mir, gegen so schwerwiegende Beschuldigungen möchte Priscillus sich vielleicht gern verteidigen ... «

»Wenn er was verbrochen hat, werden Sie's ihm nie beweisen! Wenn Sie Beweise hätten, wären Sie nicht hier!«

»Das klingt überzeugend, ist aber die Logik eines Gauners. Und jetzt richten Sie Priscillus folgendes aus: Wenn er's war, dann werde ich ihn überführen. Sowie ich die Beweise habe, komme ich wieder.«

»Das glaube ich kaum, Falco. Und nun schlage ich vor, Sie ziehen ganz schnell Leine, denn wenn ich erst die Phrygier bitten muß, Sie rauszuwerfen, könnten Sie ziemlich unsanft vor der Tür landen.«

»Richten Sie Priscillus aus, was ich Ihnen gesagt habe«, wiederholte ich und ging scheinbar ganz brav zur Tür. Doch sowie der Bürohengst es einen Augenblick an Aufmerksamkeit fehlen ließ, sprang ich vor und drehte ihm den Arm auf den Rücken. »Gehen wir doch lieber gleich zu Priscillus – und zwar gemeinsam. Den zweiten Teil meiner Nachricht können wir ihm gemeinsam überbringen – und mit dem ersten wollen wir dich, mein Bürschchen, auf die Probe stellen. Ich glaube nämlich, daß er noch gar nichts von meinem Besuch weiß...« Der Trottel fing an zu toben. »Hör auf zu zappeln, Kerl, oder das Stenografieren wird die nächsten ein, zwei Wochen verdammt schmerzhaft für dich sein!« Ich ruckte einmal kräftig an seinem Arm, um meiner Drohung Nachdruck zu verleihen. »Verkauf mich nicht für dumm, Mensch – du bist doch überhaupt nicht bei Priscillus gewesen. So schnell, wie du wieder da warst, hattest du höchstens Zeit, deine Läuse zu kratzen.«

»Er ist gar nicht hier!« keuchte der wandelnde Tintenklecks.

»Und wo steckt er?«

»Das hier ist seine Firmenadresse. Er hat noch ein Haus auf dem Quirinal und zwei weitere gegenüber der Porta Salaria. Vielleicht ist er aber auch drüben, auf der anderen Seite vom Fluß, in seinem Neubau auf dem Janiculum. In seinen Privathäusern empfängt er allerdings nur enge Freunde.«

»Und wann erwartest du ihn wieder hier?«

»Das kann man nie sagen...« Plötzlich hatte er sich freigestrampelt und stieß einen Schrei aus, der einen der Leibwächter auf den Plan rief.

»Nur ruhig Blut. Ich geh schon – aber bestell deinem Herrn, sowie er hier aufkreuzt, was ich dir aufgetragen habe!«

»Keine Sorge! Und wenn ich's ihm sage, dann können Sie sich auf seinen Besuch gefaßt machen, Falco!«

Ich lächelte. Mitunter ziehen Drohungen Unannehmlichkeiten nach sich. Doch meistens folgt nur heiße Luft.

Als ich, mit schrägem Blick auf die phrygischen Muskelpakete, durch die Halle ging, bemerkte ich draußen eine Sänfte. Wofür Priscillus seine Einkünfte auch verpulvern mochte, an seinen Tragstuhl verschwendete er sie jedenfalls nicht: Dieses uralte, fleckige braune Ledervehikel war so verbeult und schmutzig, daß es schon wieder auffiel. Ich zumindest hatte es schon mal gesehen: bei dem Hausbrand, in der Nacht, als Hortensius Novus ums Leben kam. Das wiederum hieß, ich mußte auch Priscillus schon einmal gegenübergestanden haben, nämlich in jener Nacht, als er aus eben dieser Sänfte gesprungen war.

So ein Geschäftsmann hat's wirklich schwer. Kaum kann er sich eine wohlverdiente Verschnaufpause gönnen, nachdem er seinen Erzrivalen abgemurkst hat, schon muß er sich wieder ins Zeug legen, um das gramgebeugte Opfer einer Brandstiftung mit einem lukrativen Vertrag zu ködern . . .

Wenn die Sänfte draußen stand, war Priscillus vermutlich doch im Haus. Aber ich zog ab, ohne mich weiter mit dem Personal anzulegen. Der Denkzettel, den ich dem Schreiberling verpaßt hatte, garantierte mir, daß der Kerl so schnell wie möglich zu seinem Herrn eilen und mich verpetzen würde. Ich konnte mich also darauf verlassen, daß Priscillus meine Nachricht erhielt.

Vor dem Eingang erkannte ich gleich noch ein unliebsames Erinnerungsstück: Der da von seinem Maultier stieg, war niemand anderes als der pickelige Querulant, den ich zuletzt gesehen hatte, als er auf den alten Obsthändler in der Abakusstraße losgegangen war. Ich wappnete mich schon für einen Zweikampf, aber die kurzsichtige Wanze erkannte mich gar nicht wieder.

Den Nachmittag vertrieb ich mir damit, im Tempel des Saturn die Bürgerlisten des Zensors und die Vermögensurkunden durchzugehen, die aus Sicherheitsgründen im Schatzamt aufbewahrt werden. Appius Priscillus, der schon seit langem den Status eines Freigelassenen besaß, gehörte zum Wählerstamm der Galerianer. Ein umfassender römischer Zensus war zwar längst überfällig, aber trotzdem hätte der Mann irgendwo in den staatlichen Archiven aufgeführt sein müssen. Allein, er hatte es tatsächlich fertiggebracht, seine Existenz vor den Behörden zu verheimlichen. Was mich nicht überraschte.

Ich hatte es eiliger als sonst, nach Hause zu kommen. Das lag weniger an dem bitteren Nachgeschmack der Recherchen in Sachen Priscillus als an einem gewissen Lächeln, von dem ich in den eigenen vier Wänden empfangen zu werden hoffte.

Sie war ausgegangen. Das ließ sich zur Not noch hinnehmen. Ich würde sie ja doch gelegentlich von der Leine lassen müssen, schon damit Skeptiker nicht auf den Gedanken verfielen, ich hätte sie als Geisel genommen, um Lösegeld zu erpressen.

Die Wohnung machte ganz den Eindruck, als wäre der Vormittag recht abenteuerlich verlaufen. Severina hatte mir versichert, ihr Papagei sei stubenrein, was aber anscheinend nichts anderes bedeutete, als daß Chloe darauf dressiert war, Haushaltsgegenstände zu fressen. Schnabelspuren verunzierten etliche Türrahmen und fanden sich auch auf einer zerbrochenen Schüssel im Abfalleimer. Irgend jemand – und mein Verdacht fiel nicht unbedingt auf Helena – hatte blindwütig meinen Bürostuhl attackiert und ein Bein zur Hälfte durchgebissen. Mittlerweile war auch der Papagei verschwunden.

Helena hatte mir eine Liste mit den Sprüchen des Vogel nebst eigenen scharfsinnigen Kommentaren hingelegt:

Chloe ist ein kluges Mädchen. (Fragwürdig. H.)
Kurzwaren.
Wo bleibt mein Abendbrot?
Komm, wir gehen feiern!
Zwei Eier im Körbchen. (Ist das ordinär? H.)
Drei Obszönitäten. (Die ich mich weigere, aufzuschreiben. H.)
Chloe, Chloe, Chloe. Chloe ist ein braves Mädchen.
Bin bei Maia; mitsamt deinem dummen Vogel.

Die letzte Zeile verwirrte mich, bis ich die steile Krakelschrift erkannte. Meine Schwester Maia hatte sich einen Scherz mit mir erlaubt.

Ziemlich verärgert machte ich mich auf den Weg zu Maias Wohnung; es sollte doch niemand erfahren, daß Helena bei mir eingezogen war! Aber ich hätte mir ausrechnen können, daß meine Familie nach diesem aufregenden Fischsouper wiederkommen würde, auf der Suche nach Skandalgeschichten und Essensresten.

Helena und meine Schwester hatten es sich auf Maias Sonnenterrasse gemütlich gemacht. Ein ganzes Sortiment leerer Teller, Schüsseln und Pfefferminzteegläser verschandelte die steinerne Brüstung und die Ränder von Maias Blumentrögen. Weder Maia noch Helena rafften sich dazu auf, mir etwas anzubieten. Bestimmt hatten sie den ganzen Nachmittag über schnabuliert und waren nun so genudelt, daß sie sich nicht mehr rühren konnten.

Helena hielt mir die Wange hin, und ich hauchte einen Kuß darauf. Maia schaute weg. Unsere Förmlichkeit schien sie mehr zu genieren, als eine leidenschaftliche Umarmung es getan hätte.

»Wo ist der Papagei?« fragte ich.

»Der hat sich verkrochen«, antwortete Maia. »Ich hatte schon Angst, er würde meine Kinder schikanieren, aber die haben sich anständig gewehrt. Am Ende mußten wir ihm zu seinem eigenen Schutz einen Schmortopf überstülpen.«

»Ich habe schon gesehen, was diese Nervensäge in meiner Wohnung angerichtet hat.« Immer noch suchte ich, wie ein jämmerlicher kleiner Spatz, nach ein paar armseligen übriggebliebenen Krumen. »Ich werde einen Vogelkäfig besorgen.«

Am Boden einer Schale fand ich schließlich ein paar schrumpelige Mandeln. Sie schmeckten schon leicht angegammelt. Ich hätte mir denken können, daß an einem Leckerbissen, den mein Schatz und meine kleine Schwester verschmäht hatten, nicht mehr viel dran sein würde.

»Ich glaube, ›zwei Eier im Körbchen‹ ist ein Synonym für Hoden«, erklärte ich in nüchternem Medizinerton, um den beiden zu zeigen, daß ich sie für Damen von Welt hielt. »Wenn allerdings ›Kurzwaren‹ ebenfalls aus dem Söldnerjargon stammen sollte, dann kann ich dazu mit keiner Übersetzung dienen.« Maia gab vor, den Hintersinn erfaßt zu haben, und versprach, Helena später einzuweihen.

Sie machten mir Platz, warfen mir ein paar Kissen hin und geruhten endlich, sich meinen Tagesbericht anzuhören. Ich merkte bald, daß Helena meiner Schwester alles über meinen Fall erzählt hatte. »Bis zu Priscillus bin ich leider nicht vorgedrungen. Aber ich habe ihn, wie's scheint, ganz richtig eingeschätzt: hohe Mieten und niedrige Motive. Allmählich sieht's so aus, als ob was dran wäre an Severinas Geschichte.«

»Untersteh dich und hab Mitleid mit dieser Person!« rief Maia empört. Mir war, als hätten sie und Helena einen vielsagenden Blick gewechselt.

Ihre starre Ablehnung weckte unwillkürlich meine Sympathie für die Kupfervenus. »Warum denn nicht? Vielleicht wird Severina von allen verkannt? Und ist in

Wahrheit tatsächlich bloß ein anhängliches Frauchen, das immer nur das Beste für Novus gewollt hat, aber leider bei allem, was sie anpackt, vom Pech verfolgt wird?« Diese Arie der Unvoreingenommenheit klang selbst in meinen Ohren überraschend. Offenbar rieselte bei mir langsam der Kalk im Oberstübchen.

Meine Schwester und meine Herzensdame machten mich mit klirrenden Armreifen nieder, und dann bekam ich Order, ihnen alles über Severina Zotica zu berichten, damit sie anschließend den Charakter der armen Person systematisch zerpflücken konnten. Maia, selbst eine gelernte Weberin, interessierte sich besonders für Severinas Handarbeiten. »Sitzt sie wirklich selbst am Webstuhl? Wie schnell arbeitet sie? Hat sie ein Muster benutzt? Mußte sie beim Farbwechsel erst überlegen, oder konnte sie den nächsten Strang Wolle instinktiv herausgreifen?«

»Oh, das weiß ich nicht mehr.«

»Marcus, du bist aber auch zu nichts zu gebrauchen!«

»Ich halte sie eigentlich schon für echt. Spricht nicht auch diese Rolle der getreuen Penelope für ihre Unschuld? Was könnte harmloser sein als eine Frau, die ruhig daheim am Webstuhl sitzt?«

»Während sie ruhig hinterm Webstuhl sitzt«, konterte Maia, »hat sie reichlich Muße, Listen und Ränke auszubrüten!«

»Aber sie tut doch bloß, was für jede ehrbare römische Matrone Tradition ist. Schon Augustus bestand darauf, daß die Frauen seines Hauses all seine Kleider mit eigener Hand webten.«

Helena lachte. »Dafür sind seine Techtelmechtel ja denn auch zum Musterbeispiel der Sittenlosigkeit geworden!« Prüfend sah sie mich an. »Ist es das, was du dir wünschst? Kratzige, handgesponnene Tuniken?«

»Würde mir nicht im Traum einfallen.« Schon weil ich mich nicht trauen tät!

»Na also! Erzähl uns doch noch was über diese Besuche in der Bibliothek. Für welches Gebiet interessiert sie sich denn?«

»Geographie.«

»Das klingt allerdings harmlos«, gab Helena zu. Trotzdem warfen sie und Maia sich schon wieder so einen albernen Blick zu. »Vielleicht ist sie ja auf der Suche nach einer hübschen Provinz, wohin sie sich mit ihrer unrechtmäßig erworbenen Beute absetzen könnte!«

»Das glaub ich kaum. Die einzige Schriftrolle, deren Titel ich entziffern konnte, war ein Text über Mauretanien. Aber wer möchte sich schon in einer Wüstenei zur Ruhe setzen, noch dazu eine, in der es von Elefanten wimmelt?«

Maia kicherte. »Wenn sie drei Bände zum Thema ›Wie zähme ich einen Papagei‹ ausgeliehen hätte, wäre das schon verständlicher. Marcus, findest du dieses Frauenzimmer etwa attraktiv?«

Helena musterte mich prüfend aus dem Augenwinkel, und da mich mal wieder das Fell juckte, sagte ich: »Sie ist nicht übel für einen, der Rothaarige mag!«

Maia erklärte, ich sei ein abscheulicher Mensch und wies Helena Justina an, mich (und meinen Papagei) heinzuschaffen.

Kaum, daß wir wieder zu Hause waren, fand ich heraus, daß meine Schwester dem Papagei einen neuen Satz beigebracht hatte. »Ooh! Marcus ist wieder frech gewesen!« krächzte Chloe.

XLVIII

Während ich am nächsten Morgen vergeblich versuchte, Appius Priscillus in einem seiner herrschaftlichen Biwaks aufzustöbern, kaufte Helena Justina einen Vogelkäfig und nahm später zwei Nachrichten entgegen.

»Du hattest Besuch von einem Sklaven, der seinen Namen nicht sagen wollte – aber es muß der Botengänger von den Hortensii sein.«

»Die schulden mir noch einen Haufen Geld.«

»Das hat er gebracht. Ich hab's gezählt und ihm eine Quittung ausgeschrieben. Soll ich dir von jetzt an die Bücher führen?«

Mir brach der kalte Schweiß aus. Solch fatale Begleiterscheinungen holder Zweisamkeit hatte ich nie in Betracht gezogen. »Auf keinen Fall! Körper und Geist lege ich dir zu Füßen, aber ein Mann braucht ein kleines Quentchen Privatsphäre . . . «

»Das wird sich finden!« meinte Helena ziemlich ungerührt. »Dieser Bote hat übrigens ein Mädchen aufgespürt, das dir weiterhelfen kann. Morgen früh bringt er sie her. Kannst du das einrichten? Sie arbeitet in der Küche, also müssen die beiden sehr zeitig kommen. Ach ja, und das Begräbnis des Kochs findet Donnerstag statt, falls du hingehen möchtest.«

»Ja, freilich, das bin ich Viridovix schuldig.«

»Das dachte ich mir und hab's dem Sklaven schon gesagt. Die andere Nachricht kam von Petronius Longus; er will dich dringend sprechen.«

Petronius hatte Dienst, also fand ich ihn auf dem Aventin. Er schwänzte eine Patrouillenrunde auf dem Emporium und kam statt dessen auf ein Glas Wein mit mir. Ich erzählte ihm, wie ich den ganzen Vormittag die Villen des Priscillus abgeklappert hatte und überall abgeblitzt war. »Angeblich ist er in den Albaner Bergen, um Ferienwohnungen aufzukaufen. Wenn er sich nicht entscheiden kann, welche die schönste Lage haben, nimmt er wahrscheinlich gleich alle im Paket.«

»Genau wegen Priscillus wollte ich mit dir reden.« Petronius maß mich mit einem seiner finsteren Blicke. Er gurgelte und schmatzte den Wein, um dann kundzutun, das Gesöff schmecke wie Zahnpulver. »Falco, in was für einen Haufen Eselsmist bist du da wieder reingetreten? Alle, die ich nach diesem Bonzen gefragt habe, halten ihn für etwa so harmlos wie einen Eimer voll Klapperschlangen. A propos«, setzte er genüßlich hinzu, »deine Hortensius-Brüder – oder was immer sie sind – haben kaum einen besseren Ruf!«

»Wieso das denn?«

»Fangen wir mit Priscillus an. Ziemlich schmutzige Geschichte. Während der Aufräumarbeiten nach dem großen Brand machte er das erste Mal von sich reden. Er ›erwies der Öffentlichkeit einen Dienst‹, und machte auf die Obdachlosen Jagd, die Nero ausgeräuchert hatte, um Platz für seine Domus Aurea zu schaffen. Auf ihren Entschädigungsanspruch spekulierend, heftete sich Priscillus nun diesen armen Teufeln an die Fersen.«

»Ich dachte, sowas wie ›Entschädigung‹ kommt nur in schlechten Witzen vor?«

»Sind wir hier in Rom oder nicht? In Wirklichkeit lief es so, daß Nero Schutt und Leichen kostenfrei abtransportieren ließ – aber auch dahinter steckte ein Trick, denn so konnte er sich lukrative Beutestücke aus den Trümmern unter den Nagel reißen. Der Brandhilfsfonds, für den wir Bürger alle so bereitwillig spendeten«

– die Beträge waren uns von den Steuereintreibern aus dem Kreuz geleiert worden –, »also der versickerte in den Schatztruhen des Kaisers. Tausende blieben obdachlos und stürzten in tiefste Verzweiflung. Das war erst mal ein gefundenes Fressen für Bauunternehmer, die Behelfsunterkünfte vor der Stadt einrichteten. Als nächstes machten gerissene Gangster ihr Schnäppchen und zogen billige Slums hoch für jene Flüchtlinge, die wenigstens etwas hatten retten können, und noch billigere Quartiere für die, denen gar nichts geblieben war. Und dann wurde kräftig abgesahnt: Sowie die Flüchtlinge eingezogen waren, schossen die Mieten in die Höhe. Und als die Leute nicht mehr zahlen konnten, stand Priscillus schon wieder bereit – diesmal als Kredithai.«

In Rom leben die meisten Menschen auf Pump. Vom Tempelreiniger bis hinaus zum Konsul schleppt fast jeder die meiste Zeit seines Lebens Schulden mit sich rum. Die Angehörigen der gehobenen Gesellschaftsschicht können mit ihren Hypotheken jonglieren; die weniger Begünstigten klappen irgendwann unter der Last ihrer fünf Prozent Zinsen zusammen und verschachern ihre Söhne als Gladiatoren und ihre Töchter als billiges Bordellfutter.

»Und was ist mit dem Hortensius-Triumvirat, Petro? Arbeiten die mit ähnlichen Methoden?«

»Allerdings, auch wenn sie sich die Finger nicht ganz so dreckig machen. Außerdem sind ihre Interessen scheint's breiter gefächert.«

Ich erzählte ihm, was ich von dem Konditor über Pollias Anteile an Getreidefrachtern wußte. »Sieht so aus, als hätte Novus auf ein ausgewogenes Portefeuille gesetzt: hier ein lukrativer Betrug mit Handelswaren, dort ein einträglicher Immobilienschwindel!«

»Ihr Geschäftsgebaren ist freilich nicht so brutal wie

das von Priscillus. Als Hauswirte sind sie offenbar bloß schlechte Manager. Oder sollten sie sich etwa gleich graue Haare wachsen lassen, bloß weil ihre Mieter das Tageslicht durch die Mauern sehen können?«

»Klingt ja fast so gutmütig wie Smaractus!« scherzte ich.

»Ist aber leider gar nicht komisch. Im dritten Bezirk sind neulich drei Kinder ums Leben gekommen, als eine Decke einstürzte. Allein von Passanten, die sich gerade noch vor fallenden Dachziegeln und Balkongeländern retten konnten, werden die Hortensii im Schnitt einmal pro Monat verklagt! Es ist noch gar nicht lange her, daß irgendwo auf dem Esquilin eine ganze Mauer einstürzte und einen Mann unter sich begrub, der nur noch tot geborgen werden konnte. Aber die Hausbesitzer haben sich halt angewöhnt, selbst für noch so gefährliche Bauruinen keinen Finger zu rühren; ihre Effekten sind ja gesichert, auch wenn der Gegenwert nur aus abbruchreifen Trümmerhaufen besteht . . . «

»Die man noch dazu mit Gewinn wieder aufbauen kann?«

»Du sagst es!« Petro ballte die Fäuste. »Aber in erster Linie machen die Gauner ihren Profit durch diesen Schwindel mit den Seriendarlehen.«

»Was ist denn das?«

»Ja lebst du denn auf dem Mond, Falco?« Petronius schien fassungslos über so viel Naivität. Er war argwöhnischer gegen Betrug und Bauernfängerei als ich; kein Wunder – als festbestallter Offizier verfügte er bisweilen über genug Bargeld, um etwas investieren zu können. Manchmal verlor er dabei – aber nicht so oft wie die meisten anderen; er hatte einen unheimlichen Riecher fürs Geschäft. »Die Advokaten mit ihrem Juristenlatein nennen sowas ›Hypotheken‹. Kannst du mir folgen?«

»Ich bin ja nicht blöd... Und was steckt nun dahinter?«

»Eine Scheintransaktion, Falco!«

»Von Hypotheken hab ich schon irgendwo gehört oder gelesen. Ist das nicht der Begriff, den Anwälte benutzen für eine Bürgschaft, die durch Grundeigentum gedeckt ist? Aber keine Ahnung, wie eine Scheintransaktion funktioniert.«

»Also, mal angenommen, die Hortensii besitzen ein Haus und nehmen ein Darlehen auf, für das sie mit besagter Immobilie bürgen. Dann wiederholen sie das ganze – dasselbe Haus, aber ein neuer Geldgeber; und dann noch ein drittes Mal und immer weiter, so oft es geht. Sie suchen sich dazu einfältige Investoren raus, die nicht wissen – oder sich nicht danach erkundigen –, daß bereits frühere Schuldverschreibungen bestehen.«

»Das heißt, sie belasten das Haus zum vollen Wert mit Hypotheken, und das so oft, wie sie einen Dummen finden?«

»Na, jetzt dämmert's doch endlich in diesem betrunkenen kleinen Hirn! Nächster Schritt: Die Hortensii kommen, wie du dir denken kannst, ihren Zahlungsverpflichtungen nicht nach. Natürlich geht dabei das ursprüngliche Grundeigentum hops, was sie aber nicht juckt, denn sie haben schließlich ein Vielfaches des Gegenwerts in Form von Darlehen kassiert.«

»Aber was ist mit ihren Gläubigern, Petro? Können die sie nicht verklagen?«

»Die werden streng nach Reihenfolge abgefunden, angefangen mit dem ersten Vertragsdatum. Natürlich halten ein oder zwei sich schadlos, wenn das Haus unter den Hammer kommt; doch sobald der Verkaufspreis ausbezahlt ist, haben die übrigen Gläubiger ihren Anspruch verwirkt.«

»Was? Die sind überhaupt nicht abgesichert?«

»Sie sollten eben *vor* Vertragsabschluß Erkundigungen einziehen! Ihr Pech, wenn sie das nicht tun! Diese Art Betrug steht und fällt mit der Trägheit der Herren Spekulanten.« Petro hatte anscheinend nicht viel Mitleid mit den Geschröpften. Er selbst gehörte wie ich zu den Leuten, die sich noch die Mühe machten, sich gründlich zu informieren. »Erfahren habe ich das alles von einem syrischen Finanzier. Normalerweise schüttelt der bloß seine fettigen Ringellöckchen und läßt sich kein Wort aus der Nase ziehen, aber dieser Priscillus treibt sein Spielchen so unverfroren, daß alle auf dem Forum ihm gern ein Bein stellen würden. Und über die Hortensii hat mein Kontaktmann mich aus reiner Gehässigkeit aufgeklärt, weil er neidisch ist auf deren erfolgreiche Gaunerei mit diesen Mehrfachdarlehen. Von den berufsmäßigen Geldverleihern läßt sich natürlich keiner auf einen solchen Kuhhandel ein – aber auf dem freien Markt gibt es immer wieder Trottel, die sich von schlauen Sprüchen über raschen Profit und hohe Zinsen blenden lassen. Die Stammhändler an der Börse beklagen sich, daß die Hortensii ihnen das Geschäft verderben, und Priscillus macht mit seinen brutalen Methoden die ganze Grauzone nervös.«

»Und was würde passieren, wenn beide Imperien sich zusammentun?«

Petro zog eine Grimasse, als hätte er Zahnweh. »Davor zittern ja alle.«

Ich überlegte. Nun bekam ich allmählich eine Vorstellung davon, wo die Hortensii und Priscillus überall ihre Finger drin hatten. Eigentlich müßten von dem großen Kuchen alle Beteiligten satt werden – aber natürlich durfte man den Konkurrenzneid nicht vergessen, der jede Seite anspornte, immer noch mehr Profit zu machen als die andere. Die Armen lernen, sich nach der Decke zu strecken; die Reichen sind es, die den Hals nie voll kriegen.

»Danke, Petro, das hat mir sehr geholfen. Sonst noch was?«

»Höchstens, daß mein Gewährsmann meinte, wenn du dich mit Appius Priscillus anlegen willst, sollte ich dich fragen, wo du dein Testament deponiert hast.«

»Mama weiß Bescheid«, gab ich kurz angebunden zurück.

Er musterte mich gleichmütig. »Ich empfehle dir, einen Lederpanzer unter deiner Tunika zu tragen und einen Dolch in den Stiefel zu stecken. Wenn du Ärger kriegst, komm zu mir.«

Ich nickte. Er ging wieder auf seinen Posten; ich blieb sitzen und trank meinen Wein aus.

Ich würde nicht sagen, daß ich Angst hatte – aber sämtliche Härchen an meinem Körper standen in Habachtstellung.

Um eine Gänsehaut mit einer anderen zu vertreiben, ging ich zu Severina.

»Ich komme, wie versprochen, zum Rapport.«

»Wie geht's meinem Papagei?«

»Nach dem, was ich so hörte, scheint Chloe sich häuslich einzurichten ...« Ich beschrieb ihr, was der Vogel schon alles kaputt gemacht hatte, vermied dabei aber geflissentlich, sie darüber aufzuklären, daß es meine Wohnung war, aus der langsam Kleinholz gemacht wurde.

»Was haben Sie denn erwartet?« wehrte sich die Kupfervenus gereizt. »Chloe ist halt ein sensibles Mädchen. Sie müssen sie behutsam und allmählich an eine neue Wohnung gewöhnen!« Ich lächelte, dachte dabei aber nicht an Chloe, sondern an Helena Justina, die so lange gezögert hatte, ehe sie sich bereitfand, ihr Zelt an meinem Wasserloch aufzuschlagen. »Was grinsen Sie denn so, Falco?«

»Vielleicht muß ich das Vögelchen an einer Stange festketten.«

»Nein, bloß nicht! Wenn sie zu fliegen versucht, hängt sie dann womöglich hilflos zappelnd in der Luft!«

»Und ich dachte, Sie wollten den Vogel unbedingt los sein?«

»Das stimmt ja auch«, erklärte Severina. »Chloe war ein Geschenk von Grittius Fronto, und diesen unangenehmen Menschen möchte ich so schnell wie möglich vergessen.«

»Sie können ganz beruhigt sein! Ich habe Ihren Federwisch bei einer sehr tierlieben Person untergebracht, und ein Käfig ist auch schon da. Aber jetzt möchte ich mit Ihnen über richtige Raubvögel sprechen. Also setzen Sie sich hin, behalten Sie einen klaren Kopf, und kommen Sie mir ja nicht wieder mit dieser ›Ich bin doch nur ein ahnungsloses Frauenzimmer‹-Masche!« Ehe sie etwas einwenden konnte, schilderte ich in knappen Sätzen, was ich über Priscillus in Erfahrung gebracht hatte. »Das paßt zwar alles zu Ihrer Geschichte, *beweist* sie deshalb aber noch lange nicht. Erzählen Sie mir doch mal, was Sie über das Verhältnis zwischen Priscillus und Ihren Freunden vom Pincio wissen. Sie erwähnten neulich einen Streit, der durch das Bankett beigelegt werden sollte. Was war denn der Auslöser für dieses Zerwürfnis? Haben die Hortensii mit ihrem Hypothekenschwindel etwa auch Appius Priscillus aufs Kreuz gelegt?«

»Gut kombiniert!« rief Severina. »Hortensius Novus hat zwar immer behauptet, es sei ohne Grund zum Krach gekommen, aber einmal hat er Appius Priscillus tatsächlich reingelegt und ihn dazu gebracht, einen seiner Schwindelverträge zu unterschreiben. Aus Rache fing Priscillus dann an, die Familie zu bedrohen. Und Felix und Crepito, die nicht so couragiert sind wie Novus, wollten nun, um die Fehde endlich beizulegen, auf Priscillus' Angebot eingehen und künftig mit ihm zusammenarbeiten.«

»Ich habe den Eindruck, bei diesem Pakt ging es um mehr als die Wiedergutmachung dafür, daß die Brüder Priscillus betrogen hatten! *Ich* glaube, Felix und Crepito wünschten sich eine Totalfusion – Mars Ultor, die könnten sie ja immer noch zuwege bringen und sich dann alle Wohnviertel Roms unter den Nagel reißen! Hat Ihr Novus sich diesem Plan widersetzt?«

»So könnte es gewesen sein«, gab sie zögernd zurück. Ich witterte rechtzeitig, daß sie wieder das harmlose Weibchen mimen wollte, und ließ die Frage auf sich beruhen. Ich hatte herausgefunden, daß man Severinas Spiel nur gewachsen war, wenn man selbst zuerst ein Feld vorrückte und sie so in Zugzwang brachte.

»Bleiben Sie zum Mittagessen, Falco? Ich suche dringend einen vernünftigen Gesprächspartner. Meine Freundin, mit der ich für gewöhnlich in die Thermen gehe, hatte keine Zeit, und dann fehlt mir mein Verlobter so sehr . . . «

Einen Moment lang vergaß ich, daß Severina jetzt meine Klientin war. »Keine Sorge!« Ich lächelte honigsüß. »Sie finden sicher bald einen anderen, der die Lücke ausfüllen wird.«

Offenbar hatte ihr Papagei mit seiner mutwilligen Zerstörungsorgie meine angeborene Toleranz verschlissen.

Ich hatte Sehnsucht nach Helena und brannte darauf, unser Verhältnis wieder zu kitten, indem ich ihr half, mit dem aufsässigen Vogel fertigzuwerden.

Auf dem Heimweg hatte ich tatsächlich das Gefühl,

mit dem Fall voranzukommen. Zwar war das Dickicht noch längst nicht gelichtet: Ich hatte nach wie vor drei verschiedene Gruppen von Verdächtigen, und Motive gab es mehr, als eine Katze Flöhe hat. Allen gemeinsam war nur, daß sich bislang kein einziges beweisen ließ.

Trotzdem war ich guter Dinge. Meine jetzige Arbeit war doch sehr viel befriedigender als meine Missionen für Vespasian, die alle in einer Sackgasse endeten. Der Fall bot eine viel größere Herausforderung, und wenn es mir gelang, ihn zu lösen, würde ich nicht nur einen abgehalfterten Schweinigel von Politiker aus dem Sattel heben, dessen Verschwinden dem Mann auf der Straße ohnedies kaum auffallen würde; nein, hier galt es, Abschaum dingfest zu machen und vor Gericht zu bringen.

Einen von diesem Gelichter hatte ich anscheinend bereits aufgescheucht. Am Fuße der Treppe zu meiner Wohnung wartete ein Bote. Ein käsiger Jüngling, ein Stotterer mit einem Gerstenkorn, teilte mir mit, Appius Priscillus habe meine Nachricht erhalten. Falls ich mich mit ihm treffen wolle, erwarte er mich in einer halben Stunde auf dem Forum Julium.

Da blieb mir nicht einmal mehr Zeit, hinaufzuspringen und Helena Bescheid zu sagen. Ich dankte dem jungen Burschen (der sich zu wundern schien, wieso jemand für eine Verabredung mit Priscillus dankbar sein konnte) und machte mich schleunigst auf den Weg.

Ich wußte, daß Petronius mich vor so einem Alleingang gewarnt hätte, aber ich besaß ja mein Messer und mein Selbstvertrauen, die mir schon aus so mancher Patsche geholfen hatten. Außerdem ist das Forum Julium schließlich ein großer öffentlicher Platz.

Ich wollte mal wieder besonders schlau sein und schlüpfte durch die Curia und die großen Doppeltore im Hintergrund aufs Forum. Das *wäre* auch ein taktischer

Vorteil gewesen – aber Priscillus war noch gar nicht da, und so hatte ich mich ganz umsonst angestrengt.

Alles schien ruhig. Ich hatte auf einer Seite die große öffentliche Latrinenanlage und auf der anderen die Ladenlokale: Von mir aus konnte es losgehen! Caesar hatte sein Entlastungsforum auf drei Seiten von einer doppelten Säulenhalle einfassen lassen; ich trat für alle Fälle hinaus auf den freien Platz.

Die braune Sänfte erschien fünf Minuten später. Sie kam von der Ostseite und machte auch dort, gleich unter dem Torbogen, halt.

Ich sah mich nach versteckten Meuchelmördern um, konnte aber keine verdächtigen Gestalten entdecken. Also schlenderte ich hinüber. Die Träger standen reglos, Blick starr geradeaus, und ignorierten mich. Vielleicht waren sie stumm oder blöd oder Ausländer – oder alles drei. Ich sah mich noch einmal um, nach links, nach rechts, dann trat ich näher. Als ich den glatten Ledervorhang zurückschlug, war ich bereits überzeugt, daß Appius Priscillus gar nicht in der Sänfte saß. Aber ich hatte mich geirrt.

»*Steigen Sie ein*!« befahl er.

XLIX

Es war, als wäre ich abermals auf eine Ratte getroffen: Mein Gegner bestand praktisch nur aus gefletschten Zähnen und stechendem Blick. Ich stieg ein, aber lieber hätte ich mich auf einen Kampf mit meinem Zellengenossen in den Lautumiae eingelassen. Niemand konnte Priscillus vorwerfen, daß er dem Luxus frönte. Seine dürre Gestalt verriet einen Mann, der viel zu geizig auf seine Zeit schielt, um mit Genuß zu essen. Er trug eine abgeschabte alte Tunika, an der es zwar nichts auszusetzen gab, die aber so jämmerlich schlabberte, daß sogar ich sie ausrangiert und einem Landstreicher geschenkt hätte (nur, daß die meisten Landstreicher, die ich kannte, modebewußter waren). Ein Barbier hatte kürzlich ein paar Übungsstriche über sein schmales Kinn geschabt, aber wahrscheinlich war es auch dazu nur gekommen, weil alle Geschäftsleute glauben, daß man auf einem Friseursessel die besten Tips aufschnappen kann. (Warum, weiß ich nicht; alles, was *ich* je dort abbekomme, ist ein Ausschlag.) Jedenfalls hatte Priscillus an seiner Toilette gehörig geknausert. Sein schütteres Haar war zu lang; seine Krallen gehörten gereinigt und geschnitten. Und ich konnte mir nicht vorstellen, daß sein Barbier je auf die Idee kam, ihm solche Kinkerlitzchen wie ein Fläschchen Zedernharz zu Verhütungszwecken anzubieten . . .

Priscillus war unverheiratet; jetzt wußte ich auch, warum. Nicht, weil die Frauen zu anspruchsvoll waren (die meisten würden schwarze Fingernägel in Kauf nehmen, wenn dafür so viel Bargeld winkte), aber diesem geizigen Zwerg, der kaum sich selbst am Leben erhielt, wäre es gar nicht eingefallen, obendrein noch einer Ehefrau Kost und Logis zu zahlen.

Obwohl wir nun zu zweit in der Sänfte saßen, legten die Träger ein phantastisches Tempo vor. »Wo soll's denn hingehen?« fragte ich verblüfft, noch ehe ich mich vorgestellt hatte.

»Hab Geschäfte auf dem Campus Martius.« Nun, daß es sich um Geschäfte handelte, war mir ohnehin klar; dieser Mann würde seine Zeit nicht damit vergeuden, einen Tempel oder ein Gymnasium zu besuchen! »Sie sind also Falco. Was wollen Sie von mir?« Er schnaufte beim Sprechen, als wolle er seinen Atem genauso eifersüchtig hüten wie seinen übrigen mühsam zusammengesparten Besitz.

»Ein paar Antworten möchte ich, wenn's recht ist. Ich arbeite am Fall Novus . . . «

»Und für wen arbeiten Sie?«

»*Bezahlt* werde ich von Severina Zotica«, antwortete ich pedantisch.

»Ganz schön dumm von Ihnen! Sie sollten mal Ihre eigene Klientin unter die Lupe nehmen, Falco!«

»Oh, vor der nehme ich mich schon in acht – aber unter die Lupe nehmen möchte ich zuerst *Sie*!« Es war eine mühsame Unterhaltung, denn die Träger rannten immer noch so schnell, daß jede Silbe, die wir über die Lippen brachten, kräftig durchgeschüttelt wurde. »Severina ist eine berufsmäßige Braut; sie hatte kein Motiv, Novus zu töten, bevor ihr der Anspruch auf sein Erbe sicher war. *Sie*, Priscillus, und die Hortensii kommen da als Verdächtige schon eher in Frage . . . «

In den Rattenaugen blitzte eine Drohung auf, die mich frösteln machte. »Verzeihung, aber ich halte mich nur an die Fakten: Was Ihre Fusion mit Felix und Crepito angeht, da sah es doch zappenduster aus für Sie – schließlich weiß ganz Rom, daß Novus einen solchen Zusammenschluß mit allen Mitteln verhindern wollte. Ach, warum war er eigentlich so dagegen?« Priscillus funkelte mich stumm an; ich beantwortete meine Frage deshalb selbst. »Er sah das Geschäft nicht als Fusion, sondern als Übernahme – durch Sie! Aber er war es nun einmal gewohnt, auf seinem Misthaufen den Ton anzugeben, und weigerte sich, künftig nur noch die zweite Geige zu spielen . . . die beiden anderen kratzte das dagegen wenig, denn die hatten ja immer schon in Novus' Schatten gestanden . . . «

»Sie werden langsam lästig, Falco.« Priscillus pflegte jenen trägen Nuschelton, in dem Gangster ihre Drohungen vorzubringen pflegen. Er hätte genausogut irgendein verfetteter Gardist außer Dienst sein können, der mal eben die Straße überquerte, nur um mich vom Gehsteig zu schubsen.

»Dann helfen Sie mir.«

»Helfen Sie sich doch selbst!« fauchte er rüde. »Hier steigen wir aus.«

Wir waren weit draußen auf dem Campus, auf freiem Feld. Plötzlich packte mich das heftige Verlangen, im sicheren Schutz dieser Sänfte hockenzubleiben, auch wenn ich noch so durchgerüttelt wurde und achtgeben mußte, daß Priscillus' spitze Knie mir keine blauen Flecken schlugen. Aber schon zog er den Vorhang zurück und stieg als erster aus. Beinahe wäre ich so töricht gewesen, mich dadurch beruhigt zu fühlen.

Ich stieg aus. Meine Vorahnung erwies sich als richtig. Aber wenn ich versucht hätte, mich drinnen festzuklammern, hätten die wartenden Phrygier die Sänfte einfach umgekippt und das Problem so gelöst, wie man eine Schnecke in ihrem Haus totstochert. Draußen erging es mir freilich nicht besser. Wir hatten mitten auf einem Exerzierplatz haltgemacht, und sie trugen jeder einen Wurfspieß. Die Speerspitzen, die keine Übungskappen trugen, waren blanker, scharfer Noricum-Stahl – und wenn ich scharf sage, dann meine ich scharf! Als ich aus der Sänfte krabbelte und mich aufrichtete, war ich gleich so dicht von ihnen umringt, daß ich mir bei der geringsten Bewegung das Fell aufgeschlitzt hätte.

Ich wagte keinen Mucks. Eine Speerspitze streichelte meine Luftröhre. Sollte ich den Mund aufmachen, hätte sie mir die Kehle durchbohrt.

Heutzutage ist das Marsfeld ziemlich dicht bebaut, aber es gibt immer noch ein paar öde Flecken. Und auf so einem standen wir. Ein trockener Wind vom Fluß blies mir durch die Locken, kühlte jedoch kaum meine schwitzenden Arme. Ein paar Reiter kanterten vorbei, waren aber zu weit entfernt, als daß sie den Überfall hätten erkennen können, selbst wenn sie bereit gewesen wären, einzugreifen.

Keiner der Phrygier sprach mit mir. Sie waren zu acht: Man wollte kein Risiko eingehen. Es waren Leichtgewichte, aber drahtig und durchtrainiert. Sie hatten hohe Wangenknochen, und ihre Gesichter unterschieden sich nur durch diverse alte Narben. Fremdlinge aus den Bergen Innerasiens; vermutlich direkte Nachkommen der Hethiter – deren Ruhm auf ihrer Grausamkeit gründete.

Zuerst machten sie mich müde. Spielerisch schubsten sie mich bald hierhin, bald dorthin. Einige nahmen ihre Speerspitzen fort; andere stießen mich darauf zu; kaum torkelte ich auf Zehenspitzen vor dem neuerlichen Angriff der ersten Wurfspieße weg, da knuffte man mich schon wieder von der anderen Seite. Erschlaffendes Interesse meinerseits wurde durch einen warnenden Tritt korrigiert. Zuviel Engagement war nicht minder strafbar. Und die ganze Zeit war uns allen klar, daß ich auf eine Chance zum Ausreißen lauerte – dazu würde ich allerdings einen langen Spurt hinlegen müssen. Und selbst wenn ich den Phrygiern ausbüchsen könnte, würden ihre Wurfspeere hinter mir herfliegen . . .

Das Signal zum Angriff mußte von dem Mann hinter mir gekommen sein. Er packte mich. Die anderen ließen ihre Waffen fallen. Und dann begannen sie ein neues Spiel – reihum warf mich einer dem anderen zu, und dabei mißhandelten sie wahllos jeden Körperteil, den sie zu fassen kriegten. Freilich nicht zu arg: Sie wollten den Spaß möglichst lange ausdehnen. Es gelang mir zwar, zappelnd und strampelnd ein paar Gegenschläge zu landen, doch davon wurde das Hohngelächter nur lauter und die Vergeltung unbarmherziger. Der ohnmächtige Zorn brannte mir immer bitterer im Mund.

Inzwischen wußte ich, daß Priscillus mich nicht umbringen lassen wollte, denn dann hätte er seinen Folterknechten befohlen, mir ohne Federlesens die Kehle durchzuschneiden und den Leichnam auf freiem Feld liegenzulassen, wo die ersten Reiter ihn am nächsten Morgen steif und klamm vom Flußnebel gefunden hätten. Ich aber sollte nach dieser Abreibung noch imstande sein, jeden, der Priscillus zu scharf ins Visier nahm, vor den Folgen zu warnen, die demjenigen bevorstanden, der dem mächtigen Mann in die Quere kam.

Am Ende dieser Tortur würde ich also noch am Leben sein.

Vorausgesetzt, die Phrygier hielten sich strikt an ihre Befehle und waren gut genug geschult. Andernfalls sah ich eine reelle Chance, daß sie mich aus Versehen abmurksten.

L

Für einen Schlägertrupp waren sie recht ordnungsliebend. Sie brachten mich dahin zurück, wo Priscillus mich aufgelesen hatte – aufs Forum Julium. Als ich wieder zur Besinnung kam, erkannte ich das Reiterstandbild des Diktators. Seine Gnaden blickte hochmütig auf die Welt, die er erobert hatte – versäumte allerdings, von mir Notiz zu nehmen.

Ich kroch auf allen vieren, ohne zu wissen, wohin, da mir alles vor den Augen verschwamm. Als ich an die Treppe stieß, hielt ich sie für den Eingang zum Tempel der Venus Genitrix.

Auf den Stufen brach ich ohnmächtig zusammen.

Als ich das nächste Mal zu mir kam, blickte ich hoch und fand mein imponierendes topographisches Wissen bestätigt. Hier war das hohe Podium, auf dem ich ausgestreckt lag, und dort oben waren die herrlichen korinthischen Säulen. Falls ausländische Besucher sich herabgelassen hätten, mich nach den Sehenswürdigkeiten des Tempels zu fragen, hätte ich ihnen sagen können, daß sie drinnen schöne Statuen von Venus, Caesar und der jugendlichen Kleopatra finden würden sowie zwei hinreißende Porträts des Timomachos von Byzanz, die Ajax und Medea darstellen. Und dann konnten sie noch in ihrem Reisetagebuch vermerken, daß sie *draußen*, vor dem Tempel, den etwas weniger glorreichen Privatermittler M. Didius Falco gesehen hatten, der so schaurig krächzend um Hilfe rief, daß kein Passant sich traute, ihm Beistand zu leisten.

Gute Arbeit, Falco. Wenn du deinem Ruf schon Schande machen mußt, dann wenigstens auf den Stufen eines weltberühmten Tempels am schönsten Forum von Rom.

Ein Priester kam heraus. Er gab mir einen Tritt und ging rasch weiter. Wahrscheinlich hielt er mich für einen der Bettler, die notorisch auf den Treppen unserer Tempel rumlungern.

Stunden später kam er von seinem Botengang zurück. Inzwischen hatte ich mich präpariert. »Im Namen des heiligen Julius, helft mir, Vater!«

Ich hatte richtig kalkuliert: Die meisten Priester sind

empfänglich für eine Bitte im Namen des Schutzpatrons, dem sie ihren Lebensunterhalt verdanken. Vielleicht fürchten sie auch, ein Steuerprüfer könnte sich als Bettler verkleidet haben, um so an die Tempelbücher zu gelangen.

Nachdem ich ihn erst einmal zum Stehen gebracht hatte, geruhte der Priester, meinen verbeulten Kadaver von seiner vormals fleckenlosen Marmortreppe zu räumen und in eine Sänfte zu packen, die Petronius bezahlen würde.

Den Aufruhr, den meine blutige Ankunft hervorrief, vepaßte ich, da ich schon wieder ohnmächtig war. Ein guter Trick, wenn man ihn richtig drauf hat. Spart Ärger und Aufregung.

Es war nicht das erste Mal, daß ich mich bei Petronius abliefern ließ wie ein Proviantpaket, das zu lange in der Mittagsglut geschmort hat. Aber nie zuvor hatte man mich so gründlich und gekonnt zu Brei geschlagen.

Zum Glück war er daheim. Und auch mir dämmerte langsam, daß ich mich bei Petro und Silvia befand. Silvia schmorte Fleisch. Wie eine Legion im Exerzierstechschritt trampelten ihre Töchter direkt über unseren Köpfen durchs obere Stockwerk. Eins der Kinder spielte, um die Pein noch zu erhöhen, auf einer quietschenden Flöte.

Ich spürte, wie Petronius mir die Tunika aufschnitt; ich hörte ihn fluchen und auch, wie meine Stiefel mit dumpfem Geräusch in einem Eimer landeten; ich roch das vertraute Duftgemisch, das Petros geöffneter Hausapotheke entströmte. Ich ließ mir kaltes Wasser einflößen, das gegen den Schock wirken sollte. Ich schluckte ein paar Tropfen einer scharfen Medizin, von der freilich das meiste danebenfloß und mir über die Brust tropfte. Danach kam es eigentlich nicht mehr darauf an, ob ich bei Besinnung war, während er an mir herumfuhrwerkte; und so sackte ich denn die meiste Zeit weg.

Er war so klug, mir den Schmutz und das geronnene Blut abzuwaschen, ehe er seiner Frau erlaubte, Helena zu holen.

LI

Ich war nicht fähig, mit ihr zu sprechen.

Sie sagte auch nichts. Nur der Druck ihrer Hand auf der meinen veränderte sich minimal. Zwar bekam ich die geschwollenen Lider kaum auf, aber sie erriet offenbar den Moment, da ich erwachte. Obwohl vom grellen Licht geblendet, konnte ich sie doch sehen: ihre vertraute Silhouette; den Umriß ihrer Frisur – sie hatte sich das Haar hoch- und mit Buchsbaumkämmchen über den Ohren festgesteckt. Ihre Haare waren zu weich; der linke Kamm rutschte immer tiefer als der rechte.

Ihr Daumen streichelte behutsam meinen Handrücken; wahrscheinlich, ohne daß es ihr bewußt war. Ich konzentrierte die Atmung ganz auf meinen linken Mundwinkel, und mir gelang ein unverständliches Lallen. Sie beugte sich vor. Irgendwie machte sie die einzige Stelle in meinem Gesicht aus, die nicht schmerzte, und hauchte einen sanften Kuß darauf.

Sie ging. Aberwitzige Panik ergriff mich, bis ich ihre Stimme hörte. »Er ist aufgewacht. Danke, daß Sie sich so lieb um ihn gekümmert haben; jetzt komme ich schon zurecht. Ob Sie mir wohl eine Trage für ihn besorgen könnten?« Petros hünenhafte Gestalt verdunkelte den Eingang; er beteuerte, es sei das beste, mich hierzubehalten. (Er dachte, Helena sei zu vornehm für die Pflege, die ich fürs erste brauchen würde.) Ich schloß die Augen und wartete – auf die gewichtige Stimme des Besitzanspruchs. »Petronius Longus, ich bin durchaus imstande, für ihn zu sorgen! Schließlich bin ich kein Schulmädchen, das zum Spaß mit Puppengeschirr hantiert und Hausfrau spielt!«

»Dich hat's wirklich knüppeldick erwischt, Falco!« sagte Petro lakonisch. Was er meinte, war: Erst diese schmerzhafte Abreibung von Priscillus und nun noch diese Xanthippe, die über mich bestimmte und meine Freunde herumkommandierte.

Ich konnte bloß daliegen und abwarten, bis Helena durchgesetzt hatte, wozu sie wild entschlossen schien. Aber war sie der Situation wirklich gewachsen? Petro fand, nein. Und was dachte ich? Helena Justina wußte auch das. »Lucius Petronius – *Marcus will, daß ich ihn heimhole*!«

Petro grummelte leise ein paar Flüche; dann tat er, was sie von ihm verlangte.

Bis nach Hause war es nicht weit, aber dort angekommen, weigerten sich die Träger, mich nach oben zu schaffen. Also wankte ich auf eigenen Füßen hinauf. Alle drei Treppen. Ich hatte ja keine andere Wahl.

Als ich wieder richtig zu mir kam, lehnte ich an der Wand meines Schlafzimmers. Helena blickte kurz zu mir herüber, dann machte sie weiter mein Bett zurecht. Silvia hatte ihr ein altes Laken mitgegeben, damit ich mein eigenes gutes Leinzeug nicht mit Blut vollschmierte. Frauen sind ja so praktisch.

Ich sah zu, wie Helena hantierte, mit flinken Bewegungen und so planvoll durchdacht, daß alles rasch fertig sein würde. Nicht rasch genug.

»Ich kippe gleich um ...«

»Ich fang dich auf ...«

Auf Helenas Versprechen war Verlaß. Mit einem einzigen Satz war sie bei mir. Den Göttern sei Dank für kleine Räume.

Ohne zu wissen, wie ich dorthin gekommen war, fand ich mich auf dem Bett wieder. Ich roch das Blumenparfum, das heutzutage anscheinend alle Frauenbäder benutzten. Was mich wieder zu mir gebracht hatte, waren die flinken Hände, die mich aus dem Mantel schälten, in den Petro mich für den Transport gewickelt hatte. Darunter trug ich nur Verbände.

Helena hielt den Atem an. »O je! Um das zu kurieren, braucht es mehr als eine heiße Suppe für innen und einen Bohnenbrei-Umschlag von außen ... Hör zu, Marcus, ich seh deine Manneszier zwar nicht zum ersten Mal, aber ich kann dich auch zudecken, wenn du dich genierst.«

»Vor dir nicht.« In meinen eigenen vier Wänden hatte ich mich wieder soweit erholt, daß ich ein paar Worte stammeln konnte. »Du weißt alles über mich; ich weiß alles von dir ...«

»Bildest du dir ein!« murmelte sie, aber da entglitt ich schon ins Delirium; jedenfalls lachte ich viel zu unbändig für einen vernünftigen Menschen.

Als sie sich niederbeugte, um mir die Kissen zu richten, schlang ich die Arme um sie. Helena schnaubte mißbilligend. Sie wehrte sich, schon aus Prinzip, aber vor lauter Angst, mir dabei weh zu tun, verpaßte sie die Chance zur Flucht. Weiter brachte ich zwar nichts zuwege, aber ich ließ sie auch nicht wieder los. Sie ergab sich; nach einem harmlosen Gerangel, das aber nun andere Gründe hatte, hörte ich ihre Sandalen zu Boden fallen, dann nahm sie die Ohrringe ab. Ich hielt sie mit beiden Armen umschlungen und dämmerte langsam weg. Sie lag ganz still; wenn ich aufwachte, würde sie immer noch dasein und warten. Hätte ich gewußt, daß weiter nichts nötig war, um sie wieder in mein Bett zu kriegen, dann wäre ich schon längst losgezogen und hätte mich von irgendeinem Brutalo zusammenschlagen lassen.

LII

Sie war da. In einem frischen grauen Kleid und mit adrett aufgestecktem Haar, saß sie an meinem Bett und nippte nachdenklich an einem Becher.

Am veränderten Lichteinfall merkte ich, daß es bereits Morgen war. Jeder gestern bloß geschwollene Körperteil war nun obendrein auch noch steif geworden. Helena fragte nicht erst, ob ich mich besser fühlte; sie sah, daß es mir schlechter ging.

Auf ihre besonnene Art pflegte und umsorgte sie mich. Petronius hatte ihr schmerzstillende Mittel, Salben und Schafwollbäusche als Tupfer mitgegeben; die ärztlichen Aufgaben hatte sie bereits gemeistert. Und jeder, der schon mal ein Baby betreut hatte, begriff meine sonstigen Bedürfnisse rasch. Als ich still dalag und mich vom Gesäubert- und Verarztetwerden erholte, setzte sie sich aufs Bett und nahm wieder meine Hand. Unsere Blicke trafen sich. Ich fühlte mich ihr sehr nahe.

»Was gibt's denn da zu lächeln?«

»Oh, als Mann spürt man nun mal besondere Zuneigung zu dem Mädchen, das einem die Ohren wäscht und den Nachttopf ausleert.«

»Wie ich merke, hat diese Lektion dich nicht davon geheilt, Unsinn zu verzapfen«, sagte Helena.

Das nächstemal wachte ich auf, weil der Papagei eines seiner Kreischkonzerte gab. Herzhaftes Gekrächze mehrmals am Tag schien Chloes Art, sich fit zu halten. Ihre Kehle hatte gewiß die besttrainierten Muskeln in ganz Rom.

Als das asoziale Mistvieh endlich verstummte, kam Helena, um nach mir zu sehen.

»Ich werde dieses keifende Monster erdrosseln!« Nie zuvor hatte ich eine komplette Darbietung erdulden müssen. Ich war empört. »Die alte Dame von oben wird sich beschweren ... «

»Das hat sie bereits getan!« erklärte Helena. »Ich hab sie kennengelernt, als ich das Geschirr zurücktragen wollte, das deine Schwester für das Fischessen geborgt hat. Eigentlich bin ich ganz gut mit der alten Schachtel ausgekommen, aber der Vogel hat alles kaputtgemacht. Mir tut die Gute übrigens herzlich leid; sie liegt mit dem Hausherrn in Dauerfehde; er versucht mit aller Gewalt, sie rauszuekeln. Über dich zu zetern, ist die einzige Freude, die sie noch hat im Leben – wahrscheinlich werde ich eines Tages genauso ... «

Seit ich das letztemal wach war, mußten wieder ein paar Stunden vergangen sein. Helena hielt jetzt einen anderen Becher in der Hand; in diesem war warmer Honigmet, den sie mit mir teilte. Während ich mich noch von der Anstrengung des Aufrechtsitzens und Trinkens erholte, klopfte es.

Es war Hyacinthus. Er hatte das Küchenmädchen mitgebracht, das ich schon bei den Hortensii getroffen hatte. Verzweifelt blickte ich Helena an; nie und nimmer konnte ich jetzt ein Verhör führen.

Nichts konnte Helena Justina beirren, wenn sie sich verantwortlich fühlte. Sie zupfte fürsorglich an meinem Verband. »Wie ihr seht, hatte Didius Falco einen kleinen Unfall.« Die Götter allein wußten, wie ich aussah. Die Besucher drängten sich verschüchtert an den Türpfosten. »Aber deswegen sollt ihr den langen Weg nicht umsonst gemacht haben. Wir werden ein paar Schemel ins Schlafzimmer rücken, und dann könnt ihr mir alles erzählen. Marcus wird schön still liegen und bloß zuhören.«

»Was ist ihm denn zugestoßen?« flüsterte Hyacinthus.

Und Helena antwortete naßforsch: »Er ist auf der Treppe ausgerutscht!«

Die Waschzuberprinzessin hörte auf den Namen Anthea. Sie war nicht größer als ein Tischbein, sah aus wie zwölf, und Helena und ich waren hinterher einig, daß sie vermutlich neben der Küchenarbeit noch die Aufgabe gehabt hatte, dem Koch das Bett zu wärmen. Ihr erbärmliches Los spiegelte sich in schlechtem Teint, traurigem Gesicht, gedrückter Stimmung, aufgesprungenen Händen und wahrscheinlich wunden Füßen. Ihr abgetragenes Fähnchen von einer Tunika reichte kaum bis zu den geröteten Knien.

Ich lag da und verfolgte benommen, wie Helena Justina etwas aus diesem armen kleinen Ding herauszulocken suchte. »Ich möchte, daß du mir alles über den Tag erzählst, an dem das Bankett stattgefunden hat. Warst du die ganze Zeit über in der Küche? Bestimmt gab es eine Menge Töpfe, Tiegel und Schöpfkellen abzuwaschen, schon als Viridovix noch beim Kochen war?« Anthea nickte, stolz, daß endlich einmal jemand ihren Wert erkannte. »Und ist dir irgendwas sonderbar vorgekommen?« Diesmal schüttelte das Mädchen den Kopf. Ihr farbloses, sprödes Haar hatte die lästige Angewohnheit, ihr dauernd in die Augen zu fallen.

Helena hatte sich anscheinend das ganze Menu des Banketts eingeprägt, denn sie konnte noch fast alle Gänge herzählen. Jetzt wollte sie wissen, wer die Safransauce für den Hummer gerührt habe, wer den Hasen zerlegte und wer die Heilbuttschnitten panierte, ja, sie erkundigte sich sogar, wer die blöden Dessertfrüchte an den vergoldeten Baum gehängt hatte. Von all diesem Gerede über Essen wurde mir so schlecht, daß ich nur mit knapper Not durchhalten konnte. »Und war die Dame, die man Severina nennt, auch mal in der Küche?«

»So ab der Hälfte der Vorbereitungen.«

»Und sie hat mit Viridovix gesprochen?«

»Ja.«

»Hat sie ihm vielleicht auch geholfen?«

»Die meiste Zeit saß sie auf einer Tischkante. Viridovix war immer sehr aufgeregt, wenn er so viel auf einmal machen mußte und es so heiß war, aber sie hat ihn beruhigt. Ja, und ich glaube, sie hat ein paar Bratensaucen abgeschmeckt.«

»War um die Zeit gerade viel zu tun? So, daß du nicht sonderlich achtgeben konntest auf das, was die anderen machten?«

»Ja, schon, aber ich hab sie den Eischnee schlagen sehen.«

Die Scheuermamsell schniefte von Zeit zu Zeit geräuschvoll. Ursache dafür waren freilich weder Kummer noch ein Katarrh; es brachte einfach ein wenig Abwechslung in ihr ödes Leben, wenn sie ab und an die Nase hochzog. »Schneeschlagen dauert manchmal eine Ewigkeit, nicht?« flötete Helena; sie war viel geduldiger, als ich an ihrer Stelle gewesen wäre. »Am besten, man wechselt sich dabei ab – wozu brauchtet ihr denn den Eischnee?«

»Für eine Glasur.«

»Eine Glasur?«

»Das war ihre Idee.«

»Severinas?«

»Ja. Viridovix war zu höflich, um ihr zu widersprechen, aber er dachte, es würde nichts werden.«

»Warum denn? War die Glasur für eine der Speisen bestimmt?« fragte Helena und beugte sich ein wenig vor.

»Nein, damit wurde bloß eine Platte bestrichen.«

»Eine Platte?«

»Ja, die Glasur war nicht zum Essen, sondern nur zur Dekoration.«

Sowie das Küchenmädchen sich bedrängt fühlte, setzte es eine halb trotzige, halb verwirrte Miene auf. Ich wollte Helena schon ein Zeichen geben, aber sie bohrte unbeirrt weiter. »Anthea, kannst du mir sagen, wie lange Severina im Haus geblieben ist, und was geschah, nachdem sie weg war?«

»Sie ist die ganze Zeit über dagewesen.«

»Was denn – auch während des Essens?«

»Nein, so lange nicht. Nur bis das Fest begonnen hatte. Ja, bis es losging«, wiederholte sie und strich zum x-tenmal das Haar aus den Augen, indes ich mich an der Bettdecke festklammerte.

»Und dann?« fragte Helena freundlich. Ich glaube, sie spürte, daß mir die Galle hochkam.

»Severina stöhnte ein bißchen und sagte, ihr sei gar nicht wohl und sie würde lieber heimgehen.«

»Also hat sie bloß ein paar Speisen vorgekostet, mit Viridovix geredet und diese Platte mit Eischnee bestrichen?«

»Bevor sie ging, hat sie noch die verschiedenen Gerichte inspiziert.«

»Und was kam dabei heraus?«

»Nichts. Sie sagte, alles sähe sehr appetitlich aus und Viridovix könne stolz auf sich sein.«

Falls dieses Verhör Helena anstrengte, war ihr das nicht anzumerken. »Also, Severina fuhr nach Hause, und Viridovix ging hinaus ins Triklinium, wo er die Tranchierer zu beaufsichtigen hatte. Ist danach außer euren eigenen Haussklaven noch jemand in die Küche gekommen?«

»Nein.«

»Und hast du jemanden von den Gästen gesehen?«

»Auf dem Weg zu den Latrinen ist vielleicht der eine oder andere an der Küche vorbeigekommen. Aber inzwischen hatte ich alle Hände voll zu tun.«

»Und es ist niemand hereingekommen, zum Beispiel, um sich für das vorzügliche Essen zu bedanken?« Ich hätte mich vor Lachen fast verschluckt, und Hyacinthus erging es ebenso. Helena beachtete uns gar nicht. »Anthea, wo werden denn bei euch die fertigen Gerichte aufbewahrt, bis es Zeit zum Servieren ist?«

»Auf einem Tisch neben der Küchentür.«

»Und dieser Tisch steht *in* der Küche?«

»Ja.«

»Hätte sich trotzdem jemand unbemerkt daran zu schaffen machen können?«

»Nein, weil immer ein Küchenjunge dabeistehen und die Fliegen verjagen muß.«

»Ah! Und bei euch im Haus gibt's bestimmt eine Menge Fliegen«, versetzte Helena mit mildem Spott. Für den Augenblick waren ihr die Fragen ausgegangen.

»Eine Sache war aber doch komisch«, gab Anthea fast vorwurfsvoll zu bedenken. »Severina und Viridovix haben so albern herumgekichert wegen der Kuchen.«

Helena blieb ganz ruhig. »Du meinst das Gebäck, das Viridovix bei dem Konditor Minnius bestellt hatte?«

»Dabei war ein sehr feines Törtchen.«

»Eine besondere Leckerei!« rief Helena atemlos.

»Ja, aber mit diesem Törtchen kann der Herr nicht vergiftet worden sein.« Zum ersten Mal zeigte Anthea selbst Interesse für das, was sie mitzuteilen hatte. »Ich weiß nämlich Bescheid über das Törtchen – ich, und niemand sonst! Severina hat gesagt, es könnte Streit geben, weil alle sich darum reißen würden, gerade diesen Kuchen zu ergattern. *Gesagt* hat sie, daß sie ihn für Hortensius Novus aufheben will, damit er ihn später in seinem Zimmer ganz für sich allein essen kann . . . «

Helena drehte sich blitzschnell zu mir um. Wir hielten beide den Atem an, und sogar der Botengänger wurde starr vor Spannung, weil auch er begriff, was von dieser Aussage abhing. Doch nachdem sie so dramatisch auf ihren großen Augenblick hingesteuert war, enttäuschte die Küchenmagd uns jäh. »Aber dann hat er das Törtchen gar nicht gegessen.«

Sie saß da und genoß den selbstinszenierten Absturz. »Woher weißt du das denn?« fragte Helena leise.

»Na, weil ich es doch gefunden habe, dieses Törtchen! Als das Bankett vorbei war und ich vor dem Abwasch die Reste von den großen goldenen Tellern kratzte. Da hab ich das Törtchen in einem Abfalleimer gesehen. Ich weiß das so genau, weil ich es zuerst rausholen und selbst essen wollte, aber es war ganz mit Zwiebelschalen zugeschüttet. Und ich mag doch keine Zwiebeln«, setzte sie hinzu, als ob nur diese Eigenheit sie daran gehindert hätte, das Törtchen trotzdem zu verspeisen.

»Ich frage mich«, meinte Helena bedächtig, »wer das Törtchen wohl weggeworfen haben könnte.«

»Das wußte keiner. Ich war sauwütend und hab gebrüllt: ›Welche elende Ratte hat dieses feine Törtchen hier reingeschmissen?‹ Ich hätte den Tolpatsch verprügelt – aber keiner wußte was.«

Ich rappelte mich hoch. »Anthea, denk mal scharf

nach: Sind an dem Abend alle anderen Kuchen aufgegessen worden? Ich meine, kamen die Servierplatten leer in die Küche zurück?«

»Das will ich meinen! In unserem Haus bleibt von Süßigkeiten nie was übrig!«

»Und wie wurden die Kuchen serviert – auf den Weinblättern, mit denen Minnius sie garniert?«

»Nein, einfach auf einem Tablett. Das hab ich auch abgewaschen«, fügte sie bitter hinzu. »Nicht ein Krümelchen haben die übriggelassen, nicht eins! Beinahe hätte ich mir gar nicht die Mühe gemacht, das Tablett überhaupt noch zu schrubben.«

Ich sank in die Kissen zurück. Mit den Kuchen waren wir offenbar auf der falschen Fährte. Fast alle hatten davon probiert, ohne daß außer dem Opfer noch jemand zu Schaden gekommen wäre.

Helena sagte ruhig: »Falco ist müde. Ich glaube, ihr solltet jetzt gehen – aber ihr habt uns sehr geholfen. Viridovix wird gerächt werden, das verspreche ich euch.«

Sie führte die beiden hinaus, aber ihr emsiges Hirn tickte immer noch fleißig weiter, denn ich hörte sie Anthea fragen, ob die Platte, auf der die Kuchen serviert wurden, am Ende die mit der Glasur aus Eischnee gewesen sei.

Hyacinthus rief mir noch »Gute Besserung« zu und daß wir uns am Donnerstag sehen würden, falls ich dann schon wieder auf dem Posten sei und zum Begräbnis kommen könne; dann gingen er und die kleine Spülmagd. (Auch darin waren Helena und ich hinterher einer Meinung: Wenn unsere Vermutung zutraf und Anthea tatsächlich ein Verhältnis mit Viridovix gehabt hatte, dann war Hyacinthus jetzt wahrscheinlich in die Fußstapfen des Kochs getreten.)

Ich hörte, wie der Sklave draußen an der Wohnungstür zu Helena sagte, unten auf der Straße ständen zwei Männer, die ganz auffällig unser Haus beobachteten. Rauhbeine, sagte er.

Helena ging in die Küche. Sie wollte allein über Hyacinthus' Beobachtung nachdenken – ohne mich zu beunruhigen. Ich hörte, wie sie mit Geschirr rumorte, um sich abzulenken.

Endlich kam sie wieder zum Vorschein. »Heute abend gibt's Omelette.«

»Was ist das denn?« Sie hielt ein Gefäß in der Hand, über dessen Rand feucht-weißer Schaum quoll.

»Eischnee. Ich denke, wenn ich ihn eine Zeitlang stehen lasse, wird er sich schon setzen. Macht ja nicht gerade besonders viel her. Aber wenn Severina sich das selbst ausgedacht hat, mag sie sich eingeredet haben, so eine Glasur sei ähnlich dekorativ wie eine echte Schneeschicht.«

»Besonders auf Silber.«

Helena wunderte sich. »Aber die Teller waren doch aus Gold!«

»Nicht alle. Anthea sagte doch eben, sie hätte die Kuchenplatte beinahe gar nicht abgewaschen. Ja, und dieses Prachtstück habe ich gesehen: Es war ein riesengroßer Kredenzteller mit Fuß, ein Geschenk von Severina an Novus.«

»Ich glaub immer noch, sie hat die schönen Eier verschwendet«, grummelte Helena mit skeptischem Blick auf die Schüssel.

»Laß gut sein. Erzähl mir lieber, was Hyacinthus über die Männer gesagt hat, die vorm Haus rumlungern.« Sie konzentrierte sich auf den Eischnee; Helena hielt nichts davon, ihre Sorgen mit einem Kranken zu teilen. »Ich glaube, wir sind in Sicherheit«, sagte ich, denn ich konnte mir denken, wer die Aufpasser waren.

»Marcus . . . «, begann sie ungehalten.

»Wenn du rausgehst, frag einfach, wer sie geschickt hat.«

»Du weißt es?«

»Petronius. Er hat uns mit einer Leibwache ausgestattet, die keiner übersehen kann.«

»Wenn Petronius das für nötig hält, wird mir erst recht bange!« Wir sahen uns an. Helena fand offenbar, daß es sinnlos sei, jetzt Streit anzufangen. »Hab ich auch die richtigen Fragen gestellt?«

»Du stellst immer die richtigen Fragen!«

»Diese Kuchen sind wichtig, Marcus, das *weiß* ich einfach. Gebäckstücke kann man ja ohne weiteres einzeln vergiften. Aber dann sicherzugehen, daß das Opfer den richtigen Kuchen erwischt . . . Ich dachte, es müsse dieses besondere Törtchen gewesen sein.«

»Ich weiß, daß du das dachtest.« Ich lächelte sie an.

»Aber das wäre doch die Lösung gewesen, Marcus! Hortensius Novus war der Gastgeber. Ich wette, in so einem ordinären Haus wird der Gastgeber als erster bedient; und bei Novus konnte man sicher sein, daß er sich das Beste rauspicken würde!«

Ich lächelte wieder. »Und doch hat Severina das Törtchen vom Tablett genommen!«

»Das ist absolut rätselhaft.«

»Nicht unbedingt. Es könnte bedeuten, daß Severina unschuldig ist. Vielleicht ging sie tatsächlich, obgleich sie sich nicht wohl fühlte, auf den Pincio, weil ihr klar war, daß dieses Bankett für ihren Liebsten gefährlich werden könnte. Vielleicht wollte sie wirklich nur nachsehen, ob eine der Speisen verdächtig war.«

»Ist das ihre Version, ja?« Tatsächlich war das ausnahmsweise eine Lesart, die Severina mir noch nicht aufgedrängt hatte. »Könnte sein«, unkte Helena, »daß Severina es darauf anlegt, dich genau das glauben zu machen. Meinst du, Viridovix hat gewußt, daß sie nur in die Küche kam, um aufzupassen, ob jemand an seinen Gerichten herumdoktert?«

»Viridovix war nicht dumm.«

Helena grollte. »Vielleicht solltest du über die Geschichte mit dem Törtchen stolpern. Das könnte doch ein raffiniertes Ablenkungsmanöver gewesen sein – und in Wirklichkeit war das Gift ganz woanders drin . . . «

»Natürlich war es in was anderem!« Wir schwiegen beide. »Wenn Novus bei dem Bankett vergiftet wurde«, sagte ich, »könnte das bedeuten, daß Priscillus aus dem Schneider ist. Schließlich konnte er seinen Erzrivalen nicht gut in dessen eigenem Haus um die Ecke bringen.«

»Aber hätte Priscillus nicht einen der Sklaven bei den Hortensii bestechen können?«

»Riskant. Auf die Sklaven fällt der Verdacht immer zuerst. Da müßte die Bestechungssumme schon gepfeffert sein – und das ist doppelt riskant, denn ein Sklave mit zuviel Geld in der Tasche macht sich verdächtig.«

»Nicht, wenn dieser Sklave Viridovix hieß und jetzt tot ist!«

»Ich weigere mich, zu glauben, daß es der Koch gewesen ist!«

»Na schön, du hast den Mann gekannt, ich nicht.« Sie merkte, daß ich zu erschöpft war, um unser Ratespiel fortzusetzen. »Sind wir nun eigentlich weitergekommen?« fragte sie, während sie mir die Bettdecke glattstrich.

Zärtlich legte ich einen zerkratzten Finger an ihre Wange. »Oh, ich denke schon!« sagte ich und grinste sie lüstern an.

Helena schob meinen Arm zurück unter die Decke. »Es ist Zeit, daß ich den Papagei füttere; schlaf jetzt!«
»Der Papagei ist alt genug und kann sich selber füttern.«

Sie blieb ruhig neben mir sitzen.

»Du hörst dich schon wieder besser an; daß du so lange sprechen kannst, ist ein gutes Zeichen.«

»Ach, sprechen kann ich; ich kann mich bloß nicht rühren.« Sie hatte etwas auf dem Herzen. »Was ist los, Hexlein?«

»Nichts.«

»Aber – ich kenn dich doch!«

»Marcus, wie hältst du eigentlich die Schmerzen aus?«

»Also, während sie einen zusammenschlagen, ist man selbst so beschäftigt, daß man noch gar nicht richtig spürt, wie's weh tut. Und hinterher muß man eben einfach die Zähne zusammenbeißen ...« Ich sah sie prüfend an. Manchmal ging Helena in ihrer zähen Entschlossenheit, mit allem ganz allein fertig zu werden, so weit, daß sie sich abkapselte. Für die meisten war es dann sehr schwer, an sie heranzukommen, aber mir hatte sie sich auch in solchen Phasen schon anvertraut. »Liebes ..., als du das Baby verloren hast – das hat sehr weg getan, nicht wahr?«

»Mmm.« Trotz der einsilbigen Antwort war sie bereit zu reden. Eine solche Gelegenheit bot sich vielleicht nie wieder.

»Hast du deshalb Angst vor einer zweiten Schwangerschaft?«

»Ich habe vor allem und jedem Angst, Marcus. Davor, nicht zu wissen, was geschieht. Und auch keinen Einfluß darauf zu haben. Diese *Hilflosigkeit* ... Unfähige Hebammen, grobe Ärzte mit abschreckenden Instrumenten – ich habe Angst, daß ich dabei sterben könnte. Und daß alle Anstrengungen umsonst sein könnten und das Baby sterben würde, und wie sollte ich das ertragen ...? Ich liebe dich so sehr!« flüsterte sie unvermittelt. Und ich hatte keineswegs den Eindruck, daß das nicht zum Thema gehörte.

»Ich würde dasein«, versprach ich ihr.

Sie lächelte traurig. »Du würdest schon irgendeinen unaufschiebbaren Auftrag finden!«

»Auf keinen Fall!«

Helena wischte sich die Tränen fort, während ich dalag und mich bemühte, vertrauenswürdig auszusehen. »Jetzt geh ich aber den Papagei füttern«, sagte sie.

Sie machte den Fehler, sich an der Tür noch einmal umzudrehen.

Ich jammerte: »Du schiebst den Papagei ja bloß vor! Ein praktisches Alibi ist der, nichts weiter.«

»Schau doch nur mal, in was für einem Zustand du bist«, spottete Helena freundlich. »Wer braucht da wohl ein Alibi?«

Bevor ich mich aus dem Bett lehnen und sie packen konnte, mußte sie loslaufen, weil ein verdächtiges Knirschen ankündigte, daß der verfluchte Papagei auf dem besten Wege war, die Stäbe seines Käfigs auseinanderzubiegen.

»Oh, hör auf mit deinen gemeinen Tricks und sag mir, wer dir das beigebracht hat!« brüllte Helena.

Aber Chloe kreischte bloß zurück: »*Marcus ist wieder frech gewesen*!«

Was leider nicht stimmte.

LIII

Helena beschloß, ihre Eltern zu besuchen, bevor der Senator (mit einem großen Knüppel) *mir* seine Aufwartung machte.

Ich war gerade eingenickt, als ich die Tür gehen hörte und dachte, Helena sei zurückgekommen. Ich blieb still, bis jemand das Schlafzimmer betrat. Da rief ich ganz laut: »Bist du's?«

»*O Juno*!« Falsche Stimme! »Ja, ich bin's – haben Sie mich aber erschreckt!«

Severina Zotica.

Mit einem Ruck setzte ich mich auf. Sie hatte den Papagei auf dem Arm, also war sie schon im Büro gewesen, wo wir seinen Käfig stehen hatten. Ob die Pfötchen dieser neugierigen Katze auch in Helenas Zimmer rumgetapst waren? Zu mir hatte sie bestimmt ihre Nase geführt. Helena glaubte nämlich felsenfest an die Heilkraft ihrer in Heublumensud getränkten Umschläge, die sie denn auch dauernd wechselte (im Gegensatz zu Petronius, der Wunden einmal mit seinen harzhaltigen Salben reinigte und dann jegliches Interesse an ihnen verlor).

Meine zerschlagene Visage ließ die Kupfervenus erstarren. »Oh, nein! Falco, was ist denn bloß passiert? Wer hat Sie so zugerichtet?«

»Appius Priscillus.«

Schon stand sie, bebend vor Fürsorge, an meinem Bett. »Aber Sie brauchen doch Pflege . . . «

»Es kümmert sich schon jemand um mich.«

Wieselflink glitten ihre Blicke durchs Zimmer. Bestimmt hatte sie schon gemerkt, daß ich, wenn man von den seit einer halben Woche ungehemmt wuchernden Bartstoppeln absah, sauber gewaschen und gekämmt und wie ein morgenländischer Potentat mit Kissen und Feigen zum Naschen ausstaffiert war. Meine Schrammen und Schwellungen wurden, wenn sie auch noch nicht zurückgegangen waren, jedenfalls nicht mehr ärger; die Verbände hatte Helena mir abgenommen, damit Luft an die Wunden kam, aber dafür trug ich eine saubere Tunika – nicht aus Keuschheitsgründen, sondern damit ich nicht an Grind und Beulen rumpulen konnte, um alle fünf Minuten den Heilungsprozeß zu überprüfen.

»Ihre Mutter?« fragte Severina scharf.

»Freundin«, erwiderte ich zurückhaltend. Aus irgendeinem Grund wollte ich nicht, daß sie Bescheid wußte.

Severinas bleiche Züge strafften sich. In dem Moment gurrte der Papagei leise und kehlig, und sie kraulte ihm das graue Halsgefieder. »Sie haben mich angelogen, Falco – sowohl was diesen Vogel als auch was die Dame betrifft, mit der Sie befreundet sind.«

»Aber keineswegs.«

»Sie haben doch gesagt . . . «

»Ich weiß, was ich gesagt habe. Und damals hat es durchaus gestimmt. Ja, es ist meine Freundin, für die ich Chloe zur Gesellschaft wollte. Beide haben ein heikles Temperament, und ich glaube, sie zähmen sich gegenseitig . . . « Mit diesen Scherzen kam ich offenbar nicht recht weiter. »Tut mir leid, daß wir keine Verbindung halten konnten, aber seit meinem Unfall bin ich nicht mehr außer Haus gewesen. Was kann ich für Sie tun?«

»Einer meiner Sklaven hat auf dem Markt das Gerücht aufgeschnappt, Priscillus hätte Sie zusammenschlagen lassen. Da bin ich natürlich gleich hergekommen – aber ich hätte mir nie träumen lassen, daß es so schlimm um Sie steht!«

»Wird schon wieder werden. Kein Grund, den Kopf hängen zu lassen.«

Helenas Rohrstuhl stand neben meinem Bett, also bedeutete ich Severina, sie könne sich setzen. »Schön, mal Besuch zu kriegen.« Die Atmosphäre war ziemlich gespannt, und ich wollte die Stimmung ein bißchen auflockern.

Sie schmollte. »Und wo steckt Ihre Krankenschwester?«

»Helena?« Die Hartnäckigkeit dieser Frau ging mir allmählich auf die Nerven, aber solange ich hier behaglich im eigenen Bett lag, hatte ich keine Lust, mich zu streiten. Der Rotschopf litt offenbar unter einem ausgeprägten Besitztrieb, wie ein Kind, das anderen eifersüchtig das Spielzeug entreißt. »Helena ist heimgegangen, um ihrem Vater, der zufällig Senator ist, zu erklären, warum *ich* mich immer noch nicht dafür entschuldigen konnte, daß ich ihm seine edle Tochter entführt habe. Ach, wenn übrigens ein Mann mit roten Mondsicheln an den Stiefeln« (ein traditioneller Bestandteil der Patrizieruniform) »mit scharfem Schwert und wütendem Gesicht hier hereinstürmt, dann treten Sie nur beiseite und lassen ihn ungehindert auf mich los!«

»Sie ausgemachter Heuchler, Sie! Sie sind hinter ihrem Geld her!«

»Oh, sie hat's auf meins abgesehen. Ich kann sie nur mit größter Mühe von meinen Konten fernhalten!«

Die Wahrheit glaubt einem immer kein Mensch.

Eine Weile herrschte Schweigen. Ich war noch zu schwach, um mich um die Empfindlichkeiten anderer Leute zu kümmern.

»Was ist denn das, Falco?«

Ich hatte eine Tafel auf dem Bett liegen. »Die heutige Diagnose lautet: Langeweile. Also erhielt ich Order, ein Gedicht zu schreiben. Ich hab mir gedacht, ich könnte vielleicht eine Satire darüber verfassen, warum ich Papageien hasse.«

»Was für ein Grobian!« gurrte Severina dem Papagei vor.

»*Was für ein Grobian*!« antwortete Chloe prompt.

»Sie lernt wirklich schnell!« bemerkte ich.

Severina ließ sich nicht aus dem Konzept bringen. »Soll das heißen, die Ermittlung ruht?«

»Ach! Die Ermittlung . . . «, sagte ich bewußt schnodderig, um sie zu ärgern. Dabei hätte ich ihr eine ganze Reihe von Fragen stellen können: zum Beispiel nach Eischneeglasuren und weggeworfenem Naschwerk. Aber ich hatte mir vorgenommen, erst meine Nachforschungen abzuschließen, bevor Severina Zotica mich wieder mit ihren ach so plausiblen Antworten durcheinanderbrachte. Ich nahm Zuflucht zu meiner autoritären Dienststimme. »Ich werde mich mit drei Tagen Bettruhe begnügen müssen. Morgen früh wird nämlich der Küchenchef der Hortensii beigesetzt, und ich möchte ihm die letzte Ehre erweisen.«

Severinas Gesicht verdüsterte sich. »Was ist mit Viridovix passiert, Falco? Ich hörte, daß er ganz plötzlich gestorben ist. Hat sein Tod etwas mit dem Mord an Novus zu tun?«

Ich lächelte beruhigend. »Viridovix ist ganz friedlich im Schlaf verschieden.«

»Und warum gehen Sie dann zu seiner Beerdigung?«

»Erstens, weil ich ihn mochte. Und zweitens komme ich so am ehesten wieder in die Nähe des Hauses.«

»Auf Spurensuche?«

»Schon möglich.«

»Falco, manchmal verstehe ich Sie wirklich nicht! Ich bin doch jetzt Ihre Klientin, warum haben Sie immer noch Geheimnisse vor mir?«

»Aus einem ganz einfachen Grund: Ich denke, es könnte von Nutzen sein, den Hortensii zu zeigen – und womöglich durch sie auch gleich diesen Mistkerl Priscillus zu warnen –, daß ich, allen gegenteiligen Gerüchten zum Trotz, immer noch auf meinen zwei Beinen stehen kann.« Sie sah so skeptisch auf mich nieder, als würde sie mir gerade das nicht zutrauen. »Sagen Sie, kennen Sie diesen Priscillus eigentlich persönlich?«

Sie runzelte argwöhnisch die Stirn, doch meine Frage entsprang reiner Neugier. »Als ich mit dem Apotheker verheiratet war und auf dem Esquilin wohnte, waren wir Nachbarn. Und als der Streit zwischen ihm und Novus sich vor einiger Zeit zuspitzte, bin ich zu Priscillus gegangen und habe vermittelt. Ich war es auch, die Priscillus die Einladung zu dem Bankett überbrachte.«

»Und Novus war damit einverstanden?«

»Selbstverständlich! Sonst wäre ich doch nicht hingegangen.« Ich nickte ernst, obgleich ich mich heimlich über diesen schockierten Protest amüsierte; natürlich macht keine ehrbare Frau Besuche bei alleinstehenden Herren. Aber wer ist heutzutage schon ehrbar? »Wenn Priscillus meinen Verlobten umgebracht hat, dann habe ich dabei mitgeholfen!« Sie hatte eine seltsame Art, die Ironie des Schicksals zu übersehen.

»Nun mal ganz ruhig«, beschwichtigte ich. »Die beiden Immobilienhaie hatten sich schon den Krieg erklärt, lange bevor Sie in dem Spiel mitmischten. Und seit ich selbst zur Zielscheibe von Priscillus' Zorn geworden bin, denke ich, daß Hortensius Novus so oder so im Hades gelandet wäre, ganz gleich, was Sie getan haben oder nicht.«

»Ja glauben Sie denn, es *war* Priscillus? Hat er Sie am Ende angegriffen, weil Sie auf Beweise gestoßen sind?«

»Priscillus hätte Novus womöglich getötet, vorausgesetzt, er wäre ungestraft davongekommen. Aber noch bin ich mir nicht sicher. Im Augenblick setze ich eher auf Pollia und Atilia ...« Diese Alternative schien ihr sehr zu gefallen – typisch Frau.

Ich machte mir allmählich Sorgen, weil Helena so lange fort blieb. Kaum war sie aus dem Haus, schon hatte ich Sehnsucht nach ihr. Ich schlug vor, Severina solle dableiben und sie kennenlernen. »Nein, danke, ich bin auf dem Weg in die Thermen ...« So viel zu der mitfühlenden Seele, die sich eigens aufgemacht hatte, um mir einen Krankenbesuch abzustatten! Sie beschwatzte den Papagei so lange, bis der auf den Pfosten am Fußende meines Bettes hüpfte. »Also: Sie gehen zur Beisetzung des Kochs; warum, ist mir immer noch nicht recht klar ... « Sie stockte, als ob sie mir nicht ganz über den Weg traute. Ich machte ein finsteres Gesicht, was vielleicht nicht unbedingt die gewünschte beruhigende Wirkung hatte. »Werden Sie anschließend zu mir kommen?«

»Wenn Gnädigste es wünschen.«

Bevor sie ging, ermahnte sie mich noch, gut auf mich achtzugeben (obwohl ich dachte, wir hätten inzwischen klargestellt, daß das schon jemand anderes besorgte), und dann, im letzten Moment, beugte sie sich vor und küßte mich auf die Wange.

Ich schwöre, sie war darauf gefaßt, daß ich sie packen und ins Bett zerren würde. Manche Leute haben einfach keine Achtung vor einem Kranken.

»Endlich allein!« sagte ich seufzend zum Papagei.

»Mehr Publikum als am Strand von Baiae!« gab der Papagei vertraulich zurück.

Ich machte mich an mein Gedicht.

Danach dachte ich eine Weile gründlich nach.

Jeder andere, den Appius Priscillus hätte zu Gulasch prügeln lassen, wäre vielleicht zu dem Schluß gekommen, schon das allein genüge, um ihn aller ungeklärten Morde dieses Monats zu überführen. Ich war mir da nicht so sicher. Die Reihenfolge der Ereignisse schien einfach nicht logisch. Hortensius Novus hatte Priscillus zum Essen eingeladen und ihm einen Einigungsvertrag versprochen; bevor der Abend zu Ende war, konnte Priscillus unmöglich wissen, daß Novus sich schließlich doch gegen eine Fusion entschieden hatte. Warum aber sollte Priscillus mit Mordplänen angerückt kommen, wenn die Aussichten gerade so günstig schienen?

Das protzige Törtchen war eindeutig ein Indiz dafür, das die Frauen ihre Hand im Spiel hatten. Auffällig und ordinär. Zu auffällig für meinen Geschmack – aber Verbrecher beweisen oft lächerlich wenig Urteilsvermögen. Wir gehen davon aus, daß ein Krimineller raffiniert ist und verschlagen. Aber manchmal kommt gerade ein Trottel mit einem hirnrissigen Plan ungeschoren davon, bloß weil sich kein Mensch vorstellen kann, daß jemand sich so dumm anstellt. Abgesehen von mir. Nach fünf Jahren als Privatermittler hielt ich alles für möglich.

Ich hatte mich zu lange meinen Gedanken überlassen.

»*Na sag schon – wer war's?*« krächzte Chloe.

Als ich gerade mit der Sandale nach ihr warf, kam Helena herein. Sie sah uns, hielt sich vor Lachen die Seiten und verschwand gleich wieder.

»Wie geht's deinem Vater?« rief ich ihr nach.

»Er möchte mit dir reden.«

»Das hab ich mir fast gedacht!«

Sie steckte den Kopf wieder durch den Türvorhang und schenkte mir ein Lächeln, das mich hätte warnen sollen: Das dicke Ende kam nämlich noch! »Ach ja, und meine Mutter auch . . . «

Helena Justina fand, Falcos *Satire* I.1 (»Vernimm, Lucius, hundert Gründe, warum mir verhaßt ist dieser Papagei . . . «) sei das Beste, was ich je zu Papier gebracht hätte.

Sowas konnte auch nur mir passieren.

LIV

In der Regel gehe ich ja nicht zu Trauerfeiern von Leuten, die ich selbst umgebracht habe. Aber bei jemandem, der rein zufällig durch mich ums Leben gekommen war, schien eine Ausnahme angebracht.

Helena schlief immer noch auf dem Lesediwan im anderen Zimmer, mit der schnöden Ausrede, daß sie mich während der Rekonvaleszenz nicht stören wolle. Dagegen mußte etwas unternommen werden. Und ich war auch schon dabei, diverse Änderungspläne zu schmieden.

Leise stand ich auf und machte mich ohne Hilfe fertig. Tags zuvor hatte ich mich bereits allein angezogen und war durch die Wohnung getigert, um meine Kräfte zu testen, aber jetzt wollte ich mich außer Haus wagen, und das war denn doch nicht ganz dasselbe. Zum ersten Mal seit meiner Begegnung mit Priscillus bereitete ich mir selbst den Morgentrunk, gab dem schläfrigen Papagei Wasser und sah mich wieder mit den Augen des Eigentümers in meinen vier Wänden um (wobei mir auffiel, daß der Riß in der Wand sich stetig zu vergrößern schien). Ich trug auch Helena einen Becher hinein. Um sich ihre Sorge nicht anmerken zu lassen, stellte sie sich noch halb schlafend, doch ein Streifchen warmer Wange schob sich unter der Decke hervor, bereit für meinen Abschiedskuß.

»Gib gut auf dich acht . . . «

»Du auch.«

Auf Beinen, die sich anfühlten wie aus Quark, stakste ich die Treppe hinunter. Doch als ich vor dem Haus einen Dienstmann mit offenem Mund meine Veilchen begaffen sah, schleppte ich mich den ganzen Weg wieder zurück, um mir einen Hut zu suchen. Für den Fall, daß Helena die Tür gehört hatte und sich nun womöglich ängstigte, schaute ich noch rasch bei ihr herein, um sie zu beruhigen.

Sie war fort.

Verdutzt ging ich zurück auf den Flur. In der Wohnung war es ganz still; sogar der Papagei hatte den Kopf unter den Flügeln versteckt und war noch einmal eingedöst.

Ich schlug den Vorhang vor meinem Schlafzimmer zurück. Ihr Becher angewärmter Honigmet stand jetzt zwischen dem Wust von Schreibfedern, Münzen und Kämmen auf meinem Nachttisch; Helena lag im Bett. Sie mußte gleich nachdem ich gegangen war, herübergehuscht und in mein Nest gekrochen sein.

Sie starrte mich trotzig an, wie ein Hund, der im Augenblick, da sein Herrchen aus dem Haus geht, auf dessen Diwan springt.

Sie rührte sich nicht. Ich wedelte zur Erklärung mit dem Hut, zögerte und ging dann durchs Zimmer, um ihr nochmals einen Abschiedskuß zu geben. Ich fand dieselbe Wange – doch als ich mich diesmal aufrichtete, folgte sie mir; ihre Arme schlangen sich um meinen Hals, und unsere Lippen trafen sich. Mein Magen verkrampfte sich vor Nervosität. Doch rasch wich alles bange Fragen der Gewißheit: Hier erwartete mich der liebevolle Empfang, auf den nur Helena sich verstand – die, nach der ich mich so sehnte, gestand mir ihr Verlangen . . .

Ich bremste mich. »*Die Arbeit*!« stöhnte ich. Niemand würde die Bestattung des Kochs verschieben, nur weil ich hier herumschäkerte.

Helena lächelte. Sie hing noch immer an meinem Hals. Ich unternahm zwar einen lahmen Versuch, mich loszumachen, aber meine Hände gingen unterdessen schon eigene Wege und begannen, zielstrebig über ihren Körper zu wandern. Ihre Augen strahlten so voller Liebe und Verheißung, daß ich drauf und dran war, alles andere zu vergessen. »Arbeit, Marcus . . . «, echote sie. Ich küßte sie wieder.

»Ich glaube, es ist an der Zeit«, flüsterte ich dicht an ihrem Mund, »daß ich mir angewöhne, zum Mittagessen heimzukommen, wie sich das für einen römischen Haushaltungsvorstand gehört . . . «

Helena küßte mich.

»Bleib da!« murmelte ich. »Rühr dich nicht vom Fleck – bleib schön da liegen und warte auf mich!«

LV

Als ich diesmal auf die Straße trat, luden gerade ein paar Bauarbeiter ihr Werkzeug von einem Handwagen. Ein gutes Zeichen. Wenn der Besitzer das Haus instandsetzen ließ, würden wir womöglich auch bald neue Nachbarn kriegen und uns nicht mehr vorkommen wie in einem Mausoleum. Und irgendwann – wenn auch wahrscheinlich nicht gleich heute! – konnte ich diese Burschen vielleicht beschwatzen, unseren Riß im Flur mit etwas Roßhaar und Mörtel zuzukleistern.

Ich fühlte mich gut. Auch wenn ich unterwegs zu einem Begräbnis war, *mein* Leben sah wieder rosiger aus.

Ich fühlte mich wie ein Fremder in der eigenen Stadt, und jene beklemmende Stimmung, die den Genesenden beim ersten Ausgang gern beschleicht, überkam auch mich – als ob die Außenwelt Jahrhunderte durchlebt hätte in den wenigen Tagen, die ich nicht dabeigewesen war.

Ich hatte mich zu früh hinausgetraut. Die frische Luft prickelte schmerzhaft auf der zarten, neugebildeten Haut. Das Gewimmel in den Straßen verstörte mich. Auf Lärm und grelle Farben reagierte mein Hirn plötzlich mit Warnsignalen. Aber den ersten richtigen Schock dieses neuen Arbeitstages erlebte ich, als mein Mietesel den Hang des Pincio hinaufzockelte und ich sah, daß der Stand, an dem Minnius seine Backwaren zu verkaufen pflegte, verschwunden war.

Nichts war übriggeblieben. Der Verschlag, die Markise, das köstliche Naschwerk – alles weg. Sogar den Ofen hatte man abgebaut. Irgendwer hatte den ganzen Konditorstand dem Erdboden gleichgemacht.

Auf dem weitläufigen Gelände der Hortensii wies mir der Rauch eines tragbaren Altars den Weg. Die Angehörigen des Hauses strömten im Gänsemarsch aus der Villa; ich hielt mich im Hintergrund und sah zu, wie sie sich auf einem freien Platz zwischen den Pinien versammelten. Viridovix durfte in illustrer Gesellschaft ruhen. Immerhin rühmt sich der Pincio des – übrigens erstaunlich geschmackvollen – Grabmals unseres Kaisers Nero.

Die Trauerfeier verlief ohne aufsehenerregende Zwischenfälle. Dramatische Enthüllungen am Rande der Totenbahre sind freilich auch nur eine billige Erfindung epischer Dichterlinge. Da ich inzwischen zum Satiriker geworden war, hatte ich erst gar keine Überraschungen erwartet; wir Satiriker sind nämlich Realisten.

Mit meinem breitkrempigen Griechenhut und dem schwarzen Mantel, den ich zu solchen Anlässen trage, mischte ich mich unauffällig unter die Trauernden.

Ganz unbemerkt blieb ich allerdings wohl trotzdem nicht, denn es ist nun einmal Sitte bei Begräbnissen, daß die Hälfte der Anwesenden ausgiebig nach prominenten Familienmitgliedern Ausschau halten; die Argusäugigen auf der Suche nach abtrünnigen Halbbrüdern, über die man herziehen könnte, hatten vermutlich rasch heraus, daß ich eine unbekannte Größe war, über die sich hinterher trefflich würde spekulieren lassen.

Crepito, Felix und ihre Gattinnen erschienen als letzte, just bevor ihr treuer Diener mit einem Minimum an Aufwand in die Unterwelt abgeschoben wurde. Die parfümierten Öle dufteten ganz angenehm, wenn auch nicht überwältigend. Man hatte eine Gedenktafel anfertigen lassen, die ihren Platz in der hohen Umfassungsmauer finden würde. Wie ich feststellte, stammten Tafel und Widmung allerdings nicht von der Herrschaft, sondern von Viridovix' Mitsklaven.

Als das Feuer entfacht war, sahen die Hortensii ihren kurzen Auftritt auch schon für beendet an und gingen ihrer Wege; wahrscheinlich machten sie sich gleich auf zum Sklavenmarkt, um einen neuen Koch zu besorgen.

Ich schob den Hut zurück und gab mich Hyacinthus, der mit dem Haushofmeister beisammenstand, zu erkennen. Und als die Flammen an den Scheiten hochschlugen, kamen wir ins Gespräch.

»Falco, Sie sehen ja immer noch aus, als gehörten Sie mit auf den Scheiterhaufen!«

»Kein Wunder! Hab ja auch seit vier Tagen nichts als Traubenmaische in Milch zu essen gekriegt! Mittlerweile könnte mich schon ein kräftiges Niesen umpusten. Ich hatte ja vor, mich mit einer schönen Weinschaumtorte aufzupäppeln – aber wo ist denn Minnius geblieben?«

»Da gab's Ärger wegen der Standmiete. Felix hat den Vertrag gekündigt und Minnius rausgeworfen.«

»Und wo ist er hin?«

»Wie soll ich das wissen?«

Jetzt, da die Herrschaft gegangen war, wurde im Kreis der Sklaven Unmut spürbar. Viridovix' Tod hatte die Gerüchteküche in Gang gesetzt, auch wenn die Hortensii sich einbildeten, alles bestens vertuscht zu haben.

»Es macht keinen guten Eindruck«, murrte Hyacinthus, »daß sie Novus mit allem Pomp beigesetzt haben – während unser armer guter Koch fast eine Woche lang auf die Einbalsamierer warten mußte und nun holterdiepolter abgeschoben wird. Er war ein Sklave, ja, aber das waren die schließlich auch mal!«

»Soviel zum Thema Familiensinn!« sagte ich.

Hyacinthus stellte mir den Haushofmeister vor, einen nervösen Menschen mit spitzen Ohren, der mich schon die ganze Zeit neugierig ansah. »Tag, ich bin Falco. Viridovix und ich, wir haben in der Nacht, als er starb, einen Schluck miteinander getrunken und uns gut unterhalten. Darum bin ich heute hier. Darf ich dich mal was fragen?« Er sah ängstlich drein, bedeutete mir aber, fortzufahren. »Wir sprachen über dieses Bankett; er hat mir erzählt, wie reibungslos alles verlaufen sei . . . « Da ich ohne Vollmacht der Familie ermittelte, galt es, vorsichtig und vor allem rasch zu handeln. »Weißt du vielleicht, was geschah, nachdem die Herren sich zum privaten Gespräch zurückgezogen hatten?«

Als Haushofmeister war er natürlich auch dann noch in Rufnähe geblieben, als man die übrigen Diener hinausgescheucht hatte. Der Mann hatte genügend Klasse, um zu wissen, daß er die Gespräche seiner Herrschaft vertraulich behandeln sollte; andererseits war er auch nur ein Mensch und tratschte gern. »Sie hatten Krach«, raunte er.

»Weshalb denn? Was war das Problem?«

Er lachte. »Das Problem war Novus!«

»Du meinst, er hat den übrigen Herren mitgeteilt, daß es nichts werden würde mit der Kapitalgenossenschaft, an der den anderen so viel lag?«

»Stimmt genau. Er weigerte sich mitzuspielen, sagte, sie könnten getrost alle ihre Würfel wieder einsacken...«

Das also war's; ich pfiff durch die Zähne. »Und als Novus nach dieser Abfuhr davonstapfte, haben die drei anderen, also Felix, Crepito und Priscillus, da die Köpfe zusammengesteckt? Gab es nicht rundum freundliche Umarmungen, als Priscillus sich verabschiedete?«

»Wenn Sie mich fragen« – er senkte die Stimme –, »dann steckten Crepito und Felix schon längst mit Priscillus unter einer Decke.«

»Wovon Novus natürlich keine Ahnung hatte«, ergänzte ich. Doch dann dämmerte es mir. »Nein... nein, ganz falsch – natürlich! Novus *war* ihnen auf die Schliche gekommen!«

Das erklärte alles – Priscillus und seine heimlichen Partner glaubten, Novus hätte sie eingeladen, um ihre Differenzen beizulegen –, in Wahrheit aber plante er eine böse Überraschung. Sobald die Türen geschlossen waren und das Gespräch vertraulich wurde, sagte er ihnen auf den Kopf zu, daß sie hinter seinem Rücken gemauschelt hätten und wie er ihnen das vergelten wolle: Er würde Severina Zotica heiraten, die altbewährte Partnerschaft aufkündigen, vermutlich nach der Hochzeit anderswo ein eigenes Haus beziehen – und die Firma allein weiterführen. Diese Drohung mußte Felix und Crepito zu Tode erschrecken – denn wenn Novus sie wahr machte, würden sie nicht nur ihren Anteil am Hortensius-Imperium verlieren, sondern auch jegliches Interesse, das Appius Priscillus ihnen bislang entgegengebracht hatte. Er war nicht der Mann, der eine Partnerschaft mit Nieten und Blindgängern einging. Die beiden hatten also gleich doppelt Schiffbruch erlitten!

»Felix und Crepito hatten bestimmt die Hosen gestrichen voll – aber wie hat's denn Priscillus aufgenommen?«

»Erstaunlich gut«, sagte der Haushofmeister.

Bis dahin hatte ich mich recht und schlecht gehalten, plötzlich aber wurde ich unsanft daran erinnert, daß ich heute den ersten Tag auf den Beinen war. Die Aufregung und die Hitze des Scheiterhaufens setzten mir so zu, daß ich beinahe schlappgemacht hätte. Ich mußte eine kleine Pause einlegen, um gegen das plötzliche Schwindelgefühl anzukämpfen.

Der Haushofmeister hatte heute schon genug für Wahrheit und Gerechtigkeit getan; ich spürte, wie er die Schotten dichtmachte.

Als die Flammen niederbrannten und Viridovix nach römischem Brauch heimgeleitet wurde zu seinen fernen Göttern, waren wir nur noch ein kleines Häuflein.

»Er war ein Fürst«, flüsterte ich. »Und trotzdem mit Leib und Seele Koch. Ein Mann von Charakter! Seine letzte Nacht haben wir so gefeiert, wie sich das ein Koch nur wünschen kann – mit einem guten Tropfen, stibitzt von den hohen Herren . . . « Ich seufzte. »Ich hätte nicht übel Lust, den Jahrgang zu erfragen, damit ich mir eine Amphore davon besorgen und auf sein Andenken trinken kann . . . «

»Dann sind Sie hier an der richtigen Adresse!« Der Haushofmeister winkte einem jungen Burschen, dessen geschwollene Lider den Langschläfer verrieten, den man viel zu früh aus den Federn gerissen hatte. Er war eben vorgetreten, um ein Trankopfer auf den Scheiterhaufen zu gießen. »Galenus betreut unseren Weinkeller.«

»Besten Dank! Hör zu, Galenus, kannst du mir

sagen, was für einen Falerner Crepito und Felix am Abend des Banketts tranken – könnte es ein Faustianum gewesen sein?«

»Falerner? Der wird hier nicht getrunken! Sie meinen sicher den Setinum, den halten die Herrschaften für edler – eine ihrer Launen!«

Es stimmte, Viridovix hatte auf seinem Menu Setinum angegeben.

»Bist du sicher, daß du nicht vielleicht für einen besonderen Anlaß mal eine Ausnahme gemacht hast? Ich hab da einen guten Wein probiert, in der Nacht, als dein Herr starb. Er war in einer blauen, geschliffenen Glasamphore.«

Der junge Bursche schüttelte den Kopf. »So eine hab ich an dem Abend bestimmt nicht ausgegeben.«

»Wir hatten Befehl, Eindruck zu schinden«, bestätigte der Haushofmeister. »Nichts Geringeres als die Goldpokale und das edelsteinbesetzte Geschirr durfte auf die Tafel.«

»Die Amphore, von der Sie da reden, ist keine von meinen«, versicherte Galenus. »Ich kann mich auch nicht besinnen, je so eine gesehen zu haben.«

»Ja ist sie denn nicht bei dir in der Speisekammer gelandet?«

»Nein, ganz bestimmt nicht. Sonst wäre sie mir aufgefallen, denn ich bin immer auf der Suche nach hübschen Glasgefäßen, schon wegen der Damen, die ihre Getränke am Nachmittag gern in feinen Karaffen serviert kriegen!«

»Das ist sehr interessant!« sagte ich. »Könnte die blaue Amphore ein Gastgeschenk gewesen sein, das jemand an dem Abend mitbrachte?«

»Priscillus«, warf ein anderes Bürschchen ein, das schon eine ganze Weile Maulaffen feilhielt und mit seinem runden, rotwangigen Gesicht aussah wie ein frischer Apfel. »Ich hatte nämlich Schuhdienst«, erklärte er. Das hieß, er hatte jeden Gast genau gesehen, weil er allen beim Eintreffen die Sandalen abnehmen mußte. »Priscillus kam mit einer funkelnden blauen Amphore.«

Ich lächelte Apfelbäckchen an. »Und hatte er vielleicht auch ein Schälchen aus passendem Glas dabei?«

Der Junge brauchte nicht lange nachzudenken. »Ja, aber das steckte in einem Ranzen, der mit seinem Mantel in die Garderobe gelegt wurde. Als er ging, fiel's ihm plötzlich wieder ein und er beeilte sich, die Schale zu der Amphore auf die Anrichte zu stellen. In einem kleinen Beutel hatte er sogar etwas Myrrhe dabei, um das Geschenk abzurunden . . . «

Welch rührender Einfall! Ich konnte meine Bewunderung kaum zügeln: ein vorbildlicher Gast!

LVI

Ich sah mich nach der Küchenmagd Anthea um, doch der war angesichts des brennenden Scheiterhaufens anscheinend erst so richtig bewußt geworden, was sie verloren hatte; die käsige Spülmamsell schluchzte in den Armen zweier rührseliger Busenfreundinnen so herzerweichend, wie nur Mädchen in ihrem Alter es tun. Ich hatte zwar ein paar Fragen parat, aber nun verzichtete ich darauf.

Als der Rauch sich allmählich verzog, erkannte ich

eine Gestalt, die vom Torhaus heraufkam. Es war einer von Severinas Sklaven.

»Sie will, daß Sie zum Mittagessen kommen.« Es war typisch für diesen markigen Türblocker, daß er seinen Auftrag ohne jede Einleitung rausknurrte.

»Danke, aber ich habe leider keine Zeit.«

»Die Antwort wird ihr nicht gefallen«, meinte er.

Ich war es leid, daß seine Herrin mich dauernd mit Beschlag belegen wollte, wo ich doch längst eigene Pläne hatte, aber um den Kerl loszuwerden, versprach ich, meine ursprüngliche Verabredung wenn möglich zu verschieben (natürlich würde ich nichts dergleichen tun). Dann warf ich einen Zipfel meines schwarzen Umhangs über die Schulter und versenkte mich vor dem Scheiterhaufen in die melancholischen Gedanken eines trauernden Hinterbliebenen: An die Vergänglichkeit des Lebens dachte ich und an den unerbittlichen Tod, daran, wie man den Furien entgehen und die Parzen versöhnlich stimmen kann (und wie bald man sich als höflicher Mensch von diesem Begräbnis absetzen könnte . . .).

Als Severinas Sklave sich getrollt hatte, warf ich meinen Kranz in die Glut, träufelte mein Öl auf die Asche und richtete im stillen ein paar Worte an die Seele des Kochs, bevor ich meinen Mietesel holte und den Schauplatz wechselte.

An der Stelle, wo Minnius' Kuchenparadies gestanden hatte, machte ich nachdenklich halt.

Der nächste Schritt wollte genau überlegt sein. Bisher hatte ich bloß für Severina gearbeitet, damit ich sie als Verdächtige im Auge behalten konnte. Doch nun wurde es langsam Zeit, Stellung zu beziehen.

Außerdem hatte es allmählich den Anschein, als ob Severina mit ihren Theorien über den Mord an Novus richtiglag. Priscillus zum Beispiel hatte ja tatsächlich versucht, Novus umzubringen, als der so eisern seine Geschäftsinteressen durchboxen wollte. Und wahrscheinlich steckten entweder Pollia oder Atilia hinter einem zweiten Anschlag, dem mit der vergifteten Torte.

Nachweisen konnte ich vorläufig nur einen Tathergang: Priscillus hatte die vergifteten Gewürze eingeschmuggelt, an denen Viridovix gestorben war. Ein Mord, der den Hauptzeugen dafür beseitigte, was sich an jenem Tag in der Küche abgespielt hatte – und dennoch ein Zufallsmord. Wenn mich meine Ermittlungen an dem Abend nicht ins Triklinium geführt hätten, wäre Viridovix nie und nimmer dort aufgekreuzt. Kein Mensch hätte sowas planen können. Nein, der Tod des armen Viridovix war tatsächlich ein Unfall.

Aus naheliegenden und sehr triftigen Gründen wollte ich den Koch rächen. Aus ebenso triftigen sozialpolitischen Gründen hatte ich dazu keine Chance.

Gewiß, meine Beweise reichten aus, um bei einem Magistrat Klage gegen Appius Priscillus einzureichen. Aber machen wir uns doch nichts vor: Viridovix war ein Sklave. Wenn ich nachwies, daß Priscillus ihn getötet hatte – noch dazu ganz unbeabsichtigt –, würde daraus, falls es überhaupt zur Verhandlung kam, kein Mord-, sondern ein Zivilprozeß werden, in dem die Hortensii auf Schadenersatz für ihren Sklaven klagen konnten. Appius Priscillus drohte schlimmstenfalls eine Geldstrafe, die die Besitzer angemessen entschädigte. Den Wert eines gallischen Kriegsgefangenen aber würde kein römisches Gericht hoch veranschlagen; ein Koch, und nicht einmal einer aus Alexandria! Zweihundert Sesterzen, höchstens.

Mir blieb also nur die Hoffnung, Viridovix auf einem Umweg zu rächen: Ich mußte beweisen, wer seinen Herrn auf dem Gewissen hatte und *diesen* Schuldigen zur Rechenschaft ziehen. Leider wußte ich bisher nur, wer es *nicht* getan hatte. Verdächtige mit Motiven konnte ich genug benennen, aber ein Motiv für einen Mord zu haben ist in unseren aufgeklärten Zeiten nicht strafbar. Meine Verdächtigen hatten zwar Anschläge verübt; doch die waren offenbar alle mißglückt, also vermutlich wieder nicht strafbar.

Blieb zuletzt noch Severina Zotica. Severina, die ein wundervolles Motiv bekam, als Novus ihr die Ehe versprach – und es prompt wieder verlor, als er vor dem Austausch der Heiratsverträge starb.

Vielleicht hatte sie ja ein *anderes* Motiv. Aber wenn, dann war ich bisher leider nicht dahintergekommen.

Warum wecken Begräbnisse eigentlich immer so einen unbändigen Appetit? Ich mußte die Gedanken an Leben, Tod und Vergeltung fahrenlassen, denn alles, worauf ich mich im Moment konzentrieren konnte, war die jetzt leider fruchtlose Erinnerung an köstliches Gebäck.

Wie unfähig muß ein Grundbesitzer eigentlich sein, um die Gemeinschaft einer so segensreichen Einrichtung zu berauben? Minnius wäre, ganz gleich zu welchem Mietzins, immer ein Aushängeschild für das Viertel gewesen. Als er ihn fortjagte, hatte Hortensius Felix sich bestimmt auf dem ganzen Pincio unbeliebt gemacht als einer, der mutwillig Lebensqualität zerstört. Allein, darin sind Hauseigentümer und Vermieter ja geübt. Wer weiß schon, was für eine krause Logik in den abartigen Hirnen dieser Spezies sprießt? Hier allerdings lag die Antwort leider klar auf der Hand: Minnius wußte zuviel.

Wie bitte? Was er denn hätte wissen können? Ganz einfach: Minnius wußte, wer die Kuchen für das Bankett gekauft hatte.

Dieses Wissen war gefährlich. Einen Moment lang fürchtete ich sogar, der Konditor sei vielleicht gar nicht mehr am Leben. Womöglich hatten sich nach dem Giftmord an Hortensius Novus in einer dunklen Nacht finstere Gestalten vom Anwesen des Freigelassenen herabgeschlichen, hatten den unglücklichen Zuckerbäckerkönig im Schlaf erschlagen und den Leichnam unter seinem Verkaufsstand verbuddelt, da, wo schon sein Backofen dem Erdboden gleichgemacht worden war ... Nein. Mir steckte wohl immer noch das Fieber im Hirn. Ein prüfender Blick auf das Gelände überzeugte mich, daß hier niemand ein Grab ausgehoben hatte. (Ich war der Enkel eines Handelsgärtners – vor allem aber war ich Soldat gewesen, und in der Armee lernt man alles, was es über das Graben in feindlicher Erde zu wissen gibt.) Nach einem trockenen römischen August hätte niemand in diesem knochenharten Gelände rumscharren können, ohne Spuren zu hinterlassen. Nur die Hitze hatte diese klaffenden Risse ins Erdreich gebrannt, in denen hektisch durcheinanderwuselnde Ameisen sich mit winzigen Hälmchen abschleppten, während die vernünftigen Eidechsen sich wohlig in der Sonne aalten. Nur Wagenräder und Hufe hatten hier den Straßenbelag eingeebnet.

Minnius mochte tot sein, aber wenn, dann war er nicht hier begraben. Und solange es keinen Leichnam gab, konnte ich bis zum Beweis des Gegenteils getrost hoffen, daß er noch lebte.

Doch wo war er geblieben? Ich erinnerte mich an mein letztes Gespräch mit ihm; womöglich hatte er mir die Antwort selbst gegeben: » ... *damals habe ich noch auf dem Emporium Pistazien vom Tablett weg verhökert* ... «

Ich lenkte den Esel bergab und machte mich auf den Weg ans andere Ende von Rom.

Es dauerte eine geschlagene Stunde, bis ich ihn aufgespürt hatte, aber immerhin fand ich ihn. Also war die Stunde gut genutzt.

Das Emporium liegt an dem der Stadt zugewandten Tiberufer, am Fuße des Aventin, und ist der Hauptumschlagplatz für Importgüter, die übers Meer nach Italia kommen, ja, einfach der größte und faszinierendste Rohstoffmarkt des Römischen Reiches – ach, was sage ich, der Mittelpunkt des Welthandels! Dort kann man alles kaufen, von phönizischem Glas bis zu gallischem Wildbret; indische Rubine; Leder aus Britannia; arabischen Pfeffer; chinesische Seide; Papyrus, Pökelfisch, Porphyr, Oliven, Bernstein, Zinn- und Kupferbarren oder ballenweise honiggelben Wollstoff; und aus Italia selbst Bausteine, Dachziegel, Tafelgeschirr, Öl, Obst und Wein, soviel das Herz begehrt – vorausgesetzt, man kauft en gros. Die höfliche Bitte an den Händler, Ihnen doch eine schöne Muskatnuß rauszusuchen, können Sie sich sparen; es müssen schon zwanzig Fässer voll sein! Andernfalls machen Sie sich besser aus dem Staub, bevor er seinem derben Spott mit dem Stiefelabsatz Nachdruck verleiht. Und für Tagediebe, die bloß ein paar Leckereien für den heimischen Mittagstisch möchten, gibt's ja die Verkaufsstände draußen, vor dem Emporium.

Schon als ich noch ein Dreikäsehoch war, kannte ich mich hier aus – in den höhlenartigen Gewölben des Emporiums, auf den Kais, vor denen die einlaufenden Frachtsegler sich drängten, und auf den Verladerampen für die Überlandwagen, die von Ostia angerumpelt kamen. Ich kannte mehr Leute auf dem Emporium als mein Schwager Gaius Baebius, und der arbeitete dort (allerdings, wer außer seinen bedauernswerten Schwagern gab sich schon mit Gaius Baebius ab?). Ich wußte sogar, daß es, auch wenn die Speicher immer vor Waren überzuquellen schienen, auf dem Emporium besonders günstige Tage gab; und wenn gerade die richtigen Schiffe eingelaufen waren, konnte man sogar einen noch besseren erwischen. Allerdings gelten hier die gleichen Regeln wie überall im Leben: Wenn Sie auf genau den rosageäderten Marmor spitzen, den Ihr Architekt als Blendstein für Ihr renoviertes Atrium empfohlen hat, dann können Sie drauf wetten, daß gestern die letzten Platten an irgendeinen Bäcker verkauft wurden, der sich ein scheußliches Mausoleum hinklotzen läßt; ja, und wann die nächste Lieferung reinkommt, Legat – also das hängt vom Steinbruch ab und vom Reeder und von den Winden und ganz ehrlich: *Wer kann die schon vorhersagen*? Jede Wette, daß Sie zu guter Letzt einen syrischen Parfumflakon kaufen, nur damit Sie den weiten Weg nicht ganz umsonst gemacht haben – und den lassen Sie, wenn Sie nach Hause kommen, auf der Türschwelle fallen.

Aber das gehört nicht hierher. Und in *meinem* Fall hatte sich der Weg gelohnt.

Im Hauptgebäude herrschte das übliche Gedränge; Träger und Packer brüllten durcheinander. Mich in dieses lärmende Gewusel zu stürzen, war nicht eben klug für einen kaum Genesenen. Trotzdem, ich fand ihn. Gemessen an seinem Kiosk auf dem Pincio, hatte er sich verschlechtert, aber er stand sich immer noch besser als seinerzeit mit dem Tablett. Jetzt verkaufte er seine Kuchen über einen mit Tuffstein verblendeten Tresen; allerdings mußte er sie, wie er mir erzählte, zum Backen in eine öffentliche Bäckerei bringen.

»Warum hat Felix Sie denn rausgeworfen?«

»Na ja, der Naschkater in dem Haus war eben Novus«, antwortete Minnius ausweichend.

»Weiß ich, weiß ich! Ich hab sogar den Verdacht, daß Novus seine Naschhaftigkeit das Leben gek ...« Ich bremste mich gerade noch. Lieber nicht zu sehr auf der Theorie rumreiten, daß Minnius Kuchen verkaufte, mit denen man sich vergiften konnte – auch wenn es andere waren, die das Gift hineinpraktiziert hatten. »Und wie kommen Sie hier zurecht?«

»Ach, ich hab mich schnell wieder eingewöhnt. Hätte schon vor Jahren zurückkommen sollen. Hab mir immer eingeredet, ich könnte den Stand nicht aufgeben, weil das Geschäft so gut lief, aber Stammkundschaft kann ich mir hier genauso ziehen.«

»Sie mögen halt das pralle Leben. Und auf dem Pincio sind ja selbst die Flöhe Snobs.« Minnius reichte einem Dienstmann ein Riesenstück Weinschaumtorte über die Theke. »Hören Sie, lieber Freund – drei Fragen, und dann störe ich Sie nicht weiter!« Er nickte. Es empfiehlt sich, die Leute wissen zu lassen, daß man ihre Zeit nicht über Gebühr in Anspruch nehmen wird. »Erstens: Beschreiben Sie mir doch mal, was Sie den Hortensii an dem Abend, als Novus starb, geliefert haben. Wurden da besondere Wünsche angemeldet, oder hat man Ihnen die Auswahl überlassen?«

Seine Miene verhärtete sich kaum merklich. Offenbar hatte ihm jemand dringend geraten, den Mund zu halten. Aber er beschloß, mir trotzdem zu antworten. »Also, ursprünglich waren sieben de-Luxe-Törtchen bestellt. Der Botengänger war einen Tag vorher bei mir unten und gab die Bestellung auf – eine Mischung nach meiner Wahl; aber am Nachmittag vor dem Fest kam wer vorbei und suchte noch eins aus.«

»Viel ausgefallener als die Kuchen, die Sie schon hochgeschickt hatten«, ergänzte ich ruhig. »Diese Überraschung sollte als Blickfang in die Mitte der Tafel kommen. Na, und sie hätte in der Tat Aufsehen erregt!« unkte ich und überließ es Minnius, das Warum zu enträtseln. »Folgt Frage Nummer zwei: *Wer* hat das Extratörtchen ausgesucht?«

Im Geiste hatte ich mein Geld auf zwei der Verdächtigen gesetzt. Aber die Wette hätte ich verloren. Minnius antwortete mit festem Blick: »Hortensia Atilia.«

Die Sanftmütige! *Das* war ein unverhoffter Gag. Ich dachte darüber nach. »Danke.«

»Und Ihre dritte Frage?« bohrte er. Hinter mir hatte sich schon eine Schlange gebildet.

Ich grinste ihn an. »Frage Nummer drei lautet: Wieviel kosten zwei von Ihren Knuspertauben mit den Rosinen drin für mich und meine Spezielle?«

»Wie speziell?«

»Sehr.«

»Da mache ich Ihnen wohl besser auch einen speziellen Preis.«

Er wickelte zwei besonders große in Weinblätter und ließ sie mir umsonst.

Ich packte die Kuchen in den Hut, den ich in der Hand trug. Dann machte ich mich auf den Weg nach Hause und zu der Speziellen, die dort auf mich wartete.

Den Esel ließ ich im Mietstall, denn ich rechnete damit, daß ich eine ganze Weile daheim bleiben würde; warum sollte er da unnötig Schatten, Heu und Gesellschaft entbehren? Außerdem mag ich nun mal nicht für Standzeit berappen.

Die Stallungen lagen gleich um die Ecke, und von dort konnte man den ganzen Häuserblock überblicken. Ich war wie ein grüner Junge, der zum ersten Mal verliebt ist und plötzlich alles mit anderen Augen sieht. Ich schaute nach oben, was man normalerweise vor dem eigenen Haus nie tut, weil man erstens im Geiste noch da ist, wo man eben herkommt, und zweitens nach dem Schlüssel sucht.

Die Sonne stand über mir und blendete mein linkes Auge. Ich mußte blinzeln und wandte mich ab. Aber dann sah ich doch wieder hin.

Was für eine eigenartige Luftspiegelung! Ich schirmte die Augen mit der Hand. Sekundenlang war es, als ob das Gebäude flirrte und flimmerte, aber das kam nicht von der Sonne. Ich war noch etwa fünfzig Meter weit weg. Und auf der belebten Straße wurde zunächst niemand aufmerksam.

Die ganze Vorderfront meines Wohnblocks brach entzwei, einfach so, wie ein Menschenantlitz, das sich in Tränen auflöst. Das Haus geriet ins Wanken, dann hing es buchstäblich in der Luft. Allen Gesetzen der Schwerkraft zum Trotz schwebten einen Augenblick lang sämtliche Partikel einzeln im Raum. Eben noch hielt die Kontur des Gebäudes stand – dann war es aus. Die Mauern kippten wie auf Kommando, und das ganze Haus fiel in sich zusammen.

Der Krach auf der Straße war unbeschreiblich.

Im nächsten Augenblick verschluckte uns eine riesige Mörtelwolke, die alles in beißenden, stickigen Staub hüllte.

LVII

Zuerst diese unvorstellbare Stille. Und dann fangen die Leute an zu schreien.

Vor allem muß man erstmal den Staub aus den Augen kriegen. Sich schütteln, nützt nichts, das macht es nur noch schlimmer. Bis man wieder sehen kann, beweg man sich am besten überhaupt nicht. Aber alle Sinne sind aufs äußerste geschärft, versuchen angestrengt, mitzukriegen, was los ist.

Die ersten Schreie, das sind die Leute auf der Straße, erschrocken, entsetzt, aber auch dankbar, daß sie wenigstens noch Luft zum Schreien haben. Dann melden sich vielleicht andere aus dem Schutt heraus, aber das ist schwer festzustellen, bevor die Panik sich legt und jemand die Organisation in die Hand nimmt. Irgendwer findet sich dafür immer.

Es gibt Erfahrungswerte, nach denen man sich richten kann. In Rom stürzen nämlich oft Häuser ein.

Die Nachbarschaft ist im Nu alarmiert; dafür sorgt schon der Krach. In Windeseile kommen Männer mit Schaufeln und Stützpfeilern angerannt. Andere folgen mit Handwagen, Enterhaken, Schubkarren von der nächsten Baustelle, mit behelfsmäßigen Tragen und vielleicht sogar mit einer Winde. Trotzdem geht es nicht schnell genug. Wer zur Stelle ist und weiß, daß das Haus bewohnt war, der wartet nicht, bis die Männer mit den Schaufeln kommen, sondern fängt an, mit bloßen Händen zu graben. Das bringt natürlich kaum was. Aber wie kann man einfach nur untätig dastehen?

Alles, worum ich mich auf dieser Welt noch sorgen mußte, waren zwei Kuchen in einem Hut voll Staub. Ich legte den Hut auf eine Türschwelle und breite meinen Mantel darüber. Eine Geste, mehr nicht, während ich krampfhaft versuchte, mich zu fangen.

Bleib da . . . rühr dich nicht vom Fleck – bleib schön da liegen und warte auf mich!

Für den Weg zu dem, was einmal meine Wohnung gewesen war, brauchte ich eine halbe Ewigkeit. Andere rückten mit mir vor. Auch als Fremder tut man in so einem Fall, was man kann.

Ich wollte rufen; ich wollte brüllen. Ich brachte ihren Namen nicht über die Lippen. Jemand anderes rief aber doch: ein Schrei, bloß ein Signal, um anzuzeigen: Wir sind da. Und dann warteten wir, bis der rieselnde Schutt sich gesetzt hatte, und lauschten. Das ist die Regel; man ruft oder hämmert auf irgendwas; dann lauscht man; dann wird gegraben. Wer Glück hat, weiß, nach wem oder wonach. Aber gegraben wird so oder so. Ganze Balken zerrt man beiseite, als wär's Klafterholz, verrückt Türen, die noch in den Angeln hängen, stemmt geborstene Träger und durchwühlt tonnenweise unkenntliches Geröll, das komischerweise nicht mehr die geringste Ähnlichkeit hat mit den Materialien, die in dem Gebäude verbaut waren. Vor lauter Staub kann man kaum etwas sehen. Bloß Schatten. Auf einmal sackt der Schutt unter deinen Füßen einfach weg, so plötzlich, daß du ins Leere trittst; dein Herz klopft wie rasend, und neue Dreckwolken rauben dir die Sicht. Ein zehn Zentimeter langer Nagel, noch so glänzend wie an dem Tag, als er eingeschlagen wurde, bohrt sich dir ins Knie. Die Haut hängt dir in Fetzen von den Handrücken, aufgerissen an Ziegeln und Balken. Dein Gesicht brennt unter der dicken, fahlen Staubkruste, die nicht mal den Schweiß durchläßt. Deine Kleider starren vor Dreck, die Stiefel sind reif für den Müll. Zehen und Knöchel bluten durch die Riemen. Der allgegenwärtige Staub verstopft dir die Lunge.

Von Zeit zu Zeit halten die Leute wieder inne und fordern Ruhe; und dann faßt sich jemand ein Herz und ruft. Und du stehst da und lauschst, während der lose Mörtel über geborstene Backsteine, Dachziegel und das papierdünne Lattenwerk rieselt – ein Haufen Schutt, der einmal dein Zuhause war.

Wenn das Haus groß war, dann weißt du schon im voraus, daß wenig Chance besteht, von irgendwoher Antwort zu bekommen.

Während der Arbeit wechselte ich mit kaum jemandem ein Wort. Selbst einem Fremden muß klargewesen sein, daß ich dieses Haus kannte. Als die ersten Spaten eintrafen, schnappte ich mir sofort einen: das Vorrecht des

Eigentümers. Einmal krachte es fürchterlich, und wir mußten alle zurückweichen, weil ein Schuttberg ins Rutschen kam. Anschließend übernahm ich die Führung und überwachte das Einrammen der Stützbalken. Ich war Soldat gewesen und darauf gedrillt, das Kommando zu übernehmen, wenn Zivilisten wie aufgescheuchte Hühner durcheinanderstoben. Sogar in einer Katastrophe mußt du kühlen Kopf bewahren. Selbst wenn ich sie verloren hatte, würde sie das von mir erwarten. Sie würde erwarten, daß ich alles Menschenmögliche tat, um vielleicht wenigstens andere zu retten. War sie hier, dann war ich ihr zumindest nahe. Ich würde bleiben, wenn nötig Tag und Nacht, bis ich Gewißheit hatte.

Meine Gefühle, die würden bis später warten müssen. Je später, desto besser. Wer weiß, ob ich das, was mein Verstand mir schon jetzt an Gefühlen eingab, jemals würde ertragen können.

Als sie die Frauenleiche fanden, wurde es ganz still.

Keine Ahnung, wer meinen Namen rief. Eine Gasse öffnete sich. Ich zwang mich, hinzuwanken und sie anzusehen; alles wartete und beobachtete mich. Hände strichen mir über den Rücken.

Sie war grau. Graues Kleid, grauer Teint, graues, verfilztes Haar, das von Gipsstaub und Schuttkörnern starrte. Ein Leichnam ganz aus Staub. Bis zur Unkenntlichkeit verdreckt.

Keine Ohrringe. Das Ohrläppchen verkehrt geschwungen und ohne Gold dran – ja nicht einmal das winzige Löchlein zum Einhängen war da.

Ich schüttelte den Kopf. »Meine war größer.«

Außerdem erkannte ich, sobald ich es endlich wagte, genauer hinzusehen, daß das Haar dieser Frau auch ohne die Staubschicht drauf grau bleiben würde. Das Haar war schütter – nur ein trauriges, geflochtenes Schwänzchen, nicht dicker als mein kleiner Finger, das nach etwa dreißig Zentimetern in einem dünnen Pinselchen auslief. Die Meine hatte einen dicken Zopf, der ihr, in fast gleichbleibender Stärke, bis zur Taille reichte.

Jemand breitete ein Halstuch über das Gesicht. Eine Stimme sagte: »Muß die Alte aus dem obersten Stock sein.« Die verrückte alte Schachtel, die mich so oft verflucht hatte.

Ich machte mich wieder an die Arbeit.

Es war mir mächtig an die Nieren gegangen. Jetzt hatte ich eine Vorstellung davon, was ich finden würde.

Ich hielt inne und wischte mir den Schweiß von der verschmierten Stirn. Jemand, der sah, daß er im Moment mehr Energie hatte als ich, nahm mir die Schaufel aus der Hand. Er stieß das Stahlblatt in den Trümmerhaufen, und als ich zur Seite trat, um ihm Platz zu machen, fiel mir etwas ins Auge.

Es war der Griff von einem Korb. Ich erkannte den glänzenden schwarzen Raffiabast, mit dem meine Mutter ihn ausgebessert hatte, als das ursprüngliche Rohrgeflecht sich zu lösen begann. Ich zerrte ihn aus dem Schutt. Etwas, das mir gehört hatte. Der Korb hatte immer neben dem Eingang zu unserem Wohnzimmer gehangen.

Umstehende reichten Getränke herum, damit die Rettungsmannschaft den ärgsten Durst stillen konnte. Auch mir drückte jemand einen Becher in die Hand. Sitzgelegenheiten gab es keine. Also hockte ich mich auf die Fersen, trank, stellte den Becher hin, kippte den Dreck aus dem Korb und schaute hinein. Nicht viel. Alles, was mir geblieben war. Der Stolz unseres Haushalts: zehn Bronzelöffel, die Helena mir einmal geschenkt hatte; sie duldete nicht, daß ich sie weiter unter meiner Matratze versteckte, weil wir sie jetzt täglich in Gebrauch hatten. Eine Schüssel, die meiner Mutter gehörte, für sie hergerichtet. Meine besten Stiefel, versteckt vor dem Papagei . . . Und ein Käsehobel.

Ich hatte keine Ahnung, wieso ausgerechnet der Käsehobel verschont geblieben war. Und ich würde es auch nie erfahren. So ein Berg ungeklärter Fragen: das Schlimmste nach einem plötzlichen Tod.

Ich legte alles zurück in den Korb und schob mir die Henkelschlaufe über den Arm, bis hinauf zur Schulter. Dann verließ mich der Mut; es hatte ja doch keine Sinn mehr. Ich vergrub den Kopf in den Armen und versuchte, alles auszublenden.

Jemand berührte mich an der Schulter. Jemand, der mich offenbar kannte oder der sie gekannt hatte oder auch uns beide. Zornig fuhr ich hoch. Dann sah ich seinen ausgestreckten Arm.

Eine Frau war um die Ecke gebogen, genau wie ich eine halbe Stunde zuvor. Sie hatte einen großen, kreisrunden Brotlaib im Arm. Offenbar war sie ausgegangen, um fürs Mittagessen einzukaufen, und kam nun wieder heim.

Ihr Heim war nicht mehr da. Sie war stehengeblieben, als dächte sie, sie hätte geistesabwesend die falsche Straße erwischt. Dann sah sie das eingestürzte Haus und begriff mit einem Schlag die Wahrheit.

Sie wollte losrennen. Noch ehe sie sich in Bewegung setzte, hatte ich sie erkannt und sah deutlich, was in ihr vorging. Sie dachte, ich sei schon in der Wohnung gewesen; sie dachte, ich läge tot unter den Trümmern. Es gab nur einen Weg, ihr Bescheid zu geben.

Ich pfiff. *Meinen* Pfiff. Sie blieb stehen.

Ich war aufgesprungen. Sie hatte mich gehört. Aber sehen konnte sie mich in dem Durcheinander nicht gleich. Dann fand sie mich doch. Es war nicht mehr nötig, aber ich rief schon, so laut ich nur konnte. Endlich brachte ich es heraus: »*Helena*!«

»Mein Schatz, Liebste – hier bin ich!« Das Brot zerbröselte zwischen uns in tausend Krümel. Dann war sie in meinen Armen. Weich – warm – lebendig – Helena. Ich legte meine Hände vorsichtig um ihre Wangen, als hielte ich einen Schatz. »Helena, Helena, Helena ...« Ihre Haare verfingen sich in meinen aufgerissenen Fingern, mit denen ich, auf der Suche nach ihr, die Balken beiseite gezerrt hatte. Sie war sauber und unversehrt und weinte sich hilflos die Augen aus, weil sie mich für einen Sekundenbruchteil verloren geglaubt hatte. »Helena, Helena! Als ich das Haus einstürzen sah, dachte ich ...«

»Ich weiß, was du dachtest.«

»Ich hatte doch extra gesagt, du sollst auf mich warten ...«

»Oh, Didius Falco«, schluchzte Helena, *»seit wann tue ich denn, was du sagst?«*

LVIII

Man klopfte uns auf den Rücken; die Frauen küßten Helena ab. Ich wäre gegangen und hätte weitergegraben, aber die Leute ließen es nicht zu. Statt dessen wurden wir in eine Schenke gedrängt, wo eine Amphore, die ich bitter nötig hatte, vor uns erschien, gefolgt von warmen Pasteten, auf die ich hätte verzichten können. Man brachte mir meinen Hut und den Mantel. Dann meldete sich jenes zarte Taktgefühl, das wildfremde Menschen bei einer Katastrophe entwickeln, und man ließ uns allein.

Helena und ich saßen dicht beisammen, Kopf an

Kopf. Wir sprachen kaum. Es gibt ja auch nichts zu sagen in so einem Moment, wo zwei Menschen sich ganz nahe sind und wissen, daß nichts je wieder so sein wird, wie es war.

Eine Stimme, eine, die ich kannte, schaffte es wider Erwarten doch, meine Aufmerksamkeit zu wecken. Ich drehte mich um. Ein trauriger Stoffel in braun und grün gestreifter Tunika bestellte was zu trinken, während er sich unauffällig im Schatten einer Markise hielt und nach draußen linste. Er schätzte das Ausmaß des Schadens. Es war Cossus – der Immobilienmakler.

Ich stand vor ihm, noch ehe er seinen Wein bekommen hatte. Immer noch über und über mit Staub bedeckt, muß ich ihm erschienen sein wie ein Geist aus der Unterwelt. Er war so verdutzt, daß ihm keine Zeit blieb, auszubüchsen.

»Genau der Mann, den ich suche!« Ich nahm ihn in den Schwitzkasten und zerrte ihn in die Wirtsstube. »Wenn Sie was trinken wollen, Cossus, dann kommen Sie her und leisten uns Gesellschaft . . . «

Helena saß auf der nächststehenden Bank, also ließ ich Cossus auf der anderen Platz nehmen. Davor war zwar ein Tisch im Wege, aber ich packte den Kerl am Kragen, schwenkte ihn seitwärts und warf ihn einfach über die Platte.

Dann setzte ich selbst mit einer eleganten Fechterkehre nach und landete rittlings neben ihm. Cossus schnappte nach Luft. »Helena, das ist Cossus; Cossus ist der wunderbare Mensch, der uns unsere Wohnung vermittelt hat! Bleib sitzen, Cossus!« Er hatte versucht, sich aufzurichten, plumpste aber gehorsam wieder zurück. »Hier, trink 'nen Schluck, Cossus!« Ich packte ihn am Schopf, schraubte sein Gesicht zu mir herum, ergriff die Amphore und goß ihm alles, was noch drin war, über den Schädel.

Helena rührte sich nicht. Sie hatte offenbar schon gemerkt, daß es ein ziemlich lausiger Wein war.

»Da hast du was zu saufen. Als nächstes«, fuhr ich in immer noch geselligem Ton fort, »als nächstes werde ich dich töten, Cossus!«

Helena langte über den Tisch nach meiner Hand. »Marcus ...« Cossus warf ihr schräg von unten rauf einen Blick zu, der (in der Mimik eines Immobilienmaklers) Dankbarkeit ausdrücken sollte. »Wenn das der Mann ist, der uns unsere Wohnung vermietet hat«, sagte Helena Justina in ihrem kultiviertesten Ton, »dann möchte ich gern selbst diejenige sein, die Hand an ihn legt!«

Cossus röchelte. Ihre wohlgesetzte, aristokratische Rede hatte abschreckender gewirkt als mein ganzes Gepolter. Ich ließ ihn los. Er richtete sich auf und rieb sich den Hals. Hilfesuchend sah er sich in der Schenke um. Alles, was er fand, waren Leute, die ihm den Rücken kehrten. Sie kannten sein Strafregister. Wenn ich ihn töten wollte, würde niemand hier mich daran hindern, im Gegenteil: Die Leute hofften sogar, daß ich's tun würde. Helena hatte sich in der Nachbarschaft beliebt gemacht. Wenn *sie* ihn umbrachte, würden die Leute ihr wahrscheinlich dabei helfen.

Ich ging wieder um den Tisch herum und setzte mich zu Helena.

»Hast dir den falschen Tag ausgesucht, Cossus«, sagte ich grimmig. »Die Kalenden des September sind harmlos; morgen ist der Tag, den die Leute schwarz ankreuzen. Das ist doch kein Stil, Cossus! Wie sollen deine Mieter denn da vorausplanen?« Er fing an zu stammeln. Ich schnitt ihm das Wort ab, drehte mich zu Helena und fragte ruhig: »Heute morgen habe ich gesehen, daß der Bautrupp endlich angerückt war und mit der Renovierung vom Erdgeschoß anfing. Waren die Arbeiter noch da, als du zum Einkaufen gingst?«

»Da wurden sie wohl gerade fertig«, antwortete Helena. »Jedenfalls haben sie das Gerüst abgebaut, das die ganze Zeit unten im Flur stand.«

»War wohl 'ne kleine Verwechslung«, stotterte Cossus, der immer noch nicht begriff, daß es sich ausgeblufft hatte. »Die müssen irgendwas durcheinandergebracht haben . . . «

»Mich zum Beispiel!«

»Tut mir leid, Falco.« Cossus duckte sich wohlweislich und brachte seinen Schädel vor meiner Faust in Sicherheit.

»Mir auch, Cossus.«

»Der Hausbesitzer wird Ihnen Schadenersatz anbieten . . . «

»Soll er, Cossus! Wär sehr vernünftig von ihm!«

»Und wie«, erkundigte sich Helena ruhig, »kann er die alte Dame aus dem vierten Stock entschädigen, die ums Leben gekommen ist?«

Wieder versuchte er zu kneifen. »Unvorhersehbare Fehlkalkulation unseres Bauingenieurs.« Die Ausrede hatten er und seinesgleichen wohl für die Gerichte parat.

»Ziemlich drastische Lösung für eure Probleme mit ihrem Mietvertrag!« sagte ich. Cossus seufzte. Endlich sah er ein, daß ich die Situation durchschaut hatte und jeder weitere Widerstand zwecklos war. Außerdem war er ein Faulpelz; Scherereien waren ihm zuwider. Mein Einwurf deprimierte ihn so, daß es ihm die Sprache verschlug, also übernahm ich die näheren Ausführungen selbst. »Der Vermieter hat versucht, die alte Frau rauszuekeln, damit er das Haus abreißen und an seiner Stelle einen einträglicheren Neubau hochziehen kann. Als sie sich weigerte auszuziehen, hat dieser karitative Mensch ihren Anwälten die Mühe erspart, das alte Muttchen zu schröpfen, indem er das Haus gleich abreißen ließ!«

»Aber warum hat man ihr nicht einfach gekündigt?« fragte Helena.

»Haben wir doch . . . Na ja«, räumte der Makler ein, »wir hätten's tun sollen. Aber die alte Hexe hauste schon so lange da oben, daß ich sie ganz vergessen hatte. Bei den vielen Mietparteien, die wir haben, kann ich mir nicht jeden einzelnen merken. Im Juni kam sie dann plötzlich ins Büro gehumpelt und legte mir den vollen Jahreszins hin. Aber sie hat ihre Angaben so unverständlich dahergebrabbelt, daß ich sie so schnell wie möglich abfertigen wollte. Ihre Adresse ist mir erst aufgefallen, als sie schon wieder fluchend davongeschlurft war. Der Besitzer hatte noch nicht endgültig über das Haus verfügt, also ließ ich die Sache erst mal auf sich beruhen. Aber im Juli entschließt er sich plötzlich und will sanieren, doch nun hatten wir die Alte noch für ein Jahr am Hals.«

»Wenn das so ist«, forschte Helena, »warum haben Sie dann eigentlich mit uns noch einen Mietvertrag abgeschlossen?«

Er preßte so etwas wie Scham in seine unangenehmen Gesichtszüge. Ich hätte ihm nicht so weit getraut, wie ich einem Kamel um Mitternacht in den Hintern gucken kann; Helena hätte das vielleicht eleganter formuliert, trotzdem dachte sie genauso.

»Um die Optik aufzufrischen«, konstatierte ich. »Kracht die Bude zusammen, läßt sich das leichter rechtfertigen, wenn der Vermieter behaupten kann, er war gerade dabei, die leerstehenden Wohnungen wieder zu besetzen. Dann handelt es sich nicht um vorsätzlichen Abbruch, sondern um einen Unfall bei der Renovierung. Euer Pech, liebe Mieter (falls ihr zufällig den Schock überlebt habt): Hier ist ein Teil der Miete zurück, also seid gefälligst schön dankbar und verschwindet!«

»Ich hab Ihnen doch gesagt, daß es nur ein befristeter Vertrag ist«, murrte Cossus.

»Bitte vielmals um Entschuldigung! Da muß ich wohl was überlesen haben. Jedenfalls wüßte ich nicht, daß da stand: ›*gültig für sechs Monate – oder bis Ihr Haus einstürzt*‹.«

»Wir könnten Ihnen eine Pro-rata-Vergütung einräumen ...« fing Cossus an. Sein Mund war wie das Tor des Janustempels: nie geschlossen.

»Irrtum!« fauchte Helena. »Sie werden Didius Falco die *volle* Miete zurückerstatten plus Schadenersatz für den Verlust seiner persönlichen Habe und der Möbel!«

»Sehr wohl, Gnädigste.«

Die männliche Angewohnheit, erst eilfertige Versprechungen zu machen und sich dann später anders zu besinnen, war meiner Liebsten wohlvertraut. »Sie werden uns auf der Stelle einen Wechsel ausstellen«, entschied Helena mit Nachdruck.

»Sehr wohl, Gnädigste. Und falls Sie um ein neues Dach über dem Kopf verlegen sind, kann ich vielleicht behilflich sein ...« Er war ein echter Vertreter seiner Zunft; ein kompletter Idiot.

»Noch eins von deinen befristeten Sonderangeboten?« höhnte ich. Helena nahm meine Hand. Wir sahen ihn nur an.

Helena Justina lief über die Straße zum nächsten Schreibwarenhändler, während Cossus und ich uns auf einen Preis für mein verlorenes Mobiliar einigten. Mir machte die Feilscherei Spaß, und der vereinbarte Preis war schließlich besser, als meine Möbel je gewesen waren.

Als sie zurückkam, diktierte Helena, wie Cossus das Formular für den Wechsel ausfüllen sollte. »Stell ihn auf die Dame aus«, befahl ich. »Sie heißt Helena Justina; sie führt all meine Konten.« Cossus machte ein verwundertes Gesicht. Wie Helena es aufnahm, kann ich nicht sagen, weil ich ihren Blick mied.

Wir waren an dem Punkt angelangt, wo wir den Makler entweder laufen lassen oder ihn hinter Schloß und Riegel bringen mußten. Helena meinte ganz ruhig: »Ich wüßte gern noch den Namen unseres leichtsinnigen Vermieters.«

Cossus blickte ängstlich drein; ich legte noch eins nach: »Daß wir unser Geld zurückverlangt haben, war erst der Anfang, Freundchen!«

»Er gehört vor Gericht«, sagte Helena.

Cossus versuchte es mit Ausflüchten, aber ich schnitt ihm das Wort ab. »Deine Auftraggeber haben einen kleinen Fehler gemacht. Diese Dame hier, die heute bei eurem sogenannten Unfall fast ums Leben gekommen wäre, ist die Tochter eines Senators. Wenn ihr Vater hört, was seinem Augapfel beinahe zugestoßen wäre, wird er diese Schweinereien pflichtvergessener Hausbesitzer unweigerlich vor die Curia bringen – und das ist längst noch nicht alles!« Das letzte, was Helena wollte, war, daß ihr Vater erfuhr, wie gefährlich das Leben mit mir sein konnte. Aber den Hauseinsturz konnten wir nun einmal nicht geheimhalten, und Camillus Verus gehörte zu den wenigen im Senat, die bereit waren, ein so heißes Eisen anzupacken. »Ich will es auf jeden Fall wissen«, fuhr ich fort. »Also, sag's mir, Cossus. Damit ich heute nacht mit ruhigem Gewissen schlafengehen kann – sag mir, daß ich mich und die schöne Dame hier nicht diesem Blutsauger Priscillus anvertraut habe!«

Erleichterung spiegelte sich auf seinem Gesicht. »Aber nein, Falco, nein!«

»Also wer dann?«

Er rückte ängstlich ab, und seine Stimme erstarb zu einem Krächzen, als er sich zu dem Geständnis durchrang: »Ich arbeite für die Hortensii. Ihr Vermieter war Novus.«

LIX

Ich packte ihn mit meinen geschwärzten Tatzen am Latz seiner sackartigen Tunika und beutelte ihn so, daß ihm die Zähne wackelten.

»Aber es ist doch nicht meine Schuld!« jammerte Cossus. »Ich dachte, das wüßten Sie längst!« Er wartete darauf, daß ich ihn losließe, doch ich hielt ihn eisern am Schlafittchen.

»Novus ist tot! Novus ist letzte Woche gestorben!«

»Müssen Sie deswegen gleich durchdrehen?«

»Wer hat befohlen, den Abriß trotzdem durchzuziehen?«

»Novus hatte mich schon vor Wochen beauftragt, alles Nötige zu veranlassen ... «

»Und als Novus starb, hast du es da nie für nötig gehalten, bei seinen Erben nachzufragen?«

»Hab ich ja.« Etwas an seiner patzigen Antwort machte mich stutzig.

»Bei Felix oder bei Crepito?« Ich hörte auf, ihn zu schütteln, packte seine Tunika dafür aber um so fester. Bestimmt war er zu faul gewesen, extra zum Pincio hochzulaufen und sich zu erkundigen.

»Sie kam ins Büro«, stammelte er. »Sie hatte mir früher schon oft Weisungen von Novus überbracht, also hab ich sie gefragt. Sie sagte, ich solle die anderen während der Trauerzeit nicht behelligen und mich im übrigen strikt an Novus' Pläne halten ... «

»*Welche sie*, Cossus?«

»Severina Zotica.«

»Die hatte doch gar keine Vollmachten!« Dann fügte ich ganz ruhig, aber um so kälter, hinzu: »Cossus, diese Frau hat dich zum Komplizen eines Mordes gemacht ...«

Im Grunde jedoch war der Makler jetzt nicht mehr wichtig. Mich interessierte nur noch das, was sein Geständnis enthüllte: Severina, die den Abriß des Hauses befohlen hatte; die mich heute früh aus dem Wohnung hatte locken wollen; die mich mit keiner Silbe vor der Gefahr gewarnt hatte, in der Helena schwebte . . .

Angewidert stieß ich Cossus weg. Die Leute an der Theke halfen, ihn weiterzuschubsen. Als er auf der Straße landete, verlor er den Halt. Draußen muß ihn dann jemand erkannt haben. Ich hörte einen Schrei und sah ihn losrennen. Bis ich an die Tür kam, war er schon nicht mehr zu retten, selbst wenn ich wirklich hätte helfen wollen.

Die aufgebrachte Menge versperrte dem Makler den Weg und drosch mit den Werkzeugen auf ihn ein, mit denen man eben noch nach verschütteten Leichen gegraben hatte. Dann wuchteten sie zwei Balken aus den Trümmern, zurrten sie zu einem Kreuz zusammen und hievten Cossus daran hoch. Ich schätze, er war schon hinüber, bevor sie ihn ans Holz schlugen.

Ich setzte mich wieder hin und legte den Arm um Helena. Sie umschlang mich fest.

Ich hielt einen ziemlich langen Vortrag, aber nicht für Helena; eher redete ich so ins Blaue hinein. Ich wetterte gegen die Vermieter – gegen das ganze abscheuliche Gesocks. Die Geizhälse; die Protze; die Habgierigen; Leute, die wie Priscillus mit brutaler Gewalt vorgingen; und Leute wie Novus, die sich heimtückisch hinter trägen, unfähigen Maklern verschanzten, um selbst nicht mit ihren schmutzigen Machenschaften in Berührung zu kommen.

Helena ließ mich ausreden, dann küßte sie mein staubverschmiertes Gesicht. Schon ließ der Schmerz ein bißchen nach.

Ich rückte weit genug ab, um ihr in die Augen sehen zu können. »Ich liebe dich.«

»Ich liebe dich auch.«

»Wollen wir heiraten?«

»Jetzt? Ohne Geld?« Ich nickte. »Warum?« fragte sie. »Ich bin auch so glücklich. Wozu brauchen wir Zeremonien und Verträge und ein Spalier von Trotteln, die uns mit Nüssen bewerfen? Wenn wir in Vertrauen und Liebe zusammenleben . . . «

»Reicht dir das denn?«

»Ja«, antwortete sie schlicht. Meine tapfere Herzensdame mit der spitzen Zunge besaß trotz allem eine seltsam romantische Ader. Allerdings hatte sie das Brimborium der Hochzeitsfeierlichkeiten schon einmal mitgemacht und wußte aus Erfahrung, daß damit nichts garantiert war. »Reicht es *dir* denn nicht?«

»Nein«, sagte ich. Ich wollte es ganz offiziell, mit Brief und Siegel.

Helena Justina lachte leise. Offenbar hielt sie *mich* für den Romantischeren von uns beiden.

Wir verließen die Schenke. Ich hatte Verschiedenes zu erledigen. Lauter unangenehme Dinge. Ich wußte nicht recht, wie ich Helena beibringen sollte, daß ich sie gerade jetzt allein lassen mußte.

Langsam gingen wir hinüber zu der Ruine des Gebäudes, das für so kurze Zeit unser Zuhause gewesen war. Jetzt sah ich, warum die Menge so erbarmungslos mit Cossus verfahren war: Neben der Alten lag noch eine Reihe trauriger Leichen – eine Familie mit drei Kindern und einem Baby. Auch mit ihnen hatte Cossus einen »befristeten« Mietvertrag geschlossen; und wir hatten nicht einmal gewußt, daß diese armen Leute mit uns unter einem Dach lebten.

Die Rettungsmannschaft war noch im Einsatz. Die Zuschauer hatten sich verlaufen. In der Nacht würden die Plünderer anrücken. Und morgen früh würden die Hortensii – ganz die untadeligen Besitzer – die Wagen, die bestimmt längst bereitstanden, herschicken und den Schutt wegräumen lassen.

»Wenigstens sind wir zusammen«, flüsterte Helena.

»Das sind wir . . . bald. Helena, ich muß . . . «

»Ich weiß.«

Sie war wunderbar. Ich sagte ihr das. »Willst du immer noch mit mir zusammenleben?«

»Wir gehören doch zusammen.«

»Ach, mein Liebstes, aber hier gehören wir nicht hin, da haben wir was Besseres verdient!« Wie gewöhnlich besänftigte sie mich auch diesmal. »Wir finden schon wieder was, aber die nächste Wohnung sehe ich mir gründlicher an! Helena, vielleicht kann ich nicht gleich eine neue Bleibe auftreiben – du gehst besser heim zu deinen Eltern, und ich komme später nach . . . «

»Ich soll mit eingezogenem Schwanz nach Hause schleichen?« Helena rümpfte die Nase. »Das liegt mir ganz und gar nicht!«

»Ich will doch bloß, daß du gut aufgehoben bist!«

»Bei dir bin ich bestens aufgehoben.«

»Glaub mir, wenn es nach mir ginge, würde ich dich jetzt nicht allein lassen; sondern mich mit dir verkriechen und dich festhalten, bis *du* dich sicher fühlst und *ich* mich besser . . .«

»Oh, Marcus, schau doch!« unterbrach mich Helena. »Der Papagei!«

Der Vogel thronte auf einem Schutthaufen. Völlig verdreckt, aber nicht im mindesten eingeschüchtert. Helena rief: »Chloe! Chloe, komm doch . . . «

Vielleicht hatte der Käfig sie gerettet. Jedenfalls war sie lebend davongekommen, und nun beäugte sie mit dem ihr eigenen frivolen Hochmut das Trümmerfeld ringsum.

Ein paar kleine Buben (deren Mütter es ihnen nicht danken würden) pirschten sich an, um sie einzufangen. Chloe hatte Männer noch nie leiden können. Sie ließ die Knaben auf Armeslänge herankommen, dann plusterte sie sich auf, hüpfte einen Meter weit in die andere Richtung und schwang sich in die Lüfte.

Helena reckte den Hals, um zu sehen, in welche Richtung Chloe flog. Das Biest drehte eine Schleife und schoß verwegen an Helenas Kopf vorbei.

»Marcus, kann sie denn in Freiheit überleben?«

»Ach, der Vogel ist so ziemlich gegen alles gefeit!«

Chloe landete wieder. »Chloe! Chloe!« lockte Helena.

Nun, da noch jemand an dem Vogel Interesse zeigte, strengten sich die Buben erst recht an und hechteten ihm hinterher. Chloe entwischte elegant und flatterte auf einen Dachfirst, wo sie außer Reichweite war.

»Komm sofort da runter und sag mir, wer's getan hat!« rief Helena.

»*O Cerinthus! Cerinthus! Cerinthus*!« kreischte Chloe entgegenkommend.

Dann sahen wir zu, wie der Papagei sich in immer kleiner und kleiner werdenden Spiralen in den hitzeflimmernden Himmel schraubte.

LX

Der Abschied war nicht länger hinauszuzögern.

»Ach, Geliebte, was habe ich nur für einen blöden Beruf! Man bezieht Prügel; das Haus stürzt ein; die wundervollste Frau, mit der man je ins Bett gegangen ist, sagt einem, daß sie dich braucht; aber man muß losziehen, um eine Verbrecherbande auszuheben – und das, obwohl man inzwischen weiß, daß der, den sie abgemurkst haben, ein Kerl war, den man bestenfalls vor ihnen gerettet hätte, um ihn selbst umbringen zu können!«

Ich warf mir den schwarzen Mantel über. Dabei fiel mir ein, daß in meinem Hut ja noch die beiden Kuchen von Minnius lagen, dank ihrer Weinblatthülle einigermaßen staubgeschützt. »Hier, nimm du sie; heute abend essen wir sie im Haus deines Vaters«, sagte ich, bemüht, nicht schwach zu werden. »Versprochen!«

Sie seufzte. »Vater will dich ohnehin sehen, jetzt, wo du wieder auf den Beinen bist.«

»Daß ich dich ihm zurückgeben muß, dürfte seine Laune doch heben!«

»Darüber reden wir noch«, sagte Helena – in einem Ton, der verhieß, daß es da nichts mehr zu bereden gab.

Ich klopfte an meinem Hut herum, um den Mörtelstaub ein bißchen zu verteilen, und stülpte ihn mir auf die Birne.

»Du siehst aus wie der Rachegott persönlich! Wer dich so unter einem Torbogen stehen sieht, gibt bestimmt gleich Fersengeld . . . «

»Na prima!«

Der Dreck auf der Haut und im Haar machte mich verrückt; also schrubbte ich mich in den nächsten Thermen rasch ab und legte mir derweil einen Plan zurecht.

Inzwischen war es Nachmittag geworden. Ich hatte jetzt das Mosaik so weit beisammen, daß ich die Lücken mit Kombinationsgabe und etwas Glück würde schließen können, sobald ich die Steinchen in die richtige Reihenfolge schob. Ich mußte Priscillus sprechen, die Frauen der Hortensii und Severina Zotica. Der Hinweis auf Cerinthus war vielleicht Unsinn. Aber wenn ich herauskriegen konnte, wo dieser Cerinthus sich rumtrieb, würde ich auch mit ihm reden müssen.

Ich wollte mit Appius Priscillus anfangen, und zwar in seinem Haus auf dem Janiculum. Das knapp überstandene Unglück hatte mich angespornt, und ich traf instinktiv die richtige Wahl.

Bei dem Gedanken an ein Wiedersehen mit der phrygischen Leibwache wurde mir ganz mulmig, aber Priscillus' Schlägertrupp war nicht auf seinem Posten – hatte wohl dienstfrei während der Siesta. Priscillus selbst war im Haus, das verriet mir die häßliche braune Sänfte vor dem Portal.

Sein Pförtner machte den ersten Fehler: Er ließ mich ein. Der zweite bestand darin, daß er seinem Herrn melden ging, es sei Besuch gekommen, und nicht merkte, wie dieser Besuch ihm auf leisen Sohlen nachschlich.

»Besten Dank!« sagte ich lächelnd, schob den Pförtner aus der Tür und trat ein. »Die Vorstellung erübrigt sich – Appius Priscillus und ich sind alte Freunde.«

Zu meinem Groll gegen Priscillus gesellte sich jetzt auch noch ein gehöriger Schuß Neid.

Ich stand in einem geräumigen Arbeitszimmer; die großen holzgetäfelten Terrassentüren waren offen, so daß sich mir ein atemberaubender Blick auf den Tiber und das jenseitige Ufer bot. Ein begabter Innenarchitekt hätte aus diesem Haus bestimmt etwas Großartiges gemacht. Aber Priscillus, der es vermutlich schon wegen seiner Lage gekauft hatte, ließ seine Reize brachliegen. Die Villa war erfüllt von natürlichem Licht – und ansonsten vollgestopft mit schwer verriegelten Geldtruhen. Priscillus gönnte sich nicht einmal die allernotwendigsten Möbelstücke. Und bei Anstrich und Inventar hatte der Geizhals mit so billigem Plunder vorlieb genommen, daß nun alles ruiniert war – es müßte gesetzlich verboten sein, daß einer ein herrliches Anwesen so verhunzt.

Unwillkürlich zog ich die Nase kraus. Die schöne Lage machte dieses Haus zwar sehr viel angenehmer als das Geschäftsdomizil auf dem Esquilin; aber es roch hier scheußlich modrig und muffig.

»Das Spiel ist aus, Priscillus! Höchste Zeit, daß Sie aus Rom verschwinden!«

Priscillus, immer noch der rattengesichtige Gnom in der nämlichen miefigen Tunika, spuckte Gift und Galle, als er seine Stimme wiederfand. »Vergeuden Sie nicht meine Zeit, Falco!«

»Und Sie nicht die meine! Ich klage Sie an, Hortensius Novus ermordet zu haben!«

»Sie haben nichts in der Hand gegen mich, Falco, gar nichts!«

»Ach, nein? Und was ist mit Ihrem Gastgeschenk fürs Bankett – diesem ausgezeichneten Falerner?«

»Der Falerner war untadelig«, beteuerte Priscillus eine Spur zu selbstgefällig.

»Da geb ich Ihnen recht!« Ich grinste. »Hab selbst ein Schlückchen verkostet. Ein Connaisseur hätte vielleicht bemängelt, daß er durch das lange Stehen im Triklinium zu warm geworden sei – aber es war dennoch der lieblichste Tropfen, den ich je getrunken habe. Allerdings war man wohl gut beraten, ihn nur pur zu genießen! Denn die Gewürze, die dazugehörten, waren eine ziemlich faule Mischung ...« Er warf mir einen raschen Blick zu. »Was mich betrifft«, fuhr ich fort, »so nehme ich in einen wirklich ausgereiften, runden Wein niemals Myrrhe oder Kassia. Ist mir zu bitter. Obwohl ich zugeben muß, daß man bei einem minderwertigen Jahrgang mit Myrrhe eine ganze Menge Panscherei kaschieren kann . . . «

Genug der Worte. Ich ging ein paar Schritte auf Priscillus zu.

Er fing an, mit dem spitzen Ende eines Stilus unter seinen Fingernägeln rumzupulen. »Was wollen Sie, Falco?«

»Ganz einfach: Rache!«

»Da machen Sie sich mal auf einen ordentlichen Reinfall gefaßt!«

»Oh, das sehe ich aber ganz anders.« Meine Zuversicht verblüffte ihn. Vor lauter Staunen vergaß er, Verstärkung herbeizurufen. Ich war's zufrieden. Er hatte offenbar Angst, ich könnte doch Beweise gegen ihn haben, also brauchte ich nichts weiter zu tun, als ihn in diesem Verdacht zu bestärken. »Priscillus, ich weiß, wie Hortensius Novus ermordet wurde. Und wenn die Familie vor Gericht geht, werde ich als Zeuge gehört . . . «

»So weit wird es nicht kommen.« Er fuhr fort, sich den Dreck unter den Nägeln vorzukratzen, der zum Teil vermutlich schon seit der Zeit unter seinen Krallen nistete, als er noch Milchzähne gehabt hatte.

»Irrtum. Was ich weiß, belastet Felix und Crepito viel zu schwer, als daß sie den Prätor kaufen könnten, der die Untersuchung leitet, und wenn der noch so tief bei Crepito in der Kreide steht.«

»Wie kommt es eigentlich, daß Sie so gut Bescheid wissen?« fragte Priscillus höhnisch.

»Hab ich alles rausgefunden, als ich beauftragt war, die kleine berufsmäßige Braut aus dem Feld zu schlagen.«

»Ha, die war's!« Ein halbherziger Versuch. »Hier in diesem Zimmer saß sie, hat mir die Einladung gebracht und frei heraus gesagt: wenn sie mal einen unerwünschten Ehemann loswerden wollte, würde sie ihn vergiften.«

»Aber Novus war ja noch gar nicht mit ihr verheiratet. Trotzdem, sehr praktisch für euch! Severinas Anwesenheit muß allen, die Novus aus dem Weg räumen wollten, als ideale Tarnung erschienen sein. Aber glauben Sie ja nicht, daß die Dame das nicht spitzgekriegt hätte! Ich nehme an, sie kam nur hierher, um Ihnen genau diesen Gedanken einzugeben. Severina hat euch reingelegt! Natürlich sollten Sie Novus erst erledigen, wenn die beiden verheiratet waren – aber zu Severinas Pech konnten Sie ja nicht warten.«

»Haben Sie denn Beweise?« forschte Priscillus grämlich.

»Ich war am Abend des Banketts bei den Hortensii in der Villa. Und ich war Zeuge, als Ihre Gewürze dem Wein beigemischt wurden; ich sah, wie das Opfer das Gift trank.« Ich war lauter geworden, als ob die bloße Erinnerung daran mich schon wieder aus der Fassung brächte. »Ich weiß ja nicht, worauf Sie kalkuliert hatten, aber den armen Novus hat's schier umgehauen! Und im nächsten Moment lag er auch schon wie vom Blitz getroffen auf dem Latrinenboden und rührte sich nicht mehr!«

Dieses kuriose Gemisch aus Lüge und Bluff verfehlte seine Wirkung nicht. »Wieviel?« fragte Priscillus resigniert.

»Oh, ich will kein Geld!«

»*Wieviel*?« wiederholte er gereizt. Offenbar hatte der Mann Erfahrung mit Erpressern, die sich anfangs zierten.

Ich schüttelte den Kopf. »Mich können Sie nicht kaufen. Außerdem ist die Sache schon viel zu weit gediehen. Ich war ziemlich sauer, als Sie neulich Ihre Schläger auf mich gehetzt haben – wenn ich also, schwer verletzt und unter Schock, den Hortensii was gesteckt haben sollte, dann haben Sie sich das selbst zuzuschreiben.«

»Hören Sie doch auf mit diesen Mätzchen, Falco«, grollte Priscillus, aber ich sah, wie er überlegte, was ich wohl wirklich ausgeplaudert haben mochte.

Ich holte tief Luft. »Also, ich denke mir das so: Crepito und Felix hatten mit Ihnen über die Möglichkeit gesprochen, Novus loszuwerden, falls der sich querstellen sollte. Er machte Stunk, und Sie jubelten ihm ein Extrageschenk unter. Als er starb, hielten die beiden anderen zunächst mal dicht.« Priscillus gab nichts von alledem zu, aber er bestritt es auch nicht. »Als ich den beiden erklärte, daß Sie mit dem Gift im Falerner – den Sie ja wohlweislich nicht mehr mitgetrunken hatten – bestimmt nicht bloß Novus allein abservieren wollten, sondern gleich den ganzen Hortensius-Clan, waren sie allerdings ziemlich schockiert.«

Er war gut. Er war direkt gefählich gut. »Warum«, fragte Appius Priscillus gelassen, »warum sollten Felix und Crepito sowas von mir denken?«

Ich lächelte. »Haben Sie die beiden etwa gewarnt, Ihre Gewürze nicht anzurühren?« Er sagte nichts. Das war ein Fehler; jetzt hatte ich ihn in der Hand. »Felix und Crepito sind zwar nicht gerade die hellsten Jungs von der Via Flaminia, aber sogar die beiden haben inzwischen kapiert, daß Sie freie Bahn haben wollten. Daß die zwei Ihnen entkommen sind, war doch reiner Zufall. Novus war eben zu gierig und hat nie warten können; es sah ihm ähnlich, sich ohne die anderen über den Wein herzumachen. Bevor er wußte, daß Novus tot war, holte Felix die Amphore aus dem Triklinium und brachte sie in ein anderes Zimmer – in den ägyptischen Salon«, setzte ich hinzu, um die Geschichte noch authentischer zu machen. »Die Schale mit den Gewürzen aber ließ er stehen. Zuerst dachten Felix und Crepito, Sie hätten sich für den Mord an Novus eine brillante Methode ausgedacht, eine, die man nie würde nachweisen können . . . «

»Aber Sie haben die zwei eines Besseren belehrt!« Priscillus sagte es kalt, ja drohend.

»Stimmt genau. Und jetzt wissen auch Pollia und Atilia, daß Sie versucht haben, ihre Ehemänner zu vergiften. Die liebenden Gattinnen waren es, die Felix und Crepito zum Prätor gehetzt haben.«

Priscillus zog eine Grimasse. Dieser verbiesterte alte Geheimniskrämer würde sich bis zum äußersten wehren. »Wie dumm von Ihnen, heute hierher zu kommen – ich werde Sie vernichten, Falco!«

»Damit wäre nichts gewonnen. Der Fall liegt doch längst nicht mehr in meiner Hand. Die Hortensii werden Sie so oder so zur Rechenschaft ziehen. Die Diener haben gesehen, wie Sie die Amphore übergaben. Und wie Sie nach dem Streit mit Novus die Gewürzschale nachlieferten. Felix und Crepito werden vielleicht sogar bestätigen, daß ihr drei ursprünglich miteinander im Komplott wart.«

»Dumm genug dazu wären sie! Aber was geht *Sie* das eigentlich alles an?« schnaubte Priscillus verächtlich.

Ich ließ die Hände sinken. »Ich hasse euch, die ganze Bagage. Ich habe Novus gehaßt; er war mein Vermieter, wußten Sie das? Die Wohnung, die er mir vermietet hat, war zu teuer, das Haus halb leer, und heute ist es eingestürzt. Beinahe wäre meine Freundin dabei umgekommen; beinahe hätte es mich erwischt . . . «

Diese Art von Zorn war einem gehässigen Knopf wie Priscillus verständlich. »Und deshalb wollen Sie den Hortensii an den Kragen?«

»Aber klar doch«, knurrte ich. »Wenn ich den Schurken auch noch Ihren Giftmord anhängen könnte, ich würd's tun! Aber Felix und Crepito sind ja schon beim Magistrat gewesen, den sie in der Tasche haben, um Sie anzuschwärzen und sich reinzuwaschen. Da bin ich halt zu Ihnen gekommen. Ich wollte Ihr Gesicht sehen, wenn Sie erfahren, daß die Beamten bereits Ihr Haus auf dem Esquilin durchsuchen. Als nächstes werden sie hier aufkreuzen ...« Ich konnte an seinem Rattengesicht ablesen, wie er sich ausrechnete, daß die Vigilanten vielleicht nicht sofort kommen würden – schließlich lag seine Villa außerhalb der Stadtgrenzen.

»Sie müssen sich sputen, wenn Sie noch einen Schwamm und ein paar Beutel Gold einpacken wollen!« legte ich nach. »Rom ist zu klein, als daß *Sie* hier untertauchen könnten, Priscillus. Davonkommen werden Sie nur, wenn Sie verduften und ein paar Jahre die Touristenattraktionen des Reiches abklappern ...«

»Raus hier!« Er hatte es so eilig, sich aus dem Staub zu machen, daß er nicht mal mehr seine phrygischen Leibwächter rief, damit die mich fertigmachten.

Ich tat so, als gefiele mir sein Kommandoton nicht. Aber nachdem ich genug Grimassen geschnitten hatte, schob ich meinen Hut ins Genick, warf mir grimmig den Mantel um die Schultern und ging.

Die garstige braune Sänfte setzte sich wenige Minuten später in Bewegung.

Zwischen den Gartensträuchern versteckt, beobachtete ich, wie hinter ihr, auf den Schultern der schwitzenden Phrygier, ein paar ungeheuer schwere Truhen das Haus verließen. Ich hörte auch, wie Priscillus seine Leibwächter wütend zur Eile trieb, während er sich Richtung Via Aurelia und Pons Sublicium davontragen ließ.

Über dreißig Meilensteine markieren die Straße zwischen Rom und dem Hafen von Ostia. Ich hoffe, er hat die Phrygier die ganze Strecke im Dauerlauf zurücklegen lassen.

LXI

Eigentlich ein Kinderspiel.

Bloß eine Handvoll unheilschwangerer Andeutungen und ein paar Lügen. Diese Leuteschinder sind ja so sensibel! Sobald sie ihren Lebensstil bedroht sehen, kann man sie mit jeder noch so hanebüchenen Geschichte einseifen.

Aber wie nun weiter?

Bevor ich mir Priscillus' Rivalinnen, diese durchtriebenen Weiber vom Pincio, vorknöpfte, mußte ich, offen gestanden, erst mal verschnaufen. Die erwünschte Ruhe – nebst etlichem, worauf ich nicht gefaßt war – fand ich bei einem gemächlichen Spaziergang am Transtiberina-Ufer.

Ich ging nach Norden. Das war sowieso meine Richtung. Warum also nicht einen Umweg über die Ausläufer des Janiculum machen und bei der Gelegenheit den Schauplatz eines alten Verbrechens besuchen?

Der Circus von Caligula und Nero – so ungefähr das unheimlichste Pärchen, das Ihnen je in den Hinterzimmern eines Badehauses über den Weg laufen könnte –, der Circus also liegt vis-à-vis der großen Schleife, mit der der Tiber das Marsfeld umschließt. Der Zufall wollte es, daß diese Woche keine Rennen stattfanden.

Dafür gab es eine kleine Tierschau, wie üblich umringt von nervösen Schulknaben, die nur zu gern mit Steinchen nach den Bestien geworfen hätten, einem kleinen Mädchen, das mal einen Tiger streicheln wollte, und einem rastlosen Wärter, der ab und zu rausgerannt kam, um die Gaffer von den Käfigen fortzuscheuchen. Zu der Menagerie gehörten ein Nilpferd, der unvermeidliche Elefant, zwei Strauße und ein gallischer Luchs. Ansonsten bemerkte ich noch ein paar Ballen feuchtes, schmutziges Stroh und erbärmlichen Gestank.

Die Schausteller hausten in ein paar Zelten im Schatten der Startgatter; als ich auf dem Weg zum Circus daran vorbeiging, hörte ich eine weibliche Stimme, die mir bekannt vorkam, eine schlüpfrige Geschichte zum besten geben. ». . . also, ich denke, er will bloß mal seinen Struller strullern lassen, aber das dauert *Stunden*; na, ich hab ihn dann komplett vergessen – zum Henker mit den Kerls! –, aber als ich die Python füttern gehe, hockt er auf einmal vor mir. Er hatte sich wohl schon entblättert, bevor er die Schlange sah – jedenfalls fand ich ihn ganz dicht an die Zeltwand geduckt, so verängstigt, daß er sich nicht mal traute, um Hilfe zu rufen. Ganz klein hatte er sich gemacht; bloß die Knubbelknie waren noch zu sehen, und dahinter schlenkerten seine kümmerlichen Kurzwaren . . .«

Strahlend schlug ich den Vorhang zurück. »Ich werd wohl keine Nähkästchen mehr anschauen können, ohne rot zu werden! Thalia! Was macht das Geschäft, Schlangentänzerin?«

»Falco! Versuchen Sie immer noch, von daheim auszubüchsen und mal so richtige Abenteuer zu erleben? Aber woher haben Sie gewußt, daß ich es war?«

»Ach, ich glaube, ich habe einen Papagei kennengelernt, mit dem Sie wohl auch mal zu tun hatten . . .«

»Oh, dieser schreckliche Vogel!« rief sie.

Ihre Besucherin – ein Klappergestell, das die Frau sein mußte, die den Mann fütterte, der das Nilpferd tränkte – lächelte geziert und schlüpfte aus dem Zelt.

Thalia wurde ernst. »Sie sind ausstaffiert wie ein Bote, der schlechte Nachrichten bringt.«

»Nur den Schurken, hoffe ich. Unser kleiner Plausch neulich hat mir sehr geholfen. Haben Sie einen Moment Zeit?«

»Gehen wir an die frische Luft«, schlug sie vor. Vielleicht hatte sie Angst, im Zelt belauscht zu werden.

Sie führte mich rüber in den Circus. Wir blieben kurz bei den Startgattern stehen, wo damals der Panther Severinas Gatten Fronto verspeist hatte. Schweigend stiegen wir ein paar Zuschauerreihen hinauf und hockten uns auf die Marmorsitze.

»Ich bastele da an einer Theorie über Frontos Tod. Thalia, Sie haben gesagt, Sie hätten seine Frau nie kennengelernt. Da wissen Sie wohl auch nicht, ob Severina einen Liebhaber hatte?«

»Könnte ich nicht sagen, nein. Aber Fronto dachte, sie hätte einen.«

»Ach, und hatte er jemand Bestimmten in Verdacht?«

»Ein Name ist nie gefallen, aber Fronto hatte das Gefühl, es gäbe da wen, den sie schon lange kannte und der irgendwo in den Kulissen lauerte.«

»Das paßt! Sie sprach mal von einem Burschen, der genau wie sie Sklave bei ihrem ersten Herrn gewesen war. Und sie trägt einen Ring, den er ihr geschenkt hat. Ein Arzt, der ans Sterbebett eines ihrer anderen Ehemänner gerufen wurde, hat mir erzählt, hinterher sei ein ›Freund‹ gekommen, um die trauernde Witwe zu trösten. Aber jetzt ist der Kerl wie vom Erdboden verschluckt.« Tatsächlich hatte Severina damals bei unserem gemeinsamen Besäufnis behauptet, er sei inzwischen in der Unterwelt gelandet. »Sagen Sie, Thalia, Fronto und Severina waren doch nur ein paar Wochen zusammen. Sie scheint ihn aber in sehr schlechter Erinnerung behalten zu haben. Hat er sie vielleicht geschlagen?«

»Schon möglich.«

»Ein ungehobelter Klotz, wie? In der Werbephase honigsüß, aber nach der Hochzeit kehrt er den Brutalo raus?«

»Sie kennen sich ja aus mit den Männern!« Thalia lachte. Doch dann fügte sie ernsthaft hinzu: »Fronto hatte es nicht gern, wenn man ihn zum Narren hielt.«

»Ach, und er dachte, Severina hätte ihn reingelegt?«

»Na, hat sie das etwa nicht?« Wir überließen uns ein Weilchen unseren Gedanken. »Falco, muß ich vor Gericht aussagen?«

»Bin mir nicht sicher.«

»Aber wenn doch, wer kümmert sich dann um meine Schlangen?«

»Ich werd versuchen, Sie rauszuhalten . . . Doch falls wir nicht drum rumkommen, kenne ich ein Mädchen, das ein Herz für Tiere hat.«

»Ich hab nochmal über diesen Tierpfleger nachgedacht . . .« – Das erklärte Thalias Befürchtung, meine Nachforschungen könnten doch noch zu einem Prozeß führen. »Also, ich bin sicher, daß er genau zu der Zeit bei uns anfing, als Fronto diese Severina heiratete – ich kann es nicht beschwören, aber ich hatte so den Eindruck, als ob *sie* Fronto überredet hätte, ihn einzustellen.«

Ich lächelte. »Das deckt sich genau mit meiner Theorie.«

»Da ist noch was«, sagte sie gedehnt. »Ich glaube nämlich, ich kann mich jetzt erinnern, wie dieser Tierpfleger geheißen hat . . . »

»Der ominöse Gaius?« Ich setzte mich auf. »Der, der

den Panther rausließ und später von einer einstürzenden Mauer zerquetscht wurde?« Inzwischen hatte es nämlich bei mir gefunkt. Was hatte mir Petronius neulich erzählt? »Drei Kinder sind ums Leben gekommen, als eine Decke einstürzte ... Die Hortensii werden im Schnitt einmal pro Monat verklagt ... *Irgendwo auf dem Esquilin stürzte eine ganze Mauer ein und begrub einen Mann unter sich, der nur noch tot geborgen werden konnte* ...« – »Er hieß doch nicht zufällig Cerinthus?«

»Sie falscher Hund!« schimpfte Thalia lachend. »Sie haben's also die ganze Zeit gewußt!«

Aber das war nicht alles, was ich wußte. Jetzt kannte ich auch den wahren Grund dafür, daß Hortensius Novus hatte sterben müssen.

LXII

Die Zeit verging wie im Flug, und als ich die Hortensii-Villa erreichte, dämmerte es schon. Aber diese Herrschaften waren so darauf aus, ihren Mammon zur Schau zu stellen, daß sie bereits reihenweise Harzfackeln und Dutzende flackernder Lampen aufgestellt hatten. Wie gewohnt landete ich in einem mir bisher unbekannten Empfangssaal, allein.

Die Freigelassenen hatten ihre Trauer um Novus tapfer verdrängt und bewirteten schon wieder Freunde. Ich roch den schwachen Duft parfümierter Kränze, und wenn von Zeit zu Zeit eine Tür ging, hörte ich fernes Stimmengewirr und Gelächter, untermalt von Tamburinklängen. Die Nachricht, die ich den Damen übermitteln ließ, sollte ihre Neugier anstacheln, enthielt unterschwellig aber auch ein Warnsignal. Der Sklave, den ich damit beauftragt hatte, kam mit dem Bescheid zurück, Sabina Pollia bitte mich noch um etwas Geduld. Und damit mir, während die Gesellschaft drinnen praßte, die Zeit nicht lang wurde, schickte sie mir auch gleich ein paar Leckerbissen heraus: ein richtiges kleines Festmahl, hübsch angerichtet auf drei Silbertabletts, begleitet von einer Amphore ihres herrlich ausgereiften Setinums. Ich überzeugte mich gründlich von seiner Qualität, denn da ich auf die Leckerbissen keinen Appetit hatte, sah ich mich schon aus Höflichkeit genötigt, wenigstens dem Wein kräftig zuzusprechen.

Auf dem Getränketablett standen ein Zwillingspärchen Karaffen, eine mit heißem und eine mit kaltem Wasser, ferner ein kleiner Holzkohlenbrenner, etliche Gewürzschalen, ein Schnabelseiher und schön geriffelte Weinbecher aus grünem syrischen Glas: Mit denen amüsierte ich mich eine halbe Stunde lang, ehe ich auf einen mit silbernen Löwen bestickten Diwan zurücksank und mich nachdenklich in dem aufwendig möblierten Raum umsah. Wohl fühlen konnte man sich nicht in so viel kalter Pracht, aber ich war mittlerweile in dem Stadium, wo es ganz meiner galligen Stimmung entsprach, mich verachtungsvoll inmitten von Geschmacklosigkeiten zu aalen.

Nicht viel später erschien Sabina Pollia. Sie schwankte leicht, erbot sich aber, mir mit eigener zarter Hand nachzuschenken. Ich orderte einen Doppelten, dafür ohne Kräuter und ohne Wasser. Sie lachte, goß zwei Becher voll, und als sie sich zu mir gesetzt hatte, kippten wir beide verwegene Mengen Setinum, pur.

Etliche Tage Krankendiät waren kaum die richtige Unterlage für einen so schweren Wein, aber ich leerte trotzdem wacker meinen Becher, rappelte mich dann auf und goß mir noch einmal ein. Wieder nahm ich neben Pollia Platz. Sie stützte einen Ellbogen auf die Rückenlehne des Diwans, gleich hinter meinem Kopf, und schmiegte das Kinn in die Hand, indes ich ihr makelloses Antlitz betrachtete. Sie duftete nach einem einschläfernden Parfum, das, glaube ich, aus irgendwelchen Tierdrüsen gewonnen wird. Sie war leicht erhitzt und warf mir aus halb geschlossenen Augen einen prüfenden, erfahrenen Blick zu.

»Haben Sie mir was zu sagen, Falco?«

Ich lächelte träge und fuhr fort, sie aus nächster Nähe zu bewundern, während sie mich beiläufig am Ohr kraulte. Das füllige Aroma des Weins heizte mir angenehm ein, prickelte bis hinunter in die Luftröhre. »Zu sagen hätte ich Ihnen so manches, Sabina Pollia – nur hat das meiste davon nichts mit meinem heutigen Besuch zu tun!« Ich zeichnete mit dem Finger die vollkommene Rundung ihrer Wange nach. Sie tat so, als bemerke sie es nicht. Ich fragte ruhig: »Sind Sie sich eigentlich bewußt, Sie und Atilia, daß es Zeugen gibt, die wissen, was Sie mit dem vergifteten Törtchen vorhatten?«

Sie erstarrte. »Vielleicht sollten wir Atilia hinzuziehen?« Ihre Stimme verriet weder Angst, noch konnte ich sonst eine Gefühlsregung heraushören.

»Wie Sie wünschen.« Sie machte aber keine Anstalten, nach ihrer Busenfreundin zu schicken, und so fuhr ich fort: »Hortensia Atilia hatte wenigstens die Entschuldigung, daß ihr die Versorgung ihres kleinen Sohnes am Herzen lag. Doch was ist mit Ihnen?« Pollia zuckte die Achseln. »Keine eigenen Kinder?«

»Nein.« Ich überlegte, ob sie sich bewußt, im Interesse ihrer Figur, gegen Nachwuchs entschieden hatte. Sie unterbrach meinen Gedankengang. »Falco, sind Sie gekommen, um uns zu drohen?«

»Theoretisch bin ich auf dem Weg zum Prätor, um meine Aussage zu machen. Ich weiß«, fuhr ich, ihrem Einwand zuvorkommend, fort, »daß der Prätor, dem der Pincio untersteht, bis zum Hals bei Ihrer Familie verschuldet ist. Aber ich werde ihn daran erinnern, daß er, falls ihn ein Konsulamt reizt, gut daran täte, Vespasians neuer Regierung zu beweisen, wie unparteiisch er sein kann. Tut mir leid für Sie, denn die Unparteilichkeit eines Prätors müssen ja meistens seine Freunde ausbaden!«

»Warum sollte er auf Sie hören?«

»Weil ich Einfluß habe im Palast, das wissen Sie doch.«

Pollia belebte sich wieder. »Das wird Atilia sicher sehr interessieren. In erster Linie geht es nämlich um sie, Falco. Atilia hat den Kuchen gekauft, der ... « Sie verhaspelte sich.

Nun hatte ich die beiden lange genug getrennt gehalten, um sie zu verunsichern. Also nickte ich. Sie klatschte in die Hände, rief einen Sklaven herbei, und kurz danach kam Hortensia Atilia hereingerauscht. Pollia tuschelte mit ihr am anderen Ende des Saals, während ich mit den Gerätschaften auf dem Weintablett spielte.

»Also, was haben Sie uns mitzuteilen?« Atilia, die offenbar die Führung übernehmen wollte, trat auf mich zu.

»Tja, ich dachte mir, es würde Sie interessieren, daß Appius Priscillus soeben die Stadt verlassen hat.« Atilias Gesicht verfinsterte sich schlagartig; Pollia, die Betrunkenere von beiden, folgte ihrem Beispiel. »Ich habe ihm dazu geraten«, erklärte ich hilfsbereit. »Und zuvor habe ich ihm gesteckt, daß Crepito und Felix herausgefunden hätten, wie Novus vergiftet wurde, nämlich durch die blaue Amphore, Priscillus' Gastgeschenk. Außerdem habe ich ihm eingeredet, die beiden hätten auch kapiert, daß er *sie* gleich mit umbringen wollte. Priscillus hat rasch begriffen, daß diese Erkenntnis die zwei bös in Rage bringen würde! Er glaubt, sie zeigen ihn an.« Ich setzte mich wieder auf den Diwan mit den gestickten Löwen, legte den Kopf zurück und lächelte die Damen an. »Darf ich fragen, was ihr zwei Hübschen mit der Amphore gemacht habt?«

Pollia kicherte. »Den Wein haben wir bei der Leichenfeier als Trankopfer auf den Scheiterhaufen geschüttet . . . « Das konnte nur bei Novus' Beisetzung gewesen sein; nicht, als wir den Koch zu Grabe trugen. »Und dann«, erklärte sie prustend in einem Anfall von Albernheit, »haben wir die Amphore gleich mit ins Feuer geworfen!«

»Aha, Vernichtung von Beweismitteln, wie? Macht nichts, die Amphore war völlig unwichtig.«

»Unwichtig?« wiederholte Atilia. Für die Mutter eines künftigen Senators war sie ganz unzeitgemäß auf Draht.

»Der Falerner war harmlos. Priscillus hatte die Gewürze vergiftet, die er zum Mischen des Weins mitgebracht hatte. Diese Gewürze aber hat der arme Viridovix erwischt. Sie sehen also, Priscillus hat nur Ihren Koch getötet.«

»Aber was war dann mit Novus?« fragte Atilia scharf.

»Hortensius Novus hat sich an einer der Speisen vergiftet.« Sie hingen jetzt förmlich an meinen Lippen. »Bestimmt haben die Damen bemerkt, daß an dem Abend, als die Desserts aufgetragen wurden, *Ihr* Überraschungstörtchen fehlte?« Atilia erstarrte; Pollia war zu betrunken dafür. Sie hatten sich wohl gegenseitig zum Giftmord angestachelt, dann aber erleichtert aufgeatmet, als sie annehmen durften, es habe ihnen jemand die Arbeit abgenommen. Und jetzt, wo sie schon gar nicht mehr damit rechneten, kam plötzlich ich daher und bezichtigte sie der Tat. »Unglücklicherweise hatte Severina Zotica das Törtchen fortgenommen, damit der naschhafte Novus es nach dem Bankett ganz für sich allein genießen könnte ... Ihnen ist doch wohl klar«, fragte ich ernst, »was, gesetzt den Fall, es kommt zum Prozeß, die Mörder erwartet? Sie werden den Löwen in der Arena zum Fraß vorgeworfen ... «

Die Angst machte meine Zuhörerinnen blind für etwaige Ungereimtheiten in meiner Geschichte. Sie kamen und setzten sich, die eine links, die andere rechts, neben mich. »Was sagen Sie da?« flüsterte Pollia. »*Falls* es zum Prozeß kommt?«

»Nun, ich mußte diverse Zeugnisse an einem sicheren Ort deponieren – für den Fall, daß mir etwas zustoßen sollte, Sie wissen schon ... Aber im Moment bin ich, abgesehen von der Zotica, der einzige, der Bescheid weiß.«

»Haben Sie und die Zotica denn vor, von Ihrem Wissen Gebrauch zu machen?« fragte Atilia.

Ich rieb mir das Kinn. »Auf dem Weg hierher hab ich mir das durch den Kopf gehen lassen.« Sie faßten neuen Mut. »Also, die Kupfervenus wird Ihnen keinen Ärger machen. Die Zotica wird nämlich ihre Verluste abschreiben müssen; ich kann beweisen, wie ihre früheren Ehemänner ums Leben gekommen sind, und sie darf nicht riskieren, daß diese Beweise an die Öffentlichkeit gelangen.«

»Aber wie steht's mit Ihnen?« flötete Atilia einschmeichelnd.

»Ich könnte mir eine schöne Prämie verdienen.«

»Bei wem?« Atilias Stimme klang auf einmal schrill.

»Bei jedem Ankläger, der scharf darauf ist, einen pikanten Fall an Land zu ziehen. Etliche von den Herren kaufen mir bisweilen Informationen ab, um ihrer

Karriere ein Glanzlicht aufzustecken. Ihr Fall würde garantiert für überfüllte Gerichtssäle sorgen, und mancher Anwalt könnte sich damit über Nacht einen Namen machen. Für mich würde ein hübsches Sümmchen dabei rausspringen, wenn ich Sie anzeige.«

Pollia konterte unverblümt: »Sie kommen genauso auf Ihre Kosten, wenn Sie's bleiben lassen!«

Diese Dame paßte zum Novus-Imperium: eine hellwache Geschäftsfrau, nie um einen praktischen Vorschlag verlegen! Ich sah von einer zur anderen. Ich wußte, daß ich ihnen bei dem schlechten Ruf, den Ermittler in Rom manchmal haben, so gut wie alles weismachen konnte. Ja, je schwärzer ich die Lage malte, desto besser. »Für Angebote bin ich immer offen. Ich arbeite da zusammen mit einer Freundin an einem Projekt, das den Transfer großer Summen Bargeld vereinfachen soll.« Zwielichtige Vorschläge verstanden die zwei noch am ehesten. »Die Damen haben sie übrigens schon kennengelernt. Ich habe sie vor paar Wochen hergeschickt, um eine zweite Meinung einzuholen, als Sie mich damals engagieren wollten – Helena Justina heißt die Kleine.«

»Die Tochter des Senators?«

Ich lachte. »So hat sie sich Ihnen vorgestellt? Nein, nein, das Mädchen arbeitet mit mir zusammen! Diese Schule, die sie angeblich gründen wollte – na ja, das ist unsere Masche, damit reisen wir. Wenn Sie wollen, könnten Sie natürlich gern noch etwas für Helenas Schule stiften.«

»Wieviel?« fragte Atilia scharf. Ich pflückte eine astronomische Zahl aus der Luft. »Aber Falco, das reicht ja für eine griechische Universität!«

»Wir müssen schon richtig hinlangen«, beteuerte ich. »Und die Schule muß wirklich gebaut werden, sonst fliegt die schöne Tarnung auf. Zum Glück weiß ich schon ein Grundstück, das Sie uns dafür überlassen können – einer Ihrer Häuserblocks in der Piscina Publica ist heute mittag eingestürzt –, übrigens habe *ich* da auch gewohnt!« knurrte ich, als Pollia widersprechen wollte.

Betretenes Schweigen. Meine Schwermut war nicht gespielt. »Das Unglück hat Menschenleben gekostet. Zu viele. Es wird eine Fragestunde im Senat geben. Am besten, Sie sagen Felix und Crepito rechtzeitig, daß Ihr nachlässiger Makler auf offener Straße gekreuzigt wurde und Ihnen eine hochnotpeinliche Prüfung Ihrer Geschäftsbücher ins Haus steht. Sehen Sie den Tatsachen ins Auge, meine Damen! Die Methoden, mit denen Novus arbeitete, können Sie sich jetzt nicht mehr leisten; Sie müssen Ihren Laden gründlich ausmisten – und zwar je schneller, desto besser. Ich empfehle Ihnen ein Sofortprogramm zum Wohle der Stadt: Finanzieren Sie rasch ein paar öffentliche Brunnen. Errichten Sie ein paar Statuen. Tun Sie was für Ihren Ruf, und zwar schleunigst, denn schlechter als im Moment könnte Ihr Ansehen gar nicht sein. Wir könnten die neue Schule sogar nach der Hortensius-Familie benennen. Schließlich handelt es sich dabei um ein grundsolides, respektables Projekt, sowas imponiert den Bürgern immer!«

Niemand lachte, auch wenn ein Mitglied der Runde es versuchte.

Pollia erhob sich schwankend. Der Ärmsten war schlecht. Als sie aus dem Saal eilte, hob ich meinen Weinbecher zum Salut. Dann leerte ich ihn schweigend und schickte mich an zu gehen.

Atilia hatte sich mir zugewandt; sie kam mir so nahe, daß ihr Atem meine Wange kitzelte. Mir brach der Schweiß aus. Ich konnte nichts tun als warten, während Hortensia Atilia mir ihr schönes Antlitz zum Kuß entgegenhob.

»Tut mir leid«, sagte ich mit belegter Stimme. »Aber es ist noch zu früh am Abend, ich hab zuviel zu tun – und außerdem bin ich ein braver Junge!«

LXIII

Draußen auf dem Pincio verscheuchte der Duft der Pinien den Nebel aus meinem Hirn. Rom hatte sich in Dunkel gehüllt; nur an den schwachen Lichtern auf den Sieben Hügeln konnte man sich noch orientieren; ich erkannte das Capitol und die Zwillingsgipfel des Aventin; und in der Gegenrichtung vermutete ich den Caelius. Ein Stückchen Kuchen wäre jetzt recht gewesen, um meine Schritte zu beflügeln. Aber ich mußte leider ohne auskommen, als ich durch die abendlich belebten Straßen meiner letzten Feuerprobe entgegenging.

Auf dem Weg zu Severina schob ich rasch noch ein weiteres Mosaiksteinchen an seinen Platz; ich machte einen Abstecher zum Steinmetz. Der Marmorhof war noch offen, aber von ein, zwei Fackeln nur spärlich erleuchtet. Zwischen den unheimlichen Schattenreihen rohbehauener Blöcke tauchte der Steinmetz auf, seine unvergeßlichen Ohren standen wie Medaillons zu beiden Seiten der kahlen Birne ab. Er blinzelte mißtrauisch, als er mich am Eingang zum Travertinlager stehen sah. Ich trug immer noch meinen unförmigen schwarzen Mantel und hatte den breitkrempigen Hut tief in die Stirn gezogen.

»Scaurus! Hat Severina ihren Auftrag inzwischen

perfekt gemacht? Sie sagten doch neulich, sie müsse sich noch mit ihren Partnern einigen.«

»Ihre Freunde sind abgesprungen. Severina hat den Grabstein aus eigener Tasche bezahlt.«

»Na ja, gelegentlich kann die sich einen kleinen Tribut an die Toten schon leisten. Scaurus, ich vergesse niemals ein Versprechen – ich habe doch gesagt, ich würde wiederkommen, wenn die Dame sich entschieden hat ...«

»Der Stein ist aber schon weg«, maulte Scaurus.

»Und wohin?«

»'n Grab an der Via Appia.«

»Familiengruft unter dem Namen Hortensius?«

»Nein, der Familienname war Moscus, wenn ich mich recht erinnere.«

Der Steinmetz war im Irrtum, wenn er glaubte, damit würde ich mich zufriedengeben; heute abend hatte ich mal wieder meinen Perfektionsdrang; ich wollte endlich alle losen Enden verknüpft wissen. »Eigentlich habe ich keine Lust, um diese Stunde da draußen zwischen den Gespenstern rumzuschleichen.« Ich lächelte ihn an. »Probieren Sie ja nicht, mich für dumm zu verkaufen, Scaurus. Ich könnte natürlich morgen oder an irgendeinem anderen Tag nachschauen gehen, aber das wird bestimmt nicht nötig sein ... Alles, was ich brauche, ist der Wortlaut der Grabinschrift. Also her mit Ihrer Schmiertafel ...«

Er wußte, daß ich die Wachstäfelchen, auf denen er seine Entwürfe notierte, trotz der Dunkelheit an seinem Gürtel schimmern sah. Also schob er ein paar mit neueren Aufträgen zurück, und da war es!

Nicht, was ich erwartet hatte, als ich das erstemal vorsprach. Aber genau das, worauf ich jetzt gefaßt war:

D + M
C + CERINTHO
LIB + C + SEVER *
MOSC + VIXIT +
XXVI + ANN + SEV
ERINA + ZOTICA
+ LIB + SEVERI +
FECIT

Langsam die riesigen Kurzschriftlettern entziffernd, las ich den Text laut vor: »*Der Seele des Verstorbenen, Gaius Cerinthus, Freigelassener von Gaius Severus Moscus, der da lebte sechsundzwanzig Jahre: errichtet von Severina Zotica, Freigelassene des Severus* ... Sehr diskret und distinguiert, wirklich. Aber da ist ja noch Platz auf Ihrer Tafel. Was haben Sie denn am Schluß gelöscht?«

»Ach ... sie konnte sich nicht entscheiden, ob sie hinter ihrem Namen noch anhängen sollte: ›seiner würdig fürwahr‹. Aus irgendeinem Grund hat sie's aber dann doch weggelassen.«

Eine ganz unverfängliche Wendung – häufig von trauernden Witwen oder deren inoffiziellen Pendants bestellt. Mitunter war der Spruch auch ironisch gemeint. Aber jeder, der ihn las, würde daraus schließen, daß der Tote und die Hinterbliebene einander sehr nahegestanden hatten.

Ich konnte dem Steinmetz also verraten, warum Severina auf diese schöne Schlußfloskel verzichtet hatte: So gern sie ihrem Mitfreigelassenen auch ein ehrendes Andenken stiften wollte, das Mädchen war einfach zu sehr Profi, um auch nur die geringste Spur zu hinterlassen.

LXIV

Eine Ewigkeit schien vergangen, seit ich zum letztenmal das Haus in der Abakusstraße besucht hatte. Inzwischen war die Nacht hereingebrochen, doch hier strahlten alle Fenster taghell; kein Wunder, die Dame hatte ja auch drei stattliche Erbschaften, mit denen sie das Öl für ihre Kandelaber bezahlen konnte. In den meisten Häusern ruhte die Arbeit längst. Aber Severina tat das einzige, was einem liebesbedürftigen, häuslichen Mädchen übrigblieb, das diese Woche ohne Zukünftigen war; sie saß an ihrem Webstuhl und bastelte an einer Falle für den nächsten Freier.

Ich beobachtete sie und besann mich darauf, wie man, laut meiner Schwester Maia, erkennen konnte, ob die Weberei bloß vorgetäuscht war. Soweit ich es beurteilen konnte, kam Severina ohne Schummeln aus. Wenn man ihr auch sonst nicht über den Weg trauen durfte, ihre Handarbeit hatte sie sicher im Griff. Als ich hereinkam, blickte sie auf und funkelte mich wütend an, hielt aber das Schiffchen emsig weiter in Bewegung.

»Das Mittagessen ist längst abgeräumt, Falco!«

»Und das Abendbrot auch! Tut mir leid.« Ich ging zum Diwan, wo sie mich nur im Auge behalten konnte, wenn sie sich halb vom Webstuhl abwandte. Erschöpft barg ich das Gesicht in den Händen. »Ach, Zotica! Heute jagt eine Strapaze die andere; o Ihr Götter, bin ich müde . . . «

»Können wir Ihnen was anbieten?« fühlte sie sich genötigt zu fragen.

»Nein, danke. Alles, was ich brauche, ist ehrbare Gesellschaft und ein gutes Gespräch unter Freunden!« Ich holte tief Luft und seufzte. Als ich aufblickte, hatte sie die Hände sinken lassen und beobachtete mich nervös. »Ich komme gerade von den Hortensii. Und davor war ich bei Priscillus.«

»Und? Was hat's denn gegeben?« Inzwischen war sie ganz bei der Sache, weil sie einen großen Auftritt witterte. Sie wußte, daß ich gekommen war, um den Fall zum Abschluß zu bringen. Wenn es aufregend wurde, war Severina in ihrem Element; ich mußte einen Überraschungsangriff landen, oder ich würde ihr nie beikommen.

»In der Hauptsache Schmierentheater und Lügen! Trotzdem konnte ich den Fall für Sie aufklären ... leider haben die Damen mich ganz schön mit Wein abgefüllt; nun bin ich gar nicht mehr recht bei mir ... « Ich rang mir ein Grinsen ab und warf die Arme hoch. »Ach, Zotica, ich komme mir richtig besudelt vor! Ich hasse es, als Spielzeug mißbraucht zu werden. Und besonders hasse ich es, wenn man so taktlos ist, mich wie einen hübschen Kunstgewerbeartikel zu behandeln, den jede hergelaufene Freigelassene mit mehr Kies als Urteilsvermögen sich einfach kaufen kann!« Ich war ganz gut in Fahrt gekommen. »Ich seh mich nun mal lieber als echtes Sammlerstück. Das Leben hat mir ein, zwei Dellen verpaßt, die sich nie mehr werden ausbeulen lassen, aber dafür hat meine Persönlichkeit eine Patina gekriegt, nach der jeder Kenner sich die Finger lecken dürfte – geradezu eine Spitzeninvestition ... «

»Was ist denn los, Falco?« Severina kicherte.

»Nichts, gar nichts. Alles ist in schönster Ordnung. Ich glaube, ich hab alle mächtig ins Schwitzen gebracht, und das ohne den klitzekleinsten Beweis!«

»Na, dann erzählen Sie schon!«

Ich zählte an den Fingern ab. »*Crepito und Felix* wissen, daß Priscillus sie mit Wonne vergiftet hätte – der gefährliche Plan eines Konsortiums ist also im Eimer.

Seit Novus' Tod ist den beiden das Hortensius-Imperium zudem ein bißchen aus der Hand geglitten – besonders weil ich ihnen eine Untersuchung durch den Senat in Aussicht gestellt habe. Die zwei dürften ihre Geschäftspraktiken schleunigst bereinigen und ihr Leben in Zukunft der Wohltätigkeit weihen . . . *Priscillus* wiederum glaubt, daß die beiden Hortensii ihn der Justiz ans Messer geliefert haben. Also hat er sich eiligst auf eine lange, lange Kreuzfahrt begeben. Das dürfte seine Mieter und Pächter freuen. Mit ein bißchen Glück säuft er ab, bevor er sich wieder nach Rom zurücktraut.«

»Wie haben Sie das alles bloß fertiggebracht?«

»War keine Kunst! Ein bißchen Überredungsgabe und Charme, weiter nichts. Aber hören Sie nur, es kommt noch besser: *Pollia und Atilia* haben eine Mordsangst, ich könnte sie, wenn sie nur einen falschen Schritt tun, den Löwen in der Arena vorwerfen, weil sie doch versucht haben, Novus zu vergiften. Zum Dank für mein Schweigen werden auch sie sich hinfort guten Taten widmen – natürlich in dem ihnen eigenen verschwenderischen Stil. Ich habe sie überredet, ihre Energie auf ein Institut für verwaiste Mädchen zu konzentrieren. Sie sind doch auch Waise, oder? Wenn Sie möchten, könnte ich Ihnen einen Platz verschaffen . . . «

»Wieviel Wein haben die Damen Ihnen eigentlich zu trinken gegeben?«

»Nicht genug; es war aber ein sehr edler Jahrgang!«

Severina lachte. Plötzlich begriff sie, daß meine Weinseligkeit eine List und ich in Wahrheit stocknüchtern war.

»Mein Haus ist heute eingestürzt«, sagte ich und ließ das Lächeln in meinen Augen erlöschen. »Aber darüber wissen Sie ja bereits bestens Bescheid.«

LXV

Ich sah, wie die Unsicherheit an Severina nagte.

»Was wäre das doch für eine Ironie, Zotica, wenn ich Sie vor Gericht brächte – nicht wegen eines Ihrer allzu früh verstorbenen Ehemänner, ja nicht einmal wegen des Mordes an Novus –, sondern weil Sie heute die armen, unschuldigen Menschen in dem Mietshaus umgebracht haben! Eine alte Frau, die ich nur immer an die Wände hämmern hörte, und eine Familie, von der ich nicht mal wußte, daß sie mit mir unter einem Dach wohnte!«

Wir saßen beide reglos da.

»Warum fragen Sie denn nicht?« höhnte ich.

Sie mußte sich zwingen, es auszusprechen: »Ist Ihre Freundin wohlauf?«

»Was kümmert Sie das?« In ihren grauen Augen stand das Wissen um die Gefahr, in der sie schwebte, aber ihre Gedanken hielt sie zu tief verborgen, als daß ich sie hätte ergründen können. »Sie kannten sie, nicht wahr?« fragte ich. »Ihr gingt doch beide in dasselbe Bad.«

»Ich dachte, *Sie* hätten sie geschickt . . . «

»Ja, das ist mir inzwischen auch klar. Aber Sie haben sich geirrt. Es war ganz allein ihre Idee. Sie wollte wohl wissen, mit was für einem Fall ich es zu tun hatte. Sie hat mir nie davon erzählt, sonst hätte ich es ihr verboten – na, jedenfalls hätte ich's versucht. Helenas Immunität gegen Männer, die den Herrn und Meister rauskehren, war mit das erste, worauf ich geflogen bin.«

»Was ist mit ihr geschehen?« fragte Severina gepreßt.

»Der Block stürzte ein. Alle, die im Haus waren, sind umgekommen.« Ich hielt inne. »Oh, Sie brauchen sich nicht den Kopf darüber zu zerbrechen, ob Sie ein Geständnis ablegen sollen, Zotica! Ich weiß, wer der Schuldige ist. Cossus hat's mir gesagt. Sie wußten Bescheid. Ja, Sie haben sogar den Befehl gegeben. Und alles, was Sie sich an Warnung abringen konnten, war der jämmerliche Versuch, *mich* heute mittag hierher zu locken – für alle anderen, die noch im Haus waren, haben Sie keinen Finger gerührt!«

Etwas veränderte sich in Severinas Gesicht, aber so unmerklich, daß ich es nicht deuten konnte. Nicht, daß mir daran gelegen hätte. Selbst wenn sie jetzt Reue empfinden sollte, es berührte mich nicht mehr.

»Ich mache mir keine Illusionen; ich werde Sie nicht belangen können, denn ich habe meinen Zeugen verloren; Cossus ist tot. Er war so leichtsinnig, sofort nach dem Unglück aufzutauchen, da haben meine Nachbarn kurzen Prozeß mit ihm gemacht. Außerdem waren die Hortensii die Vermieter. Ihr Makler hätte von *Ihnen* niemals Befehle entgegennehmen dürfen. Warum haben Sie's getan? Um mich aus dem Weg zu räumen? Und warum haben Sie sich's dann im letzten Moment anders überlegt? Weil Sie hofften, ich könnte Ihnen am Ende doch noch nützlich sein?«

Es dauerte lange, bis sie mir Antwort gab. »Sie sollten dankbar sein, daß ich versucht habe, Sie zu retten!«

»Während Sie Helena umbrachten?« Sie war auf Draht; sie wußte, ich hätte nie im Leben darüber sprechen können, wenn es wahr gewesen wäre. »Helena war nicht im Haus – sonst wären Sie jetzt schon tot. Sie hatten einen Grund für das, was Sie heute getan haben. Und tun Sie nicht so, als wäre es Ihnen dabei um mich gegangen. Selbst wenn da was dran wäre, glauben Sie wirklich, ich hätte mich Ihnen – oder irgendeiner Frau – zugewandt, nachdem ich *sie* auf so grausame Weise verloren hätte? Nein, Ihr Motiv war sehr viel komplizierter. Ich weiß, Sie waren eifersüchtig – aber Sie waren eifersüchtig auf uns *beide*. Sie konnten den Gedanken nicht ertragen, daß andere Menschen besitzen, was Sie verloren haben ... « Ich beugte mich vor und hinab zu ihr, die zusammengesunken auf ihrem Schemel kauerte. »Na los, erzählen Sie mir von Gaius Cerinthus, Zotica.«

Zum allerersten Mal war ich sicher, sie überrumpelt zu haben. Doch selbst jetzt weigerte sie sich noch, etwas preiszugeben. »Offenbar wissen Sie ja schon Bescheid!«

»Ich weiß, daß ihr beide aus dem Hause Moscus kamt. Ich weiß auch, daß Cerinthus derjenige war, der Grittius Fronto umgebracht hat. Das könnte ich sogar beweisen; es gab nämlich einen Zeugen. Aber die Parzen sind mir zuvorgekommen und haben entschieden, daß Cerinthus nicht vor ein weltliches Gericht treten soll. Ich weiß auch, daß Cerinthus von einer einstürzenden Mauer getötet wurde. Und ich weiß, daß diese Mauer Hortensius Novus gehörte.«

Sie schloß die Augen, ein klares Eingeständnis.

Den Rest konnte ich mir zusammenreimen. »Cerinthus war also Sklave im selben Haus wie Sie. Wie ging's weiter – Sie verliebten sich in ihn? Nachdem Sie Severus Moscus geheiratet hatten oder schon vorher?«

»Hinterher«, antwortete sie ruhig.

»Nach Moscus' Tod waren Sie eine freie Frau mit einem hübschen Erbteil. Sie hätten Cerinthus heiraten und mit ihm ein schönes Leben führen können. Warum mußten Sie gar so gierig sein? War es Ihre Idee oder seine, eine noch größere Mitgift zu ergaunern?«

»Seine und meine.«

»Sehr geschäftstüchtig! Wie lange wollten Sie denn das Spielchen noch treiben?«

»Mit Fronto sollte eigentlich Schluß sein.«

»Moscus mußte also als erster dran glauben – hat

Cerinthus seinem Herrn den Amphitheaterplatz in der prallen Sonne besorgt?«

»Cerinthus kaufte die Eintrittskarte – für die Sonne können Sie ihn nicht verantwortlich machen!«

»Wohl aber dafür, daß er den alten Moscus nicht davor gewarnt hat! Doch weiter – der nächste war Eprius, der Apotheker. Den haben Sie selbst erledigt. Und zum Schluß der Tierimporteur vom Circus. Da war gleich zweimal der Wurm drin – Fronto hatte Ihnen den Neffen verschwiegen, der sich schon auf das Erbe freute, und außerdem hat er Sie verprügelt. Cerinthus konnte sich offenbar damit abfinden, daß Sie mit anderen Männern ins Bett gingen, aber er hatte etwas gegen Brutalität. Um Sie davor zu bewahren, verfiel er auf die denkbar grausamste Lösung. Aber dann dauerte es nicht lange, und der arme Cerinthus spazierte im falschen Moment an einem von Novus' baufälligen Häusern entlang. Und Ihnen blieben nur ein angeknackster Ruf, ein toter Geliebter, ein Haufen Geld, an dem Ihnen jetzt vermutlich nichts mehr lag – und kein anderes Ziel als Rache.«

Ihr Teint sah auf einmal aus wie vergilbter Papyrus, aber sie hatte ihr Feuer nicht verloren. »Sie können von mir aus erzählen, was Sie wollen, Falco.«

»Aber Sie werden nicht umfallen? Da wäre ich mir nicht so sicher. Bestimmt haben Sie sich mit den übelsten Vorsätzen in Novus' Vertrauen geschlichen, getrieben von wildem Haß, aber an dem Abend, als ich Ihnen sagte, daß er tot sei, ist Ihnen das ganz schön an die Nieren gegangen, Zotica. Hätte keinen Sinn, es abzustreiten! Ich glaube, damals haben Sie die Wahrheit erkannt: Haß kann schnell schal werden. Novus war tot, ja, aber Ihr Geliebter auch. Cerinthus würde nie erfahren, daß Sie ihn gerächt haben. Diesmal war keiner mehr da, der Ihren Triumph hätte teilen können.

Diesmal waren Sie ganz allein. Wie haben Sie doch gleich zu mir gesagt: Was hat das alles überhaupt noch für einen Sinn? Novus zu töten war kein Ersatz für die Freude, mit dem Menschen, den Sie liebten, eine gemeinsame Zukunft zu planen, oder, Zotica?« Severina schüttelte den Kopf, zum Zeichen, daß sie sich von meinen Argumenten nicht überzeugen ließe. »Oh, ich weiß, Zotica! Ich weiß genau, wie Ihnen zumute war, als Sie ihn verloren hatten, und ich weiß auch, wie Ihnen noch heute ums Herz ist. Wenn man einmal so sehr Teil eines anderen Menschen geworden ist, fühlt man sich ihm bis in alle Ewigkeit verbunden.« Diesmal versuchte sie, zu widersprechen oder mir wenigstens Einhalt zu gebieten, doch es war zu spät. Es widerte mich an, daß ich sie zwingen mußte, Gefühle einzugestehen, wie ich sie für Helena hegte, aber es gab kein Zurück mehr. »Ich verstehe nur nicht, wie jemand, der den Schmerz eines solchen Verlustes am eigenen Leib erfahren hat, einem anderen Menschen absichtlich solche Qual zufügen kann. Alle Götter, als Cerinthus starb, mußten Sie zumindest nicht mitansehen, wie die Mauer über ihm zusammenstürzte!« In ihrem Gesicht zuckte es; ich mochte nicht länger hinsehen. »Ich weiß, daß Sie Novus getötet haben.«

»Aber Sie wissen nicht, wie.«

»Ich hab ein paar Anhaltspunkte.«

»Das wird nicht ausreichen, Falco.«

»Nun, ich weiß, daß Sie Priscillus auf die Idee mit dem Gift gebracht haben, und wahrscheinlich die Hortensius-Frauen auch.«

»Die brauchte man nicht erst auf den Trichter bringen!«

»Ich weiß, daß Sie den Anschlag der Frauen verhütet haben und vermutlich auch Priscillus an seinem Vorhaben gehindert hätten, aber Sie haben die Villa ja schon vor dem Essen verlassen. Es fehlte Ihnen an Mut, wie? Schließlich war Cerinthus nicht mehr da, um Ihnen den Rücken zu stärken. Aber warum erst den Verdacht auf die anderen lenken und dann jeden ihrer Versuche vereiteln? Warum Ihre Alibis aufs Spiel setzen, indem Sie mich engagierten? Oh, Sie flirten gern mit der Gefahr, ich weiß, aber diesmal haben Sie ein bißchen zuviel riskiert, Zotica. Ich bin nicht vollkommen gescheitert; ich habe die anderen entlastet, auch wenn ich Sie nicht überführen kann. Aber warum ließen Sie den Dingen nicht einfach ihren Lauf? Warum sollten die anderen den Mord nicht für Sie erledigen?« Sie sagte nichts. Ich erriet die Antwort. »Sie haßten Novus so sehr, daß Sie ihn selbst umbringen mußten!«

»Sie haben keine Beweise, Falco.«

»Nein, die habe ich nicht«, bekannte ich; das zu leugnen, wäre zwecklos gewesen. »*Noch* nicht. Aber geben muß es welche, und ich werde sie finden. Mit dem, was Sie heute Helena antun wollten, haben Sie sich selbst das Urteil gesprochen. Sie ist in Sicherheit – doch ich werde Ihnen niemals verzeihen. Ich kann genauso geduldig sein wie Sie bei Novus, und nicht minder verschlagen. Von jetzt an werden Sie keinen Augenblick mehr Ruhe haben, Zotica. Nur eine falsche Bewegung, und ich schnappe zu . . . «

Severina sprang auf. Jetzt schlug sie zurück. »Helena wird doch nicht bei Ihnen bleiben, Falco! Sie ist in einer ganz anderen Welt groß geworden und weiß, daß sie was Besseres kriegen kann. Außerdem ist sie zu intelligent!«

Ich sah freundlich zu ihr auf. »Oh, sie wird bleiben!«

»Halten Sie sich doch lieber an Ihresgleichen, Falco.«

»Tu ich ja!« Ich stand auf. »Darum geh ich jetzt.«

»Schön, dann bedanke ich mich und zahle Sie aus.«

»Ich will von Ihnen weder Dank noch Geld.«

Severina lachte mitleidig. »Dann sind Sie aber ein Narr! Wenn Sie mit der Tochter eines Senators zusammenleben wollen, brauchen Sie Geld noch nötiger als Cerinthus und ich seinerzeit.«

Ihr Spott prallte wirkungslos an mir ab. »Geld brauche ich allerdings, das ist wahr. Um genau zu sein: Ich brauche vierhunderttausend Sesterzen.«

»Um sich für den Mittelstand zu qualifizieren? Das schaffen Sie doch nie, Falco!«

»O doch! Und zwar, ohne meine Integrität zu verlieren.«

Meine klägliche gesellschaftliche Stellung schien in ihr die verzweifelte Hoffnung zu wecken, sie könne mich vielleicht doch noch bestechen. »Sie sollten bei mir bleiben, Falco. Sie und ich, wir könnten in dieser Stadt gute Arbeit leisten. Wir denken beide ähnlich; wir sind ehrgeizig, wir geben niemals auf. Sie und ich, wir könnten auf praktisch jedem Sektor eine brauchbare Partnerschaft aufbauen ... «

»Wir haben nichts gemeinsam, das habe ich Ihnen doch schon gesagt.«

Mit seltsam ernster Förmlichkeit reichte sie mir die Hand. Ich wußte, daß ich sie beinahe in die Knie gezwungen hatte. Und ich wußte auch, daß eine solche Gelegenheit nicht wiederkommen würde.

Ich preßte den Daumen gegen den Kupferring, ihr Liebespfand von Cerinthus. »Das war also alles nur ein raffinierter Rachefeldzug, wie? Alles im Dienste der Venus? Alles für die Liebe?«

Ein plötzliches Lächeln erhellte ihr Gesicht. »Sie geben wohl nie auf, was?«

»Nein.«

»Und fallen immer wieder auf die Schnauze, Falco!«

Ihr gewohnt gehässiges Lebewohl.

Als ich das Haus verließ, traf ich auf der Schwelle mit

dem nächsten Besucher zusammen. Ein Typ wie aus dem Ei gepellt: farbenfrohe Tunika, gebräunter Teint, blitzblanke Stiefel, jede Menge Pomade im Haar – und trotzdem kein geckenhafter Hohlkopf. Der Mann hatte es faustdick hinter den Ohren. Obwohl ich ihn lange nicht gesehen hatte, erkannte ich ihn sofort. »Lusius!«

Es war der Sekretär des Prätors vom Esquilin.

LXVI

Als ich begriff, wer da vor mir stand, schlug mein Herz höher. Der Fall hatte eine neue Wendung genommen.

Wir umschwänzelten einander argwöhnisch. »Ich bin gerade im Gehen«, sagte ich und lächelte breit.

»Corvinus hat erfahren, daß zwei weitere Morde geschehen sind . . . «

So hielten wir uns gegenseitig mit Winkelzügen und Ausflüchten in Schach wie zwei Rivalen. »Haben Sie denn was erreicht?« fragte Lusius.

»Sie ist entlastet. Ich habe herausgefunden, wer hinter dem Mord an diesem Tierimporteur steckt – aber der Täter ist tot. Er war ihr Liebhaber, doch die Beweise reichen nicht aus, um sie allein, ohne ihn, vor Gericht zu bringen. Sie hat mir nach langem Hin und Her gestanden, daß sie bis vor kurzem einen Partner hatte, aber das ist auch alles.«

»Und sonst gibt's keine Beweise?« fragte Lusius.

»Null!« Langsam hatte ich den Eindruck, als hielte er mit etwas hinterm Berg. Ich packte ihn am Arm und zerrte ihn in den Lichtschein einer Bronzelampe, die über Severinas Haustür hing. Er leistete keinen Widerstand. »Was ist los, Lusius? Sie machen einen so verdächtig selbstzufriedenen Eindruck!«

Der Sekretär grinste. »Hände weg, Falco! Dies Schnäppchen gehört mir!«

Ich trat mit erhobenen Händen zurück. »Na bitte, wenn Sie da auf was gestoßen sind – in Ordnung, Lusius, ich halt mich raus!«

Darauf sagte er mit ruhiger Stimme: »Ich hab sie am Schlafittchen wegen des Apothekers.«

Und ich hatte gedacht, die Geschichte mit dem Apotheker hätten wir beide zu Tode geritten. »Aber wie denn? Will dieser Arzt, der den Totenschein ausgestellt hat, nun doch noch aussagen?«

»Das nicht. Aber hat er Ihnen auch erzählt, daß er den lebenden Eprius nie behandelt hat?«

Ich nickte. »Offenbar hat man ihn, als es mit Eprius zu Ende ging, nur geholt, weil er gleich über die Straße wohnte.«

»Und wahrscheinlich auch deshalb, weil Severina wußte, daß er ein Esel war . . . Ich habe inzwischen herausbekommen«, fuhr Lusius fort, »daß Eprius sehr wohl einen Hausarzt hatte.«

»Wegen dieses vielzitierten Hustens, der ihn umgebracht hat?«

»Eprius hatte gar keinen Husten.«

»Sie haben seinem Hausquacksalber also auf den Zahn gefühlt?«

»Allerdings. Und der behandelte ihn seit Jahren wegen Hämorrhoiden. Der Doktor meinte, Eprius sei schrecklich eitel gewesen und habe sich wegen seines Leidens dermaßen geniert, daß Severina vielleicht gar nichts davon wußte.«

»Ist das für Ihre Ermittlungen von Belang?«

»Hören Sie nur weiter!« Lusius amüsierte sich offenbar köstlich. »Ich zeigte also dem Arzt die Hustenpastille, an der Eprius angeblich erstickt ist. Sie war ziemlich zerbissen und an den Rändern schon aufgelöst, aber der Doktor ist trotzdem sicher, daß er sie selbst fabriziert hat.«

»Ja und, was weiter?«

»Als ich ihm sagte, aus welcher Körperöffnung seines Patienten wir die Pastille rausgefischt haben, war er baß erstaunt!« Mir schwante langsam etwas. »Severina muß gewußt haben, daß ihr Mann eine kleine Schachtel voll Wunderdrops besaß – aber über deren Verwendungszweck hat Eprius sie belogen. Die ›Hustenpastille‹, an der er nach Severinas Aussage erstickt ist, war in Wirklichkeit eins von seinen Zäpfchen gegen Hämorrhoiden!«

Atemlos vor Lachen, brachte ich gerade noch heraus: »Na, das gibt ja eine Sensation vor Gericht!«

Der Sekretär runzelte die Stirn. »Ich sagte Ihnen doch, daß dieses Schnäppchen mir gehört, Falco.«

»Ja, und?« Er schwieg. Mir fiel ein, daß er was übrig hatte für Rothaarige. »Lusius, Sie müssen verrückt sein!«

»Ich habe mich noch nicht endgültig entschieden.«

»Wenn Sie jetzt da reingehen, um mit ihr zu reden, dann wird Severina das schon für Sie besorgen . . . Was um alles in der Welt finden Sie denn bloß an der Frau?«

»Sie meinen, abgesehen von einem zurückhaltenden Wesen, anmutiger Erscheinung – und der Tatsache, daß ich jede Minute, die ich mit ihr zusammen wäre, den Kitzel der Gefahr spüren würde?« So viel Mangel an Selbsttäuschung konnte einen direkt trübsinnig machen.

»Sie wissen offenbar, worauf Sie sich einlassen – und damit haben Sie den meisten Leuten schon einiges voraus! Severina sagt, sie hat nicht vor, noch einmal zu heiraten – was bedeutet, sie sucht schon eifrig nach dem nächsten Mann. Also nur hereinspaziert, mein Lieber – aber seien Sie nicht so dumm, sich einzubilden, Sie könnten diese Frau bändigen.«

»Keine Angst, das wird schon der Rest von besagter Hustenpastille besorgen.«

»Wo ist denn dieses unappetitliche Beweisstück?«

»An einem sicheren Ort.«

»*Wo*, Lusius?«

»Ich bin kein Narr, Falco. Da kommt niemand dran.«

»Wenn Sie ihr das Versteck verraten, sind Sie ein toter Mann!«

Lusius klopfte mir beruhigend auf die Schulter. Fast wurde mir bange vor so viel Selbstsicherheit. »Ich habe bestens vorgesorgt, Falco: Falls ich unfreiwillig und vor meiner Zeit abtrete, werden meine Testamentsvollstrecker das Beweisstück finden, zusammen mit der eidesstattlichen Erklärung des Arztes und einem erläuternden medizinischen Zusatz.«

Ein echter Juristensekretär!

»So, und nun geh ich rein«, sagte er. »Wünschen Sie mir Glück, Falco!«

»Ich glaube nicht an Glück.«

»Ich eigentlich auch nicht«, gestand Lusius.

»Wenn das so ist, dann verrat ich Ihnen mal was: Vor kurzem hat mir eine Wahrsagerin erzählt, daß der nächste Ehemann, den Severina sich schnappt, ein langes Leben vor sich hat . . . jetzt kommt's wahrscheinlich darauf an, ob Sie an Wahrsager glauben. Haben Sie einen Notgroschen?«

»Kann schon sein«, antwortete Lusius vorsichtig.

»Sagen Sie ihr nichts davon!«

Lusius lachte. »Das hatte ich auch nicht vor!«

Ich trat von der Haustür zurück; er zog die Glocke.

»Ich finde, Sie sollten mir trotzdem sagen, wo Sie die tödliche Pille deponiert haben.«

Lusius besann sich und kam zu dem Schluß, ein Zeuge könne vielleicht nützlich sein. »Corvinus hat neulich sein Testament bei den Vestalinnen hinterlegt.« Ein ganz normaler Vorgang für einen Prätor. »Er erlaubte mir, meines dazuzulegen. Wenn mir etwas zustoßen sollte, Falco, werden meine Nachlaßverwalter feststellen, daß mein Testament ein außerordentlich faszinierendes Siegel trägt . . . «

Er hatte recht: Er war wirklich kein Narr. Niemand, nicht einmal der Kaiser, kann ohne Dekret ein Testament an sich bringen, das im Schrein der vestalischen Jungfrauen verwahrt wird.

»Na, zufrieden?« erkundigte er sich lächelnd.

Ein brillanter Schachzug. Ich bewunderte ihn. Hätte er nicht einen gar so gräßlichen Geschmack gehabt, was Frauen anging, Lusius und ich hätten Freunde werden können.

Ja, ich dachte sogar – nicht ohne einen Hauch von Eifersucht –, daß Severina Zotica nun vielleicht doch ihren Meister gefunden hatte.

LXVII

Der Senator saß im Garten seines Innenhofes und unterhielt sich mit seiner Frau. Tatsächlich sahen die beiden aus, als hätten sie ein und dasselbe Thema solange durchgekaut, bis sie es leid waren: Wahrscheinlich sprachen sie von mir. Allein, Camillus Verus hielt eine Weintraube in der Hand und fuhr, auch nachdem er mich bemerkt hatte, fort, mit leichter Hand die Beeren abzuzupfen, und auch Julia Justa – deren dunkles Haar ihr im Dämmerschein eine verblüffende Ähnlichkeit mit Helena verlieh – machte keine Anstalten, den Abendfrieden zu stören.

»Guten Abend, Senator – Julia Justa! Ich hatte gehofft, Ihre Tochter hier anzutreffen.«

»Sie kommt hereingeschneit«, grummelte ihr Vater, »borgt sich meine Bücher aus; verplanscht das ganze heiße Wasser; plündert den Weinkeller! Ihre Mutter schafft es in der Regel, wenigstens ein paar Worte mit ihr zu wechseln; ich kann mich schon glücklich schätzen, wenn es mir gelingt, ihren Rocksaum hinter einem Türrahmen verschwinden zu sehen.« Ich mußte unwillkürlich grinsen. Hier saß ein Mann zwischen Nachtfaltern und Blumendüften in seinem Garten und nahm sich die Freiheit, Klage gegen seinen Nachwuchs zu führen. » . . . aber im Grunde ist alles meine Schuld. Schließlich habe ich sie großgezogen – sie ist ganz meine Tochter . . . «

»Stimmt!« sagte seine Frau.

»Dann war sie also heute abend hier?« wandte ich mich lächelnd an ihre Mutter.

»Aber ja doch!« polterte ihr Vater dazwischen. »Wie ich höre, ist Ihr Haus eingestürzt?«

»Schicksal, Senator, da kann man nichts machen. Zum Glück waren wir ja beide nicht daheim . . . «

Er bedeutete mir mit schwungvoller Geste, auf einer Steinbank Platz zu nehmen. »Ihr Haus stürzt ein; also muß Helena Justina kommen und *mich* fragen, wie sie die Erbschaftsurkunde von ihrer Tante Valeria ersetzen kann; sie rauscht hier herein und plündert ihren Kleiderschrank; sie verlangt von mir, ich soll *Ihnen* ausrichten, sie würde sich später mit Ihnen treffen . . . «

»Geht es ihr gut?« konnte ich mit knapper Not einwerfen. Wieder wandte ich mich, in der Hoffnung, hier auf etwas Vernunft zu treffen, an ihre Mama.

»Oh, sie schien mir wieder ganz die alte«, meinte Julia Justa gleichmütig.

Dem Senator waren die Scherze ausgegangen; es wurde still im Garten.

Ich nahm all meinen Mut zusammen. »Senator, ich weiß, ich hätte schon früher kommen sollen.«

Helenas Eltern wechselten einen Blick. »Wozu die Mühe?« Camillus zuckte die Achseln. »Es ist doch auch so ziemlich klar, was los ist . . . «

»Ich hätte mich Ihnen erklären sollen.«

»Ist das eine Entschuldigung?«

»Ich liebe Ihre Tochter. Dafür werde ich mich ganz gewiß nicht entschuldigen.« Julia Justa hatte offenbar eine abrupte Bewegung gemacht, denn ich hörte ihre Ohrringe klingeln, und der bestickte Volant ihrer Stola streifte raschelnd die Steinmauer.

Wieder senkte sich Schweigen über den Garten. Ich stand auf. »Ich geh lieber und suche sie.«

Camillus lachte. »Darf ich annehmen, Sie haben eine Ahnung, wo sie sein könnte, oder sollen wir einen Suchtrupp losschicken?«

»Ich glaube, ich weiß, wo sie ist.«

Obwohl ich hundemüde war, machte ich mich zu Fuß auf den Weg zu meinem alten Bau hoch oben auf dem Aventin. Ich näherte mich schleppenden Schrittes und dachte dabei an die hübschen Villen, die die Reichen bewohnen, und an die gräßlichen Löcher, die sie den Armen zumuten.

Ich betrat den Zwölften Bezirk. Heimische Gerüche beleidigten meine Nase. Der unaufdringliche Pfiff eines schwulen Casanovas folgte mir in die Dunkelheit, als ich in die schmale Gasse einbog.

Die Brunnenpromenade.

Von sämtlichen trostlosen Mietskasernen in all den garstigen Hinterhöfen Roms war gewiß keine so heruntergekommen wie die an der Brunnenpromenade . . .

Vor dem Friseurladen lüpften Rodan und Asiacus kurz ihr Gladiatorengestell von der Bank; dann setzten sie sich wieder und führten ihre Plauderei fort. Mich konnten sie auch an einem anderen Tag zusammenschlagen. Aus der Wäscherei drangen beschwingte Töne; Lenia hatte offenbar ihren Verlobten zu Gast. Rom ist voll von Frauen, die sich den Kopf darüber zerbrechen, wie sie ihre Männer am besten ausnehmen können; ich überlegte grinsend, ob Lenia den ihren wohl schon so weit hatte, daß der Hochzeitstag festgesetzt war.

Ein Tür ging auf. Im Lichtschein erblickte ich einen schlampigen, ungeschlachten Klotz mit spärlichen Borsten auf dem Kopf: Smaractus!

Meine Bude war bis November bezahlt; daher lohnte es sich nicht, stehenzubleiben und ihn anzupöbeln. Das konnte ich mir für später aufheben. Also tat ich so, als hätte ich ihn nicht gesehen, hüllte mich fester in meinen Mantel, zog den Hut noch tiefer in die Stirn und huschte wie ein schwarz gewandetes Gespenst aufs Haus zu. Er wußte, daß ich es war, ließ mich aber vorbei.

Ich pumpte noch mal Mumm in die Beine, dann nahm ich, beschwingt von der lieben Erinnerung an altvertrautes Ärgernis, die erste dieser ätzenden sechs Treppen in Angriff.

LXVIII

Es war wirklich eine elende Bruchbude.

Eine Amphore aus der Villa des Senators lehnte an einem traurigen Gestell, das den Tisch ersetzte. Der Stöpsel war schon gezogen. So also ging es hier zu, wenn ich mir draußen die Hacken ablief und mich mit einem Fall rumplagte ... Zwei siruptriefende Knuspertauben standen, Schnabel an Schnabel wie gerupfte Turteltäubchen, auf einem angeschlagenen alten Teller. Eine sah noch ganz schmuck aus, aber die andere ließ müde den Schwanz hängen – genau wie ich.

Die betörende Schöne, die angeblich im Büro Mitteilungen entgegennahm, saß mit einem Becher Wein auf dem Balkon und schmökerte in meinen privaten Wachstäfelchen. Vermutlich waren's genau die, die ich ihr zu lesen verboten hätte.

Meine Gedichte.

Sie hatte noch einen Becher auf den Tisch gestellt, für den Fall, daß jemand vorbeischauen sollte, der einen anständigen Tropfen zu schätzen wußte. Ich goß mir ein. Dann lehnte ich mich an die Schiebetür und gab mit meinem Siegelring Klopfzeichen. Sie schien keine Notiz davon zu nehmen, aber ihre Wimpern bebten leise, woraus ich schloß, daß meine männliche Gegenwart doch nicht ganz unbemerkt geblieben war.

»Wohnt hier der Falco?«

»Wenn ihm danach ist.«

»Ich hab 'ne Nachricht für ihn.«

»Die geben Sie besser mir.«

»Sie sind wunderschön.«

Sie schlug die Augen zu mir auf. »Hallo, Marcus.«

Ich schenkte ihr mein verführerischstes Lächeln.

»Tag, mein Schatz! Die Sache ist ausgestanden. Ich hab mich so weit wie möglich vorgewagt.«

»Und, konntest du sie überführen?«

»Nein.«

Helena legte meine Gedichte beiseite. Neben ihr auf der Bank türmte sich eine kleine Pyramide gedruckter Werke. Sie trug eine meiner ausrangierten Tuniken, und ihre Füße steckten in einem Paar ausgelatschter alter Pantoffeln, die ebenfalls mir gehörten. Ich sagte: »Sieht mir ähnlich, auf ein Mädchen reinzufallen, das sich meine Kleider unter den Nagel reißt und meine Bibliothek plündert!«

»Die gehörten Onkel Publius ... « Sie deutete auf die Schriftrollen. Ich wußte, daß der Bruder des Senators im letzten Frühjahr gestorben war, *»auf See verschollen«* (der Gute hatte in der Politik arg danebengehauen). »Sein Haus war voller Plunder, der noch aus der Provinz stammt, wo der Onkel als junger Mann diente ... «

»Und das hast du alles heute abend gelesen?« Dieses flinke Frauenzimmer mit Lesefutter zu versorgen, konnte ja ein teures Vergnügen werden.

»Nur überflogen.«

»Und? Ist dir dabei was Gutes untergekommen?«

»Ich hab was über König Juba gelesen. Er war verheiratet mit Kleopatra Silene, der Tochter von Marcus Antonius. Scheint eine ziemlich interessante Persönlichkeit gewesen zu sein – jedenfalls für einen König. Einer dieser exzentrischen Privatgelehrten, die minutiöse Abhandlungen über die skurrilsten Themen verfassen – er zum Beispiel über die Wolfsmilch.«

»Ach ja, der gute alte Juba!«

»Weißt du, was Wolfsmilch ist?«

»Natürlich.« Es hörte sich an, als dächte ich: *Was zum Hades ist Wolfsmilch*? Ich grinste. »Also Wolfsmilch, das ist doch diese rundum gallegrüne Pflanze mit den lanzenförmigen Blättern und den kleinen Hutzelblüten ...«

Helena Justina zog die dichten Brauen zusammen, und ihr beredtes Schweigen sagte: *Woher weiß dieser Dummkopf, was Wolfsmilch ist?* Dann hörte ich ein Kichern: das hell entzückte Lachen, das sie eigens dafür reserviert hatte, mich zu necken. »Ah, du bist wahrhaftig der Enkel eines Handelsgärtners!«

»Und immer für Überraschungen gut!« schob ich nach.

»Klug bist du.« Helena maß mich mit sanftem Blick.

»Nun, sagen wir, ich bin aufgeschlossen und vielseitig interessiert. Ich kann lesen – ehrlich gesagt, lese ich alles, was mir in die Finger kommt. Wenn du diese Schriftrollen herumliegen läßt, bin ich Ende der Woche bestimmt Experte für König Juba.« Ich war gereizt; wahrscheinlich, weil ich bei meinem Fall versagt hatte. »Ich bin kein hergelaufener Rüpel vom Aventin. Ich halte immer und überall Augen und Ohren offen. Ich verfolge genau, was es auf dem Forum Neues gibt. Wenn mir jemand was erzählt, höre ich aufmerksam zu ...« Helenas geduldiges Schweigen nahm mir den Wind aus den Segeln. »Ich weiß zum Beispiel, daß du, mein Liebling, mir in Sachen Wolfsmilch ganz etwas Bestimmtes zu sagen hast.«

Sie lächelte. Ich liebe Helenas Lächeln. »Wolfsmilchgewächse werden in der Heilkunde verwendet. Eine Gattung taufte König Juba die Euphorbia, nach seinem Leibarzt. Dieser Euphorbus setzte den Saft der Pflanze als Abführmittel ein. Ich hätte dem Doktor freilich nicht erlaubt, mir einen Löffel voll davon einzuflößen!« erklärte meine Liebste sarkastisch.

»Und warum nicht?«

»Weil das Zeug schrecklich penibel dosiert werden

muß. Wolfsmilch hat nämlich auch noch eine ganz andere Wirkung.«

»Verrat sie mir«, flüsterte ich und beugte mich, da ich das Glitzern in ihren Augen sah, erwartungsvoll vor.

»Die Bogenschützen in König Jubas Provinzen bestrichen mit dem Saft ihre Pfeilspitzen. Wolfsmilch ist ein hochgiftiges Gewächs.«

»Giftpfeile führen in der Regel zur raschen Lähmung des Opfers . . . also, sag schon!« drängte ich. (Auch wenn ich inzwischen wußte, was sie mir erzählen würde, mochte ich ihr doch nicht die Freude verderben.) »Wie heißt diese Provinz, in der dein Onkel diente und die mit diesem großen, gelehrten König gesegnet war?«

»Mauretanien«, sagte Helena.

Ich schloß die Augen.

Helena stand auf und schlang die Arme um mich. Sie sprach in dem ruhigen, gesetzten Ton, den sie jedesmal anschlug, wenn wir dabei waren, einen Fall aufzudröseln. »Natürlich beweist das gar nichts. Ein Jurist würde es vielleicht nicht einmal als Beweismittel anerkennen. Aber wenn der Ankläger ein Exzerpt von König Jubas Abhandlung verlesen würde und du anschließend dem Gericht von der Schriftrolle berichten könntest, die du in Severinas Haus gesehen hast, dann – vorausgesetzt, der Anwalt hätte Überzeugungsgabe und du präsentiertest dich manierlicher als gewöhnlich –, also dann wäre dies genau der berühmte Stolperstein, der die Angeklagte zu Fall bringen könnte.«

Ich öffnete die Augen. »Ich erinnere mich vom Jäten her an den milchigen Saft der Euphorbia. Vielleicht hat sie ihn mit Honig vermischt, dann hätte Novus ihn bestimmt gierig aufgeschleckt . . . «

Helena fand einen Weg, mich noch fester an sich zu

drücken; ich wurde rot, kam ihr aber, wie es so schön heißt, auf halbem Wege entgegen. »Hast du schon rausgekriegt, wie sie ihm das Gift eingeflößt haben könnte?« fragte sie.

»Das wissen wir beide doch schon eine ganze Weile . . . « Helena nickte. »Sie bestrich damit die Silberplatte, auf der beim Bankett die Kuchen serviert wurden. Dann präparierte sie die Platte so mit ihrem Eischnee, daß das Gift nicht an die Kuchen dringen konnte. Minnius hatte sieben Stück geschickt; und als Severina der Tafel fernblieb, mußte, falls die Herrschaften gute Manieren bewiesen – was, wie mir versichert wurde, der Fall war – ein letztes übrigbleiben. Bestimmt hat Hortensius Novus das während der ganzen Geschäftsbesprechung nicht aus den Augen gelassen. Als die Gesellschaft auseinanderging, rannte er schnurstracks zurück ins Triklinium und verschlang gierig die übriggebliebene Torte. Und dann . . . «

Ich stockte.

»Dann«, beendete Helena den Satz für mich, »hat Hortensius Novus auch noch die Platte abgeleckt!«

Würde das für eine Verurteilung reichen? Schließlich waren es nur Indizien. Aber fußen letztlich nicht alle Beweise mehr oder minder auf Indizien? Ein guter Verteidiger würde sich davon allerdings nicht so leicht ins Bockshorn jagen lassen.

Hatte es einen Sinn, den Fall weiterzuverfolgen? Die Kupfervenus hatte ihr Vermögen eingeheimst. Vielleicht würde sie sich jetzt läutern; vielleicht würde Lusius dafür sorgen. Ich hatte zwar persönlich allen Grund, Severina anzuzeigen, aber noch mehr Lust, an meinem Ex-Vermieter Novus Rache zu nehmen. Wenn Severina Novus nicht schon erledigt hätte, wäre ich heute abend selbst zum Mörder geworden.

»Marcus, du bist ja völlig erschöpft. Ich hätte dir gar

nichts davon erzählen sollen. Du hast wahrhaftig genug getan.«

»Kein Klient mehr«, räsonierte ich. »Kein Grund, noch irgendwas zu unternehmen . . . Keine Gerechtigkeit!«

Gerechtigkeit war etwas für Leute, die sich's leisten konnten. Ich war ein armer Mann, der für sich und eine ehrbare Frau zu sorgen hatte – und das von einem Einkommen, das uns knapp über Wasser halten, aber niemals zum Sparen reichen würde.

Mit Gerechtigkeit hat noch keiner seine Rechnungen bezahlen können.

Ich machte mich von Helena los, trat an die Balkonbrüstung und spähte hinüber zum dunklen Schatten des Janiculum. Dort ließ sich's leben! Schöne Häuser mit reizenden Gärten in Hanglage und wundervoller Aussicht. Nahe am Tiber, und zugleich durch den Fluß getrennt vom Gedränge der Stadt mit ihrem Lärm, Schmutz und all der Hektik. Eines Tages, wenn ich zu Geld gekommen war, könnte man sich vielleicht auf dem Janiculum nach einem Heim umsehen.

Helena trat hinter mich und kuschelte sich an meinen Rücken.

»Heute hab ich ein Haus gesehen, daß ich dir auf der Stelle kaufen möchte, wenn wir jemals reich werden«, sagte ich.

»Was denn für eins?«

»Eins, auf das zu warten sich lohnt . . . «

Wir gingen zu Bett. Das Bett war genauso schrecklich, wie ich es in Erinnerung hatte, aber das besserte sich, sowie Helena in meinen Armen lag. Wir schrieben immer noch die Kalenden des September; erst heute morgen hatte ich meiner Herzensdame versprochen, mich ihr mehr zu widmen. Doch jetzt übermannte mich der Schlaf. Sie würde auf mich warten. Morgen früh würden wir zusammen aufwachen und unsere Zweisamkeit nach Herzenslust genießen. Keine Pflichten mehr! Nun, da der Fall zu Ende war, konnte ich eine ganze Woche lang im Bett bleiben.

Ich lag still da und ließ in Gedanken noch einmal alles Revue passieren, was heute geschehen war. Als Helena glaubte, ich sei eingeschlafen, streichelte sie mein Haar. Ich tat so, als schliefe ich tatsächlich, und begann, sie zu liebkosen.

Dann beschlossen wir beide, lieber doch nicht bis morgen zu warten.